有爱的青春陪伴者

你好陆砚

林不答 著

江苏凤凰文艺出版社
JIANGSU PHOENI LITERATURE AND
ART PUBLISHING

图书在版编目（CIP）数据

你好，陆弥 / 林不答著. -- 南京：江苏凤凰文艺出版社，2024.1
ISBN 978-7-5594-8055-2

Ⅰ.①你… Ⅱ.①林… Ⅲ.①长篇小说－中国－当代
Ⅳ.①I247.5

中国国家版本馆CIP数据核字(2023)第194116号

你好，陆弥

林不答 著

责任编辑 王昕宁
特约编辑 廖 妍 文佳慧
出版发行 江苏凤凰文艺出版社
南京市中央路165号，邮编：210009
网　　址 http://www.jswenyi.com
印　　刷 长沙鸿发印务实业有限公司
开　　本 880mm×1230mm 1/32
印　　张 11
字　　数 418 千字
版　　次 2024年1月第1版
印　　次 2024年1月第1次印刷
书　　号 ISBN 978-7-5594-8055-2
定　　价 45.80元

江苏凤凰文艺版图书凡印刷、装订错误，可向出版社调换，联系电话025-83280257

目录

目录

第一章 洪崖洞

陆弥后悔了。

夜晚九点的洪崖洞人头攒动，她们错误地选择了相信所谓的“快速通道”，跟着一个操本地口音的中年女人一头扎进了茫茫人海。

然后，就被整个塞进“沙丁鱼罐头”。

天知道为什么一个非节假日的普通周末，这里也有这么多人。

早知道这样，给再多钱她也不接这一单。

陆弥被挤得胸闷，身前的小姑娘却还兴奋地左顾右盼，晃着一颗活泼的后脑勺，活像只兔子。

“嘿，Juno，那是什么？”Charlotte 闪着一口大白牙回头，指着不远处的烤鱿鱼摊好奇，却看见陆弥一脸难受，便关切地问，“Juno，你怎么了？”

Charlotte 是陆弥前两天新接的客户，一个二代“ABC”，小麦色肌肤和浓密黑色大波浪，穿着吊带小衫和高腰热裤，戴一顶棒球帽，浑身上下充满美国人的体育精神和二十二岁大学生的活力。

这是她第一次回国，中文字一个不认识，会说的词也仅限于“你好”和“谢谢”，所以特地请了一位翻译，兼任地陪。

陆弥原本不爱接这类活儿，一来她这几年都在做笔译，口译虽是本行，但好久没碰过了；二来她本身话少，向来不爱陪人说笑。

更何况，她不过到重庆玩几天，远不能胜任地陪的工作。

但对方给得实在太多了。

陆弥算了笔账，最终还是乐呵呵为五斗米折了腰。

“没什么，”陆弥摇摇头，“有点热。”

Charlotte 看了眼她穿着的真丝衬衫，点点头：“你穿得太多了！”说着，

直接上手替她解了第三颗扣子，用手抚了抚平，退后观察了一眼，满意地点点头，“That's cool（很棒）!”

陆弥没来得及阻止，先感觉到了一阵清凉，又见 Charlotte 爽朗大方，也就笑了笑，随对方去。

她低头一看，自己胸脯处一片雪白，隐约露出两根胸骨。

风光倒还不错，就是光溜溜的，有些单调。

陆弥自言自语地点评：“可惜，少了一条项链。”

Charlotte 哈哈大笑：“这样才性感！”

队伍好不容易向前挪动了一点，陆弥看见左手边几米之外有个下楼的台阶。

她想了想，拿出手机查地图和攻略。

她看了两分钟，又四处环顾大致确认了自己的位置，脑海里迅速形成路线。

陆弥拍拍 Charlotte 的背：“我们不排了，走这边。”

Charlotte 很疑惑：“还没到呢！”

陆弥直接举起手机给她看图：“你想看的风景在外面，我们得先下楼。”

Charlotte 仍旧望着前方队伍边的一家店，玻璃罩下的串串浸满红油，很是诱人。

“可是我想尝尝那个。”Charlotte 恋恋不舍道。

外国人的钱就是好赚。

陆弥腹诽完，微笑着解释：“这个叫‘串串’，重庆大街小巷都有，一定比这里的味道好。我保证。”

陆弥并没有板起脸，甚至还敛着嘴唇微微笑着，目光沉静，毫无咄咄逼人之意。但她很清楚，自己这样讲话是很唬人的。

也许是因为长相，也许是因为语气，又或许，气场本身是一种天赋。

陆弥很小的时候就发现，大多数时候故作镇定地说话，比歇斯底里更有威慑力。

果然，Charlotte 点点头，顺从地跟着她走出队伍，后面的人迅速补上了空缺。

从侧边下了楼，再绕到洪崖洞马路对面，人果然少了许多。

但看到马路对面黑压压几乎人压着人连着一条线的场景，陆弥还是没忍住默默在心里爆了句粗口。

Charlotte 终于见到了洪崖洞全景，兴奋得大叫：“就是这里！太美了！我在网上看见过的！”

陆弥保持微笑：“没错，就是这里。”

出于职业素养，她主动问："你想拍一张和洪崖洞的合影吗？站在马路边上应该可以拍到。"

她很希望 Charlotte 能看一眼那边的人群然后知难而退。

但怎么可能。

Charlotte 用力点头："当然！"

陆弥继续微笑："好的，没问题。"

两人往人群聚集处去，发现路边有好几个背着相机的年轻人做生意，他们拿着 iPad 展示自己拍的照片，然后问路人是否需要拍照，三十元一张。

Charlotte 蠢蠢欲动，但出于尊重，她先问陆弥："Juno，你喜欢拍照吗？"

陆弥如实回答："不喜欢。"

Charlotte 惊讶极了，问："为什么？你这么漂亮，怎么会不喜欢拍照？"

美国式的夸张，是真的很夸张。

陆弥回头看了眼 Charlotte，她嘴巴张得可以塞下一个拳头。

她轻笑："没有特别的原因，我不喜欢记录这些。"

Charlotte 十分夸张地叹了口气，以示惋惜。

但其实她早就猜到了这个回答，和陆弥在一起几天，她能感觉到这个美丽而礼貌的年轻女人身上有着明显的边界感。

陆弥看起来，就不像是会喜欢拍照的人。

陆弥看出 Charlotte 的意思，主动说："所以我的拍照技术也不怎么样。你要不要试试这些街头摄影师？应该很不错。"

这话正中 Charlotte 下怀，她眼睛一亮："好！"

周边几位摄影师见她们停步不动，一拥而上推销自己。

"小姐姐要拍照吗？"

"教你摆姿势给你打光，全包的！"

"可以试拍的，小姐姐可以先看看效果。"

…………

Charlotte 一句也听不懂，被几块 iPad 贴到眼前，连忙将眼神投向陆弥求助。

"不如……我们先走过去看看别人是怎么拍的？"陆弥见状，建议道。

Charlotte 连忙点头，抓着陆弥的手逃出了人群。

"他们的照片看起来都一样……"Charlotte 吐吐舌头，小声吐槽，"没有别的创意吗？在这么美的地方！"

陆弥笑了笑。

一样的位置、一样的侧脸、一样的车水马龙和灯红酒绿，网红打卡点是

生产精致的流水线，从来都与创意无缘。

“哎，不过他们可能也都是兼职的大学生吧，收费也不高，可以原谅！”见陆弥不说话，Charlotte 又自言自语地找起理由来，一边说还一边偷偷投来打探的眼神。

陆弥差点忘了，之前为了做好这单生意，她跟 Charlotte 说自己就是重庆本地人。

Charlotte 这么找补，大概是不想诋毁她的“家乡”。

陆弥哭笑不得，又有些许愧疚，只好转移话题。

她抬头望了望，指着马路边最多人围着的一个年轻摄影师说：“去看看那个吧。”

Charlotte 个子高，走到人群外围踮脚看了看，惊喜地回头，对陆弥说：“Juno，他拍得好棒！”

陆弥笑着点点头，并不意外。

一条马路上十几个摄影师，这个年轻男人是最受欢迎的，身边围了小十个等待着的女孩子。

而且，他和其他吆喝着教人摆姿势的摄影师不太一样，他几乎没怎么说话，也不教人摆奇怪的动作，只用简单几个手势。

陆弥总觉得寡言的人更靠谱。

她出声提醒 Charlotte：“可能要等很久。”

Charlotte 毫不介意，笑道：“没关系，我喜欢看他拍照！”

陆弥笑了下，退到路边栏杆处坐下。

原本是百无聊赖的等待，左右随意看着，又不知怎的，目光定格在了那位年轻摄影师的身上。

从背影上看，年轻男人很高，在人群中有鹤立鸡群之势。看起来瘦，但持着相机手臂露出结实好看的线条，很有力量。

他一定是个好看的男人，陆弥想。

怪不得这么受欢迎。

一个女生拍完，年轻男人低头给她看了看照片，女生明显心花怒放，笑着加上了男人的微信等着取照片。

年轻男人回头，另一个女生无缝接上。

那一瞬间，陆弥看见他鼻尖有颗痣。

好像在哪里见过。

但男人很快又转回头去专注于拍照，陆弥没能继续看仔细。

Charlotte 回头，满脸惊喜地用口型对陆弥说：“Juno, he's hot（他很性感）!”

陆弥笑着冲男人的背影努努下巴，玩笑着做了个“拿下”的手势。

虽然摄影师很帅，虽然Charlotte热情高涨，但陆弥还是快等得失去耐心。

嘉陵江吹来的风聊胜于无，陆弥坐在人群之中，觉得自己像被关在一个巨大的蒸笼里，就快熟透了。

一个多小时后，终于轮到Charlotte。

陆弥直起身正要帮她沟通，却见那年轻男人回头，自然地用英语开始与她交流。

男人回头的时候目光自然地掠过陆弥，短暂地停了一秒；而在那一秒里，陆弥认出了他。

难怪她会觉得眼熟。

他的长相和十七岁时似乎没什么变化，但总觉得哪里不同，也许是因为摘了眼镜。他肩膀宽了，似乎也更高了，鼻尖那颗痣仍然是浅浅的，很好认。

陆弥没想到会在这里碰见他，稍微有些怔愣，但很快遮掩过去，自然地走到Charlotte身边。

年轻男人低声询问着Charlotte的喜好和要求，又简单地介绍了自己的收费标准。

他语速不紧不慢，是标准的“英音（英式英语）”，很好听。

他的口语比高中的时候进步了更多，比她的好听不少。不对，他高中的时候就比她好很多了。

想到这儿，陆弥自嘲地笑了笑。

Charlotte显然对年轻男人流利的英语很惊喜，简直快藏不住星星眼。

年轻男人和Charlotte沟通完，回头撞见陆弥的眼神，波澜不惊地冲她点了点头，低声叫道：“陆老师。”

陆弥微怔，原来他早就认出自己。

她也没说什么，笑了声做寻常状叫他的名字：“祁行止，好巧。”

祁行止听见她叫出自己的名字，顿了下，“嗯”一声，回身举起相机。

Charlotte身材高挑，胸是胸腿是腿，在镜头前自然地摆出各种姿势，却不叫人觉得夸张，只有风情万种。

拍摄很顺利，祁行止不停地摁动快门，很快就拍够张数。

Charlotte意犹未尽，凑到祁行止身边看照片。

她很兴奋，有些忘了分寸，不见外地凑近，手直接搭在祁行止的小臂上，

胸脯也无意识地贴近了。

祁行止不动声色地往后挪了一步。

Charlotte 这才反应过来，吐着舌头说了句“Sorry”。

祁行止微笑摇头，道：“选五张吧，我修好了发给你。”

Charlotte 手指在屏幕上滑动，犯了选择困难症，拧着眉难以抉择，回头问陆弥：“Juno，你帮我选好吗？”

陆弥点点头，上前看照片。

祁行止把相机递近了些，手指规律地滑动着给她展示照片。

陆弥把所有照片都看了一遍，不得不承认 Charlotte 是天生的模特，每一张几乎都叫人挪不开眼。

正打算随机选五张快速解决，祁行止忽然将相机收了回去。他扭头问 Charlotte：“都给你吧，不过可能要多等一天，可以吗？”

Charlotte 惊喜得有点蒙，愣了两秒才笑道：“当然！麻烦你了！”

祁行止说：“不麻烦，你很好看，不需要多修。”

Charlotte 咧嘴一笑：“谢谢！”

祁行止拿出手机说：“需要加个微信，我修好了把照片发给你。”

Charlotte 没有微信，来不及现场申请，只好扭头看陆弥：“Juno，加你的可以吗？”

陆弥点点头，拿出手机正要点开二维码。

祁行止见状，低头在自己手机上操作了两下，说：“我发送了申请，你通过一下就好。”

“叮咚”一声，微信上果然出现新的好友申请。

陆弥一怔。

回国第四天，洪崖洞熙熙攘攘的人流中，陆弥遭遇了五年来第一个“社交车祸现场”。

晚风拂来热浪，陆弥怔了两三秒，才恍然想起，五年前她离开南城的时候，把那边大部分人的微信都删了个干净。

包括祁行止。

陆弥蓦地尴尬起来。

她抬头看祁行止，他却神色如常，静静地等待着，目光中不含一丝波澜。

陆弥局促地笑了笑，通过好友申请：“加了。”

祁行止点点头：“好，照片大概后天发给你。”

陆弥给他转了定金，笑着道了谢，拉着 Charlotte 走了。

她们订的酒店在对岸，因为 Charlotte 非要看什么“不同角度的江景”。千厮门大桥上仍然人满为患，陆弥擦着不同陌生人的肩艰难移动着。人群嘈杂中，Charlotte 撞了撞她的肩膀，问：“Juno，你认识他？”

她一偏头，只见 Charlotte 一副“我懂的”的表情，八卦的大眼睛扑闪着比身后洪崖洞的灯火还亮。

陆弥稀松平常地点了点头：“以前我给他当过家教。”

Charlotte 显然对这个平淡的答案很不满意，失望地撇了撇嘴。

几秒后，她还是按捺不住，轻轻地、声调上挑地又说了一遍：“He's hot.”

陆弥斜眼看她，笑道：“有想法？”

Charlotte 愠怒地白了陆弥一眼，嫌弃她这个没眼力见的玩笑。

陆弥忽略 Charlotte 的眼神，继续玩笑：“他看起来，可不太好追呀。”

Juno 这人油盐不进，想从她嘴里探听些有意思的八卦看来是不可能了，Charlotte 觉得没劲，也无意追根究底，耸耸肩，揭过了这个话题。

“算啦，反正都拍过那么好看的照片了。”

她眨眨眼说：“你记得和他联络哦。”

陆弥原本打算到了约定时间再去联络祁行止要照片，没想到，第二天刚陪 Charlotte 从南山下来，就又碰见了他。

祁行止在下山步道边无人踏足的石板上坐得稳稳的，支了个画架给一个游客模样的女生画肖像。

他副业还挺多。

难道缺钱？

怎么可能。陆弥轻笑一声，摇摇头把这个不着边际的想法赶出脑海。

祁行止的目光在笔尖和女生的脸庞上专注地来回，那女生却被看得有些不自在。

画已经在收尾，陆弥看见祁行止换了种颜色，在画中女生的脸颊上扫出了淡淡的绯红。

祁行止搁下画笔，女生明显松了一口气，羞赧地起身接过画。

她看见画中自己脸颊上的红晕，霎时有些诧异，又像被抓包了似的，低头不好意思地笑了，小声说了句“谢谢”。

祁行止一边弯腰收拾着画架上的纸笔，一边随意地说："阳光很好，所以添了两笔。"

——阳光太好，所以你才脸红。

祁行止大概认为这是在替女生解释，减轻她的尴尬，却不知道这句话更惹人脸红。

陆弥失笑，这到底是算是"钢铁直男直肠子"还是撩人不自知？

女生趁祁行止转身，终于正大光明地盯着他的背影看，亮晶晶的眼里难掩倾慕。她踟蹰几秒，问："那……我们加个微信吧？我把钱转给你。"说着，已经拿出手机。

祁行止回身，却是调出收款二维码，说："不麻烦了，直接扫码就可以。"

女生明显神情一黯，扫码后付了款，低头匆匆走了。

Charlotte 虽然听不懂他们的对话，但也津津有味地看完这场好戏，才走上前，毫不见外地对祁行止笑道："好巧，又见面啦！"

巧什么巧，咱俩都躲这儿偷看这么久了。陆弥腹诽，Charlotte 的搭讪技术可真不怎么样。

祁行止将画夹单肩背在自己背上，陆弥发现他另一只手还拿着相机。

他看见她们倒一点也不意外，还十分给面子地顺着 Charlotte 的话回道："好巧。"用英文和 Charlotte 打了招呼，又看着陆弥点头叫了声，"陆老师。"

他一向有礼貌。

陆弥笑笑，礼尚往来地寒暄回去："你来这里写生？"

祁行止说："嗯，现在要回去了。"

话题到这里就该结束了。

陆弥正想道个别就拉 Charlotte 走免得夜长梦多，谁知道还是晚了一步，小姑娘已经笑着发出邀请："正好，你吃晚饭了吗？一起吧！正好把照片给我，怎么样？"

陆弥扶额，只能寄希望于祁行止的回答。

最好他那些照片还没整理完。

哪知，祁行止说："照片还差最后两张，我先把修好的发给你可以吗？"这意思，是答应一起吃饭了。

Charlotte 爽快地点头："当然！你想吃什么？"

三人最后选择了去山下的防空洞里吃串串火锅。

正值暑假，店里生意火爆，四人大桌没了，Charlotte 性子急，征得陆弥和祁行止的同意后，选择了两人位的小方桌。

服务员搬来一张椅子，Charlotte 十分谦让，率先坐在了侧边。陆弥和祁行止相对而坐。

“哇，看起来就好辣！”Charlotte 看见隔壁桌的火锅红油翻滚，口水已经不自觉地分泌出来，感叹道。

“那我们点鸳鸯锅？”祁行止握着笔点菜，问。

“你也不能吃辣吗？”Charlotte 好奇。

祁行止摇头：“不太能。”

Charlotte 正要感叹同道中人，忽然想到昨天陆弥说高中时给他当过家教，疑惑地问：“咦，Juno 说你们这里的人都很能吃辣的，你们不是高中就认识了吗？你不是本地人吗？”

祁行止闻言一顿，看了眼陆弥。

陆弥原本觉得这是场寻常的对话，撞见他的目光，却也后知后觉地不自在起来。

她一点不在乎被祁行止发现撒谎，现在这一刻的心虚，更多的是因为被抓包私下里跟 Charlotte 聊起过他。

祁行止却很快垂下眼，神色寻常地低声回答：“是。不过我不太能吃辣。”

Charlotte 了然：“这样啊。我就说嘛，怎么可能人人都能吃辣！”她又指着陆弥感叹起来，“你不知道，Juno 吃辣的能力有多夸张！”

“嗯。”祁行止低低地笑了声。

他拿铅笔选完锅底，又伸手将菜单递给陆弥。

这几天陪玩下来，陆弥已经摸清 Charlotte 的态度，她来重庆主要为了尝鲜，并没有什么偏好，所以把她没见过的几样特色菜全选上，满满当当点了一长串。

出于礼貌，她点完又把菜单递还给祁行止，说：“你看看要加什么。”

祁行止低头扫一眼，发现顶栏备注里陆弥钩了“不加香菜”那一项，有些诧异，抬头问：“不要香菜？”

陆弥怔了半秒，指指 Charlotte 说：“她受不了那个味道。”

祁行止没说话，低头继续看菜单。

陆弥那股不自在的感觉更强烈了，犹豫了下，还是问：“要加吗？不过我记得……你好像也是不吃香菜的？”

祁行止没接茬，眼睛扫到第三列，终于看到素菜里有单独的香菜。

他钩上，叫来服务员下了单。

“那就单独点一份吧，下在辣锅里，我们也不吃。”他轻描淡写地说。

“……好。谢谢。”

陆弥喜欢吃香菜，几乎可以说是“香菜脑残粉”的程度——麻辣烫里总是要单独烫两份，自己做小菜也永远少不了拌香菜这一样。

可惜，她从小到大都没找到同道中人，即使对方是能接受香菜的，也最多拿它当佐料。

以前和蒋寒征在一起的时候，她闲得没事就爱捉弄他，逼他一个闻见香菜味儿就打喷嚏的人吃自己做的拌香菜。蒋寒征一开始很抗拒，她也不说什么，只装作不在意的样子淡淡地“哦”一声，蒋寒征立马就会服软，苦着脸夹起香菜，又一口混着五六个小米椒包进嘴里，宁可辣死也要盖住那股味道。

她看见蒋寒征被辣得七窍生烟还笑着哄她时，又会很愧疚，觉得自己恶劣至极，就爱干这些没劲儿的事。

蒋寒征一只手大得能遮她整张脸，粗糙的食指和拇指轻轻按在她嘴角，给她捏出个笑脸来，说：“这算什么，我训练的时候吃过的东西比这玩意儿恶心几百倍呢！”

陆弥白他一眼，继续津津有味地吃自己的拌香菜：“不懂欣赏！”

蒋寒征中气足得笑起来都像在唱音阶，轻轻地揉她发顶，一边忍着香菜味儿一边认错：“是是是，我不懂欣赏！你多吃点儿！”

陆弥晃着脑袋把他的手甩下去，“哼”一声不领情。

蒋寒征是个什么都向着她的傻子。

而她一直是个不识好歹没有良心的白眼狼。

生意火爆，菜也上得慢，Charlotte 对防空洞串串的一切都很好奇，从重庆防空洞的历史到桌上摇签筒的作用问了个遍，陆弥只能回忆着前几天临时搜的资料勉强作答。

几个问题答下来，她便觉得现学的东西就快不够用了，忽然想到祁行止高中时就是个学神级的人物，这些边边角角的知识应该也了解不少，便打算眼神求救。

然而她抬眼一看，祁行止专注地修着照片，根本没关心她们的对话。

还以为他们专业的都应该用电脑修图呢，怎么也像朋友圈选手一样依赖手机 APP？

陆弥急着转移话题，便问道："手机修图是不是不太方便？"

祁行止闻言抬头："是，操作起来确实麻烦点。不过就剩两张了，还好。"

陆弥又问："你用什么软件修？"

祁行止答："没怎么修，她拍得很好，简单调一下光线就好了。"

陆弥：要不要这么谦虚。

陆弥没了可继续转移的话题，只好干点头，继续面对 Charlotte 的追问。

好在还没说几句，服务员上菜来了。

陆弥松了口气，把大部分菜都拨进中间的骨汤锅里，尽职尽责地给 Charlotte 介绍着每道菜的名字。

介绍完，第一拨串串也烫熟了，陆弥正要开吃，祁行止放下手机，对她说："修好了。总共十二张，都发你微信了。

"照片有点大，可能要等一会儿，先吃吧。"

陆弥点点头，也没客气，把辣锅里的东西捞了一大勺出来盛入碗里，又将头发往耳后一别埋头吃起来。

这几天她和 Charlotte 都是这样，报过菜名就算她服务结束，两人闷头大吃，不需要多聊什么。

祁行止看陆弥辣得嘴唇通红，却越辣越过瘾，额头、鼻尖都不断有汗珠沁出。

她皮肤本来就很白，汗珠和红晕一起浮上来，衬得她的脸蛋像颗刚剥出来的荔枝。

但他很快又低下头，拿筷子拨了半碟牛肉放在辣锅的漏勺里盛着，这才夹了一块鸭血放进自己嘴里。

鸭血烫得刚刚好，细腻爽滑。

是他来重庆这一个多月，吃过的最好的一顿饭了。

辣锅只靠陆弥一人解决，她碗里堆成了小山，好不容易消灭完了，一抬头，漏勺横在红油锅上，满满当当又烫熟了新一拨。

她扭头一看，Charlotte 吃得不亦乐乎，显然没空照顾她。

那么只能是祁行止了。

陆弥不禁看了眼对面的男生，他专注地低头吃着自己碗里的东西，吃相斯文得有些漠然，好像这食物并不可口似的，与这店里热火朝天的景象不相匹配。

她努力在记忆里搜索这张脸，想起的画面却寥寥。

南城的事情不过过去五年，却好像上辈子一样。

印象中，祁行止是很冷漠的个性，只记得他很聪明、成绩很好，是祁家人引以为傲的好孩子，却和他的长辈们都不亲密，总是独来独往。

想到这儿，又看了看眼前满满当当的食物，陆弥心里忽地一皱，记忆也跟着晕船，漏出些星星点点的碎片来。

祁行止正好抬起头，撞见陆弥探询的眼神，顿了顿，说："我们好像点多了。"

陆弥收回目光，"嗯"了声："慢慢吃吧。"

祁行止拿起大壶酸梅汤，问："要加饮料吗？"

陆弥摇头："不用了，我歇会儿再吃，有点撑。"

祁行止没说什么，给自己倒了一杯，又把 Charlotte 的杯子也加满。

Charlotte 忙里偷闲抬起头来，嘴巴鼓鼓囊囊，像只小仓鼠似的。她笑道："谢谢！"

祁行止摇头笑笑："不客气。"

或许是刚才吃得太猛，陆弥这会儿有点丧失食欲，索性拿起手机看照片。

店里网络信号不太好，照片太大，这么久了才传过来五张。她切换流量，传输速度还是没有起色，大概是因为人太多。

陆弥环顾四周，一块又一块的小方桌边挤满了人，全都围着热气大快朵颐。她越发觉得胸闷，晃晃手机对 Charlotte 说"我出去找个信号"，起身走了。

防空洞建在地下，出了门还要穿过一条约莫一百多米的隧道，走上几十级台阶，才是地面。

陆弥今天穿了件吊带小衫，外搭超大尺寸的薄衬衫，刚刚吃串串时辣得出了满背的汗，夜晚的风一吹，居然有些凉，不禁打了个哆嗦。

胸闷感在透气之后不减反增，陆弥越发觉得烦躁，左右环顾，走进身后一间便利店买烟。

其实她不常抽烟，对各种牌子也没什么认知。陆弥看着柜台下面一排排的烟，随手选了一包绿白包装、细长型的。

看起来顺眼。

陆弥又买了打火机，站在便利店门口开始点烟。夜里风不小，点了好几次才点着，她不甚熟练地吸第一口，回忆着头一次抽烟时蒋寒征教给她的，尽力把烟气从鼻腔里吐出来。

还算成功。

陆弥总算感到一丝畅快，把烟夹在手里，开始刷手机。

到达地面后，网速变得飞快，几张照片几乎同时发来，响起一串提示音。

陆弥一张一张滑过去，每一张都不自觉地停留了好几秒。

不得不说，Charlotte 气质奇佳，这些照片随便挑两张放某红书上就不愁点赞数。

祁行止的技术也很好，一样的场景、一样的灯光条件，他拍出来的照片，就是比那些千篇一律的网红照耐看。

这两人，一个长得好一个审美好，还挺般配。

陆弥忽然想到，Charlotte 和祁行止应该是同岁。可惜她没那当月老的热络兴致，不然还能给他们俩牵牵线，反正日子无聊。

漫无边际地想着，身后忽然传来一句："陆老师。"

回头一看，祁行止步履稳重，拾级而上。

他的轮廓和脸庞渐渐清晰，身后防空洞的灯火衬得他身形单薄但挺拔，莫名显出一股寂寥之感。

小帅哥长成了大帅哥，还是一样养眼。

刚刚那一幕要是拍下来，剪进王家卫的电影里应该也毫不违和。

"怎么出来了？"陆弥问。

祁行止说："刚刚尝了几口红油锅，太辣了，出来买根冰棍。"

祁行止走近了，陆弥这才发现，他嘴唇果然微微肿起，两颊泛起了红晕，说话时也不像之前那么平和淡定，眼神甚至有些躲闪。

看来这脸红，半是辣的，半是因为觉得丢脸。

陆弥少见他这模样，十分想笑，但又看祁行止强装镇定实在辛苦，好心地忍下来，全然没看出他的异样似的，说："那你去吧。"

祁行止稳重地点点头，步伐却快，风一阵似的擦过陆弥的肩，走进便利店。

陆弥看着他宽阔背影，竟瞧出一丝落荒而逃的狼狈来，轻轻发笑。

手机提示音又响了一声，还有一张照片。

陆弥点开一看，却皱起了眉。

照片里的人，是她自己。

是昨晚在洪崖洞，她坐在路边栏杆上等得耐心尽失，两眼放空，就这么被拍了下来。

祁行止还做了特殊的处理，那一瞬间从她面前走过的几个人全都被虚化了，擦着她的轮廓，衬得她那一刻的目光更加空洞呆滞。

陆弥不喜欢拍照，这么多年仅有的照片也就是毕业照、团建照之类的集体合照。

乍一看见照片中的自己，陆弥居然涌起一股吊诡的陌生感，好像和每天在镜子里看见的并不是一个人似的。

陆弥心中瞬间有些乱，说不清是因为对这照片不满意，还是对他抓拍她的行为不满意。

手里的烟忽然烧着她的指头，陆弥惊了一下，掸掉已经燃尽的烟灰。

祁行止从便利店出来，多买了一根冰棍，轻轻碰了碰陆弥的胳膊，问："你要吗？"

陆弥微微挪远一步，摇头道："不用了，太凉。"

她低头一瞥，祁行止买的是那种老式的"秘制红豆"冰棍，居然还在卖。小时候放暑假，她每天把院里生活阿姨发的小面包藏起来，和巷口的一个小胖子换五毛钱，每三天就能攒到一块五，再去偷偷买一根红豆冰。

祁行止没说什么，就这么静静地站在她身边，隔着半步的距离，慢慢地啃冰棍。陆弥也静静的，隐约闻见红豆的甜香。

两人沉默了半晌，陆弥忽然说道："照片拍得很好看，Charlotte肯定满意，谢谢。"

祁行止说："不用客气，她本身就很有镜头感。"

陆弥笑一声，问："那你觉得她怎么样？要不要我帮你牵牵线？"

祁行止忽然扭头看她一眼，目光沉沉的，顿了一下，又收回去，低头说道："不用。"

陆弥叹息："那可惜了，我看她对你很有意思的样子。"

祁行止不说话了。

陆弥继续笑："真不考虑考虑？我觉得你跟她还挺合适的，一静一动，互补。而且你英文那么好，也没有沟通障碍……"

"陆老师。"祁行止忽地出声打断她。

"嗯？"陆弥声音一断，没由来地有些慌张。

莫名地，她很怕他接下来要说的话。

印象中，他话很少，偶尔认真说两句却总是语出惊人。

好在，祁行止只是问："刚回国？"

陆弥心里暗暗松了口气，"嗯"了声。

祁行止问："怎么来重庆了？"

陆弥说："无聊，来玩几天。正好接到个地陪的活。"

祁行止又问："接下来去哪里？"

陆弥对他的盘问失去耐心，又隐约觉得他想问的并不是这个。她简略地说："不知道。"

祁行止"哦"了声。

沉默了几分钟，他终于问："……不回南城吗？"

陆弥呼吸一滞。

她就知道他要问这个。

陆弥绞起眉，想到半个月前收到的夏羽湖的邮件。

她再次后悔了。

她不该以"看一看"的理由骗自己回国，不该回国了却近乡情怯转而飞到重庆，更不该在偶遇祁行止之后还和他坐下来同吃这顿饭。

陆弥想装出副无事发生的样子把这个话题打太极揭过，一开口语气中却还是充满不寻常的恼怒。

"为什么要回？"她反问。

祁行止抿了抿唇，犹豫了半晌，说："也是。"

一根红豆冰啃完最后一口，他转身离开。

陆弥以为祁行止是回店里去了，松了一口气。

谁知道，他转身将木棍丢进垃圾桶，又折回来，仍旧站在她身边。

风将陆弥吐出的烟雾飘过来，是很淡的味道，并不刺鼻，反倒有股烟草的焦香。

祁行止就这么静静地站着，没有说话。

陆弥也由他，一口一口吸着烟，仿佛身边并没有这么个人。

等了会儿，她忽然笑出声，掏出口袋里刚买的烟，递到祁行止面前，问："怎么，杵在这儿等我请你抽一根？"

她提着嘴角，原本是想开玩笑的，可只摆出副皮笑肉不笑的僵硬表情，语气也不客气。

祁行止摆手："我不抽烟。"

"哦，对，忘了，"陆弥恍然大悟似的收回手，笑嘻嘻地说，"年纪大了记性差，差点又带坏小孩。"

祁行止看了她一眼，低头说：“你自己也不怎么会抽，怎么带坏我。”

陆弥不想说话了。

她就知道，和祁行止这样的人打太极讨不到任何好处。

他看出她抗拒、躲闪，但该问的还是会问；他也知道她跟他漫无边际地开玩笑粉饰太平，却总要四两拨千斤地绕回到正题。

他既像坚硬的铁板，又像柔软的棉花，她不管怎么用力，最终都落回陷阱。

陆弥将不悦明晃晃地写在了脸上，祁行止终于晃了晃手里的冰棍，说：“快化了，我拿进去给 Charlotte 吃吧。”

陆弥不说话，自顾自地抽烟。

“晚上风凉，你也别站太久。”

祁行止转身走了。

陆弥盯着祁行止的背影，在他身影快消失在台阶下的时候，出声叫道：“祁行止。”

祁行止停住脚步，回头看她。

还是那张没有表情但好看的脸，挺秀的眉毛轻轻地拧着，是在问询的意思。

“我不上相，下次别拍了。”

说完，她没看他的表情，转身掐灭了烟。

这顿饭最终是祁行止结的账，陆弥回到店里的时候，他已经在扫码买单了。

Charlotte 没受过抢单文化的熏陶，所以也不怎么推辞，只在道谢之后愉快地和祁行止约定了下次请回来。

陆弥听见，提醒她：“Charlotte，你明天的火车去成都。”

Charlotte 随性得很，摆手道：“改签就好啦。我觉得重庆很有意思，正好还想多待几天呢！”

说着，她又问：“Juno，你可以接着陪我几天的吧？”

陆弥摇头：“不巧，我明天也要离开重庆了。”

Charlotte 很惊讶：“为什么？你不是本地人吗？”

陆弥面不改色地现编理由：“公司那边有点事，要去北京出趟差。”

Charlotte 闻言耷拉下眉毛：“好吧，那我也没必要改签了……”

陆弥见她神情失望，心里涌出寥寥无几的“两滴”负罪感，好像对小姑娘扯了太多谎了……

她笑了笑，安慰道：“没关系，如果有机会的话，我去成都找你。”说完，她又觉得无力，这话说得空乏，而且太不真诚。

她果然还是很不适合安慰人。

Charlotte 倒是很给面子地笑了，点头道："那可说好了！"

祁行止静静地听完她们的对话，未置一词。

三人一起走出门，陆弥提前叫好的网约车已经到达，司机脑袋探出窗催促着，说路边不让停车。

Charlotte 有些意外，因为之前几天她们俩晚饭后都是走回酒店的，权当消食。

陆弥神色如常，拉开车门请 Charlotte 坐进后座，又自己坐在了副驾驶座。

Charlotte 探头出去和祁行止道别："拜拜！谢谢你的照片，还有这顿饭！"

祁行止一直礼貌地等在车边，闻言笑道："拜拜。"

他又看了眼陆弥，挥挥手说："再见，陆老师。"

回到酒店，陆弥敷着面膜从卫生间出来，抬眼便看见占据整面墙的巨大落地窗外，隔着茫茫江水对岸的洪崖洞。

已经是深夜了，洪崖洞仍然亮着灯，但游人已渐渐散去。没了游人拥簇，洪崖洞星星点点的灯火在夜里闪着，像一座蜃楼。

Charlotte 盘腿坐在窗台上刷手机，看见她出来，笑盈盈地举起屏幕给她看："Juno，看我新换的壁纸！"

陆弥走近两步看清了，是祁行止给她拍的照片。

她笑笑，说："好看，这可比网络上那些照片好看多了。"

Charlotte 不无得意地哼了声，一面继续欣赏着，一面嘀咕："Juno，你的朋友真的是个很优秀的摄影师……"

陆弥"嗯"了声。

Charlotte 原本是自言自语的语气，忽地转了话题，抬起头又问："Juno，他真的是你的学生吗？"

陆弥顿了一秒，说："当然。"

Charlotte 撇撇嘴："一点也不像。"她学着祁行止的语气，费力地用中文说出了"老、师"两个字，"虽然他这样叫你。"

陆弥解释："因为我只是他的家教，严格说起来，并不能算老师。"

Charlotte 问："家庭教师？那你教他什么？"

陆弥说："英语。"

Charlotte 恍然大悟："怪不得他英文说得那么好！除了你，他是我来中国遇见的英语说得最好的一个人了！"

陆弥笑了笑，心知 Charlotte 这句"除了你"实在是此地无银的恭维。

她摇摇头，说：“并不是。在我做他的家教之前，他英文就已经很好了。”

Charlotte 不太理解，疑惑地问：“那他为什么还需要家庭教师？”

陆弥忽然被问住了。

她怔了怔，扯扯嘴角笑道：“我也不知道。”

她笑得轻松，看起来不过是随口略过了一个无关紧要、不值得深究的问题。

Charlotte 也耸耸肩，玩笑着给出了个刻板的答案：“好吧，反正你们中国的家长都喜欢给孩子请家教。”

第二章 红豆冰

其实，陆弥是知道的。

2012 年夏，陆弥高考结束。

她的分数不算高，但也超过一本线十几分，不挑学校名气的话，在北京还是有很多学校可以报的。

问题在于钱。

福利院供她到十九岁念完高中，已经算仁至义尽。而院长林立巧虽然主动提出愿意个人出资供她读大学，但南城和首都的开销毕竟不在一条水平线上，陆弥如果报考北京的学校，林院长也爱莫能助。

天知道当时的陆弥哪儿来的一腔孤勇，五个志愿满满当当全填了北京的院校，鼠标一摁断了回头路，还犟着脾气和林院长打包票说能用一个暑假攒够一年的生活费。

可她哪有什么挣钱的办法。

想去肯德基当柜员，等了好几天连健康证都办不下来；想去一些辅导机构当老师，高考成绩又不算突出，别人瞧不上。

折腾好几天，最后还是林院长帮了忙。

“隔壁祁医生的侄子刚中考完，想找个家教练英语，你要不要去试试？”林立巧是个瘦弱的中年女人，因为过瘦所以显老态，四十岁出头脸上就布满了皱纹，看起来有些刻薄。但她说话总是轻轻柔柔的，说什么都像在征询别人的意见。

这样的机会陆弥怎么可能错过，但她兴奋之余还是留了个神，在脑海里搜索了一下“隔壁祁医生的侄子”究竟是何许人也。

哦，那个小帅哥。这是陆弥的第一反应。

噢，中考状元，祁奶奶坐在院子口择菜时都要说两句自家大孙子多么有出息。这是她想起来的第二件事。

想到这儿，陆弥有了疑虑。

“是那个，祁……行止吗？”她费了点力想起小帅哥的名字，问道。

林立巧笑说：“不然祁医生还有哪个侄子？”

陆弥问：“他不是学习很好的吗？听祁奶奶说他刚刚考了状元的，怎么还需要家教？”

林立巧似乎也被问住了，想了想说：“具体的我也不清楚，可能是精益求精吧。听说那孩子很自律的，学什么都很自觉！”

陆弥问：“可他成绩那么好……我能教得了吗？”

林立巧笑了，摸摸她的头，安抚道：“没关系，我是和祁医生偶然聊起的，他说小祁想找个英语家教。我一听，这不正巧嘛，你从小就英语最好，还得过演讲比赛奖的……我没记错吧？”说到这儿，林立巧不太确定地顿了下，“你不用紧张，先去试试课。合适咱们就去，不合适也没关系，反正大家都一条街上住着的，你跟小祁也熟，不要紧的。”

熟？

她和祁行止可说不上熟。

虽然在一条巷子里住着，但祁家搬过来才不到三年。况且，她和祁行止差了三岁，学校在一南一北两个方向，平时根本毫无交集。

再说了，这位小帅哥高冷得很，她印象中唯一的画面就是他单肩背着个书包，面无表情地穿过小巷去等公交车上学。

他戴副无框的眼镜，挺拔地站在公交站牌前，跟雕塑似的。

陆弥心里还是有点犹豫。

她都记不起这三年里有没有和祁行止打过哪怕一次招呼，现在就要装熟人去当家教？多尴尬。

林立巧看出陆弥的紧张，笑道：“没事，你要愿意呢，我就跟祁医生说让你试试课，不愿意也没关系，反正我还没和他说呢。”

陆弥又纠结了两秒，想到空空如也的口袋，还是点了点头：“我想去。”

林立巧笑了：“嗯，那就好好备备课！”

陆弥当然好好备了课，但不止于此。

她做了两手准备。

第一手，她把高一英语课本翻了个遍，从单词到语法，从听力到口语，排了个满满当当的课表。她高三备考时都没这么认真过。

但这第二手，就没那么光彩了。

林立巧没有记错，陆弥确实拿过英语演讲比赛的奖，不过只有一次，而且只是市级比赛的二等奖。

这成绩虽然也不错，但对状元同学来说，未免太没有威慑力。

所以，陆弥花几十块钱在网上买了两张假奖状，自己给自己造了两张省级一等奖的证书。

试课那天是一个周末的下午。

放了暑假，福利院的小毛头全跑出来疯玩，陆弥抱着证书穿过叽叽喳喳的小人堆，又走到小巷另一头。

总共几百米的路，她居然出了一身汗，那两张假证的角也被她的手汗攥得黏叽叽的。

祁医生家是个独院，坐落在巷子最深处的拐角，在这一片普通居民区算是很气派的房子。可门铃似乎坏了，陆弥按了好几下，没听见出声。

她退后两步抬头望了望，屋里静悄悄的，没人走动。太阳光刺得她眼睛睁不开。

该不会第一天试课就被放鸽子？

陆弥略有不安，犹豫着要不要开口叫人。

但是叫谁呢？

这个点祁医生肯定在医院，祁奶奶估计也不在家，一般她在家都会坐在院子里的。

祁行止？她光在心里默念这个名字就觉得够陌生了。

陆弥在门口等了两分钟，还是没见有动静，转身打算返回，身后忽然传来铁锈擦过门闩的一声。

“吱呀！”

那门居然开了。

陆弥猛一回头，祁行止穿着白色T恤站在门里。

怎么以前不觉得他有这么高？初三才毕业的男孩子，她就得微微抬起头打量了。

他很瘦，肩下的锁骨跟一根筷子似的横着，隔着T恤也能看得清清楚楚。他鼻尖上有颗小小的黑痣，这是陆弥第一次发现。他还是戴着那副无框眼镜，看起来却不显书卷气，反而冷冷的。

视线再往下，陆弥才发现他手里还拿着半个柠檬，汁水流出来，在他腕骨处滴了下去。

看来刚刚是在厨房忙活。

“你好，我是陆弥——”

“请进。”

两人异口同声。

陆弥愣了下，看见祁行止侧身让出了位置，点点头走进去：“谢谢。”

“要……换鞋吗？”

陆弥话音刚落，祁行止已经弯腰打开鞋柜，用另一只干净的手拿出一双女士拖鞋。

亚麻材质的，蹬上去很凉爽。

陆弥起身，看见祁行止已经走到开放厨房的料理台边，在忙活些什么。

他侧身到水池边洗手，陆弥才看清那料理台上是两杯柠檬水。

祁行止端着柠檬水回身，走到她面前，递给她，说：“抱歉，刚刚在切柠檬，没有听见你敲门。”

陆弥心说，其实自己并没有敲门。

但她还是笑了笑接过杯子，那一瞬触感清凉，将她等这几分钟的燥热驱了个干净。

“谢谢。”

她喝了一口，才发现里面还加了蜂蜜，少量的，在柠檬的酸涩中沁出一丝丝甜来。而且这水一点也不冰嗓子，喝下去只觉得凉爽。

这是个很细心的男孩子。陆弥想。

旧木楼梯“吱呀吱呀”作响，陆弥跟在祁行止身后上楼，才发现祁家这小洋房看着大，可用面积并不多。二楼的面积目测还不到一楼的一半，一左一右两个房间，全都紧闭着门。

陆弥原以为这里就是祁行止的房间，没想到他不作停留，继续往上。

三楼的面积又比二楼还小了一半，只能算个小阁楼。正对着楼梯的是一扇木门，祁行止将门推开。

这是个约莫十几平方米的小房间，窗边贴墙嵌着一张极宽敞的书桌，右侧置放单人床，床对面打了一排壁橱，壁橱前立了一台老式电风扇。

午间阳光下，灰尘在空气中缓慢浮动，使这整洁的陈列更显古旧，旧得发静。

啧，阁楼上的天才少年。

陆弥看着井井有条的小空间，心想这会不会太整洁了？一点也不像青春期男孩子的房间。

“请进。”祁行止说。

陆弥闻言踏进门，才看见门边的墙上还嵌了个小篮网，篮网正下方摆着个垃圾桶，与书桌隔着两三米的距离。

陆弥很快反应过来这是做什么用的，心里不禁笑了。

看来无论多高冷的男生都有把所有垃圾当篮球扔的习惯。而且这位小祁同学更有仪式感一些，还特地安上了篮网。

“请坐。”祁行止的声音把陆弥从故作老成嘲笑小男生的心理活动中拉了出来。

他从床底拖出一张折叠凳，展开了放在自己身后，把有靠背的椅子让给了陆弥。

从她进门到现在，祁行止的一切举动都绅士而从容，一点不像学生面对老师的样子。

……虽然她也算不上什么正经老师。

但陆弥还是觉得有些跌份儿，这位学霸表现得过于淡定了，反倒衬得她局促，很没有为人师表的威严。

陆弥定了定神，决心摆摆老师的谱儿，于是敛着嘴唇高冷地点了点头，施施然坐在了椅子上，轻声说：“坐吧。”

她把怀里抱着的东西放在书桌上，一边装作认真整理的样子，一边状似随意地问：“我找你家长了解过情况，听说你主要是想提高听力和写作能力？”

祁行止说：“嗯。”

陆弥轻轻看了他一眼，又说：“刚好，我这方面也比较有心得。我准备了两个方案，一个呢，就是老方法，直接练习精听，我每周陪你听两套试卷，难度会很高，听完我们一起逐字逐句地磨，然后从听力材料中直接选一个话题写作文；第二个会比较有意思一点，隔周我们看一次英文电影，无字幕版的，看完一遍我可能会随机点播某一片段请你复述。这个方法短期内对于分数的提高可能没有第一个方法明显，但长期来看对你英文水平的提高很有帮助。你觉得哪一种更好？”

问完，陆弥等着祁行止的答案，心里也不自觉地猜测他会选择哪一个。

按说，像他这样的学霸通常很在意分数，而且都是做题狂魔，应该会选

第一个方案；但看起来他又不太像一般的学霸，说不定就爱迎接挑战，做高难度且有趣味的事情。

陆弥怎么也没想到，祁行止顿了两秒，回答的是："随便。"

她僵了两秒，疑心自己听错了。

这人木着一张脸嘴巴一张一合，说的是"随便"？

多么不学霸、不主动、不自律的答案！

祁行止看了看陆弥手下压着的厚厚一沓材料，说："老师，我看您准备得很充分，就按您说的来吧。我都可以。"

他的目光只是短暂地在被陆弥手腕压着的那证书上掠过，却莫名地让陆弥觉得心虚。她轻轻咳了声，才皮笑肉不笑地说："我还以为你会有自己的想法。一直听说你在学习上很有主见也很自觉的。"

她语气里有意外和不解，还有一点试探性的揶揄。

可祁行止似乎一点不在意，只说："我相信老师。"

陆弥没话说了，想了想，说："那我们就一周看电影一周做听力，轮换着来。"

祁行止点头："好。"

陆弥把证书收进文件夹，转而拿出一早准备好的试卷和MP4，说："那今天先听听力吧，我了解一下你的水平。"

其实陆弥在来之前就了解过了。

南城中考是等级分制度，而祁行止作为状元，每一科的等级分当然都是满分，这就意味着，中考英语120分的试卷，他至少拿了116分。

为了给这学霸一个下马威，她准备的是当年高考的英语听力题。

MP4不能外放，祁行止戴着耳机伏在桌前，专注地听着听力。

陆弥原本想摆出专业的架势，所以问他要了他平时的英语试卷，打算分析分析失分点。可不知怎的，也许是因为祁行止的失分点实在太少，她的注意力不自觉地被身边这位学霸所吸引。

他有圈圈画画的习惯，但落笔很少，每道题只在关键的两三个单词下画横线。他答题的时候不写ABCD，只在选项处随意圈一笔。长对话有两遍，他听完第一遍就能选出答案，第二遍的时间也不浪费，直接读下一题的题干。

很"学霸"的习惯。

很快，祁行止就刷新了陆弥之前的"了解"。

这套听力是陆弥高考时亲自写过的原题，她的成绩是全对，不过有一小问是不确定瞎蒙的；祁行止的成绩也是全对，而他显然没有蒙。

陆弥顿时有些无措。

她来之前做好了心理准备，中考状元肯定有两把刷子，但她毕竟多读了三年书，而且好歹也考上了一本，怎么也不至于露怯。

现在看来，是她低估了这位状元。

陆弥沮丧地想，这份时薪高达六十块的美差就要飞了。

淡定淡定，不要像没见过世面似的。她疯狂地给自己心理暗示，然后扯出个比哭还难看的笑，哈哈道："哇，你满分欸！"

用力过猛，原本想营造出"温柔学姐鼓励学弟"的和谐氛围，最终却表现出了"幼儿园老师哄小孩"的效果。

祁行止还没说什么，陆弥自己先掉了一地鸡皮疙瘩，恨不得找个地缝钻进去。

房间里僵了半分钟，祁行止淡定地开口："这套题我做过。"

一时间，陆弥不知是该感谢祁行止对她的智障语气视而不见还是该庆幸原来他是做过这套题才能得到满分。

她反应了一会儿，问："你才刚中考完，怎么就想着做高考的题？"

祁行止说："无聊。"

如果不是他的表情实在很诚恳，陆弥几乎要怀疑他是在拐着弯儿暗示她——你太菜了，教不了我。

这天就快聊不下去了。

陆弥笑着点了点头，一边在心里不断对自己说"淡定淡定，学霸的脑子都有病"，一边拿出自己整理好的听力原文想把这堂试听课拉回正轨。

然而视线一偏回到那两张假证上，陆弥心里那根弦还是"啪——"的一声，崩了。

如果祁行止只是个普通的准高中生，她还不至于过不了自己心里那关，因为她会真心实意地教，也有信心能提供帮助；可现在看来，她的英文水平根本没法当他的老师。

这种情况下，她要是拿假证骗了人，会真的于心有愧。

陆弥做了个深呼吸，把所有资料拢在一处，然后微笑着看向祁行止，认真地问："你为什么想找家教？"

祁行止表情忽然僵了一瞬，没接上话。

陆弥有些意外，怎么这个问题会让他这么慌张？

顿了好几秒，祁行止说：“我……想提高一下英语水平，听说高中英语比初中难很多。”

真不会撒谎。陆弥腹诽。

见她不接话，祁行止表情更僵了，指着陆弥手下的证书又说：“我也有参加那个比赛的打算，所以想提前积累。”

这下陆弥更肯定了，这位学霸请家教一定有什么其他的原因。

她笑了笑，索性摊牌，将椅子一转，面对着祁行止，说：“小祁同学。”

距离倏然被拉近，祁行止感受到她的动作带来轻微的热浪拍在他耳边的那一瞬便不自觉握紧了笔。他侧身对着她仍然觉得慌乱，从喉咙里闷出一声“嗯”。

陆弥径直问：“你请家教，是不是有别的原因？”

祁行止不说话，背却越绷越僵。

陆弥笑了，看着挺能藏事儿的人，怎么这么禁不住问？果然还是初中生呀。

陆弥又说：“想学英语、提高成绩之外的原因。”

祁行止手里抓着笔，空写了两下，还是没说话。

陆弥等了会儿，叹道：“好吧，秘密交换！”

她拿起那两张证书，大剌剌地笑说：“这两张证书是假的，是我买的。这个比赛我只拿过市级二等奖。”

她用脚轻轻一蹬，滑轮带着椅子后退，与祁行止隔开距离。隔远了才发现，小祁同学的耳郭都红透了，脸却还是白白净净的。

“反正我也不是真正的老师，只是挣个外快而已，你要是真有秘密我也不会告诉别人。”陆弥心情终于放松下来，有商有量地说着，“而且，我已经告诉了你我的秘密，作为交换，你不也得告诉我你的？”

祁行止静了两秒，轻声道：“我早发现了。

“所以你这个不算秘密。”

陆弥僵了半分钟消化这个消息，无语道：“……你有没有听过一句话叫‘善意的谎言’？”

祁行止终于动了动，放松肩膀垂下手臂，偏头看了她一眼，然后起身走到壁橱边，拉开最右侧的推拉门，里面是一整架的书，还有各种奖杯、证书。

祁行止取了三张证书出来，递给陆弥。

陆弥接过一看，上头赫然写着——

星火杯全国中学生英语演讲比赛 初中组 省级 特等奖

三张除了年份，一模一样。

祁行止说：“你买的这两张章在左下角，正规的应该在右下角。”
陆弥噎住。
祁行止又说：“你被骗了。”

房间里陷入寂静，灰尘又在阳光下飞舞起来。
陆弥心中万马奔腾，可她来不及心疼那几十块钱，先猛地拽住了祁行止的手腕，认真地说：“打个商量。”
祁行止手一抖，声音也跟着抖：“嗯？”
陆弥问：“不管出于什么原因，你是不是就想找个家教？”
祁行止顿了顿，点了点头。
“我给你当！但是——”陆弥豪气十足地拍了板，“你能不能把这事忘了？”

空气中浮动着夏日躁动的灰尘，老式电风扇“吱呀呀”地转，陆弥耳边的碎发被吹到脸上，搔得有些痒，但她顾不上了。她目不转睛地盯着祁行止，企图以眼神恐吓他忘记这件令她丢脸的窘事。
可她怎么看见……他好像想笑？
陆弥脸上挂不住，咬着牙问：“成交吗？”
祁行止终于还是没笑出来，他敛了敛唇角，点头道：“好。”

交易达成，陆弥松开手：“那行吧，上课。把这听力原文复述一遍。”
她情绪转换得太快，一副无事发生的样子，祁行止看得目瞪口呆，终于忍不住，连同之前那个被生生咽回去的笑，轻轻地笑出了声。
陆弥听见了也装没听见，把试卷往他那边一挪，自己戴上耳机又分一只给他，正经督促：“专心点。”

两个小时，他们完成了三套听力的精听和复述。
让陆弥略感宽慰的是，祁行止也没到成神的地步，第三套试卷他错了一道题，复述的时候也不算百发百中。
这让陆弥彻底放了心。
就算她不能作为老师指教一二，当个学姐打打辅助还是绰绰有余的。六十块一小时的工资，她拿着也不算心虚。

到了下课时间，陆弥爽利地收拾东西打算走人。看到那两张假证，她自嘲地笑了笑，问：“这个需不需要给祁医生看，证明一下我的资质？万一他

觉得高中毕业生不够格呢。”

祁行止摇头：“不用。我决定了就行。”

这话又勾起陆弥的兴趣了。

她看着祁行止那张波澜不惊的俊俏的脸，犹豫了一下还是没忍住，凑近了点，问：“欸，你到底为什么就想请个家教？我看你也没期待能在课上学到啥。”

真想趁暑假更上一层楼的话，怎么会找她这个半桶水的高中毕业生？

距离骤然被拉近，祁行止看见陆弥右眼下有一颗小小的、褐色的痣。

她的瞳孔也是褐色的。

鬓边的碎发好像也是。

他原本不打算回答的，他一向是很能藏事儿的人。可看着眼前清浅的褐色，他鬼使神差地开口，说：“我三伯他们要去旅游。”

陆弥没反应过来：“啊？”

祁行止没解释，只是迅速地垂下了眼。

褐色很好看，他想。比黑色淡一点，又或者淡很多，却不像棕色那样厚重、黄色那样焦枯的颜色。

清淡的、轻盈的、让人忍不住细看的褐色。

“哦，祁医生打算全家一起去旅游，你不想去？”陆弥反应过来，自动补全了前因后果，问。

祁行止说：“嗯。”

陆弥不解，她长到十九岁就没出过南城一步，所以才铁了心想去北京念大学。她问：“干吗不去，旅游不好玩？”

祁行止说：“我不喜欢。”

陆弥耸耸肩，没再追问：“所以你就找个要上家教课的由头留在家里？”

祁行止点头。

陆弥又问：“那你为什么不干脆报个补习班？上大课应该比请家教便宜吧，而且肯定教得比我好。”

祁行止又掀起眼帘看了她一眼。

她的话突然变多了，他心说。刚刚除了上课，她一句多余的话也没说。

但他还是回答了，说：“补习班人很多。”

陆弥明白了，学霸果然怪癖多，喜静大概是其中尤为显著的一条。她点点头，表示理解：“好吧。”

“那我们就确定啦？一周三次课，二、四、六，下午两点到四点？”临走前，陆弥在祁行止的草稿纸上留下自己的电话号码。

祁行止看一遍，记住，点点头：“嗯。”

“你有 QQ——”陆弥刚要问，忽然又住了嘴，心道还是不要加学生的 QQ 好了，免得给他上网的借口。而且他房间里也没有电脑，一看就是不常上网的。

陆弥宽于律己宽于待人地长到十九岁，人生信条是对所有人和事都别上心，一切随缘，吃饱就好。

但在这一天，她决定做一个负责一点的老师。

毕竟六十块一小时的工资对她来说实是巨款。

毕竟这学生认真又听话。

于是，她转而说：“算了，我回去直接加祁医生的微信好了，让林院长推给我。”

祁行止没说话。

“反正给我发工资的又不是你。”陆弥玩笑道。

祁行止起身要送她出门。

陆弥忙摆手，说：“别麻烦了，你写作业去吧。我自己下楼，会把门给你关好的。”

祁行止说：“我要出门买书。”

陆弥听了，也就随他去。

祁行止替陆弥推开门，下楼时也自然地走在了她身前。

陆弥看见他的白色 T 恤背后汗湿了一块，这才想起刚才电风扇一直放在她侧后方，每次她偏头给他讲题的时候，他几乎就吹不到了。

陆弥心中有些愧疚，懊恼自己都给人当老师了还这么粗心。

换鞋的时候，祁行止静静地站在一旁等她，颀长的身体背对着西斜的太阳，笼下一片阴影。

已近傍晚，盛夏的热浪依旧威严。只是弯腰换个鞋的工夫，陆弥就淌了两行汗。

她直起身，看见祁行止脸上仍是干干净净的，一滴汗都不流，光看脸谁能想到他热得背后都快湿透了？

她犹豫了一下，问：“你吃不吃冰棍？我请客。”

祁行止有些意外，一时没说话。

陆弥可没工夫和他客套，要她请客，那是比小行星撞地球概率还小的事情，要不是现在被愧疚感突袭，她才没那么大方。

她没耐心地催着问："吃不吃？"

祁行止点头："嗯。"

陆弥轻车熟路地带祁行止去巷口那家小卖部，又轻车熟路地要了两根秘制红豆冰。

她伸长了胳膊从冰柜最底部拿出冰得最足的那两根冰棍，才想起来问："红豆口味，可以吗？"

祁行止说："随便。"

陆弥放心了，把另一根冰棍递给他，说："我可不是贪便宜哦，而且这也不是最便宜的，只是最好吃。"

祁行止接过："谢谢。"

陆弥没跟他多聊，摆摆手就往回走了："拜拜，你去买书吧。我回家了。"

"拜拜。"

祁行止看着她的身影拐进红星福利院。

祁行止其实没有书要买。

至于为什么找了个借口跟出来，他也不知道。

只是鬼使神差地，她发出了邀请，他就答应了。就像刚刚很多次，她问了问题，他就回答了。

冰棍拿在手里传出阵阵凉意，一点一点驱散他心里的不平静。

祁行止开始在脑海里搜索"陆弥"，和先前一样，一无所获。小巷里每天来来往往那么多人，他眼前只看路，心里只想自己的事，从没留意过谁是谁。

他有些沮丧，从来不知道自己的记性这样差。

后来祁行止才明白，记忆这东西很奇怪，需要时机和天意。有的人擦肩而过千千万万次也不曾被注意，可某一天，她忽然停下脚步，撞进了他的视线。

就再也忘不掉了。

祁行止最终还是去书店转了一圈，带回两本没见过的奥数习题集。回家的时候，三伯祁方斌下了班，奶奶也从老年大学回来了。

一根红豆冰仍旧被他拿在手里，滴得全是水。

祁方斌看见，意外地问道："怎么买了冰棍不吃？不对，你不是不吃零食的吗？"

"三伯。"他叫了人，然后边低头换鞋，边说，"陆老师给买的。"

祁方斌反应了一会儿，才想起祁行止说的"陆老师"是红星福利院里最大的那个女孩子，叫陆什么来着？他又忘了，反正是个拗口的名字。

“哦，林院长推荐来给你补习的那个女孩子是吧？”

“嗯。”

祁方斌问：“怎么样，课上得好吗？”

祁行止换上拖鞋，抬头说：“挺好的。陆老师答应以后每周上三次课，同样的时间。”

祁方斌很惊讶，前几天祁行止主动提出要找家教他就够惊讶了。他原本以为，以祁行止的个性和成绩，一定挑不到满意的老师，没想到第一位试课的就敲定下来了。

祁方斌笑道：“这么快？看来林院长推荐的人很不错。”

祁行止说：“嗯，陆老师人很好，教得也很好。”

祁方斌哈哈大笑：“你这孩子，真不懂事。人家小陆也就是刚高考完的学生，你叫‘姐姐’‘学姐’都行，叫‘老师’人家不高兴的，女孩子都怕被叫老。”

会不高兴吗？祁行止想了想，好像没有。

相反，陆弥似乎一直在把自己往“老师”的身份中套，好像是因为这样才能心安理得地拿工资——“六十块一个钟头”，她提起了好几次。

再说了，她看起来并不比他大。

他没由来地又想到那褐色的瞳孔，以及瞳孔下褐色的泪痣。

嗯，不能叫她“姐姐”，祁行止暗暗做了决定。她一点也不像姐姐。

“来来来，今天吃鱼！”奶奶端着长盘子从厨房里走出来，一抬头也看见祁行止手里湿哒哒快化了一半的冰棍，“怎么我们阿止今天也想到买零食吃啦？是不是太热了？我早说你别住阁楼上，装不了空调……”

祁行止把红豆冰放进冰箱冷冻层，上前去帮奶奶端菜。

“不是我自己买的，陆老师买的。”

番茄蛋汤翻出漂亮的花形，他端着经过奶奶身边，像是在回答她的问题，又像是自言自语般轻声说。

“陆老师是谁呀？”奶奶错过了刚才的对话，一边盛饭一边问。

日头渐渐落下，窗外燃起火烧云，映红了整片天空。

“是我的家教老师，以后她每隔一天就来给我上英语课。”祁行止坐在靠窗的老位置，轻声回答。

不知什么时候，窗外的云霞偷偷爬上他的脸颊。

第三章 夏雨后

2018年，夏。

凌晨两点，酒店房间里一片寂静。

陆弥盘腿坐在窗边，一偏头，眼前便是一览无余的两江全景。对岸的洪崖洞仍然亮着灯，但没了游人簇拥，星星点点，像是一座蜃楼。

她盯着自己那张被抓拍的照片，发了很长一会儿呆了。

真难看，她心里暗骂。

在国外独居几年带来的后果是，她似乎对自己的长相越来越陌生了。乍一看见自己的照片，只觉得不尽如人意。

记忆中，她应该比这要好看一点的。

陆弥心里没由来地蹿出一团火，也说不准是对祁行止，还是对她自己。

她把手机扔一边，打开搁在腿上的笔记本电脑。

这是她第二次点开夏羽湖的邮件。

总共两张图片。

一张病危通知书。

一个躺在病床上形容枯槁面色可怖如骷髅的老人。

那是蒋寒征的母亲。

陆弥目光闪避，手指条件反射性地蜷缩了一下，滚动鼠标迅速滑下一截页面。

那张照片被滑过，她像溺水得救了的人一样，垂下头来大口呼吸着空气。

页面底端，夏羽湖还留了一句话——

陆弥，你但凡还有一丁点儿良心

夏羽湖的话没有说完，甚至连个句号都没有，就像是匆忙之间随意敲下了几个字。

但是你看，她的用词多斟酌啊，“但凡”“一丁点儿”，连儿化音都没落下，真可谓“字字珠玑”。

陆弥怔怔盯着那一行灰色的字，眼睛酸涩，兀自冷笑一声。

陆弥点开发件人信息。

过去两年里，夏羽湖极富耐心地坚持给她发这样的邮件。

有时一周好几封，有时一个月只有一封；有时是蒋妈妈病历的照片，有时是蒋妈妈做检查时的照片，更多时候，是蒋妈妈躺在病床上了无生气的照片。

陆弥看着照片里的老人一天比一天憔悴，也一天比一天陌生。

陆弥和蒋寒征的妈妈其实只见过两面。

第一次是蒋寒征拉着她去逛街，碰到蒋妈妈在商场买东西。“婆媳见面”的副本从天而降，她局促得很，只躲在蒋寒征身后僵硬地扯起嘴角打了个招呼。

第二次，蒋妈妈哭得昏天抢地，站起来第一件事是一个箭步冲到她面前甩了她一巴掌。

老人已经伤心得体力透支，用尽全身力气打了这一巴掌之后连话都说不出来，跌坐在地，一双眼睛却涌着鲜血般通红，目眦欲裂地牢牢盯着她，像要把她撕碎。

老人家的眼神愤怒而绝望，空张着嘴说不出话，陆弥却仿佛已经听到了她说的话。

她说的是——

害死蒋寒征的人是她。

没能救回蒋寒征的人也是她。

蒋妈妈要说的话和夏羽湖发来的邮件其实是一样的，她们都想控诉她，都想让她心怀愧疚，想让她永远记住——

蒋寒征对她那么好。

蒋寒征对她那么好。

她却想忘记他。

房间里的中央空调发出一声周转的闷响，床上熟睡的 Charlotte 翻了个身。

陆弥从思绪中抽回神，关闭了邮箱界面，又打开网络银行，木然地输入蒋妈妈的银行卡号，转账两万元。

她等着手机“叮咚”一声响，短信发来扣款提醒。

又等着笔记本电脑的荧光微弱下来，直至彻底黑屏。

眼前恢复了一片漆黑，陆弥终于得到片刻喘息，摸索着走下窗台，躺上床，用被子裹住自己。

第二天睡到自然醒，陆弥带 Charlotte 去吃正宗的板凳面。

晨间空气清新，弥漫着不知名的淡淡花香，Charlotte 不知怎的突发奇想，问：“Juno，你可以教我一句重庆话吗？”

陆弥一愣，问：“你想学什么？”

Charlotte 说：“都可以！我只是忽然想到，来重庆这么多天，我还不会说一句重庆话呢。”

陆弥心道失策，之前做攻略时只了解了重庆的历史和相关典故，方言这块却落下了。她原本以为 Charlotte 连普通话都说不利索，应该不会对重庆话感兴趣的。

可对重庆方言，她除了那句已经被玩成梗的“你啷个楞个勒个也”，其余的一无所知。

天降难题，她脑子飞速转动，忽然福至心灵，想到昨天晚上吃串串，祁行止称呼店里服务员为“嬢嬢”。

她之前也听说过，重庆人喊女性长辈，都叫“嬢嬢”。

祁行止那几声，叫得还有板有眼，很是地道的样子。

只有两个音节，应该不难发，陆弥在心里默念了两声，把握着语调，教 Charlotte 说：“嬢嬢。”

Charlotte 笨拙地重复了一遍“嬢……嬢”，又问：“这是什么意思？”

陆弥说：“大概就是‘阿姨’的意思，待会儿见到面店老板娘，你就可以这么喊她。”

Charlotte 又学了好几遍，颇有些“魔音绕耳”的意思，笑道：“好！”

她们来得晚，马路边已经坐了一排客人。陆弥和 Charlotte 各要了二两豌杂面，挤了挤还是坐在马路牙子上，面前支个塑料板凳放着碗，就这么津津有味地嗍起面来。

Charlotte 现在拿筷子已经比第一天熟练很多，这会儿吃得满头大汗，很是过瘾的样子。

身边的客人们都轻松谈笑着，混杂方言与普通话，陆弥也被感染，笑着问：“Charlotte，你来中国第一站为什么选了重庆？”

Charlotte 想了想，回答：“不知道啊。我在网上查了很多城市，觉得这里最美，就来了！”说着她笑起来，“现在看来我的直觉没有错！”

她还直起身冲陆弥比了个赞，又问：“Juno，你一定很喜欢你的家乡吧？”

陆弥尽量笑得真诚：“当然。”

Charlotte 似乎是想和陆弥多聊聊这个话题的，但陆弥回答得十分简略，Charlotte 看了她一眼，又扭回头去继续吃面，没再说什么。

陆弥被Charlotte看得心虚，忽然有些后悔当时多此一举说自己就是重庆人。现在看来，Charlotte 其实也并不在意自己的导游是不是本地人。

有那么一瞬间，她想干脆说实话，毕竟这几天和 Charlotte 相处得很愉快，也算是朋友了。但转念又一想，Charlotte 都快走了，何必再节外生枝，反正她这几天当地陪当得也不赖。

陆弥经历这一番心理活动，又成功地把那一点过意不去的良心摁了回去。

在“放过自己”这方面，她一直很有天赋。

十点半，陆弥准时把 Charlotte 送到了重庆北站。

暑假，候车厅里人很多，Charlotte 仍旧穿得性感火辣，惹得路人频频回头。

陆弥连带着被打量进去，不悦地拧了拧眉。

Charlotte 自己却不在意，笑得更加风情万种，拍拍陆弥的肩，爽朗道：“Juno，开心一点！”

陆弥苦笑，玩笑着退了两步离她更远，打趣道：“舞台交给你，不抢你的风头。”

Charlotte 哈哈大笑，上前抱了抱陆弥，语气正经了些，在她耳边轻声说：“Juno，谢谢你，我在重庆玩得很开心。”

陆弥回答：“不用谢，我多拿小费也很开心。”

检票口开放，陆弥目送 Charlotte 走上扶梯，最后道了别，拖着自己的行李箱来到候车大厅。

她抬头看着那块巨大的显示屏，在密密麻麻的车次信息中盲选下一个目的地。

“武隆”二字跳进眼帘，陆弥想到前几天做攻略时查过重庆周边旅游地，仙女山似乎是个僻静地方。

她懒得再斟酌选择，快刀斩乱麻地打算去武隆。

可再仔细一看，重庆到武隆的列车最早一班也在四十分钟后。

陆弥不想继续等，打开手机查了查周边，很快找到一家租车行，毫不犹豫地拖起行李箱走出火车站。

送 Charlotte 进站的这半小时下了场雨，地上湿漉漉的，陆弥一手拖着行李箱一手拿着手机导航，走走停停。

行李箱滚过小水洼，溅得她小腿肚上全是泥点。

湿而黏腻，还有小石片划过的刺痛，继而到来的是轻微的痒。

天气湿热，像把人闷在蒸笼里，这是最难挨的季节。

陆弥抬手抹了把额前的汗，消耗尽最后一点耐心，一鼓作气地拖着行李又走了三百多米，终于找到街角一家破落的店面。

乌漆墨黑的一块招牌已经看不出原本的颜色，依稀认出四个红字——“雷哥车行”。

陆弥拧着眉，警戒心极强地判断着这家店是否合法。

一个光膀子男人走出来。

他是瘦长条的个子，四肢都细得像棍子似的，却有小肚子，看起来十分诡异。

男人嘴里叼了一根烟，见她停在店门口，吹了声口哨问：“美女，租车啊？”

陆弥往店里看了眼。

空旷的库房里停了两辆车，一辆少了两个轱辘一辆缺了后半边车门，怎么看都是已经报废的样子。

她犹豫了一下，点头“嗯”了声。

“行，跟我来！”男人丢了烟头，用脚踩灭，自顾自往店里走。

穿过黑漆漆的店面，到了后院，陆弥才看见几辆“胳膊腿儿”全乎的车子。

“就这几辆，你看看吧。”男人做生意的态度并不热情，抖着腿又新点了一根烟，熟练地吞云吐雾，“租金都差不多。咱这儿主要是修车的，没啥好车可租。”

这家车行从装修到老板的态度，看起来都十分不正规，如果是在以前，出于安全考虑陆弥一定会扭头就走。

但现在，闷热的天气消磨着她的耐心。懒于追根究底的劣根性再次发作，她只想快一点离开这座蒸笼似的城市。

陆弥看了看眼前的四辆车，最终选择了看起来最新的那辆白色宝沃 BX5。

“就它吧。”她伸手一指。

“行。”

这么一会儿工夫，那老板又抽完了一根烟，嘣嘣嘴角仍然叼着那半截烟头，点了点头：“来签合同。”

陆弥在国外的时候自驾旅游过几次，在租车避坑方面也算有经验。

她那时候经济条件不算很好，所以在这种大额开销上一般都很谨慎，会仔细阅读合同，生怕哪里疏忽了被人摆一道。

可这“雷哥车行”的租车合同总共就半页纸，老板本人手上沾着机油签了个脏兮兮的名儿就把合同连着车钥匙一起丢给她，说：“交一千块押金就行了。”

陆弥心里虽累，但还是问了句：“没有其他条款？”

男人愣了下，把嘴里的烟头吐出来，问：“什么条款？”

陆弥耐着性子解释：“比如，如果车子中途坏了。”

“坏了我修。”老板似乎没什么耐心，摆摆手说，“修好了我觉得牛，更高兴。”

这老板怕是抽多了烟把脑子给抽坏了。

“你放心，本来就一破车，没几万块钱，我犯不着坑你。”老板十分江湖气地撂了话，一摸裤兜，又是要拿烟的样子。

陆弥懒得再多说，也觉得他那烟熏得慌，拿起车钥匙点了点头：“行。”

她问：“租金怎么付？”

“随便。”老板已经一个滑步溜进车底去了。

陆弥费劲找到了墙上旧得快脱落的二维码，扫码付了一千块之后，兀自拖着箱子走回后院上了车。

车行后院里杂物堆积，地面泥泞，陆弥坐在车上后擦了擦小腿上的泥点，又翻出蓝牙音箱随意播了首歌，然后一脚踩下油门飞快驶出后院。

后视镜里出现两道长长的车辙，车窗上开始打下细密的雨点。

又是一场夏雨。

长度超过五百米的水平马路在重庆是不存在的。

陆弥跟着导航一路往城外开，只觉得自己仿佛在爬盘山公路，右脚在刹车和油门间来回切换，简直快要抽筋。

车行老板话说得倒是实诚，这车表面看着全乎，但不知道已经跑了多少公里，性能奇低，尤其是油门，灵敏得过分，刹车距离很短。

陆弥小心翼翼地开着，雨却越来越大，车轮容易打滑，她不得不在路边找了个安全的位置停下，坐在车里等着雨停。

雨点砸在挡风玻璃上，又密又急。手机铃声忽然响起，陆弥扫了眼屏幕，是半个月前新加的 HR。

回国前陆弥在网上投了几封简历，也参与了几场线上面试，全是私立教育机构的岗位。

她在国外干了几年笔译，算是工作经验丰富，但都是散活，没能积累下稳定的人脉。且因为大学没念完，回国找工作就多了一道坎。更何况她念的是英语专业——现如今，还有比英专更不值钱的吗？

再加上教育机构内卷严重，海外经历也“通货膨胀”，陆弥投的简历大多石沉大海，流程走到最后的只有这一个。

半个月前已经收到 HR 的 offer call，陆弥以为这次是走完流程的正式 offer，哪知接起电话，对方上来就噼里啪啦地道了个歉，说领导卡着 HC（人员编制），没法给她发 offer 了。

语气匆忙，也绝说不上诚恳。

说完静了两秒，没听见陆弥的声音，对方又不耐烦地问了句：“陆小姐，听得到吗？”

陆弥回过神，压着心里的火，问：“可是之前不是已经确认发 offer 了吗？”

HR“啧”了声，愈加不耐烦：“这个我刚刚解释了，确实是因为 HC 不够。”

陆弥质问：“那你们这样不是浪费我的时间吗？我拿到了你这边的 offer 就没有再看其他机会了。”

HR：“不好意思陆小姐，之前我也不知道是这个情况。抱歉。”

陆弥心头火起，又知道再争辩下去也不过是听这 HR 讲几句阴阳怪气的车轱辘话，闷声沉默了两秒，“啪”地挂了电话。

用力稍猛，手机砸在副驾门上，又弹回座椅，发出重重的一声响。窗外的雨势也不见减弱，密密麻麻的雨滴砸在车顶，又砸进陆弥心里。

陆弥越想越觉得烦躁，回国后好像就没有一件顺心的事。

她再一次骂自己——干吗要回来？

蒋寒征他妈妈死了就死了，和她有什么关系？

好像她真的会为蒋寒征伤心一样——没良心的人装什么痴情怨女啊陆弥。

雨刷器停了很久，挡风玻璃前已经形成一道厚厚的雨幕。

陆弥呆愣地看着水流，不知过了多久，也不管这雨大不大了，拉下手刹握紧方向盘打算继续开。

踩下刹车打转方向盘，车头刚拐出一点，迎面忽然驶来一队摩托车，挟风伴雨呼啸而过，还放着震天响的摇滚音乐。

“哗——”一声，隔着好几米也有水滴溅起砸在陆弥车窗上。

陆弥一惊，脚下分了力，车轮打滑。感觉到车子在往斜后方退，她慌忙踩住刹车，两手死死把着方向盘。

车子停下来，她连忙拉起手刹，往后视镜里一看，就差十几厘米，车子就要倒进路边田埂里去了。

她长长舒了口气。

那该死的摩托车队倒还没走完。他们车子间距隔得远，跟在后面的车也不像前面几辆开得那么快。

重点是，这些雨天飙车的神经病，居然没一个来跟她道个歉。

几天的阴沉情绪积下来，终于找到个发泄的口子，陆弥狠狠砸了两下方向盘，巨响之下那车队最后的两个人终于被惊动，停了下来。陆弥随手抓起放在副驾驶座的黑伞，气势汹汹地推门下车。

“你们怎么回事啊？大雨天飙车？”她大着声嚷了句。

两人穿着专业装备，戴着头盔，一黑一蓝，看起来都身高腿长的。

被她这么气势汹汹地一吼，两人都明显愣了下。

蓝色那个先回过神来，走近到她身边，说：“您有什么事儿？”说着，伸手拉起头盔镜片，“我们这不算飙车，速度已经很慢了。”

“这还不叫飙车？你们刚刚差点把我的车冲下去！”

这人一双剑眉上扬，眼睛还有些遮瞳，看起来凶，但脾气还挺好。听完她怒火中烧的谴责，他无奈地笑了声解释道：“这真不是飙车，还不到五十码呢。我们本来是要去跑山的，这不是下雨就只能往回走了嘛。”

陆弥火力全开，冷笑一声：“那我还得夸你们有安全意识？”

对方拧拧眉，脸冷了些：“不用您夸，我们确实挺有安全意识。您别碰瓷就行。”

陆弥气不打一处来：“我碰瓷？我问你要钱了吗就说我碰瓷？我要你们道歉！我的车刚刚差点翻下去！这么大的人了连道歉都不会？”

对方面不改色地听完她这一通控诉，等了两秒，冷静地问：“您刚起步打转向灯了吗？”

陆弥一噎。

她真忘了打。

她刚刚在气头上，以为自己全占着理，趾高气扬地一通教育。

现在……

她恨不能找个地缝钻进去。

对方轻笑一声，倒也没见得意，平静地说：“您没打转向灯，我们没减速。虽然做得都不对吧，但您也不至于这么大火吧？”

陆弥顿了下，抬头看着他的眼睛，干巴巴道：“对不起。我刚忘了，给你们道歉。”

对方似乎被她干脆的态度惊着了，怔了两秒，才呆呆点头，摆了摆手：“行吧，没事，我们也会小心的。”

他转身要走，却见穿黑色骑行服的同伴走过来。

“没事儿了，走吧……”他刚要喊同伴回去，却见同伴径直走到“暴躁碰瓷姐”身边。

陆弥看着迎面走来的人，也是不明所以。

该不会被反碰瓷吧？

这么想着，那人走到陆弥面前拉起头盔镜片，问：“你租的车？”

怎么又是他？

陆弥看着眼前一身黑色装备的祁行止，一时不知该感叹这几天吊诡的巧遇，还是该惊讶他表面这么沉静的人居然会玩跑山这种极限运动。

她没回答他的问题，反而问：“你还玩摩托？”

祁行止上下打量她身后的车，继续问：“你在哪儿租的车？要去哪儿？”

连环两问使陆弥彻底没了假客气的耐心，敛敛唇说“自驾游”，便转身要上车。

祁行止跟上两步继续问：“仙女山？”

陆弥不知祁行止怎么变得这么没有分寸，她都表现得这么不悦了，他为什么还刨根究底问这么多？

她越发冷了脸，一言不发地拉开车门。

“你这车不安全。”祁行止二话不说把住车门，微微拧着眉说，“这个天气开车去那儿也不安全。”

他人身高腿长的，站在她车门边和她说话，颇有些居高临下的气势。

陆弥抬头看着他严肃的神情，不知怎的笑了声，轻轻说：“小祁同学？”

祁行止表情松动，拧着的眉也跟着松下来。

陆弥继续笑着，问：“你管得会不会太多了？”

祁行止一怔，又绞起眉，仍坚持：“真的不安全。”

陆弥没了假笑的兴致，冷着脸挖苦道：“不安全又关你什么事呢？再说了，一个雨天飙车的人跟我讨论安不安全，不觉得好笑吗？”

身后那位“小蓝同学”表情精彩地看戏，到这会儿还插了个嘴，举手道：“欸，姐姐，讲道理，我们这真不算飙车！”

陆弥白了他一眼，继续与祁行止对峙。

可祁行止不说话了。

他沉着脸沉默了很久，忽然伸手攥住陆弥的小臂，说：“下车。”

陆弥一惊：“你干吗？”

她的反应不可谓不激烈，因为今天这个祁行止实在太突破她的认知了。摩托跑山、刨根究底，现在还直接上手了？

这哪里还是她印象中那个高冷绅士的小祁同学？

祁行止一手把着车门一手拉起她，语气不容置疑：“下车。”

陆弥还没挣扎两下，就被他牵着手腕拉下车带到副驾驶座，然后整个人塞进去。

祁行止又走回驾驶座旁，摘了头盔丢给一旁看好戏的“小蓝”，说：“帮我把车停路边，我明天来开回去。”

“小蓝”一脸看热闹不嫌事大的表情，潇洒地比了个“OK”，抱着头盔转身走了。

祁行止上车，先是仔仔细细地把手刹、方向盘、油门、脚刹、仪表盘全部检查了一遍。

陆弥莫名其妙被塞到副驾驶座，心里本就堵了口气，又见他这么谨慎，忍不住开口嘲讽了一句：“弟弟，你这驾龄才几年啊就敢上路？”

祁行止没搭理她，继续检查着。

陆弥又说：“这车不好开，还是换我来吧。你才几岁啊，驾照实习期过了没有？”

祁行止检查完，扣好安全带，扭头深深地看了她一眼，说：“我有赛车C照。”

陆弥噎住。

祁行止按下手刹：“开车技术跟驾龄也没有必然的正相关，最重要的还是要谨慎。”

他又缓缓地拉下拉杆，打了转向灯。

“比如，路边停车后，起步要打转向灯。”

陆弥再次噎住。

车子上了路，陆弥不得不承认，祁行止开车比她稳。

情绪渐渐平复下来，陆弥看了眼目不转睛朝前看的祁行止，忽然觉得尴尬。她调整了一下坐姿，找话茬闲聊：“你还玩赛车？”

祁行止说：“嗯。”

陆弥说：“看不出来。”

祁行止顿了顿：“……嗯。”

陆弥又问："玩多久了？"

祁行止说："大学开始。"

"哦。"

很明显，祁行止不想和她聊天。

陆弥识趣地闭了嘴，盯着挡风玻璃前头发呆。车子开得太稳，很快她的眼皮就上下打架，她轻轻将脑袋靠在窗边，沉沉睡去。

陆弥醒来的时候，雨已经停了。

她迷迷糊糊地睁开眼，扭头就看见车窗外"雷哥车行"那寒碜的牌子。

虽然刚醒，但脑子还算清明，陆弥猛地扭头往驾驶座一看，祁行止还坐在那儿。

陆弥问："你……等多久了？"

祁行止说："刚到。"

陆弥还没松下一口气，又想到更关键的，忙问："你怎么知道我是在这儿租的车？"

祁行止听了，冷笑一声："一猜就是他。"

他拉开门下了车。

陆弥反应了几秒，见祁行止已径直走进那黑黢黢的店里去了，也忙跟着下了车。

刚关上车门，身后传来摩托轰鸣声。

回头一看，刚刚那位"小蓝"驰骋而来，车头一拐长腿一支将车停在她身后，摘下头盔同她打了声招呼："Hello！"

陆弥看见他还是不免尴尬，扯扯嘴角点了点头。

"小蓝"倒是随和，又自我介绍了句："我叫肖晋，老祁的朋友。"

陆弥点点头："你好，陆弥。"

"知道。"肖晋笑了笑，说，"刚刚眼拙没认出来，现在想起来了。"

陆弥没明白他话里的意思，这人以前就认识她？

她刚要问，祁行止从店里出来，冷着脸问肖晋："雷哥人呢？"

肖晋耸耸肩："我哪知道，我不一直跟你在一块儿嘛。"

祁行止单手叉着腰，划拉手机："电话也不通。"

肖晋仍坐在摩托上，一腿支着，一手抱着头盔，优哉游哉的样子："急什么，估计放学接崽去了，等等就是。"

祁行止绞着眉，似乎很不耐烦。

这倒让陆弥好奇了，什么时候见过祁行止这么急躁的样子？

于是她不作声，默默看着。

肖晋也不知是被什么事情戳中了笑点，嘴角一直挂着笑，下车走到祁行止身边，勾着他的肩膀，说："你第一天知道他这些车烂？以前也没见你这么恼火啊。"

祁行止冷冷地瞪肖晋一眼："我以前没说过他？"

肖晋撇撇嘴："行行行，说过。您热心市民一直关心交通安全。是吧？"

最后这句，是冲着陆弥问的。

陆弥忽然被点到，怔了怔没说话。

祁行止告诫似的拿胳膊肘捅了肖晋一下，走下台阶到陆弥身边："进来坐吧，等那老板来。"

祁行止和肖晋显然都是这里的老熟人了，祁行止直接绕到柜台后面拖了椅子给陆弥坐，肖晋则轻车熟路地取了纸杯到饮水机处接水。

"给。"肖晋接了第一杯水，递给陆弥。

"谢谢。"陆弥接了，端在手里没喝。

"你喝不喝水？"肖晋又问祁行止。

祁行止不搭理他，拧眉盯着手机，表情严肃。

肖晋自己灌了一杯凉水，也拿出手机，叹道："别看了，他那手机跟砖头没什么区别。"

见祁行止不搭茬，肖晋也不再讨没趣，转而刷起自己的手机。

"我去，这几个人真不要命啊，雨刚小点又往山上跑？"肖晋刷到车友群里的消息，感叹道，"这眼看就要起雾了，天再一黑，能看得清个鬼。"

祁行止听了，终于开尊口，说："你说得倒像有多惜命。要不是林晚来不批准，你会不去？"

肖晋"啧"一声："行，你现在精神不正常我不跟你一般计较。"

说完他沉默了几秒，又像气不过似的，还是开口说："你这种'注孤生'思路就是狭隘，我跟你说啊，就算林晚来不拦着我，我也不会去的。知道为啥吗？因为我们有对象的人就是比你这种千年的王八惜命！说了你也不懂！"

祁行止斜睨他一眼，没再说话。

陆弥端着杯温热的水，默默看着两个男生斗嘴，心里不禁好笑。

尤其是今天这个祁行止，和她印象中的太不一样了，简直像只奓了毛的刺猬——不说话的时候气场冷得方圆半里冻成冰，一开口更是无差别扫射，谁和他搭茬都只有挨怼的份儿。

正当这时，雷哥回来了。

还有个瘦瘦高高的男孩子，穿了件灰不溜秋的校服，单肩挎着个包，刘海留得老长遮住眼睛，揣兜跟在雷哥后头，满脸写着全世界都欠他钱。

之前肖晋说雷哥“接崽”去了，陆弥还以为那崽是个学龄前小孩，现在看，这男孩子起码已经念初中了。

这么大还需要接？陆弥心里留了个疑问。

雷哥看起来情绪不高，臊眉耷眼地进屋，发现靠在柜台前的两个男生，也不惊讶，问：“你们怎么就来了？”

肖晋一脸看热闹不嫌事大的笑容：“老祁找你算账来了。”

雷哥纳闷地抬眼，这才看见屋里还有个人。见是陆弥，他就猜到了是什么事，点点头，淡定地说：“哦，是你啊。车坏了？”

陆弥说：“没有。”

祁行止语气极冷：“你知道车坏了还往外租？”

两人异口同声。

雷哥拧起眉：“到底坏没坏？欸，不对，你们认识啊？”

祁行止不答他的话，走到店门口指着那辆车说：“那刹车都松成那样了，碰到下雨天，我开都打滑。这你都敢往外租？”

雷哥摆手一笑：“没那么夸张，还能开两年，又不拿它跑山飙车。”

祁行止冷哼一声：“巧了！还就有人敢拿它往山上开。”

他说这话时并没看着陆弥，但莫名地，陆弥就是觉得像学生时代被老师训了一样，如坐针毡，甚至还想认个错。

雷哥听了，惊讶地回头看了陆弥一眼：“你啊！这车你开着都敢往山上跑？”

他也有点急了，两步走到陆弥面前说：“我那合同上还特地加了一条这车不适合越野上山，你没看到？再说了，我也跟你说了这车性能不好啊！”

那黑乎乎的合同看起来开玩笑似的，她怎么能想到上头还有那么贴心的注意事项？

雷哥继续感叹：“你还真是‘虎’啊！还好你没上山，不然我这店都得赔没了！”

雷哥越说越激动，唾沫横飞，还混着浓重的烟味，陆弥不禁拧起眉。

今天到底是什么日子。

先是被中二摩托少年发现不遵守交通规则，又是被曾经的学生训，现在连这个租车行老板也要语重心长地教育一句“你可真‘虎’”。

陆弥心情疲惫，又觉得这际遇滑稽，一时啼笑皆非，说不出话来。

正沉默着，刚跟在雷哥身后的那少年却忽然冷冷嗤了声说：“赔？就你这破店赔个屁赔。”

他低着头，声音也不大不小，刚好屋里四个人都能听到。

雷哥听见，立马变了脸，凶神恶煞地伸手指着那少年，用方言骂道：“你给老子滚上去写作业！”

少年毫不畏惧，勾起唇角一笑，把书包卸下来拿在手里，拉开拉链往下倒，几支笔、几个崭新的本子“哗啦啦”掉出来，还有几张破破烂烂的毛票。

“哪儿来的作业？”少年吊儿郎当，眼里写满挑衅，“老子两个月没上过课了。”

“你跟谁充老子？”雷哥暴怒，抬手就要扇少年耳刮子。陆弥隔着两步都能感觉到他凌厉的掌风。

好在祁行止动作更快，上前一步拦住他，拧着眉说：“事情一件一件解决。”

肖晋也上前搭住那少年的肩膀，轻描淡写地教育了句：“行了，别故意说混账话气你爹了。”

那少年面对雷哥时张牙舞爪，却很听祁行止和肖晋的话，乖巧地低着头，没再火上浇油。

陆弥不知道这几个人之间有什么渊源，也没了看热闹的心情，径直走到雷哥面前说：“这车我不租了，怎么退款？”

雷哥被儿子气得喘粗气，喉咙管风箱似的“呼呼”响，缓了两秒才抬头看陆弥一眼，拿出手机说：“算了，你也没开多久。留个微信吧，我等下把押金退给你。”

陆弥点点头，利落地在他手机上添加了自己的微信，转身要走。

“等一下。”祁行止又拦住陆弥。

陆弥不耐烦地回头：“还有事？”

祁行止问：“你去哪儿？”

陆弥语气平平，但绝对说不上和煦：“需要向你报备？”

祁行止凝视着她，沉默了很久，沉沉地叹了口气，说：“……我想知道。”

陆弥怔了。

祁行止顿了顿，别开眼神，又吐出一句：“不安全。”

陆弥失笑：“现在既没下雨，我又不会再开车上山，有什么不安全？哦，天黑不安全？我又不是十几岁的小姑娘，你不用操这个心。”

祁行止垂着眼，没说话。

陆弥不等他的回答，摆摆手道了别，走到车后面拿行李。

陆弥也不知道要去哪儿。

原本打算在仙女山待几天就去北京入职，现在工作没了，也没了游山的兴致。

这一趟回国，就像个笑话似的，晃悠这些天，像是在躲什么，又像是在找什么，可最终连个目的地都没有。

可她原本是打算回来了就不再离开的。

正晃神，忽然一只有力的手帮她抬起行李箱。

祁行止握着拉杆，说："等等吧。"

陆弥拧眉："等什么？"

祁行止不看她："等雷哥把钱退给你。"

这理由蹩脚得让陆弥忍不住笑出声来："怎么，你朋友还会骗钱？"

她收敛笑意，冷着一张脸抬头问："祁行止，你到底想干吗？"

将暗未暗的夜空中又有细细斜斜的小雨飘下，擦过陆弥的脸颊，祁行止微微低头看着她。

她明明是在生气地质问，眼神却仍然是空的，好像站在她面前的无论是谁都不要紧，她都会摆出这副表情。

在他的记忆里，陆弥不是这样的。

祁行止颔首，张了张嘴，声音干涩："等雷哥把钱退给你。"

陆弥不干，伸手去抢箱子："用不着。"

祁行止并不让步，但也不说什么，只是迅速把箱子拖到自己身后。

两人正僵持着，车行里忽然传来争吵声，接着是一阵噼里啪啦的声响。

祁行止往回看了一眼，又对陆弥说："等你想好要去哪儿，我送你。"说完，他拖着她的行李箱往回走，长腿一迈步子跨得老大，头也不回，像是生怕她抢了箱子就跑。

陆弥望着他的背影张了张嘴，说不清是愤怒还是震惊，半晌没说出话来。

祁行止说得没错，她不知道要去哪儿。

店里已是一片狼藉。

那辆本来就"缺胳膊少腿"的破车不知是被老雷还是小雷卸了最后一扇车门，此刻"横尸"地面，混着书本、水杯和一地的零件，场面有些惨烈。

祁行止见状，一言不发，只抬头盯着小雷看了一眼。

小雷仍是气鼓鼓的，胸口起起伏伏喘着粗气，但被祁行止这么一看，却没再发作，梗着脖子杵在原地。

老雷也攥着拳头僵了半天，才哼一声背过身去，从裤兜里掏了一根烟出来。

“哎，小帆还在这儿呢，抽什么烟。”肖晋说。

雷哥动作一滞，顿了几秒，正要把烟往回收，雷帆哼了声道：“用不着，老子自己抽的烟不比他少！”

“你再跟我老子老子地说一句！”雷哥一点就着，扬着巴掌回身又要跟儿子干仗。

祁行止扬手拦住雷哥，又回头冷着脸训了雷帆一句：“不会说人话就把嘴闭上！”

雷帆果然立时噤了声，委屈巴巴地看了他一眼，低下头去。

雷哥见状，重重“哼”了一声，把被祁行止抓住的胳膊抽出来，狠狠一甩，背过身道：“你们俩趁早给我把这畜生带走！老子眼不见为净！”

祁行止和肖晋交换了个眼神，问：“想好了？”

雷哥头也没回地上了楼，留下句：“有什么好想的！来讨我命的畜生，死在外面最好！”

钢制旧楼梯被他踩得“吱呀”响。

祁行止等雷哥上了楼，才回头问雷帆：“你知道你爸说的是什么意思吧？”

雷帆低着头：“知道，他要把我打发到北京去。”说完，又嗫嚅着补了一句，“不回就不回，这破地方老子早就不想待了……”

肖晋一巴掌呼在他后脑勺上：“谁教你这么说话的！老子老子的，毛长齐了吗就自称老子！”

雷帆吃痛地捂住脑袋，嘀咕道：“还不是跟那个老东西学的……”

祁行止不跟他多嘴，把他拉到一边径直问：“知道梦启吗？”

雷帆说：“知道啊。祁哥、肖哥你们不都在那里兼职吗？”

祁行止又问：“知道梦启是做什么的吗？”

雷帆这次没有那么对答如流了，他支吾了一下，还有些不自在地别开眼神，低声说：“不就是……好学生上课的地方嘛。”

“不对。”祁行止说，“梦启的学生除了成绩之外，更突出的共同点是他们在某些方面或多或少有一定的天赋……或者说，异常。并且，他们的家庭大多无法负担正常的教育费用。”

雷帆微微睁圆了眼睛，听得很认真。

祁行止回以他同样认真的视线，问：“听明白了吗？”

雷帆显示点了点头，又怔怔地摇头：“我爸……那老东西，要送我去梦启？”

“对。”祁行止说，“想去吗？”

雷帆微微低下头，声音越发小："可我没有天赋……小祁哥你不是知道吗，我在我们班倒数的。"

祁行止轻轻笑了声："可你够异常啊。"

雷帆猛地抬头，撞上祁行止玩笑的目光，又心虚地缩回去。

"行了，别矫情，你爸把你那奖杯都放积灰了，你以为是因为什么？"祁行止轻轻薅了把他的脑袋，指向柜台后面的壁橱里那座已经瞧不出光泽的金奖奖杯。

那是雷帆四年级时，参加重庆市中小学生奥数竞赛拿回来的奖杯。

"那都是小学的事了……"雷帆嗫嚅着。

祁行止不接茬，又问了一遍："想去吗？"

雷帆沉默了很久，才缓缓抬起头，闪烁着目光问："祁哥，那是个好地方，对吧？不然，你和肖哥也不会在那里。"

祁行止想了想，慎重地回答："我认为还不错。"

雷帆长长地舒了口气，点头道："那我想去。"

祁行止咧嘴笑了："好。我带你去。"

这边说完，祁行止手里仍紧紧握着陆弥行李箱的拉杆。他回头看了眼，陆弥抱臂站在车行门口，背对着他。

不知是感受到他的目光还是什么，陆弥忽然回身，对上他的视线，一丝停顿也没有，走上前亮起手机，面无表情道："钱到账了。能把我的行李箱还给我了吗？"

祁行止问："想好去哪儿了吗？"

陆弥深吸一口气，像是在提醒自己保持耐心，才说："祁行止，我再说一遍，我没有义务告诉你我要去哪里。"

祁行止无意识地摩挲了一下手指，低头说："我不会跟踪你，也不会问你之后去哪儿。但现在，你要去哪儿，我送你。"

说完，他又将行李箱握紧了点，打定主意无赖到底，干脆转身到椅子上坐下了："想好了告诉我。"

"那你送我去机场。"陆弥看着祁行止在椅子上坐定，脑子里"嗡嗡"响，冷不丁做了决定。

祁行止顿了顿，看着她问："国际还是国内？"

陆弥说："国内。"

祁行止眼神变得迟滞，盯着地面呆了一会儿，站起身说："好。"

雨越下越大，在车窗上形成一道帘幕。

祁行止专注地开着车，陆弥专注地盯着雨的形状变化，谁都没有说话。

直到车子停在航站楼门口，陆弥低头去解安全带。

祁行止忽然问："陆老师，你为什么来重庆？"

陆弥感到十分莫名，不解地看了他一眼，说："盲选的。听说这里挺好玩。"

祁行止抿嘴笑了笑："是。"

陆弥不知道他这没头没脑的问题是什么意思，但既然都要告别了，也就做做样子。她笑了笑说："谢谢你送我，拜拜。"

祁行止摁开后备厢，问："需要我帮你把行李箱拿下来吗？"

陆弥摇头："不用，也没多重。"

祁行止点点头。

陆弥下了车，搬下行李箱后站在车窗前再次和他告别："拜拜。"

祁行止颔首："再见，陆老师。"

回程的路上，雨已经停了。

祁行止将车开得飞快，灵巧地穿梭在这座迷雾森林一般的城市中。

来时开了快一个小时，回程却只用了三十分钟。

把车直接开到车行后院停好，下车就看见肖晋在院子里踱着步和谁通视频电话。

看他那"上了天"的颧骨和"不要钱"的笑容就知道，对面的人一定是林晚来。

祁行止时常觉得恋爱这件事很奇妙，他在竞赛营刚认识肖晋的时候，对方看起来明明是个眼睛长头顶的"BKing"；也说不清转变发生在什么时候，总之某一天肖晋就基因突变似的，从人变成了"狗"。

还是条不值钱的"二哈"。

祁行止本想绕开肖晋上楼，却刚好碰见他挂了电话回头。

肖晋扬眉："哟，回来得还挺快。"

祁行止"嗯"了声。

肖晋问："姐姐走了？"

不知是不是祁行止敏感，总觉得他说这话时故意加重了"姐姐"两个字。

祁行止拧眉："你喊谁姐姐。"

肖晋满不在乎地笑了声，说："谁比我大我喊谁姐咯，你以为我跟你似的没礼貌。"

祁行止噎住。

肖晋又问："她去哪儿了？"

祁行止说："没问。"

肖晋"啧"了声给他竖起大拇哥，叹道："说不问就不问，真君子！"

祁行止自嘲地笑了声，本来不想说话的，抬眼看见肖晋身边的小桌上放着几罐啤酒，改了主意，上前抠开一罐。

肖晋同祁行止碰了个杯，眼睛一转故意说："唉，想女朋友了……"

祁行止："闭嘴。"

肖晋"扑哧"笑了声，不再玩笑，问："你放假就往重庆跑，不会就为了能碰见她吧？守株待兔？"

祁行止闻言顿了下，沉默半晌，灌了一大口酒，才说："应该不是吧。

"我不知道她会不会回来，也不知道她会来重庆。"

毕竟，重庆对陆弥来说应当只是个可有可无的旅游城市。

就像她自己说的，只是"听说挺好玩"的一个地方。

肖晋思维跳跃，也不知想到什么，忽然一惊，道："我去！她回国来重庆会不会就是因为你啊？你不是一直都喜欢重庆吗，有没有跟她说过？"

祁行止无语地看了他一眼，甚至懒得评价这个荒唐的假设。

肖晋却莫名相信直觉，说："大胆假设小心求证嘛！你就说，你以前有没有跟她提起过重庆？"

祁行止随口回答："可能有吧。"

肖晋一拍板："那不就是！"

祁行止懒得听他的谬论，喝完最后一口酒，撂下句"下次有课题别找我组队"，扬手将易拉罐丢进垃圾桶，转身上了楼。

第四章 男同学

2012年，夏。

家教课上到第二周的时候，陆弥收到了录取通知书。

她是红星福利院这么多年第一个北京大学生，林院长心情大好，说要给她办一桌升学宴。

陆弥对升学宴不感兴趣，但她确实破天荒地感受到一种强烈的喜悦。是那种，必须要和别人分享才能完全被释放的喜悦。

而最终分享她喜悦的人，是祁行止。

说来奇妙，在女生上厕所都要结伴同行的学生时代，一周前的陆弥还是个独来独往的怪胎，现在，她居然有一个能称得上是“朋友”的人了。

每周三次的家教课创造了难得的机会——至少在陆弥看来是这样，她从来没有这样直接地和一个人交流过。

而且，在陆弥心里，祁行止几乎是世界上最完美的交流对象了。他会认真倾听你说的每一句话，会做到约定好的所有事，虽然话不多，但总能及时给予反馈。

陆弥喜欢“人狠话不多”的人。

因此，尽管他们目前是“师生关系”，陆弥已经把祁行止当作人生中的第一个朋友——拥有一个性格稳定、智商超群的朋友，恐怕是她十九岁这年最大的收获了。

而陆弥和祁行止分享喜悦的方式是，再次斥“巨资”，一次性购入了两根秘制红豆冰。

她拿冰得结霜的冰棍先碰了碰祁行止的手臂，然后才递给他，说：“我考上大学啦！请你吃冰棍！”

祁行止这人，虽然还不到十六岁，但全身上下都写着“冷静”和“无情”，话不多说一个字，眼皮不多掀一下。也许将他从头到尾榨干净了，也就能榨出两“滴”鲜活的人样来——一滴是一句“谢谢”，另一滴是嘴角轻轻牵动一下，做出个比哭还难看的笑。

就像现在，祁行止面无表情地接过冰棍，又面无表情地啃了一口，然后嘴边肌肉轻轻往上一牵，吐出四个字：“谢谢。恭喜。”

陆弥失望地摆摆手：“行，状元只认清华北大，我这小破学校入不得祁小同学法眼。”

祁行止有些慌了，僵直地抬头看着她认真道：“不是，我是真的恭喜你……考上北京的大学。还有……”说着，他举起手上的冰棍，“谢谢你请我吃红豆冰。”

数学天才是不是都有强迫症？

比如现在，祁行止手里的冰棍和他的嘴角高度齐平，分毫不差，这种诡异的平衡衬得他脸上那僵硬的笑容更瘆人了。

陆弥“扑哧”一笑破了功：“算了，你别笑了，好丑。”

祁行止嘴角迅速下降，抿成平平一条直线。但他的目光仍然认真地看向陆弥，语气也同样真诚：“我是真的恭喜你。”

“我知道！”陆弥轻松一笑，翻起备课资料。

正准备开始上课，大约是兴奋太过，心静不下来，她忽然又想到什么，转身饶有兴味地问祁行止道：“欸，你是不是真的只知道清华和北大啊？别的学校，看都懒得看的那种？”

祁行止顿了下，像是在仔细揣摩她的问题。

然后，他认真地回答：“不是。”

陆弥撇嘴，表示不信，便问：“那你要是考上复旦，会开心吗？”

祁行止说：“不会。”

陆弥一拍掌：“哈！那不就是！还不承认！”

祁行止被她的动作吓得愣了下，然后才轻轻笑了声，也并不出声反驳。

陆弥有一搭没一搭地抠着自己录取通知书的角，又问：“那你想考哪儿？清华？”

祁行止轻声说：“嗯。建筑学院。”

这是陆弥第一次听祁行止说起他的梦想。

她忽然想到之前他壁橱里一闪而过的那些模型，激动地拍了一下椅背：“哦，对！你是不是还收藏模型来着？”

祁行止微怔，问：“你怎么知道？”

“我上次看到了！”陆弥翻了个白眼，“就是你打假我那两张证书的时候。”

祁行止失笑：“……我差点忘了。”

陆弥没好气道：“丢脸的不是你，你当然不记得。”

祁行止笑了笑，起身拉开壁橱门，给她展示了完整的模型收藏。

陆弥一眼看见最顶层一个阁楼样式的模型，径直起身指着它问：“我能看看那个吗？”

祁行止抬手将阁楼模型取下来，递到她手里。

“唔……有点眼熟。”陆弥仔细端详着这比她手掌大不了多少却精巧繁复的模型，嘟囔了一句。

“这是洪崖洞。”祁行止说。

“对了！我在网上看到过，”陆弥恍然想起来，“《千与千寻》的原型，对吧？”

祁行止点点头。

陆弥忍不住一直盯着那模型看，心中惊叹这手艺真精巧，小窗、雕栏，不过米粒大的景致，全都清晰可见、栩栩如生。

“这手也太巧了……”陆弥感叹。

祁行止见她目露惊艳，也不知怎的，邀功似的主动开口说了句：“这是，我搭的。”

陆弥瞪圆了眼，看了看手中的模型，又看了看祁行止，目光渐渐往下，定格在他自然垂落的双手上。

好吧，他的手指修长且骨节分明，的确是很适合干手艺活的样子。

但陆弥还是有些难以相信，这年头居然还有十几岁的男孩子愿意安安静静坐下来干木工。

天才果然不一样。

陆弥佩服地点了点头，问：“你去过重庆啊？”

祁行止目光微微一滞，说：“去过很多次。”

很奇怪，他一碰见陆弥，表达欲就激增，控制不住地想多说几句，于是又道：“……以前，我爸爸是个地质学家，他经常带我去重庆。”

话题突然转到祁行止的父亲，陆弥微怔，想起林院长说过，祁行止的父母都已经去世了。

她谨慎起来，绕过伤心事，笑着问：“那你肯定很喜欢重庆吧？”

“嗯。”祁行止轻声说，“重庆有很多有趣的建筑。”

陆弥玩笑道：“可惜了，清华不在重庆。”

祁行止笑了，道：“没关系，有很多机会可以去的。”

陆弥点点头，不再接话，盯着手里的模型看得入迷。

那小窗比米粒儿大不了多少，人的手又那么大，是怎么做出来的呢？她心里不住地惊奇。

做这玩意儿应该很费功夫，得几小时一动不动地闷坐着，倒是很适合祁行止的个性。她又想。

祁行止一直站在她身边，安静地等她欣赏完这件模型。

窗前阳光透进来，她褐色的瞳孔更清澈了，形成琥珀一样的颜色。她看得很仔细，似乎想上手摸一摸，却又克制着，像是怕弄坏一件艺术品。

可这不过是他闲来没事做的一件消遣玩意儿罢了。

祁行止忽然有些懊恼，应该给她看上个月最新做的那件的，那才是他最满意的作品。

陆弥透着阳光观察模型颜色的变化，祁行止看着阳光下的她。

谁都没有说话。

也不知过了多久，祁行止发觉自己的目光居然定格在陆弥的耳垂下，她颈侧的皮肤几乎白得透明。意识到这一点，他慌忙低下头，开口道："重庆还有很多好吃的。以后你要是去重庆，我请你吃东西。"

他忽然出声，陆弥吓了一跳，回神后才笑道："好啊，我可不会客气的。"

祁行止敛着笑意点头。

"哎呀，要上课！"陆弥这才想起来正事，一看耽误了快半小时，连忙拉着祁行止坐下，"哗啦啦"地翻起资料。

陆弥紧赶慢赶，还是没能在四点前完成今天的教学任务。

"哎，看什么模型嘛……"陆弥懊恼地翻了翻那最后一套听力，"算了，这个留给你当课后作业吧。"

祁行止接过听力资料，没说话。

其实，可以加课的。他在心里说。

"我会跟祁医生说的，今天的课只收九十分钟的钱。"陆弥一边收拾书包一边说。

"其实可以……"

"陆弥——"

楼下传来洪亮的声音，打断了祁行止的提议。

陆弥探头到窗前一看，拧起眉嘟囔了一句"怎么还找到这儿来了"。

祁行止闻言，也忍不住好奇起身看了一眼。

一个寸头男生站在小巷里，皮肤黝黑，一口大白牙亮得晃眼。看见陆弥，他更加兴奋地挥舞着手臂，又叫："陆弥！快点下来！"

陆弥"啪"地关了窗，低头抿着唇，加快了收拾书包的速度。

祁行止默默看着，心里猜想，陆弥也许并不欢迎楼下这个男生。

于是他问："是你朋友？"

陆弥没好气道："我没朋友。"

陆弥把书包一兜转身要出门，手都搭在门把上了，还是气不过似的，回头凶巴巴地冲祁行止问了句："你们男的是不是有发情期啊？"

祁行止被她粗放的用词吓了一跳，身体不自觉地后仰了一下。

在陆弥灼灼的目光里，他咽了咽口水，谨慎地回答："应该……不是。"

"算了！你又不懂。"陆弥摆摆手又走了，嘟囔着"看我不想个办法给他降降温"。

这次祁行止没有跟下楼去送陆弥，直到听见楼下大门合上的声音，他才又探身看向窗外。

那个男生殷勤地跟在陆弥身边，又是伸手想替她背包又是拿手掌给她扇风的。陆弥脚步越走越快，他也就紧紧跟着。

夏日的午后，他们的影子很短，短到陆弥一拐弯，祁行止就什么也看不见了。

蒋寒征一直跟着陆弥到了红星福利院门口。

院子里的小朋友们围成一个圈在做游戏，还没看见他们。

陆弥往里看了眼，又往外退了两步，板起脸回头对蒋寒征道："你还要跟我进福利院？"

"你让我进当然更好啊。"蒋寒征笑嘻嘻的。

陆弥翻了个白眼："我走了。别再来找我。"

"哎哎哎，别啊！"蒋寒征连忙拦住她。

"你还要干吗？"陆弥把手一甩，抱着胸问道。

蒋寒征被她这么一吼，目光顿了顿，人高马大的男孩子看起来居然委屈巴巴的，轻轻开口问："明天毕业聚餐，你去不去？"

陆弥好笑道："蒋学长，我们班毕业聚餐，关你什么事？"

"我受邀赴宴啊！"蒋寒征一脸骄傲，"我可带你们班篮球队拿过两年冠军，深受爱戴的好不好！也就你，一天天对我没个好脸……"

陆弥没耐心地打断他的话："我就是这么没礼貌没好脸，你既然知道，就别来烦我。"

她话说得狠，蒋寒征却还是笑得宽厚："可我只喜欢你啊。"

陆弥倒吸一口凉气，蒋寒征这人能把“喜欢你”这话说得像家常便饭一样——在她甚至没有主动和他说过话的情况下。

陆弥绞起眉毛，一时不知该说什么。

“陆弥姐姐！”院子里的小毛头们解散了，跑出来便看见陆弥，和她身边这位人高马大、长得还不赖的哥哥。

八卦是人类天生的本能，哪怕在幼崽阶段。小朋友们看见蒋寒征，眼睛都亮了两分，立马牵着陆弥的衣角扭扭捏捏地问：“陆弥姐姐，这个哥哥是谁呀？”

是个“绝世二百五”。陆弥心道。

蒋寒征倒是主动，蹲下身摸了摸小萝卜头的脑袋，十足亲和地做了个自我介绍：“你们好呀，我叫蒋寒征，是你们陆弥姐姐的朋友。”

小孩里面有大胆的，眼睛滴溜一转问：“是……男朋友吗？”问完也不等回答，自己捂着嘴巴便“嘿嘿”笑起来。

陆弥气得脑袋快冒烟，拎着那小孩后领把人揪出来：“不是。不准乱说话。”

陆弥凶起来，小萝卜头们都怕她，正要跑，正好林立巧又从院子里走出来，看见一群人围着，笑着问道：“怎么这么热闹？玩什么呢？”

小孩们立刻又活泛起来，那个胆大的指着蒋寒征道：“院长老师！这是陆弥姐姐的朋友！”

“朋友”，简简单单一个词，小朋友嗲着嗓子一讲，不暧昧也变暧昧了。

蒋寒征上前朝林立巧微微鞠了一躬，道：“老师好，我叫蒋寒征，是陆弥的同学。”

林立巧一向和蔼，又见他为人礼貌，长得也不赖，笑得便更意味深长了些，斜眼看了陆弥一眼：“陆弥，怎么同学来了也不叫人进去喝杯水？”

陆弥满脑袋问号，不知该怎么解释。蒋寒征又主动道：“没事老师，我就来递个话，这就走了。”

说完，他又看了眼几个小孩，笑道：“哥哥请你们吃冰激凌，好不好？”

福利院的小孩怎么抵挡得了冰激凌的诱惑，立马异口同声地回答：“好——”

林立巧连忙出声拒绝：“哎哎哎，不行，怎么能让你破费。”

蒋寒征爽朗道：“没事儿！老师，也没几个钱。”说着，已经牵起了其中两个孩子的手。

林立巧无奈，只得推推陆弥，道：“你赶紧，跟人家一起去呀。”

陆弥抿着嘴，淡淡道：“我待会儿把钱转你。”

蒋寒征笑说不用，领着孩子们走了。

待他们走远，林立巧嗔怪地拍了下陆弥的手腕：“你怎么回事，跟你同学也这么没礼貌。”

陆弥懒得和她多说，转身想走，却又被林立巧拉住，凑近了问道：“等等，我问你呢！这男孩子跟你……看起来关系不错啊？”

陆弥无语，问：“从哪儿看出来的？”

林立巧言之凿凿：“你那么跟人说话，人家对你还那么好的脾气！”

陆弥说：“我那么跟他说话是因为他烦，至于他为什么那么好脾气你去问他，反正在我这儿我只觉得他更烦了。”

“你这孩子！”林立巧先是怒了句，又给颗甜枣，轻声道，“现在也可以谈恋爱了，我看那小伙子端端正正挺不错的，可以试试。”

“我不喜欢，怎么试？”陆弥一甩手，再不和林立巧废话，转身进了院子。

陆弥回到屋里，摊开了备课笔记本。今天是周六，下次上课就是两天后了，她打算带祁行止读一首英文诗。

至于是哪一首，她还没选好。

笔记本上是她上周末去网吧誊抄来的几首诗，陆弥轻轻地、一首一首地念过去，难以抉择。

这几首诗都很美，但又都有些暧昧了。

虽然她只是想帮助祁行止拓展一点阅读视野，顺便进行一些“美的教育”，但万一被家长知道了呢？总归是不太好，祁医生看起来可不像是喜欢读诗的人。

陆弥闲闲地翻着书页，心里犯了难。

唉，这些西方诗人，浪漫得过了头。

“陆弥——”楼下又传来蒋寒征的声音。

陆弥懒得搭理，拿着笔记本起身坐到了床上，离窗子远了点。

“明天聚餐，我来接你！”蒋寒征声音洪亮得吓人。

眼前的字母乱了套，陆弥读不下去了。

“下午五点，我就在这里等你！别忘了！”蒋寒征说完，楼下又不知哪个小萝卜头跟着起哄，叽叽喳喳地重复着“别忘啦别忘啦”。

陆弥“啪”地合上笔记本，拉起被子往脑袋上一蒙，隔绝了楼下的吵闹。

第二天下午四点，陆弥提前出了门。

到餐厅的时候，只有班长夏羽湖和另外几个女生在忙活着布置。

“陆弥，你怎么来得这么早？”夏羽湖看见她，笑得极灿烂，甚至亲切地起身迎接，“来，你坐这儿！”

说来奇怪，很长一段时间里陆弥在班里不过是个可有可无的透明人，一般的长相、一般的成绩、一般的勤奋，甚至连脾气也很一般，不算友好，也不算没礼貌——这样的同学是最容易淹没在人群中的。

说不清具体在什么时候，也许是高二篮球赛蒋寒征问她要了一次水之后，夏羽湖便对她忽然关照起来。夏羽湖的关照可真是热情，从一起吃饭到一起上厕所，惹得陆弥避之不及。

陆弥被安置在圆桌最中间的位置，如坐针毡，想起身换个位，又被夏羽湖摁着肩膀坐回去。

夏羽湖笑眯眯道："你就坐这儿，待会儿有惊喜哟。不用谢我！"

陆弥心里有种不祥的预感。

果然，半小时后，同学们陆陆续续来齐，蒋寒征在众人的起哄声中闪亮登场，带着一脸新郎官谢客的喜庆笑容坐到了陆弥身边。

"蒋学长迟到了！有人等了好久呢！"夏羽湖率先开腔。

"我的错我的错，下一场夜宵我请客！"蒋寒征向来好脾气，乐呵呵地应了话，眼睛却看向陆弥，低声问，"怎么没等我？"

陆弥不想搭理他，头一撇，转到一边去喝饮料。

"哎哎哎，怎么还说悄悄话呢！当我们不存在吗？"不知又是哪个多事的男生起哄。

夏羽湖忙接腔："人家一对儿的说点悄悄话怎么了，你这个单身狗就别多嘴了！心不心酸啊！"

陆弥忍无可忍，抬头瞪了夏羽湖一眼。夏羽湖却仿若没看见，笑容灿烂得有些刺眼。

蒋寒征端起杯子敬大家，很有老大哥的做派："来来来，喝酒！恭喜学弟学妹们顺利毕业，前程似锦！男生喝酒，女生喝饮料啊，都注意点别瞎灌！我先干！"

一个男生看见陆弥脸黑，反而不依不饶，道："征哥，就你自己喝啊？咱们的金童玉女怎么着也得一起喝一杯吧！"

人群中立马有男生接腔："就是啊！陆弥，你不能光刺激我们这些单身狗吧，一定得喝一杯！"

"喝一个，喝一个！"

"交杯酒，交杯酒！"

夏羽湖倒了杯可乐塞陆弥手里："哎呀，别害羞啦，都毕业了还怕啥？"

"就是就是，喝一个，喝一个！"

经历三年苦读的学生们在这个暑假终于迎来了梦寐以求的自由，好像蓄积已久的大坝终于开闸泄洪，他们迫不及待地拥抱作为成年人的权利——喝酒、起哄、大声喊出从前不敢说的话，好像越大胆、越“社会”，就越自由。

有目标的顺理成章开始恋爱，没目标的，就像夏羽湖现在这样，不遗余力地撮合所谓的“金童玉女”。

“金童玉女”，好像每一所学校都有几对这样的人，他们在众人八卦的目光中自动结为一对。比如陆弥和蒋寒征，除了蒋寒征莫名而直白的示好外，他们唯一的交集，不过是高一英语演讲比赛上的一次合作。

蒋寒征看起来天不怕地不怕，却在上台前紧张得不住流汗，挺括的白衬衫背后很快湿了大半。陆弥抽到和他一起完成一篇英文新闻报道，不想被搭档拖累，于是把他拉到安静的角落，陪他一遍又一遍练了很久。

起哄声愈演愈烈，陆弥的忍耐也到了极限。

她把夏羽湖塞过来的杯子往桌上一放，冷冷地问：“谁告诉你们我脱单了？”

几个起哄的男生脸色瞬间变了，气氛也逐渐尴尬，蒋寒征笑意僵在脸上，顿了两秒还是开腔打圆场，笑道：“就是嘛，你们别乱说，瞎胡闹！”

空气静了几秒，不知是谁小声嘟囔了句：“真没劲……”

紧接着，便有人小声附和：“就是，不就开个玩笑……”

陆弥气不过，正要开口，却被蒋寒征挡住半边身子，拉了拉手腕。

“别再说了啊，再说我就更追不到了！”蒋寒征笑嘻嘻道。

男生们笑得贱兮兮：“征哥，你可飘了啊。”

陆弥再听不下去，无语地看了眼蒋寒征那雀跃的后脑勺，转身离席。

陆弥走到老师那一桌，一一敬了酒，又到甜品台，拿了个最大的面包，走到餐厅门外站着啃。

面包梆硬，并不好吃，陆弥越啃越觉得憋闷，既心疼自己交的班费，又气那些口无遮拦的人。

学生时代，很多人爱开这样的玩笑，谁和谁在一起啦，谁和谁天生一对啦。但从中能得到乐趣的，也只有那些看热闹的人。被围在人群中间取乐起哄的人，和动物园里的猴子没什么区别，从尴尬无奈到愤怒无助的心情，别人是理解不了的。要是不配合，还会被赏个白眼批评一句——“开不起玩笑”。

这是什么逻辑。

陆弥越发觉得憋屈，尤其是想到自己是交了班费来聚餐的——就好像自己把自己卖了。

面包卡在嗓子里，陆弥猛烈咳嗽起来，打算买瓶水喝。

一抬眼，却在街对面的书店看到熟悉的人影。

盛夏的夜里热浪滚滚，人声嘈杂。

祁行止穿着白色T恤站在书店门口的报刊摊前，侧身看着一本杂志，安静得像一幅画。

陆弥也说不清究竟是为什么，但很奇妙地，那一角白色T恤落入她眼帘的时候，她就静下来了。

所有的憋屈、烦闷，在那一瞬间烟消云散。她心里甚至跳过了“他怎么在这里”的疑问，径直开始猜测他在看什么书，天才该不会这时候也在看奥数吧？

在还没意识到的时候，她已经轻轻扬起嘴角，迈上前打算喊他。

“祁——”

“陆弥！”

陆弥的脚步还没迈出去，就被后一步出来的蒋寒征牵住了手腕。

她猛地回头，刚刚压下去的烦躁又腾起。她将手一甩，皱眉问：“又干吗？”

蒋寒征垂着眼帘：“对不住，刚刚他们玩笑开得太疯了。”

陆弥冷哼一声：“你对不住什么？我看你听他们开玩笑听得挺开心的。”

蒋寒征声音越发小：“对不起，我知道你生气了……”

“你明明可以否认。”陆弥声音冷硬，“一句话的事，只要你否认了，他们就不会起哄了。”

蒋寒征听了，抬头欲言又止地看着她，顿了好久才说：“可是我喜欢你啊。”

陆弥一时语塞，说不出话的同时脑袋突突地疼。

蒋寒征太直接，又太坦诚，恨不得把“我喜欢你”写在脸上，展示给太阳看，说给风听，在陆弥缓过神之前，就让全世界都知道。

可陆弥向来是个很有自知之明的人，她心眼小得只够装下一个自己，无福消受这样坦荡的爱意。

陆弥盯着蒋寒征的眼睛看了看，终于叹了一口气，轻声说：“我不喜欢你。”

蒋寒征明显怔了一下，却很快笑起来，低头道：“我知道。”

陆弥不解地追问：“那你为什么还要这样？”

蒋寒征不回答，反问：“那你有喜欢的人吗？”

陆弥晃了下神：“……没有。”

蒋寒征问：“那我为什么不能等等呢？”

陆弥再次语塞。

“如果你有了喜欢的人，我绝对不缠着你。但你现在没有，为什么不能让我等等呢？”蒋寒征认真地说，“万一，我只是说万一你以后有一点喜欢我了呢……”说完，他又笑着拍了拍她的肩，道，“没关系的，陆弥。你就让我等等吧，我不着急。”

陆弥张了张嘴，欲言又止，不知该说什么。

“你肯定不让我送你回家吧……”蒋寒征自嘲地笑了笑，“那你路上注意安全，我得进去了，还答应了请客吃夜宵呢。”

他说完便摆摆手转身走了，背影高大挺拔，看起来坦荡又洒脱。

陆弥怔在原地良久，直到看不见蒋寒征的身影，才长长地松了一口气。

她缓过神来，急忙扭头往街对面看。

祁行止已经不在那里了。

陆弥心里忽然涌出一股子怅然若失的失落，怔了怔，还是迈开脚步，向那边走过去。

陆弥走到刚刚祁行止站的地方，拿目光在书摊上扫了扫，一眼便看见一众花花绿绿的杂志中间，一本浅绿色硬壳、素净得格格不入的《万物静默如谜》。

陆弥心中吃了一惊。

这是她高中三年里“蹭”了无数遍的书。

中学边的书店里，辛波斯卡的诗是很不卖座的，陆弥也因此有机会时不时来翻几页，直到她把所有的诗都读完了，这几本孤零零的诗集也还是一本都没卖出去。

祁行止居然也在看这个……

“又是你？”陆弥还沉浸在讶异中，书店老板摇着蒲扇走过来，一把收起那本诗集，嫌弃道，“你平时偷偷在里面看看也就算了，还摆出来浪费我摊上的位置？”

老板把书往收银台后面的柜子上随手一塞，嘟嘟囔囔道：“也就看你是个学生……”

陆弥看着那书被极粗暴地塞进两本地摊小说中间，不知怎的脑海中忽然闪过刚刚祁行止侧身而立静静翻书的画面，意识还没回笼，已经开口道：“这书我买了。”

老板狐疑地抬头看了她一眼，硬邦邦地撂话：“六十八！”

陆弥被这巨款砸回了神，才反应过来自己刚刚说了什么。

老板没耐心地问：“买不买？”

陆弥一边在心里痛骂昨天非要请小毛头吃冰棍害她赔进去小一百块的蒋寒征，一边强装镇定掏出钱包，抽出一张红票子按在桌上：“买。”

夏夜的风并不能带来丝毫凉意，陆弥承受着肉疼和炎热的双重煎熬，一边在心里痛骂蒋寒征，一边又止不住地想到另一个人。

怎么这么一会儿人就不见了……

“……我们蕾姐哪儿不好？”

“你不要敬酒不吃吃罚酒……”

…………

经过某条黑黢黢的小巷时，里头忽然传来零碎的声音。

陆弥顿住了脚步。

她侧身往里一瞥，看到三个人影。两个披着发的女生，站在巷子中间；另一个身影明显高些，背靠墙站着，被那两人形成合围之势。

而这个高个的影子，怎么看怎么眼熟……

“我不认识你。”

那高个的身影一开口，陆弥就更确定了。

“现在不就认识了？”一个女生嘻嘻笑着说。

祁行止说：“抱歉，我记性不太好，要认识一个人恐怕没那么简单。”

“那就加个微信，慢慢认识。”女生拿出手机。

陆弥借着屏幕的光看清了那女生浓厚的妆容和紧绷在肩上的吊带。

她大概确定了，这两位八成是附近中学的女学生。那所中学在她们学校一向出名，最出名的就是不论男女都爱来这边认识“好学生”。

祁行止这般姿色，被盯上也不让人意外。

“我不用手机。”祁行止说。

“你什么意思？”大姐大似乎火了，声音拔高两个度。

祁行止颔首：“字面意思。”

他又往前走了半步，道：“麻烦让让，我要回家了。”

“让什么——”

“干吗呢！”陆弥看足了戏，掐准时候闪亮登场。

她在巷口路灯下的明处站着，忽然出声吓了两个女生一跳。但等她们俩看清楚这边，见不过是个孤零零的女生，便毫无惧色，怒道：“你是谁啊你，多管什么闲事？”

陆弥心里琢磨着，面对这些小太妹，最重要的是气势，拿出成年人的气势来就赢了一半。于是她不疾不徐地冲她们走去，边走边道："我是他家长，你们俩把我家孩子堵巷子里是想干什么？"

也不知是不是故意配合，祁行止喊了她一句："陆老师。"

那两个女生半信半疑地打量她，但气势明显不足："就你这样子……老师？"

陆弥冷哼一声，拿出手机："你们不是要加微信吗？加我的怎么样，我有的是时间跟你们聊。"

她走到祁行止身边，轻轻牵住了他的手腕。

一个女生目光定在她手上拎着的书上，仔细看了两眼，倏然皱起了眉，同另一个耳语了几句。

陆弥见状乘胜追击，迅速换了张恶人脸，凶狠道："问你们话呢！哑巴了？"

那女生明显被她一嗓子吼得哆嗦，咬着牙骂了句脏话，目光在他们二人中间来回睃着，终于牵着另一个的手跑了。

"你等着！"跑路前，那女生还不忘撂狠话。

"再敢缠着我们家孩子下次我直接报警了！"

陆弥不甘示弱地冲她们的背影喊，却被祁行止拽着手腕拉回来："好了，陆老师，她们不敢真的怎么样的。"

那两人走远了，陆弥冷静下来，也松了口气。

说实在的，一对二，对方还是战斗经验丰富的太妹，她这个"成年人"可没什么胜出的把握。

她瞥了眼手上的袋子，没想到是这本书帮了大忙。

还好她买的是诗集不是什么娱乐杂志。

陆弥回过神来，抬头看了眼祁行止。他倒是淡定，还是那张泰山崩于前都不改色的脸。

"她们是谁啊？"陆弥问。

"不知道。"

"不知道她俩就堵你？"

祁行止点头："嗯，刚刚碰到的。"

"行吧。"陆弥无奈地点了点头，表示理解，"男孩子在外面要保护好自己。尤其是你这种。"

祁行止噎了两秒，说："陆老师，就算你没来，我也不会有事的。"

"哟，是吗？"陆弥嘲讽地哼了声，"就你那不会转弯的脑子，打算怎么甩掉她们？你总不会要跟她们动手吧？"

"不是。"祁行止失笑，"我有我的办法。"

陆弥全然不信，摆摆手不屑道："你能有什么办法。"

祁行止无奈地笑了声，也不再与她纠结这个话题了。静了两秒，他忽然问：“你不去聚会吗？”

陆弥狐疑：“你怎么知道我聚会？”

祁行止顿了一下，说：“我刚刚在书店看到了。”

“哦，看到了不知道打招呼，有点礼貌没有？”陆弥故意找碴儿教育他。

祁行止有些无语。

“行了，回家吧。”陆弥走在他身前两步。

“陆老师。”祁行止忽然叫住她。

“嗯？”陆弥回头。

“你……想喝奶茶吗？”

陆弥拧了下眉，没反应过来：“哈？”

祁行止上前两步，走到她身边，轻轻一笑：“就当是谢谢你替我解了围。”

书店旁就是一家奶茶店，陆弥和祁行止一起往回走。

祁行止不挑，于是陆弥给他点了杯一样的蜜豆奶茶。

祁行止原本站在她身后静静等着付钱，见她和服务员叮嘱多一份红豆，冷不丁评价了一句：“你真的很喜欢红豆。”

陆弥说：“甜的啊，谁不喜欢。”

祁行止失笑：“好吧。”

奶茶做好，陆弥回身递给祁行止，说：“上去吹会儿空调吧，喝完再走……”

话还没说完，她忽然揪住祁行止的衣角，侧身往他身后一躲。

祁行止骤然僵住。

陆弥抓着他腰间的衣服，半蹲着躲在他背后，额头几乎抵在他肩下，轻而密的呼吸似有若无地敲在他的背上。

“走了没走了没？”陆弥问。

祁行止向街对面望去，餐厅门口簇拥着一大群男女，热热闹闹地向十字路口的方向去了。

祁行止说：“走了。”

“呼——”陆弥松了口气，起身看了眼，确定蒋寒征一行人走远了，才彻底放松，“走吧，上楼。”

祁行止强作镇定：“嗯。”

陆弥觉得他表情不太对，上下打量了一眼，才发现他腰间衣服上有一小块水渍，是刚才她拿奶茶碰上的。

“噫——不好意思，”陆弥忙抽了张纸去擦，“我没注意……这奶茶可冰了，你怎么也不说？”

祁行止说："没关系，就一点儿。"

陆弥十分抱歉，又反复给他擦了几次。

祁行止看见她指尖变得红红的，便把衣角拉回来拽在自己手里，道："没事，夏天温度高，很快就干了。"

奶茶店二楼有一整面落地窗，靠窗的位置视野极佳，楼下的车水马龙、人来人往，也凑成一番不错的夜景。陆弥悠悠地吸着奶茶放空了看风景，这样的时刻对她来说很算难得。

祁行止不自觉地拿吸管戳着奶茶里的珍珠，心里犹豫了几遍，还是问："陆老师，刚刚那个……就是那天在楼下叫你的人？"

陆弥侧头："嗯。"

"那你为什么要躲他？"

陆弥哼了声："因为烦他。"

祁行止顿了顿，想紧接着问一句"为什么烦他"，又觉得这样追根究底的话，惹她烦的那个恐怕会变成自己，于是欲言又止了半天，硬是把那话给生生咽回去了。

陆弥看着他笑起来，想了想，忽然问："哎，你有喜欢的女生吗？"

祁行止心跳漏了一拍，两秒后才回答："没有。"

"也是，一看你就没有。"陆弥毫不意外地点了点头，玩笑道，"你就跟电影里那些科学怪人一模一样……智商高、住阁楼、不说话。哎，你该不会也跟科学过一辈子吧？为人类社会奉献终身什么的。"

祁行止没说话。

"啧，我这辈子还当过天才的英语老师，真想不到。"陆弥摇摇头，啧啧叹道。

祁行止见她说得有鼻子有眼，不禁失笑，道："陆老师，我没有不说话。"

陆弥"嘁"了声："可别扯了，你一天能说几句话？"

祁行止说："我跟你就已经说了很多话了。"

"行行行，我的荣幸！"陆弥笑着把奶茶举过去和他碰杯，"谢谢您赏光和我说话。"

祁行止抿抿嘴，不再反驳，一边笑一边和她碰了碰杯。

陆弥的奶茶很快见底，她晃了晃杯子，有些意犹未尽似的。

祁行止问："要再来一杯吗？"

陆弥忙摇头："老师占学生便宜这种事儿一次就够了，让院长知道了我还要不要继续打工了。"

祁行止笑了笑。

“欸，我再问你个问题啊。”陆弥闲下来，又觉得无聊了，一手撑着脑袋，另一只手的手指有一下没一下地叩着桌面。

“嗯。”

“你说你以后要是有了喜欢的人，万一，只是万一啊，万一她不喜欢你怎么办？”

祁行止偏头看了她一眼，她一双眸子亮晶晶的，似乎很期待他的答案。

但他只能抿抿唇，说：“不知道。”

其实这个问题已经摆在他眼前了。他真的不知道。

“这怎么不知道……你就想象一下、设想一下？”陆弥的好奇心被吊起来，她似乎迫切地想知道祁行止会怎么做。

蒋寒征那个“二百五”会“等等”，祁行止这么聪明，肯定和他不一样。

祁行止沉吟一会儿，低声说：“这要分很多种情况……”

陆弥“绝倒”，这人怎么做什么事都像在解数学题一样？

“那你说，都有些什么情况啊？”她问。

“比如，我有多喜欢她、我有没有能力和资格喜欢她、她为什么不喜欢我之类的吧。”祁行止尝试列举，但没说几句，就草草含糊过去了。

好像得不到期待的答案，陆弥放弃了，摆摆手，从袋子里拿出刚买的书，递给祁行止：“喏，送你的。”

祁行止看见熟悉的封面，怔了怔，问：“……你怎么买了这本书？”

出于条件反射，陆弥自然地把他的话理解成“这本书很贵，你怎么舍得买”，于是耸耸肩，满不在乎道：“今天心情不好，所以要花钱发泄一下。”

祁行止翻开书封，问：“这是，送我的？”

“是啊。”陆弥点头，“礼尚往来嘛，作为老师，我可不得送点精神食粮。”

祁行止分明从她的表情里看出了一丝肉疼和“摆大款”的虚势，没忍住笑得放肆了些。

陆弥敏锐地质问：“你笑什么？”

祁行止忙摇头，压着嘴角把笑意忍回去，一本正经地举起奶茶，在她的空杯上碰了碰。

“没什么，谢谢陆老师。”他将杯口放矮了些，轻轻一碰，微笑道，“干杯。”

回家的路上，祁行止走在陆弥身后半步的距离，路灯将两人的影子拉得很长。

他发现陆弥走路很快，双臂摆动、两腿迈着，脑后扎的那个马尾也左右晃着，风风火火的，而且一点不吃力。

“哎，对了。”陆弥忽然停住脚步回头道，“下周林院长给我办升学宴，你来吃饭吧？”

祁行止也跟着停下来，仍旧与她隔着半步。消化了一下这突然的邀请，他点头道：“好。”

陆弥这才发现他落在后面，拧眉道：“哎，你怎么走得这么慢？”

祁行止一顿。

“长两条这么长的腿当装饰用？赶紧跟上！”陆弥朝他摆了摆手，催促道。

祁行止无奈，只得跨一步跟上去。

他走在她左侧，发现他们长长的影子中间还空着一段窄窄的距离。

他把原本拎在左手上的书袋转到右手上，影子间的空隙就被填满了。祁行止低头看着，将这个画面一帧一帧定格在脑海里。

月亮做证，我牵过她的手了。

可月亮也不能让时间永远停在此刻。

“陆老师。”祁行止忽然觉得嗓子痒痒的，开口不知道说什么，便叫她。

“嗯？”

祁行止声音里含着止不住的笑意：“你怎么走慢了？”

陆弥抬头白了他一眼，说：“还不是为了等你？长两条腿也不知道干什么用的……”

“哦。”祁行止笑着，“谢谢。”

陆弥嗤了声：“神经。”

祁行止又拿手里的袋子轻轻碰了碰她的手臂，说：“干杯。”

陆弥终于破功，“扑哧”笑出声来，朗声问：“祁行止，你是不是有病？”

陆弥的升学宴定在周日中午。

林院长虽然有心办场大的，无奈财力实在有限，也就在福利院的院子里摆了两桌，让小萝卜头们吃个尽兴。原本还邀请了老师的，但不知是因为陆弥这个学生太过不起眼，还是老师们实在太忙，最终六科老师一位都没来。

尽管如此，林立巧还是尽心地自掏腰包给陆弥买了一条新裙子，又叮嘱她今天打扮打扮，大学生了该爱美些。

祁行止比约定时间早十分钟等在巷口，然后看见了一袭白裙、飘扬长发的陆弥。

她朝他走来的那半分钟里，夏风、阳光、树荫，都是过客。

陆弥笑着问：“你怎么到得这么早？”

祁行止颔首：“刚到。”

“快点来。”陆弥说，“我们福利院虽然穷，但生活阿姨做菜还真挺好吃的。要是去晚了肯定没了，那些小鬼可不跟你客气。”

福利院就在同一条巷子斜对面，走两步便到。刚要迈过门槛，祁行止忽然听得身后有人叫了一句：“小弥！”

他明显感觉到身边的陆弥身形一颤。

巷尾走来一个身材矮胖的中年男人，穿着黑蓝条纹的 polo 衫，领子没形地塌在脖子边；下身是条西裤，看起来没有熨过，腰胯处皱巴巴的；裤腿似乎也有些长，堆在一双棕色皮鞋上。

那人走近了，祁行止才看清他的长相。

头顶锃亮，少得可怜的几根头发往前梳，反而显得头顶更秃了；绿豆眼、蒜头鼻，一直咧嘴笑着，露出一排黑黄的牙齿。

祁行止从不评价他人的外貌，但这次他几乎是下意识在心里嘀咕了一句，这人真丑。

对方丑得让人无法想象他也曾青春年少过。

“小弥啊，升学宴都不喊舅舅来？”中年男人笑得极猥琐，靠近了几乎能闻到他嘴里混着食物味道和烟草味道的糜烂臭味。

祁行止保持着教养，没有后退，反而条件反射一般不动声色地往前挪了挪，将陆弥微微挡在身后。

他不知道自己为什么要这么做，好像只是出于直觉。

“舅舅这还给你包了红包呢，不要？”男人伸手递过来一个薄薄的红包，又白了祁行止一眼，没好气地问，“这又是哪个？我姐又善心大发上哪儿接的小孩？”

“舅舅。”陆弥叫了声，没有接红包，“他不是福利院的，是我学生。”

她冷冷地说：“他是隔壁祁医生的侄子。”

祁行止始终记得第一次见到林茂发时的场景，甚至把每一个细节都记得清清楚楚。林茂发穿成什么样、长得什么样、说了些什么话，又是用怎样的眼神看着陆弥，他都记得很分毫不差。

那是他第一次认识林茂发，说不清为什么，出于不得体的外貌歧视也不是没可能。总之，十六岁的祁行止对这个丑得出众的中年男人产生了极强的戒备心理。

即使在知道对方是福利院林院长的亲弟弟之后。

而后来发生的事情却让他懊悔很多年，他白生了这一副敏锐的直觉。

第五章 北京晴

楼下那架破破烂烂的老钟敲响了整点，发出滞涩迟缓的声音，听起来很有些“身残志坚”的意思。

祁行止盯着天花板上一圈水渍发呆，心道雷哥这买的是什么好钟，大晚上的大家都睡了还报时。

手机忽然亮了一下，他点开来看，才发现已经是凌晨一点。

段采薏发来微信，说：意向电话打过去了，她好像挺感兴趣。

祁行止心下一动，回复：好，谢谢。

段采薏很快回过来：你怎么这么晚没睡？

祁行止：处理事情。

段采薏发过来一个可爱的屁桃表情包，紧接着又跟了句：祁神可别这么努力了，给别人留一条活路吧。身体健康最重要。

祁行止扫了眼，不知该怎么回复，半分钟后打了“谢谢”两个字发过去，便把手机摁灭，起身下床。

今晚他实在睡不着，索性去把撂在路边的摩托车开回来。

凌晨时分，还在街上开着车穿梭的也就只有网约车司机。祁行止坐在后座，和司机师傅用方言寒暄了几句，便沉默地看着窗外的街景。

他对重庆的一切都熟稔于心。

从念大学开始，每个寒暑假他都到这里来长住，有时候是和老师同学们一起做社会实践、项目调研；有时候只是单纯地待一段时间，拍照、画画，或者骑着摩托车往在山上飞驰。

祁行止是对自己很诚实的人。对自己的梦想、人生和心意，都很诚实。比如他从小向往重庆，这些年重庆就成了另一个故乡；比如小时候与模型道具为伴，长大后建筑便成为他终身的事业。

再比如，很多年前有个人住进他心里，还没负责任就跑得没影没边，可

祁行止也没法骗自己将心里的位置腾出来了。

凌晨两点，飞机降落在首都国际机场。

手机恢复信号，陆弥连忙打开邮箱查收新邮件。

登机之前她接到一个电话，是北京一家名叫梦启的教育机构打来的。

深夜十一点多打电话的HR，陆弥很难不认为对方是个骗子。本来都要撂电话了，可对方态度礼貌、措辞专业，陆弥犹豫了一秒，也就听下去了。

这一听，还就心动了。

飞来北京本就是临时做的决定，她眼下一来存款不足二来举目无亲，找工作的确迫在眉睫。

虽然事先对这家教育机构没有任何了解，但HR说是在人才库里捞到了她的简历，陆弥也没怀疑，毕竟是海投。而且电话那头的女士谈吐不凡，简练完整地介绍了情况——梦启是一家以初中生和小学生为主的私立教育机构，需要一位有海外经验的英语老师。

没有比这更适合她的工作了。

陆弥确定了邮件中的线上面试时间，点下“接受面试邀请”，一颗悬着的心也像终于有了个暂歇的地方，落下来靠了靠。

她看着手机上的时间，不禁苦笑，这公司是什么魔鬼作息，这个点HR还在工作。无奈她现在也没有别的选择了。

梦启、梦启……怎么感觉有些耳熟?

顾不得那么多了，陆弥晃了晃昏昏沉沉的脑袋，拖着行李箱走出机场大厅。

这曾经是她满怀憧憬也无比熟悉的城市。

她和蒋寒征骑着自行车穿过长安街去看过升旗，和室友们夜探过圆明园，曾跷着二郎腿坐在大水法边上点评“清华不咋地北大也就那样”，也曾经绕着三环跑了一整圈找一家冷僻的书店，就为了给某个“不肖弟子”买生日礼物。

阴错阳差，本以为再也不会踏足的地方，居然就这样回来了。陆弥有些哭笑不得地发现，这居然是她第一次造访北京的机场。

没有落脚的地方，没有可联系的朋友。陆弥一只胳膊肘撑在行李箱拉杆上，订了最近的一家快捷酒店，又叫了辆车，看着屏幕上的夜间补贴肉疼得厉害，心想明天面试一定要好好表现，最好一次通过顺利就业。

面试安排在第二天上午十点半，以视频的形式。

陆弥早早起了床，把塞在行李箱里快一个月的衣服拿出来熨平整，又化了个简约而不失精致的妆，坐在电脑前等待。

她很久没用中文面过试了，很难不紧张。

十点二十八分，面试官提前了两分钟进入“会议室”。

陆弥在心里给这家教育机构加了一分。

等看清面试官的长相，这分又往上加了一点。

面试官是个很年轻的女孩子，披肩长发，皮肤白皙，一双杏眼又大又亮，挂着温和友好的笑容。

这笑容使陆弥心里的紧张松下去了些，扯扯嘴角笑回去，却发现面试官的表情有了些微妙的变化。

对方的笑滞在嘴角，微微睁圆了眼，定在那儿，看向陆弥的表情，似乎有些惊讶。

陆弥怀疑是视频卡顿，于是出声道：“您好？能听得到吗？”

面试官很快回了神，笑笑道：“您好，我是梦启教育的段采薏。方便的话我们可以开始面试了，请您先做个自我介绍吧。”

陆弥隐隐觉得哪里不对劲，但还是微笑着点了点头，按一早打好的腹稿开始自我介绍。

面试流程很简单，自我介绍后面试官详细盘问了陆弥的过往经历，又问了几个专业问题。

最后反馈环节，面试官介绍，梦启和其他教育机构有些不同，这里的孩子大多有一定的天赋，但同时也因为家境贫寒且父母疏于照顾，或多或少有些性格上的问题。

面试官很周到地表示，如果陆弥介意的话可以直接提出来。

陆弥的确有些惊讶，但面试官的坦诚和专业让她觉得这个问题并没有那么难以接受。

更重要的是，现实情况并不允许她挑选工作。

整场面试规范且顺利，但陆弥总觉得这位面试官有些心不在焉，好像比起她的回答，对方的专注力更放在她的脸上。

终于，在说明面试结果三天内给到后，这位面试官犹豫了一下，开口问：“不好意思，陆小姐……方便的话，我可以问你一个私人问题吗？和面试无关。”

陆弥有些意外，但还是点头道：“好。”

“你是不是南城人？”

陆弥一惊，狐疑地看了她一眼，说：“是。您……认识我？”

段采薏像是松了一口气，微怔后扯扯嘴角笑道：“我就说……你看起来很眼熟。我也是南城人，可能是念中学时见过。”

陆弥心中起疑，不动声色地观察着屏幕里年轻女生的脸庞，她确信自己记忆里没有这张脸。于是她笑了笑，问：“是嘛，好巧。您是哪个学校毕业的？”

段采薏顿了顿，答：“南大附中。”

陆弥笑道：“哦，那可能是的。真巧。”

段采薏点点头，说：“那我们今天的面试就到这里吧，感谢你抽出时间。有消息的话，我会在三个工作日内联络你。”

陆弥说：“好的，谢谢。”

合上电脑，陆弥在脑海里搜索“duan cai yi”这个发音的名字。这个名字很好听，也绝非大众，如果有印象的话，她该能立刻想起来的。

但她的记忆里没有这号人。

而且，南大附中是整个南城市乃至全省首屈一指的重点高中，而陆弥高中时念的是按地区划分的普通学校。

南大附中，是祁行止的学校……

想来想去，居然还是绕回祁行止身上。

陆弥不想再纠结下去，索性又打开电脑开始寻找其他工作机会，反正这个岗位看样子是没戏了。

电脑屏幕自动弹出今日天气提示，交互效果做得很精致，跳出一座动画的故宫，右上角顶着一轮小太阳——

今日北京，晴，29℃。

陆弥伸手拉开桌边的窗帘，阳光慷慨地照进整间屋子。

烈日灼灼。

退出“会议室”后，段采薏盯着电脑屏幕发了半晌的呆。直到电脑黑屏，她看见屏幕中自己呆滞的脸，才如梦方醒般抓起手机。

她点开祁行止的微信，噼里啪啦地打了一大段话，倏地又顿住，摁住删除键全部清空。

犹豫了一下，她还是拨通了对方的电话。

“喂？”电话拨通，祁行止那边有些吵。

“嗯……祁神？”段采薏清了清嗓子，“你在机场吗？”

“对，马上登机。有什么事吗？”祁行止说完，忽然想到什么，径直问，“面试结束了？怎么样？”

段采薏抿了抿唇，没有回答他的问题，反问：“这个陆弥，是你以前那个家教老师对吗？”

祁行止沉默了两秒，说：“是。”

段采薏说：“可你跟我说她是个翻译，还是个很优秀的口语老师。”

祁行止闻言拧了拧眉，把手机换了一边，问：“这和她曾经是我的家教老师冲突吗？”

段采薏没说话。

祁行止说：“你刚刚亲自面试了她，我说得对不对，你心里应该有判断吧。”

段采薏闷了一会儿，说：“可你没跟我说她大学肄业。”

她的语气令祁行止越发不舒服，他顿了顿，说：“我也从来不知道梦启有不招大学肄业者的规定。”

段采薏安静了很久，不知该说什么，只觉得心里不是滋味。偏偏这时候室友还从她身后经过，照例打趣了一句“又和你家祁神打电话啊”，段采薏心里莫名生出一股子委屈，闷声道：“……没想到你也是会走后门的人。”

祁行止原本想挂电话，冷不丁听见她这么一句，眉头拧得更深，心中生出些无言以对的疲惫感。

他沉沉叹了口气，冷声问：“你到底想说什么？”

短短几句话的时间，段采薏的心情在讶异、不解、委屈之间轮了个遍，听到他这么严肃的一问，居然有些火大。她轻轻嗤了声，回答道：“没什么，就是没想到，你也是会徇私的人。”

祁行止揉了揉眉间，懒得揣测这位一向坦荡爽朗的老同学今天这通阴阳怪气的火是怎么回事，便说：“赵学姐把招聘交给你负责，我只是给你推荐了一个候选人。面试官是你，最终做决定的也是你，我不会再过问。”

段采薏没说话。

祁行止也不再等她回复，说了句“我要登机了”，便挂了电话。

段采薏听着电话里的忙音，心中更加不是滋味，腾地站起来，椅子拖出一声巨响。她拿起水杯接了杯凉水，“咕咚咕咚”一口灌了个干净。

室友被她这阵仗吓了一跳，狐疑道：“怎么了，跟你家祁神吵架了？”

段采薏不耐烦道：“没有。”

另一位室友默默听了半天的热闹，这才从书堆里抬起头，笑问：“不会是他又挂你电话了吧？”

段采薏捏着水杯，气得咬牙，但碍于面子，愣是冷着脸没说话。

室友继续看热闹不嫌事大，喟叹道：“我早就说嘛，虽然说女追男隔层纱，但你这也太上赶着了，效果适得其反。祁行止那种人，肯定是见多了对他死缠烂打的，你对他来说啊，说不定只是个‘号码牌’呢。”

这室友一直是个闷闷的性格，与段采薏开朗活泼的个性相差了十万八千里。又因为成绩咬得紧，大学四年里各种奖学金评比、学科竞赛创业比赛，两人都不太对付。段采薏看不惯她为人不磊落期末考试连个资料都藏着掖着，她看不惯段采薏仗着家境殷实为人张扬，借着祁行止的事明里暗里嘲讽段采薏也不是第一次了。

段采薏自诩坦荡磊落，不喜欢和心眼多的人打交道，也从来不把对方的嘲讽放在心上，可今天这一句，却是实实在在地在她心里割了个口子。

段采薏死死捏着杯子，捏得指尖泛白，才忍住和这位室友扯头发打一架的冲动，撂下句“我出去走走”，便推开门走了。

八月底，暑气难消。段采薏漫无目的地在操场上走了一圈又一圈，还是没能将室友那句“你对他来说啊，说不定只是个‘号码牌’呢”甩出脑袋里。

其实她知道，什么“祁行止见多了死缠烂打的”，都是信口胡诌。

恰恰相反，这么多年，真正在他身边“死缠烂打阴魂不散”的，只有她自己而已。

祁行止虽然长得好看又成绩逆天，但偏偏是个木头一样的个性，不了解他的女生也许还会见色起意主动一两次，可但凡了解些内情的，就知道，他这个人，实在是冷漠到了无趣的地步。学校里的女孩子都有傲气，敢向他示好的身边也不乏追求者，何必在他这一棵树上吊死？

说起来，要论“招蜂引蝶”，还是他那位好友肖晋更胜一筹，可人家恨不得把“有老婆，勿扰”写脸上，叫人知难而退。到最后，学校里这两个最引人注目的男生，反而是最无人问津的。

就只有段采薏，从少女时期起眼里就只有祁行止，一副“不撞南墙不回头”的架势。

段采薏总想，祁行止从生下来开始能说得上“认识”的女生一只手就数得过来，她还是其中资历最老的那一个。虽然他现在是块木头，但只要她在他身边等着，总能等到他开窍那一天的。

这条路嘛，长是长了些，但好在一眼望去尽是坦途，没有南墙可撞，只要坚持到底就行了。

可现在，“南墙”回来了。

“南墙”叫陆弥。

一想到这儿，段采薏便胸闷气短，脚步也愈走愈快，两条胳膊快速摆动着，活像个风车成了精在操场上滚着。

陆弥、陆弥……怎么还是她？段采薏愤愤想着。

陆弥、迷路……行止……想着想着居然觉得这两人连名字都配好了似的，故意气她。

段采薏终于没忍住冲着夜色仰天大叫发泄："烦死了！"

月影重重，树影稀疏，没人在意她到底烦什么。

段采薏第一次见到祁行止，是高一开学的时候。心高气傲的段大小姐中考只拿了榜眼，愤愤了一个暑假，连老爸安排的欧洲游都没去，闷着自学了两个月，只想着开学考试一雪前耻。

万万没想到，开学考试成绩下来，她还是第二名。

开学分班集合那天，段采薏特地配了副新眼镜，拿着座位表搜索那位传说中的"祁行止"。

她的目光在座位间一寸一寸地搜索，最后，在教室最角落靠窗的位置，看见一个盯着窗外发呆的少年。

段采薏自小熟读各类言情小说，看见祁行止的那一刻，她想，见了鬼了。

言情小说里的情节居然能是真的。

段采薏盯着祁行止看，一时忘了收神。

一个冲撞的身影将同时发着呆的他们俩都扯了回来。

新班长是个文弱的男生，戴着镜片堪比啤酒瓶底儿的眼镜，矮矮瘦瘦，看着跟小鸡崽似的。他一个人抱了一大摞学生手册，就这么颤颤巍巍地从教室后门走进来。

没人往后看，也就没人起身帮忙。

班长走到祁行止座位边过道的时候，因为视野盲区，踢着了桌子腿，整个人往前倾，眼看就要摔个狗啃泥。

"喂——"

段采薏惊呼，条件反射地向前伸手。

但她离得太远了。

就在她闭眼不敢看这惨烈现场的时候，意料之中的惨叫声却并没有响起来，只有学生手册"哗啦啦"落地的声音。

她睁开眼，看见祁行止站起身，微微躬着背，一只手拎鸡崽似的拎住了班长那筷子似的胳膊。而班长惊魂未定地僵在原地，半晌没缓过来。

同学们听见动静，纷纷回头看。吵吵嚷嚷的教室里，段采薏却无比清晰地听见了祁行止说的第一句话——

"没事吧？"

清清冷冷的声音，却不叫人觉得冷淡，反而有种沉稳的、令人安心的力量。

后来的段采薏从未为自己被蹉跎的心意后悔过。

十几岁的时候，没有人不喜欢祁行止。

哪怕她不再是十几岁了，也还是喜欢了祁行止很多年。

李碧华说："当初惊艳，完完全全，只为世面见得少。"

可她后来见过很多很多的世面了，还是觉得，高一那年望着窗外发呆的少年，是这一生最惊艳。

这话有点矫情，但矫情就矫情吧，她愿意为祁行止说这么矫情的话。人是多么狂妄自大的动物，谁不为爱人说几句"永远"和"此生"？

段采薏喜欢祁行止，是以"次次要和他争第一"的方式，可惜三年来，只有高一期末考试那一次赢过。高考之后她天不怕地不怕，虽不至于拿大喇叭昭告天下"我喜欢祁行止"，但也郑重其事地叠了小星星、做了小模型，挑选了一个月光皎洁的夜晚，告诉对方——"祁行止同学，我喜欢你。我可以做你的女朋友吗？"

祁行止不意外，也没犹豫，回答她："抱歉，我不打算恋爱。"

段采薏回家发了两天大小姐脾气，又自个儿想通了——只是"不打算恋爱"，不是"不喜欢你"。

这说明她还有希望，只要等。

这一等，从南城等到北京，从附中等到清华，等来了一堵"南墙"。

段采薏不知绕着操场走了几圈，回过神来，操场上人都渐渐散了。

抬头望一眼月亮，一把月光洒下来，也是清清白白的，和她高考结束表白失败的那晚一样。

段采薏仰头望着，直到脖子都酸了，才低下头，心底做了决定——

看在月亮的份上，不能就这么打了退堂鼓。

哪怕真是"南墙"，也不过是砖砌泥缝的，先撞她一撞再说！

陆弥在酒店住了整整一周，每天伴着飞机的轰鸣声起床入睡。终于，在她耐心快要耗尽几乎想一纸诉状告那黑心的梦启虚假招聘骗取求职者劳动成果的时候，收到了官方邮箱发来的 offer。

而过去一周里，她经历了两场加面，完成了一张深夜发来的诡异的英语试卷，就差没就地考雅思口语了。

那位名叫段采薏的面试官看起来明明是个娇憨可人的小姑娘，折磨人来却一点不手软，面试一轮比一轮严肃，那张深夜发来的试卷，八成也出自她的手。

说不清为什么，也许是因为“找工作”的现实压力，也许是“遇强则强”的胜负欲，陆弥居然极有耐心地完成了这一周的魔鬼面试。

陆弥看着offer邮件里写明的薪资待遇和各项福利，在心里算了一笔小账。

工资不算高，尤其对北京这个城市来说。但陆弥对此有心理准备，她搜索过梦启，这几乎是一家慈善机构，全靠私人赞助，而其最大的赞助商就是创始人。正职员工数量极少，大多是志愿者。

陆弥看到这些消息的时候几乎怀疑其真假性——这年头，居然还有人在做这样的事。

好在梦启为所有老师提供食宿，条件估计不会太好，但对陆弥来说，有个不会被打扰的单人间也就够了。

第二周周一一早，陆弥乘公交车晃晃悠悠地从城东来到城西，跟着导航走在鲜有人烟的马路上。

梦启选址在昌平，几乎快到了延庆的地界，大概也是因为资金紧张。陆弥看着手机地图里，大片大片的绿地间挤出这一条窄窄的小马路，不禁失笑。

走了快一公里，首先听见的是一阵嬉笑声。

陆弥看见在马路拐角处一片围栏里，十几个孩子撒欢跑在绿茵上，追逐一只脏得已经看不出原本颜色的足球。

陆弥看了眼渐渐高升的太阳，第一反应是——真不嫌晒得慌。

又看了眼手机导航，才反应过来自己走到了梦启的后门——还得多绕六百多米。

陆弥绕过绿茵场的时候留心观察了几眼，心里纳闷，梦启从选址到薪资水平到机构渊源处处透着缺钱，居然能给学生建这么大的绿茵场。

绿茵场前有两栋楼，看起来也都是修缮得很完备，甚至很有建筑美感。陆弥默默记着，心里又攒了些疑问。

快绕到正门的时候，陆弥收到段采薏的微信，她问：到了吗？

陆弥回复：快到了。

然后加快了脚步。

段采薏果然早已等在门口。

梦启的大门做得很“低调”，砖红色的院墙中间开了个两扇的小门，左侧墙上题着几个字——“梦启俱乐部”，门边有个小小的保安亭。

但陆弥倒觉得这门设计得耐看，砖墙配木门，掩着静悄悄的一个院子，

像古时候的书院似的，看起来是个读书的好地方。

段采薏穿着一条修身的黑色连衣裙，脚踩一双经典的黑色马蹄扣乐福鞋。披着亚麻色过肩长发，耳垂上缀着的两粒珍珠是全身唯一的亮色。

很简单，但经典而耐看的打扮。

陆弥极快地打量她一眼，心里仍小小地为这姑娘的容貌惊艳了一下——说不上多美，但一切都恰到好处，从五官到这一身的打扮，让人很舒服。

陆弥实在很难把这么温和一姑娘和压力面试里那个板着脸的“黑面神”联系到一起。

段采薏倒是十分友好，率先笑着和陆弥打了招呼：“学姐好。”

陆弥怔了怔，心里越发搞不懂这是什么路数。面试的时候就快把“你不行”写脸上了，这会儿居然这么亲切地叫上了“学姐”？

陆弥扯了扯嘴角，正经道：“您好，我来入职。”

段采薏点点头，做了个“请”的手势，笑道：“跟我来。”

陆弥跟在段采薏身后一步的距离，随她绕过了第一栋楼，穿过一个小小的花坛，走进第二栋楼。

这楼外表看着装修精致，进到里头才发现设施老旧。墙面上有笔画痕迹，有脚印鞋印，大理石地板也泛着旧旧的灰黄色。

陆弥一边走，一边默默记着这各个房间上的牌子，有教师办公室、器材室、档案室、计算机机房……很乱的样子。

这是栋四层的矮楼，陆弥跟着段采薏沿着走廊尽头的楼梯而上，直到四楼，走进一间挂着“校长办公室”牌子的房间。

“学姐好。”一进门，段采薏冲着窗边办公桌前的女人叫了声。

陆弥默默打量，这位女士年纪约莫四十出头，一双眼睛很大，炯炯有神，看起来精神饱满、十分干练，穿着却很随意，简单的一件白T恤，不施粉黛，也没戴任何首饰。

“这是新入职的陆老师。”段采薏指了指陆弥介绍道，“就是我跟你说的，专业能力非常强的那位。”

被叫作“学姐”的女士站起身来，笑得很温柔，打趣道：“哟，还真走完了你那几场面试？我还怕人家投诉我们呢。”

陆弥心道，确实差点想投诉。

中年女人朝陆弥点了点头，正式介绍了一下自己：“你好，我叫赵婉，是梦启的创始人。你叫我Jennifer就好。”

陆弥心里略一吃惊，这还真是“校长”本人。一个大学生模样的老师带着入职第一天的她，居然就直接见到了创始人本人，梦启的人事结构还真是简单得有些过分了。

她笑了笑，微微颔首道："您好，我叫陆弥。"

赵婉抿抿嘴，笑道："久仰大名。"

陆弥微笑着点了点头，隐约觉得这四个字有什么不对劲。

入职第一天的程序很简单，段采薏带着陆弥填了几张表走完了人事流程，又带她熟悉了一下梦启的环境，最后一个环节就是打理宿舍了。

"我们这儿，老师和学生住一块儿，你不介意吧？"段采薏问。

"不介意，"陆弥很诚实地说，"只要是个单独的房间就行。"

段采薏轻声一笑，没说话，带她穿过那片绿茵场，走到另一边一栋三层的小楼边。

"梦启总共四十二个学生，四人一间，住在二、三楼；住校的正职老师加上你是五个，都住在一楼。"段采薏指了指最里边的那个房间，"那一间就是你的。"

陆弥问："你住哪里？"

段采薏笑了声，摆摆手："我不住这儿。"

陆弥疑惑地"嗯"了声。

段采薏侧过脑袋轻轻瞥了她一眼，又转回去不看她，说："我还要读研，住学校。"

陆弥点点头，原本她不爱多关心别人的，今天也不知怎的，顺着嘴就问下去："你在哪个学校？"

段采薏笑说："五道口职业技术学院。"

段采薏脸上挂着自嘲的笑，是那种，轻松而淡然的自嘲——只有能在"职业技术学院"前加上"五道口"三个字的人才会拥有的那种淡然和笃定。

陆弥的表情瞬间僵了一下，并不是因为段采薏这份似乎意有所指的"自嘲"，而是因为，从好几年以前，提到"清华"，她就只能想到那个人了。

她不禁想起段采薏说她是南大附中的学生，该不会……总不至于那么巧？

两秒后，陆弥心中的预感得到了证实。

"陆老师。"熟悉的沉稳声音在身后响起，似乎还隔着一段距离，那声音的主人罕见地大声说话。

陆弥和段采薏同时僵住。

她回头，看见祁行止穿着一身白色的运动短袖和短裤，从绿茵场那头，跃步跑来。

“小祁哥！”陆弥还没反应过来，又看见祁行止身后还跟了个瘦得跟麻秆一样的小孩，跑起来两条筷子腿就像踩着高跷似的。

这不是雷哥车行里那个和自己老爹干仗的“中二病”吗？

梦启……梦启……怪不得她一直觉得这个名字耳熟。

一切都串起来了……为什么段采薏会叫她“学姐”，为什么赵婉说“久仰大名”，看来都和祁行止有关。

陆弥大脑宕机，一时竟不知道自己此刻应该是什么心情，只怔怔地站在原地。

直到祁行止站定在她身前，她甚至没空发现今天这副打扮的祁行止和平时有多不相同。

而祁行止也就这么站在她面前，没有说话。

“小祁哥！”雷帆气喘吁吁地跟上来，大剌剌地搭住祁行止的肩膀，正要说什么，又在看见陆弥的瞬间眼睛瞪得老圆，“……怎么是你？”

陆弥心情复杂，她也想问——怎么是我。

怎么遇见你的，又是我。

段采薏狐疑地问雷帆：“你们认识？”

祁行止问陆弥：“安顿好了？”

两人异口同声。

雷帆空张了张嘴，看了眼祁行止，忽然觉得这不是个回答问题的好时候。

陆弥心里天人交战，想到刚刚签下的工作合同，艰难地点了点头，说：“差不多了。”

祁行止朝她身后看了眼，问：“行李呢？”

陆弥垂下眼，说：“还在酒店。”

祁行止点点头，说：“我陪你回去拿。”

陆弥下意识地想拒绝，祁行止却一点空隙没留，转身又对雷帆说：“你跟我一起去，做苦力。”

雷帆笑嘻嘻：“没问题呀！”

这兄弟俩，倒是安排得圆满。

她不想当着段采薏和雷帆这两个陌生人的面和祁行止矫情地推辞来推辞去，于是轻轻点了点头，对段采薏道了谢，说：“那走吧。”

临近晌午，小轿车迎着太阳驶在空无一人的街道上。雷帆坐在副驾驶，被盛夏的阳光晒得晃眼，想伸手去拉遮光板，奈何这车里实在安静得可怕，明明坐了三个人，却只能听见空调闷沉的声音。

雷帆小心翼翼地抬起手拉下遮光板，被这安静得诡异的氛围吓得不敢发出一丝声音。

他微微扭头瞟了眼后座的陆弥，她面无表情地坐着，扭头看窗外风景。他收回眼神的时候又顺便扫了眼驾驶座上的祁行止，祁行止也面无表情，手扶方向盘淡定地开着车。

雷帆想到十分钟前段采薏提出要和他们同行被祁行止拒绝后的阴沉脸色，心里止不住地猜测。

这三人，一定有事……

终于，雷帆被车内压抑的气氛闷得受不了了，“嘿嘿”干笑两声，没话找话地说道：“欸，祁哥，没想到你球踢得这么好。”

早上雷帆看见祁行止穿着一身运动服来和他们踢球的时候，是十足吃了一惊的。他可从来不知道祁行止还会踢球。

祁行止扭头看他一眼，笑了笑：“嗯。”

雷帆又说：“以前你不是不喜欢这种出汗多的运动吗，怎么今天还来跟我们一起踢球了？我还从没见过你穿球衣和短裤呢。”

祁行止又笑了笑：“我也不知道，可能今天心情好。”

雷帆看了眼后座那位黑脸的女士，听着祁行止发自内心的愉悦轻笑，心道见了鬼了，心情好是这个氛围？

他也不敢说，他也不敢问。

工作日上午，超市里人很少。

陆弥推了个购物车走在最前面，完全是将身后两人当空气的样子。

雷帆不知道这位黑脸大姐究竟是何方神圣，只得唯唯诺诺地跟着。再一看身旁的祁行止，倒是一派淡定，还十分有闲情地走走停停，挑拣着超市货架上的各类物品。

祁行止停在一处货架前，手里拿着两盒不同牌子的蚊香，仔细比对着。

雷帆看见陆弥快拐弯，连忙提醒：“欸，她都走到那儿了！”

祁行止选定了一个牌子才抬起头来，快步向前跟上。

雷帆下意识想跟上，但看着祁行止和陆弥并肩的背影，又鬼使神差地顿住了脚步，依旧远远地跟着。

“陆老师。”祁行止把蚊香丢进她的购物车里。

陆弥轻轻地“嗯”了声，头也没回。

拐弯后走到货架另一面，祁行止突然伸手停住购物车，说：“教师宿舍

的蚊子很多，买个蚊帐吧。”

陆弥看了眼刚刚他丢进购物车里的蚊香，没说什么，径直在货架前站定，挑选起蚊帐来。

祁行止说：“单人床，1.5 米宽，2 米长。”

陆弥没有回应，一边挑着，一边漫不经心地说：“这一个礼拜，我面了三场试，做了一套晚上十点发来限时第二天早上十点交的试卷，才拿到梦启的 offer。我一开始还纳闷这是什么路子，刚刚看到段采薏看你的眼神，突然就想明白了，原来是小姑娘瞎吃飞醋。”

她的话题转得太快，祁行止先是微怔，听完，抿着唇未置一词。

陆弥这才回头看了他一眼，笑道：“怎么，你不知道？”

祁行止看了看她，说：“知道。”

蚊帐样式都差不离，陆弥看了半天，还是决定选货架顶层最便宜的那种。

她微微踮了踮脚，发现完全够不着，也不自不量力，回头对祁行止说：“帮我拿——”

她话没说完，祁行止已经上前半步，抬手将那盒蚊帐取下来。

他没有避讳，直接将她笼在身前。

却也没有再进一步，另一只左手始终规规矩矩地垂在身侧。

气息靠近的时候，陆弥下意识想从他左手边的空隙里往外挪一步，但祁行止动作很快，她僵住的刹那，他已经取下盒子，退开了身。

“我很早之前就知道，也早就拒绝了。”祁行止低头把购物车里的东西摆了摆正，又抬头看着陆弥，淡淡地说。

他语气轻描淡写的，眼神却牢牢地抓着陆弥。

陆弥这才发觉今天的祁行止有什么不同了——穿着白色球衣和运动短裤，一向整齐的头发也因为运动显得有些乱，整个人冒着一点躁动的热气。

陆弥像被什么东西忽然灼了一下，有些不自在地别开眼神，笑道：“那时不开窍，到现在还不开窍？”

祁行止没回答，点了点购物车里的东西，问：“还有什么要买的吗？”

陆弥如释重负般，想也没想便摇头：“没有了。”

祁行止点了点头：“那走吧。”

陆弥手上突然空下来，落后半步，看着前方推着车的少年的宽阔背影，总觉得有哪里不对劲。

祁行止和雷帆一人拎着一个大袋子走在前头，陆弥手里拿着刚刚手疾眼快留下的小票，按数额给祁行止转钱。

用手机转完账，她一抬头，看见雷帆把两个袋子放进车后座，又绕过车尾坐进后座另一半的位置。

陆弥顿了下，上前坐进副驾驶，边扣安全带边问："这车没后备厢？"

祁行止还没说话，雷帆笑嘻嘻地探出颗脑袋来，说："就这点东西，还放什么后备厢！"

祁行止笑了笑，附和道："有道理。"

陆弥噎了一下，扭头看窗外："开车吧。"

现在这情景，尤其是她和祁行止中间这颗笑得过于灿烂的脑袋，未免太像一家三口的汽车广告……

祁行止发动车子，问："酒店在哪儿？"

陆弥说："机场边。"

祁行止想了想："那先送雷帆回去。"

陆弥问："为什么？"

祁行止笑了笑："陆老师，人家才初二，还要上课。"

"……行。"

大概是因为雷帆真赶着上课，祁行止车速明显加快，把雷帆送到后又麻利地掉头转向，往机场的方向开。

陆弥原本想装睡，脑袋在车窗上抵了十几分钟，实在睡不着，又直起身来，盯着前路发了好久的呆，才聚齐力气似的，扯扯嘴角笑了声，扭头问："哎，你为什么拒绝人家段采薏？"

她没等他回答，又紧接着说："我看她长得很漂亮，三场面试也看得出来专业能力强，而且明显一颗红心向着你。哪儿哪儿都挑不出来有什么不好的，你干吗拒绝？"

祁行止张口刚要说话，她又打断道："虽然你小时候是呆了点儿，但现在都这么大了，怎么还这么木头一块？我可提醒你啊，太高冷可是要付出代价的。"

陆弥噼里啪啦一通输出，终于觉得把这聊天调子定住了，才轻轻舒了口气，眨巴眨巴眼，等着祁行止回答。

谁知，祁行止轻轻笑了笑，看了她一眼，说："陆老师，如果你不想和我说话，可以不说的。"

陆弥怔住了。

"不用每次都用催我恋爱的方法扯开话题。"祁行止淡淡地说，"我不喜欢 Charlotte，也不喜欢段采薏。"

陆弥心里"咚咚咚"地响，生怕他说出什么更加让她无法应对的话来。

好在他没再继续往下说了，只是自嘲似的笑了笑，指着导航上的红点，问："是这里吧？"

陆弥点点头："嗯。"

车子停在酒店前院，陆弥说："不用跟上来，我很快就收拾好。"

祁行止说："好，不着急。"

陆弥回到房间，动作麻利地把所有东西收进行李箱，合箱拉杆正要走的时候，忽然顿了顿，从窗口往下望，正好可以看见祁行止的车静静地停在楼下等着。

送她离开重庆的人是他，现在在北京等着她的人也是他。

回国不到一个月，陆弥原以为南城的人和事已经是上辈子的事情了，可是反反复复出现在她身边、眼前，甚至心里的，一直是他。

陆弥不相信巧合，可这些事情，到底从哪里开始出了错？

回去的一路上，谁都没有说一句话。

到了梦启，祁行止先下车拎上她的行李箱，二话不说地走在前头。碰上几个孩子，都笑着和他打招呼，再以好奇的眼神打量他身后这位面生的女人。

尽管已经了解过梦启的学生多少和普通学生有些不一样，但陆弥还是被这些孩子眼中流露出的戒备和审视吓了一跳。

小的时候，福利院的孩子们，包括她自己，看到陌生人也是类似的眼神。但这些孩子的眼睛里少了怯弱，却多了质疑，不像初中没读完的孩子会有的眼神。

陆弥极力让自己忽视这些眼神，跟着祁行止走到了宿舍楼。

房间门口放着他们在超市买的两袋东西，祁行止回头示意她开门。

这门是密码锁，陆弥拿出手机看了眼上午记下的密码，输入解锁。

祁行止敞开门，径直进屋，推开窗户透气，打开吊顶的老式风扇，又拿出超市里买的蚊香。

陆弥看他蹲下身，细细地将一盘蚊香拆成两份。他的手指还是修剪得很干净，白净的手背上露出明显的青筋，拆蚊香的动作不紧不慢的，将两副蚊香完整地剥开来。

不知怎的，陆弥忽然想到那个夏天，祁行止坐在书桌前，身后的风扇"吱呀吱呀"地转着，而他静静地拿锉子磨着一方胡桃木。

六年前的少年模样与现在重合，连后脑勺的头发被风吹动的样子都一模一样。

好像什么都没变过。

祁行止将蚊香燃上，幽香飘起。他把蚊香盘推到墙边放好，一起身，便撞见陆弥发怔的眼神。

她很少这样直白地盯着他看。

祁行止顿了顿，挪开眼神又去拿袋子里的蚊帐，说：“我帮你装蚊帐。”

陆弥收回神，轻声说：“好，谢谢。”

祁行止说得没错，这间宿舍里的蚊子确实很多。陆弥起先坐在窗边桌前翻看学生档案，没过两分钟，腿上被叮了四五个大包，只好把蚊香挪到床脚，又抱着几册档案上了床，钻进蚊帐里。

她原本是想半坐着靠在墙上看档案的，却发现这样会把蚊帐压斜。陆弥强行靠了几分钟，却总是能看见两根支架变形，还摇摇欲坠地左右晃悠。

……好烦。

祁行止干什么要给她装这个蚊帐。

陆弥又想到他离开前还特意叮嘱“拉好拉链，晚上蚊子很毒”，语重心长的样子，像是在教育孩子。

更烦了。

祁行止好啰唆。

陆弥烦躁地蹬了蹬腿，改变了姿势，趴在床上撑着手肘看档案。

虽然之前已经有了些了解，但晚上跟赵婉聊过、现在又看了学生档案之后，陆弥还是被梦启的“特殊”惊到了。

这里既像个学校，又像个足球俱乐部，但更多的，像个福利院——尽管孩子们都有爹有妈。

据赵婉所说，她创办梦启的初衷是用有运动天赋而家境困难的孩子组建一支少年足球队，能够“冲出亚洲走向世界”的那种。然而，这个美好的愿望以第一支球队训练两年后惨败韩国某中学校队的结果画上了句号。”

但这场教育实验已经开始了，孩子们也都培养出了感情，赵婉不忍心放弃，大刀阔斧地把梦启由俱乐部改成了“托儿所”，全国范围内接纳有一定天赋而家境贫寒的孩子，替他们解决入学手续、带他们见识最好的教育资源，并承诺一直资助他们读完大学。赵婉说：“没办法，我不可能谁都收，没那么多钱。更何况，并不是所有孩子都明白读完大学有多重要。”赵婉又补充道，“之前有两个女孩子，在我这里读完高中就走了，回老家打工，说从北京回去的挣钱多，高中文凭也够了。”

陆弥点头表示理解，忽又想到一茬，问：“那雷帆呢？他是为什么来？”

雷哥开着个车行，怎么也不能算是“家境贫寒”吧。

“他走后门的。”赵婉玩笑了一句，又道，“他和他父亲一样，天赋很高的。”

他父亲？雷哥？陆弥又惊了，这梦启的人怎么个个都是有故事的同学。但她没有再问，轻声附和了一句：“是吗？”

赵婉笑道：“你很快就会发现的，不过他英语估计不太好，你得费心。”

说到这里，陆弥问：“对了，他们既然都要去学校上学，有专业的老师，那么我教什么？”

赵婉灿烂一笑：“随便你，口语、英文歌、国外的风土人情，甚至说你在国外的经历，什么都可以。放轻松，我们这里没什么 KPI。”

陆弥看见她不年轻的脸庞上已经开始出现皱纹，深深浅浅的，每一道都扬着随和的微笑，也不自觉地跟着笑了笑。

原来是个理想主义者。

“小段还教过女孩子化妆呢，你放心，教什么都不算出格。”赵婉说。

陆弥忽然心下一动，问：“那祁行止呢，他教什么？”

赵婉笑说：“他的课最受欢迎，珠心算、奥数，还有木工。”

陆弥轻轻扬眉：“果然都是天才。”

和赵婉聊到最后，陆弥心里其实攒了很多疑问，但除了授课相关的，她一个也没开口问。她想，她只是来谋一份工作。

第六章 老师好

陆弥的第一节课安排在周三晚上，初中的孩子放学回来吃完晚饭之后，有一个小时的英语角时间。以前这门课都是段采薏在负责，但她马上就开始研究生课程了，精力有限，这才需要招聘一位新老师。

陆弥已经很多年没有做口语老师的经验了，于是查了整天的资料，又是强调趣味性又是要兼顾高级性，生怕天才们嫌弃她的风格小儿科。最后才想到一个法子，准备了一套英文的心理测试，既能锻炼口语，又还算新颖，说不定还能顺便了解一下学生。

踏进教室后，陆弥先露出对着镜子训练了半小时的八颗牙标准笑容，又使尽浑身力气把声音放得亲切温柔，做了一通自认风趣幽默的自我介绍，正要把心理测试发下去，忽然教室最后有个男生问："老师，你的名字是怎么写的？"

陆弥顿了下，在黑板上写下自己的名字，说："对不起，老师差点忘了。我的名字是这么写的，弥是这个弥，可能有点不常见。"

"'弥'是什么意思？"又有个学生问。

陆弥来不及从座位表上对应出他的名字，微笑着随口答："我也不知道，给我取名字的人没有告诉我这是什么意思。"

"连自己名字的意思都不知道……"那男生一点不避讳，笑着说了句。

陆弥心里瞬间一僵，这儿的孩子比她预想的更"不寻常"。她原本以为这些另类的天才最多是不爱受拘束、不亲人、喜欢挑战高难度，现在看来，他们天生对人有非常强的戒备心和审视欲。

"老师，你也是清华的吗？"第一排忽然有个女生问。

陆弥看了她一眼，从座位表上对应到她的名字，向小园。她笑得甜甜的，坐得也比其他人规矩，陆弥松了口气，心道这应该是个正常孩子。

陆弥回答："不是的。"

"那你是哪个学校的？"向小园又问。

陆弥抿了抿唇，决定维护职业尊严，不向孩子说谎，如实道："我没有念完大学。"

"为什么？"

陆弥说："个人原因，属于老师的隐私。这个可以不告诉你们的，对吧？"

"对。"向小园望着她笑，笑得更加甜美，"我们小段姐姐和小祁哥哥都是清华的，我还以为你也是清华的。"

陆弥笑了笑，没接茬。她低头拿起那沓心理测试，问："那我们现在可以开始了吗？"

没人接茬。

陆弥走下讲台："那我们就开始啦。"

"陆老师，你听过巴纳姆效应吗？"后座那个男生又问。这次陆弥找到了他的名字，龙宇新。

巴纳姆效应，指人很容易相信一个笼统的一般性的人格描述，并认为它特别适合自己并准确地揭示了自己的人格特点，即使内容空洞。

陆弥脸色微僵，她当然听过巴纳姆效应。几乎所有星座测试、人格测试的评论下，都会有人提到这玩意儿，简直是"杠精宝典"一样的存在。

她扯扯嘴角，说："不知道，你可以给老师讲讲吗？"

龙宇新侃侃而谈，挑衅意味十足地解释了一番巴纳姆效应为何物，末了问了一句："老师，那你这个测试到底准不准呀？"

陆弥心里一口老血喷上来，极力压着脾气，笑道："巴纳姆效应当然也有一定的道理，但并不是放之四海而皆准的。要是那样的话，心理学不就成了一门伪学吗？"

"对呀，所以老师才需要证明巴纳姆效应不适用你的心理测试呀！"向小园笑眯眯地说。

陆弥看着小姑娘圆圆的杏眼微眯着，月牙似的，心中不禁"绝倒"，小小年纪，原来是个笑面虎。

二十几个学生好整以暇地等着看新老师如何应对，陆弥全身上下都窜着股憋屈的气，恨不能摔卷子当场走人，但又犟着面子，不肯就这么轻易认输，脸涨出微微的红。在二十几张稚嫩又狡黠的脸庞上来来回回看了几道，她终于舒了口气，微笑道："既然这样，那我们今天就改变主题，用英语讨论一下巴纳姆效应吧。

"既然需要论证巴纳姆效应是否准确，那大家就和老师来一起讨论吧。"

陆弥笑眯眯地在讲台边踱着步，以一种“应战”的姿态说着，“前提是，都要用英文哦。

“那么老师先开始。”

她折断一根粉笔在黑板上写下 Barnum Effect：“Barnum Effect refers to a common psychological phenomenon that occurs when individuals believe that personality descriptions appl...”

…………

一小时的课准时上完，陆弥看了眼教室里眼神充满怨气却不再开口挑衅的小萝卜头们，只觉得口干舌燥，并无获胜者的快感。她整理好那沓心理测试，说：“既然这次讨论没有结果，那么我们下次继续。

“下课！”

她没等大家完成“老师再见”的流程，大步迈出了教室。

回到宿舍，将门一关，陆弥泄气似的把一沓测试卷“啪”地甩在桌上，一手叉腰，气得直喘气。

不管是质疑她的心理测试，还是进入讨论环节之后因为口语不佳而结结巴巴不开口，这群学生的态度始终只有一个——不配合、不欢迎、不尊重。

陆弥并不求学生的喜欢，因为她也不打算喜欢这些学生。她有教师的基本素养，却不打算给自己上道德枷锁——认真上课、倾囊相授是分内之事，其他的，看心情。

但这群天才对她并没有基本的尊重，而她甚至找不到原因。或许是出于天生的戒备心，或许是她和他们的“小段姐姐”“小祁哥哥”不一样，不属于天才的行列，不同频所以无法共振。

又有两只蚊子绕在陆弥耳边“嗡嗡嗡”地叫，她烦躁地挥手却无法把它们赶走，心里的火愈燎愈大，连带着桌角那盘蚊香也看得不顺眼，踹了一脚并不解气，还把一盘香灰给踹撒了。

陆弥没忍住骂出了声。

房间里没有扫把，她又推开门去门卫大爷那里借扫把。

绕过绿茵场，又穿过两栋楼，还没到门口，远远地看见祁行止跨坐在摩托车上，段采薏站在他车边，接过他递来的头盔，戴在自己头上。

路灯下，祁行止支着一条长腿撑着摩托车，静静地等待着段采薏扣好安全头盔。他还伸手指了指，似乎在提醒什么。

这画面很静，和夜晚一样静，却没由来地撞了一下陆弥的眼睛。

陆弥脚步一顿，旋即就当没看到，径直走进保安亭，问道：“大爷，有

扫把吗？”

门卫梁大爷声如洪钟：“有啊！来，给！陆老师，屋里脏啦？”

祁行止闻声回头，陆弥背对着他，像没看到似的。

陆弥接过扫把冲梁大爷笑了笑：“嗯，东西撒了。”

“陆老师。”祁行止翻身下车，差点没站稳，两步走进保安亭，“屋里什么撒了？”

陆弥看也没看他一眼，说：“蚊香。”说完转身便走。

祁行止等她走远两步，回头隔着保安亭的窗户对段采薏说：“抱歉，我先不回去了。你打车吧，我报销。”

说完，他快步追上陆弥，把扫把拿在自己手里。

“蚊香怎么会撒？”祁行止问。

陆弥不答话。

祁行止又说：“上次我拆了几副，都用完了？”

陆弥从喉咙里闷出个“嗯”字。

“那你会拆吗？会弄断吧？”

祁行止说：“我帮你再拆几盘。你要是不会拆，都跟我说。”

陆弥倏地顿住脚步，侧身仰头看他，没好气道：“祁行止，你什么时候变得这么多话？”

祁行止神色如常：“只说了该说的。”

陆弥不搭理他，转身越走越快。祁行止也不说什么，长腿一迈，毫不费力地跟上。

“你是打算以后往家政方向发展？”

陆弥看着祁行止不紧不慢地把被她踢乱的蚊香灰打扫干净，又蹲下身熟练地给她掰蚊香，连后背T恤隐约露出的脊骨都显出一丝不苟的严谨，不禁好笑，冷不丁地问了句。

祁行止抬头看她一眼，笑出声来：“不是。”

“那你干得还挺熟练。”陆弥嘟囔。

“是因为你不熟练。”祁行止说。

陆弥噎住。

屋里打扫干净，陆弥抱着胸杵在门口，下逐客令的意思很明显。

祁行止抿嘴笑笑，手搭在门把上，问：“今天第一堂课是不是不顺利？”

陆弥没忍住翻个白眼，哪壶不开提哪壶。

祁行止看她靠在门上，明明是不耐烦，眼里却又透出些求知欲，轻笑道：“陆老师，你想出去吃个烧烤吗？”

陆弥歪了下脑袋，看着他。

祁行止一本正经地说：“我饿了。”

陆弥顿了下：“哦，原来刚才是要去吃烧烤。”说着她想了想，然后转身往外走，“走吧，正好我也饿了。”

其实不饿，被那群小鬼气也气饱了。

但就是想看看来自清华的“小祁哥哥”和“小段姐姐”一般都吃些什么，是不是连吃的夜宵都和他们凡人不一样。

祁行止的摩托车还停在保安亭边。

陆弥看见后视镜上挂着的头盔，是刚刚段采薏戴的那一顶，白色的，看起来用了很久，有些划痕。她顿了顿，伸手去取。

“等一下，”祁行止打开车子储物箱，拿出一顶新的头盔，“你戴这个吧。”

陆弥问：“为什么？”

“那顶用了很久，很多人戴过了，有点脏，该换了……”祁行止说着忽然挪开眼神，支着腿扶稳车把往前看，“上车吧。”

陆弥没由来地笑了声，边坐上车边问：“你这车还载过很多人？”

祁行止说：“也没有，有时候院里需要帮忙，顺路捎一捎。也带小朋友坐过。”

陆弥把手搭在他肩上，笑着揶揄了一句：“哦，怪不得‘小祁哥哥’这么受欢迎。”

她说“小祁哥哥”的时候，故意重音顿了顿。祁行止无奈地叹了声，问：“坐稳了？”

“嗯。”

“那走了。”

夜深了，路上人和车都少，只有风。

祁行止带着陆弥往繁华处开，一路上的风景也越来越熟悉。在北京念大学的时候，陆弥也常和室友在这一片晃悠。

车子最终停在一条嘈杂的小吃街边。陆弥瞧着眼熟，止不住打量，猜测这大概是在学院路边上。

这个点，正是小吃摊生意火爆的时候。学生们点着串喝着酒，脸上泛着油眼里闪着光，谈天侃地，总有说不完的话。

陆弥心说不饿，但祁行止把菜单给她点，她也没扭捏，“唰唰”点了各种串，

还要了两瓶啤酒。

“两瓶够吗？”陆弥问。

祁行止说：“点你喝的就行，我待会儿要骑车，不喝。”

陆弥耸耸肩：“行吧，不够再加。”

一大盘烤串端上来，体积尤为可观，还有半打生蚝和一盒锡纸金针菇是另外装着的。

陆弥惊了：“我点了这么多？”

祁行止轻笑：“没事，慢慢吃。”

陆弥抓了把小肉串一口一个地啃起来，见他无动于衷，忙催道：“你干吗不吃？不是说饿了吗？”

祁行止点点头，拿起一串烤年糕，斯斯文文地咬起来。

陆弥白眼一翻：“烧烤是你这么吃的？”

说完，她猛地想起来：“哦，我记得你不爱吃垃圾食品对吧？不吃烤串、不抽烟、不喝酒，我以前请你吃跟冰棍你都矫情半天。”

祁行止觉得冤枉，苦笑道：“我没有。”

虽然他确实不爱吃这些东西，但也绝没到那个地步。提议出来吃烧烤，只是考虑到陆弥的喜好和烧烤摊气氛放松方便说话罢了。

陆弥不搭理他，认认真真、一串一串地消灭着眼前的烤串小山。

刚刚那一堂课上完，她心里堵到了现在，刚好有这机会，干脆用吃来发泄。

不得不说，祁行止是个很优秀的饭搭子。他虽然吃得斯文，但也不至于影响别人的食欲。相反，他非常得体地做着“陪吃”这件事，时不时询问一两句味道，让人不觉得尴尬，甚至还会及时地帮陆弥倒啤酒。

陆弥偶尔象征性地给他递两串肉，渐渐地，也对这个进食氛围和节奏感到十分满意。

吃得差不多了，桌上还剩十几把串。陆弥不由得放缓了速度，有些食不知味地啃着。

“陆老师，你想听听我第一次来梦启上课的事吗？”祁行止忽然问。

陆弥顿了顿，饭后反应迟钝，她想了两三秒才勉强点了点头。就知道祁行止要说到这个，她也确实想听听这位“前辈”有什么指教。

“我上第一堂课之前有点紧张，查了好几天资料，最后选了两道觉得有难度又有意思的奥数题，一道时钟相遇，一道小船运货。”祁行止说，“结果第一天上课做完自我介绍，还没来得及把题目亮出来，就被那群小家伙各种提问。”

陆弥听着，觉得这套路十分熟悉，便来了兴趣，问："他们问你什么？"

"第一个问题是，'老师，你觉得我们能考上清华吗？'"祁行止说着笑出了声，"直接把我问蒙在那儿了。"

陆弥跟着笑："那也比他们上来就问我为什么大学没毕业的好。"

"我想了半天，既不想哄孩子，又不想太打击他们，最后给了个特别俗套的回答。"

陆弥好奇极了，两眼亮晶晶地问："你怎么说的？"

"我说：'老师相信你们都可以的，只要好好努力。'"祁行止身子微微前倾，看着陆弥的眼睛，一字一顿地缓缓道。

陆弥愣了两秒，旋即捧腹大笑起来，惹得身边几桌的客人都回头看。

好在这里是烧烤店，笑得多大声都没关系。

第一堂课的场景实在窘迫，光是回忆就觉得心里发麻，就这么说出来，祁行止心里其实是觉得有些丢人的，但陆弥笑得太开怀，几乎把他也感染了。那点赧然的情绪渐渐消散，他就这么看着她笑，不禁也扬起嘴角。

"那他们是什么反应？是不是跟我现在差不多？"陆弥捧着肚子问。

祁行止摇摇头："没有。他们继续问：'为什么努力就可以？'问得特别认真，好像我能写个公式证明出来一样。"

陆弥灌了一口酒："那他们的套路还真是一点没变。"她又想到龙宇新那个"巴纳姆效应"，仍然一肚子气，鼓着嘴哼了一声，"你说他们是天生就这么'杠精'吗？"

"不是，"祁行止轻轻笑了，"他们只是比普通的小孩更有戒备心，需要更多的时间才能构建信任。"

他看了眼陆弥，她已经喝得有些晕晕乎乎的了，两颊泛起浅浅的红晕。他犹豫了一下，继续道："又或者说，比起简单的传道授业，他们更想确定你能用真心对待他们。在相信你不是一个拿钱办事、随时会走的老师之后，他们会对你敞开心扉的。"

他的声音沉沉的，语速也不急不缓，陆弥本来就发饭晕，加上还喝了酒，越发昏沉。只有听到"拿钱办事"四个字的时候，她警觉地抬了下头。

席间安静了很久，陆弥才沉沉地笑了声，说："那就是道德绑架呗。"

祁行止静静地凝视着她，并不接话。

"我就是梦启招来的一打工人，拿钱办事，该教的教了就行。"陆弥扶着酒瓶，一双眼睛直愣愣地盯着祁行止看，"我不要求他们喜欢我，因为我也不打算喜欢他们。我只能保证尽力教书，再要求别的，小心我告你们梦启诈骗！"

她喝了酒脑子糊涂，说最后这话的时候恶狠狠的，还故意龇了下牙，像

只奓毛兔子似的。

祁行止全然不把她这软乎乎的威胁放在心上，笑了笑，反问："陆老师不是早该知道梦启的情况吗？怎么能算诈骗？"

陆弥迷迷糊糊地忙摇头："我怎么知道？"

祁行止失笑："段采薏故意考验你那么多回，她在面试和笔试里没有提到梦启的情况或者出相关的题目吗？"

陆弥矢口否认："没有！"

祁行止浓眉一扬，也不戳穿她，递给她最后一串小肉，问："还吃吗？"

陆弥脑袋一垂，磕在桌面上，睡过去了。

祁行止听那一声心里生疼，拧眉急道："陆老师？"

陆弥不说话。

祁行止沉沉叹了口气，自顾自把最后一串肉吃了，扫码结完账，起身搭起陆弥的胳膊，将她背在背上。

摩托车停在巷口，还有一段路。

祁行止背着陆弥缓缓走着，小吃摊的嘈杂声越来越远，耳边渐渐只能听见陆弥轻轻浅浅的呼吸声。她好像真的睡着了，安分地把脑袋搁在他肩窝上，一动不动。

祁行止走得很慢，走着走着，忽然很想叫一叫她。

于是他便停住脚步，叫了声："陆老师。"

陆弥不接话。

"陆老师。"他又喊。

陆弥蹭了蹭脑袋。

"陆弥。"祁行止声音含着笑。

陆弥好像终于清醒了点，迷迷糊糊地"嗯"了一声。

祁行止笑了，说："我始终觉得，你是非常非常好的老师。"

陆弥没动静，不知听没听见。

祁行止等了一会儿，正打算继续走，刚抬腿，陆弥一巴掌呼在他锁骨上。祁行止蒙了，脚步又顿住。

陆弥打完一巴掌还不解气似的，又勾着他的脖子用力往后勒了两下，发酒疯似的道："我不是！

"我不是！你别乱说！"

祁行止反应过来，几乎要笑出声来。

"你休想捧杀我！"陆弥吼了声，用尽了力气又没电了似的，继续趴回他背上，再不折腾了。

祁行止杵在原地，感受着耳边的呼吸越来越沉，嘴角止不住地上扬。

“你是。”

他轻轻地、坚定地在她耳边反驳了一句，才心满意足地朝着巷口走去。

陆弥睡了很长一段时间以来最踏实的一觉，连蚊子都没来打扰她。

醒来的时候，看见床脚边燃尽的烟灰，她才渐渐想起来昨天晚上的事。

夏夜凌晨的凉风，少年瘦而宽阔的肩膀，他替她戴头盔时指腹滑过她下巴，还有她撒酒疯呼在人家身上的巴掌。

陆弥只想起来这么多，但已经够她羞愧得恨不能当场自绝于世了。

喝酒果然误事！

陆弥把脑袋埋进枕头里哼哼唧唧了好半天，还是没法把那些画面从脑海里擦除，最终只能僵尸一般硬挺挺地下了床，被迫面对新一天的太阳。

她不想出门，怕撞上祁行止徒增尴尬，然而刚搬进来准备不足，房间里连包麦片也没有。

陆弥备了两个小时的课，饿得肚子“咕咕”叫，实在挨不住了，竖起耳朵听外头没什么动静，才抓起手机推开了门。

夏天走到了尾声，晌午的阳光也不那么恼人了。球场上空无一人，草坪绿得发静。

陆弥松了口气，打算去食堂碰碰运气，看有没有没吃完的馒头之类的。

“弥姐！”

刚穿过绿茵场，就被人叫住。陆弥回头，一眼便认出从校门口走过来的那人是肖晋——他这张脸也属于让人很难忘记的类型。他右手牵着个瘦瘦的女生，左手扬起来同她打招呼。

陆弥停住脚步，在等他们走过来的半分钟里，心里还是紧张地打鼓——她这几年越发“社恐”，最害怕的就是和这种半熟不熟的人打招呼。

“嗨。”陆弥扯出个微笑，又看了看他身边的女生。

“早。”肖晋晃了晃牵着的手，笑着介绍道，“这是我女朋友，林晚来！”

陆弥朝女生点了点头，注意力却很难不被肖晋过于灿烂的笑容吸引过去。在重庆碰上的时候，肖晋看起来明明是个高傲的痞子样，怎么介绍女朋友的时候笑得像小脑发育不良一样？

林晚来似乎也是不太热络的个性，两个女生互相致意算打过了招呼，谁都没有多说一句话，气氛又开始尴尬起来。

肖晋笑呵呵地又问了句：“弥姐，昨晚老祁是不是找你去了？”

哪壶不开提哪壶。

陆弥应："嗯，聊点学校的事。"

肖晋一听，立马得意地晃了晃林晚来的手，还给她抛了个极神气的媚眼："我说对了吧？林老师，请客！"

林晚来拿白眼砸他："我请你吃个橘子。"

陆弥无语。

现在年轻人不仅秀恩爱不避着别人，还拿长辈打赌了。虽然她也算不上什么"长辈"，但多少算个老师不是?

肖晋嘿嘿笑："是这样的弥姐，昨晚本来我们社团聚餐来着，说好了让老祁把段采薏捎来，结果段采薏自己来的，还拉着张脸。我当时就猜老祁肯定是找你去了。"

陆弥试图用微笑回应他："所以您想说什么呢？"

林晚来似乎看出什么，轻轻捏了捏肖晋的手提醒，又扯开话题问："陆老师是要出去吗？"

陆弥摇头："我去食堂。"

林晚来说："我们去找 Jennifer 聊些事情，那下次见。"

陆弥如蒙大赦，冲林晚来露出了这一天第一个真诚的微笑，说："下次见。"

看着陆弥的背影匆匆走远，肖晋仍旧叹了句："老祁任重而道远啊……"

林晚来嗤笑："以前看不出你这么有做媒婆的热情，话都变多了，二傻子似的。"

肖晋又气又笑，伸手要捏她的脸："林晚来你一天不损我能死是不是！"

林晚来轻巧躲过，抱着他的手臂狡黠道："我这叫作有说真话的精神！"

陆弥的第二次课在周五晚上，依旧是一小时的口语课。这次她做好了心理准备，打算上课就发测试，直接进入流程，不给这帮"小杠精"提问的机会。

谁知一进教室，发现人少了一半。

陆弥打眼往下一扫，原本二十多人的课只来了九个，除了雷帆坐在第一排正中间冲她悻悻地笑了下，其他人还都像没看见她似的，要么看窗外发呆，要么自己带了书本翻着看。

那一瞬间，陆弥只觉得一股子怒火直冲头顶，两眼一抹黑几乎要当场摔卷子骂脏话了，却硬生生忍下来，咬着牙问："其他人呢？忘了今天有课？"

无人应答。

雷帆左顾右盼，最终给她投来了一个充满暗示和同情的眼神。

陆弥血气上涌，正要发火，最后一排趴着的一个男生忽然懒洋洋地举起手，说："老师，他们都请假啦。"

是龙宇新。这倒让陆弥有点惊讶了，上节课最刺头的就是这位，他居然还来了？

陆弥问："请的什么假？"

"病假咯。"龙宇新支起胳膊，撑着手肘慢吞吞地直起身来，看着陆弥笑了笑，"肚子痛，头痛，牙痛，腰痛，哪儿不能痛啊。"

龙宇新语气轻飘，眼神也飘忽，挑衅地扫着陆弥。

陆弥手里握着一沓测试卷，僵在讲台边不知该如何应对这十几岁的男孩子大张旗鼓的挑衅。直到指尖发凉，她也没想好究竟是该摔门走人还是把学生骂一顿树一树为人师表的威严。

最终，她什么都没干。

她抬眼略过龙宇新的眼神，说："知道了。"

然后她把准备好的心理测试抽出半沓，分三份放到三列第一排的桌子上："往后传一下，我们开始做测试。"

龙宇新蒙了两秒，大声问："老师——"

陆弥没给他把话说完的机会，径直道："怎么，你哪儿痛？"

将龙宇新的话连同乘胜追击的微笑一齐堵在嘴角。

"肚子痛？还是牙痛？"陆弥冷笑着问。

龙宇新僵了几秒，腾地从凳子上站起来："眼睛痛！"他大声吼了一句，径直从教室最后头走到前门，擦着陆弥的鼻子走出了教室。

十几岁的男孩子又高又瘦，长腿一迈，跟一阵风似的。陆弥条件反射地眯了眯眼，再睁开的时候，教室门被摔得巨响，留下一屋子瞠目结舌，或是也想效仿一二的学生。

陆弥闭了闭眼，心情反而平静了些。她静静地问："还有谁不舒服？"

无人应答。

她走上讲台："那就开始做测试吧。请大家仔细读题，遵从内心的第一选择，不要着急。"

几个学生做完测试，陆弥把卷子收上来，又简单和大家在一潭死水似的氛围里"讨论"了几句，最终提前十分钟下了课。

陆弥坐在讲台上整理卷子，几个学生飞快地收拾东西离开了教室，就剩一个雷帆坐在原位看着陆弥，犹犹豫豫地不知该不该挪屁股。

"有话就说。"陆弥头也没抬。

雷帆期期艾艾地一边"嗯"了几声，一边起身挪到讲台边："陆老师……"

"说。"

“你别……别把这事放心上，”雷帆轻声道，“你看我刚来，不也和他们不熟嘛……”

陆弥抬头看了他一眼，笑了声，说：“你跟他们踢球的时候可看不出来不熟。”

“陆老师。”雷帆正不知该说什么，教室门口忽然来了个人。

抬头一看，是段采薏，神情严肃，一副来者不善的模样。

陆弥见是她，也不惊讶也不客气，问：“有事？”

段采薏说：“有事。”

陆弥说：“有事这里说。”

段采薏顿了下，眼神往雷帆那儿一扫：“换个地……”

雷帆十分有眼力见，连忙道：“没事！小段老师，我回去睡觉了，你们聊吧！”

他溜得飞快，经过段采薏身边的时候，段采薏嗔笑着摸了把他的脑袋，叮嘱道：“你早点睡！田老师可跟我说了，你跟龙宇新每天晚上熄灯了还聊球赛！”

雷帆吐吐舌头：“得令！”

雷帆的脚步声远了，段采薏才敛起神色，看着陆弥一派淡定地坐在讲台上翻测试卷，便气不打一处来。

段采薏径直走到她身边，没好气地问：“你还坐得住？”

陆弥抬头看段采薏一眼：“为什么坐不住？”

“上课一大半学生没来，你问都不问？”

“问了。”陆弥翻完一套测试，拿起另一套，“说是生病。”

段采薏冷笑：“这你也信？”

“不信。”陆弥被她盘问得没了耐心，整了整卷子，站起身，“还能怎么办？”

段采薏几乎不可置信地看着她：“学生不愿意上你的课，你作为老师都不觉得自己应该反思一下？”

“反思过了。”陆弥回答得毫不犹豫，“在此之前我只上了一次课，备课认真、上课态度积极，我不觉得我有什么错。”

“是，你上课是挺积极的，全程只准讲英文，生怕孩子们多抢你说一句话的机会？”段采薏一声冷嗤。

陆弥被她这话说得摸不着头脑，几乎气笑了，道：“段老师，你爱辩论找别人去，别跟我这儿没事找事。我是教英语的，上课不用英文用什么？”

“你到底是教英语还是拿英语堵他们的嘴？”段采薏姿态愈加激烈，“梦启招你来，是让你鼓励他们开口，不是让你拿口语耀武扬威，吓得孩子们不敢说话的！”

陆弥怔住了。她听明白了段采薏的意思。

段采薏见她停顿，也渐渐冷静下来，沉默了半分钟，才轻笑一声，自言自语似的说："祁行止居然说你会是个好老师，真难得见他看走眼。"

陆弥指尖再次发凉，顿了好久，她笑了笑，问："段老师，你说'好老师'，是有多好？

"从面试到跟梦启签合同，我只说过会尽全力帮助学生提高英语水平，其他的，我没打算过，更没承诺过。"陆弥静静地说，"如果你们梦启需要的是其他的'好老师'，那我们双方可能都要重新考量了。"

走廊里闪过一束手电筒的光，旋即门卫梁大爷从门口探出个脑袋来："欸，段老师、陆老师，还没回去啊？熄灯了喔。"

段采薏牵牵嘴角回头冲他笑了一下："嗯，这就回去了。"

陆弥冷着脸，收拾讲台上的东西。

梁大爷似乎察觉出气氛不对，又探究地打量了两眼，犹豫着问："怎么……有什么事吗？"

"没事。"陆弥加快速度整理好一沓教案文件，抱在胸前，对梁大爷道了声"晚安"，擦着段采薏的肩膀头也不回地走了。

段采薏杵在原地，气得心头发冷。

梁大爷望着陆弥干脆的背影，嘀咕了句"这小陆老师脾气也真是怪"，又见段采薏僵着不动，悻悻问了句："小段老师？"

段采薏回过神："嗯，这就走了。"

梁大爷在段采薏身后关了灯、锁好门，又陪她一起下楼，送她到了门口。

夜色渐深，梦启又偏僻，大门前一条主路上也昏昏暗暗的，看起来略显阴森。梁大爷见状"啧"一声，拿起手机："我给你叫个车吧，这大晚上的，你一个女孩子回学校不安全。"

段采薏看见他屏幕上硕大的字体和伸着食指一字一顿敲键盘的笨拙动作，苦笑了声："不用，我自己叫吧。"

"没事没事！"梁大爷摆手拦她，"那个小祁都叮嘱过我，你要是下班晚就替你叫个车，司机看到我是男的，心里总会有个数。"

段采薏听他这么说，动作停滞，不再坚持。

梁大爷笑嘻嘻地打趣着："这也就是他不在，他要是在这儿啊，肯定亲自送你回去了……"

段采薏闻言轻轻笑了声，眼角也跟着凝滞住了。

她和祁行止一起在梦启工作了两年多，从学生到同事，谁都打趣过几句"天

生一对”“金童玉女”，一来因为他们俩站在一起的确养眼，二来她也没有掩饰过对祁行止的青睐。

祁行止顾着女孩子的面子，没怎么当面反驳过这些玩笑话，可段采薏很清楚，他对她始终界限分明。

比如晚上回家这件事，他会记得给她叫辆车或者提醒梁大爷替她叫车，却从没亲自送过她回家。前几天那次，还是因为学长临时攒局他们时间来不及，才让祁行止骑摩托捎上她。

又比如，本科时他们偶尔在图书馆碰上，加上各自室友坐一桌自习。有一次她趴在桌上睡着了，醒来时发现其余人早就离开，而祁行止替她披上了一件外套——并且足够细心地选择了她室友的外套。

前者是他的教养，后者才是他真正的心意。

而段采薏那一天看见的，背着陆弥、任其在他背上撒泼放纵的，是她这么多年从未认识过的祁行止。

汽车渐渐驶入繁华区，窗外的流光溢彩映在段采薏呆滞的脸上。汽车到达，她机器人似的答应着司机说的“给个五星好评”，心不在焉地下了车。一抬头看见熟悉而醒目的“清华园”，忽地想到四年前来报到那天，她在这里许过一个无比虔诚的愿望——“亲爱的祖师奶奶各路前辈啊，请让我和他站在一起吧。”

就像每次年级大考，我的名字都和他的名字站在一起一样。那时候的段采薏认为，这两者是相通的，只要她努力就好。

原来不过是大梦一场。

已至夏末，蝉鸣却仍悠悠不休。

陆弥在床上翻来覆去，脑子里始终回想着段采薏那句“拿英语堵他们的嘴”。她再迟钝，也早想明白了这是什么意思。段采薏是说，她不想让学生们有机会找碴儿，所以捏住他们因为口语不好而自卑的心理，故意给孩子们下马威。

陆弥当然不认这莫大的罪名。

可她面对自己时，却不得不诚实地问一句——定“只能说英语”的规则组织孩子们讨论的时候，真的没有一丝“给他们点厉害瞧瞧”的心理吗？学生们期期艾艾敢怒而不敢开口的时候，她心里真的没有一点夺回了面子的快感吗？

陆弥不能对自己撒谎，她的答案是——当然有。哪怕只有一点，也是有。

所以竟也不能怪段采薏冤枉了她。

陆弥苦笑，暗骂自己居然幼稚到跟一群“中二”少年争高下，心里同时生出些懊悔，便再也睡不着了。

她爬起来，下床喝了口水，瞧见那盘静静燃着的蚊香，习惯性地轻轻踢了一脚，埋怨似的嘟囔道："我就说了我不是好老师吧。"

喝了半杯水，心情平复下来，陆弥打算再看看学生档案，尽量多了解一些。在窗边刚坐下，却听见窗外隐隐约约传来些声音，像是个女孩子在说话。

陆弥好奇，便探起身看了眼。

她的窗户正对着绿茵场，夜里四下无人，一眼便看见一个女孩背靠着足球框坐在草丛前，就着围栏外的路灯读着搁在腿上的书。

那是向小园。

尽管陆弥只见过向小园一次，尽管深夜的路灯幽暗，她还是一眼就认出来了。向小园长得漂亮，尤其是那只挺秀的鼻子，十分具有标志性。

怎么大晚上的躲在这里看书?

算了，她又不是生活老师，管那么多干吗?

但她怎么说也是梦启正式聘用的老师，总要为学生的安全和健康负责，这大晚上的，万一出点什么事怎么办?

陆弥心里纠结几番，还是推开门，轻手轻脚地走了出去。

陆弥脚步放得轻，向小园又背对着她，所以没有察觉。

走得近了，陆弥渐渐听清向小园轻轻念的是什么。

那是她再熟悉不过的课文，*A puma at large*，《逃遁的美洲狮》，是《新概念英语》第三册的第一篇。

陆弥清晰地听见向小园反复地念着第一段，磕磕巴巴的，总是发不好"experts"的开头元音，也一遍又一遍地忘记"investigate"该怎么读。

她在心里想了想,《新概念英语》第三册,似乎远远超过了初三英语的难度。

陆弥在向小园身后默默站着，既不知怎么开口，又觉得这种"偷看"的行为不太磊落，独自尴尬了几分钟，终于轻轻咳了声，装作偶遇的样子，问："你怎么在这里？"

向小园明显被吓了一跳，猛地合上书回头，见是陆弥，反而松了一口气。她抱着书站起身，冷冷地扫了陆弥一眼，便抿着嘴唇，不说话。

陆弥问："在这里读书？"

向小园不情不愿地"嗯"了声。

"A puma at large？"

向小园掀起眼帘警觉地看了她一眼，不接茬。

陆弥有些尴尬，说道："我还以为你们这一代都不用《新概念英语》了呢。"

向小园抱紧了怀里的书，继续沉默。

这么僵的气氛，按照陆弥原本的性格，应该摆摆老师架子敷衍几句“早点回宿舍睡觉”了事，但不知道为什么，她居然觉得向小园这副清清冷冷的倔强模样挺可爱的，至少比第一次课上满脸乖巧笑容的样子招人喜欢。

“expert，”顿了几秒，陆弥轻声开口，“/e/，嘴巴微微张一点就可以，不用太用力，音就自然吐出来了，expert。”

向小园惊诧地看了她一眼，反应过来她在做什么之后，又垂下眼帘，看不清神情。

“investigate，”陆弥又把这个单词拆成几个音节缓慢读了一遍，“有点长，慢慢读就好……”

“不用你教。”向小园忽然打断陆弥，然后抬头紧紧盯着她的眼睛。

向小园生了一双标致的丹凤眼，眼尾长而锋利，眼神也似刀一般有力。

“我知道，你不乐意教我们。”向小园盯着陆弥，毫无惧色，“我们也用不着你教。是，我们水平差，但你也别想来我们身上找成就感。”

陆弥拧着眉听完向小园这几句，反应了两秒，居然气笑了。看来，不仅段采薏那么想，这位小园同学也觉得她在课上用英文滔滔不绝是在奚落和羞辱他们。

陆弥感到头疼，这误会可有些棘手。

她想了想，笑说：“我是你老师，你是我学生。我教你既是权利也是义务，明白？”

向小园梗着脖子：“用不着。”

陆弥笑了：“要是用不着，你为什么要大晚上的躲在这里读书？”

向小园没有说话。

“向小园，第一堂课，我对你们、你们对我，都有做得不对的地方。但我要说的是，我对你们没有戴任何有色眼镜。”陆弥组织着语言，缓缓说道，“我是老师，会做老师该做的事，比如纠正你的发音。

“如果还有下次，我还是会这样教的。”陆弥又说，“当然，你还是可以不听，我不介意。

“expert、investigate.”陆弥笑眯眯地又说了一遍。

向小园面无表情地盯着她看了两秒，什么也没说，转身走了。

“早点回宿舍，早点睡觉。”陆弥完成了作为老师的叮嘱，又看着向小园走进宿舍楼梯间，这才离开。

接下来的几次课，倒是没有大面积“请假”的情况了，或许是谁在背后做了学生们的工作，陆弥没有兴趣打听，也懒得还这个人情——她知道是谁。

但她的负担并没有减轻，学生们不找碴儿了、不旷课了，但也没有变得积极。每堂课跟死水一般，陆弥也和学生一样挨着，基本完成任务就喊下课各自解脱。

日子不痛不痒地过着，夏日蝉鸣渐消，转眼就到了秋天。

梦启每年有一次秋游，安排在中秋节那一天，是全院师生“合家欢”的大日子。

今年陆弥作为新员工，得到了赵婉的亲自邀请，不好推辞，只得和大家一起去了六环外的某个露营基地“团聚”。

这一年的中秋正好是周一，天朗气清，风和日丽，北京城进入一年中最好的时节。

因为要露营，陆弥拎了最大的托特包，里面还装着两套书，所以格外重，勒得她肩膀难受。出门便看见一蓝一白两辆旅游大巴停在梦启门口，蓝色的那辆前，祁行止和段采薏被一群孩子围着，说笑不停。

哦不，准确地说，祁行止并没有笑——至少，笑得不明显。但他看起来绝对是愉快的，轻轻抿着唇，微微倾身，听学生们说每一句话，偶尔回答一两句。

他穿了件黑色的风衣，显得人又高又瘦；也不知为什么又戴上了眼镜，无框的，架在高挺的鼻梁上——或许这是让他即使笑着也有距离感的原因。

不知怎的，陆弥总觉得来到梦启后见到的祁行止和六年前的他越来越像，时光好像只是在他身上转了个圈，又回到原来的模样。之前在重庆遇上的时候，她虽然也能认出他来，但明显觉得他长大了，很不一样了。现在，她看着他，却总想起六年前阁楼上寡言少语、闷头做题的少年。

陆弥看了一会儿，祁行止像感应到似的回头，看见她，笑着点了点头。

段采薏和学生们也跟着看过来，见是她，表情各自精彩。大部分学生都讷讷地把脑袋扭回去，有几个笑着问了“老师好”——最大声的那个，当然是雷帆。

陆弥也不觉得尴尬，倒是注意到向小园，向小园居然没像大部分人一样对她视而不见，反而看了她一会儿，才扭回头去。这几秒钟的目光停顿莫名地让陆弥心里有些宽慰，于是她也冲那边笑了一笑，然后转身登上了另一辆车。

白色大巴里人明显少得多，而且主要是年纪稍长的生活老师、门卫大爷、宿舍阿姨们，除此，就只有几个年龄最大、较为沉稳的学生了。

陆弥环顾车内，最终挑了第一排靠窗的位子坐下——这里离所有人都最远。

她眯着眼歪在座位上补觉，没过多久便感觉到有人在她身边坐下，她睁

眼一看，居然是赵婉。

“哎，可真能折腾，这玩两天回来我得去美容院躺一个星期。”赵婉叹着气揉了揉脖子，又问她，“我说，你怎么跑到我们老年人堆里来？那边热热闹闹的。”

“我补觉。”陆弥听着后两排梁大爷已经响起的鼾声，笑道，“再说，那车太热闹，我也年纪大了，跟不上。”

“你才几岁？故意气我吧。”赵婉玩笑地递来一个嫌弃的眼神。

“我可没有。”陆弥应着，不知怎的又想到祁行止，脱口便道，“祁行止还叫我‘老师’呢，也算是差了辈的好不好。”

“是吗？”赵婉忽然嗤笑一声，便没了下文。

“不是吗？”对方骤然的停顿莫名让陆弥有些慌。

“他跟我推荐你的时候可没说你是他老师啊。”赵婉故意卖关子。

“那他说我是什么？”陆弥知道赵婉话里有话，她不该追问，可她控制不住好奇心爆棚，想也没想便问出了口。

“我想想……”赵婉眼珠子一转，“‘朋友’吧，好像是。还是‘老朋友’来着？哦不，好像是‘好朋友’……哎，记不得了，差不多这意思吧。”

陆弥笑了笑，低头附和了句“那估计是他觉得我这老师教得不够好吧”，没再继续这个话题。

从梦启到露营基地一个半小时的车程，陆弥歪着脑袋窝在座位上睡了一路，起身的时候觉得脖子都不是自己的了，脑袋卡在她肩上，往哪边扭都疼。

她肩上还勒着个又大又重的包，一边揉着脖子一边下车，后脚还没落到地上，雷帆不知从哪儿钻出来，拿了个冰袋“啪”地放在她后颈上。

“嘶——”陆弥一激灵，两秒后缓过来又觉得舒服多了，看清是雷帆，笑道，“你装备还挺齐全。”

雷帆不敢居功，笑嘻嘻道：“我哪有那么细心，这是小祁哥准备的。”

陆弥闻言一顿，下意识地脖子前伸，离开了冰袋。

“可以了，谢谢。”她说着，眼睛往前扫了扫。

段采薏带着大部队走在最前面，祁行止独自拎着两大袋食材跟在后头几步，很是可靠的样子。

“陆老师，走吧！一起烧烤去！”雷帆兴奋地说。

“嗯。”

这是个小型农家乐，临着一条窄窄的小河，烧烤、钓鱼、种菜收菜各种活动都有，还养着两条大黄狗，可爱又亲人，一出场便收获了众多女生的青睐。

大家放下东西就开始忙活，陆弥在人群外围默默观察了会儿，很快得出结论——自己不可能融入其中。

梦启每年都会组织一两场这样的活动，学生和老师早就是家人，大家热火朝天地干着活，随意而有序，因为每个人都在这个集体里有一个惬意的位置。

除了她这位新来的、一来就踩了雷的，且无意“悔改”的局外人。

陆弥倒不是非要往人堆里凑，但这毕竟是个集体活动，她来都来了，表现得太游离，终究是别扭的。于是她想了想，看见宿管梁大妈也在人群之外，背对她蹲着在干什么活，打算去帮个忙。

“梁老师，需要帮忙吗？”她走过去，刚蹲下，就看见梁大妈端着一盆洗干净了的包菜起了身。

很明显，对方不需要帮忙了。

“我这边就一点点活，搞完啦！谢谢陆老师喔，你去跟孩子们玩吧！”梁大妈笑道。

陆弥扯出笑容：“……好。”

梁大妈带着一脸丰收的喜悦重新融入集体，留下陆弥蹲在原地，撑着脑袋考虑究竟是找片隐蔽的树荫刷手机还是当机立断叫车跑路。

她就不该接受赵婉的邀请到这儿来。

“陆老师！”

身后传来熟悉的声音，扭头一看果然是雷帆，他还双手端着一个大纸箱。纸箱似乎有点重，他端着很吃力的样子，无意识地龇牙咧嘴。

而站在雷帆身边的，是挽袖拎着烤架、内衬白色衣领上沾了灰的祁行止。

这一高一矮两兄弟的造型，充满了“劳动最光荣”的淳朴意味。

“什么事？”陆弥起身问。

“要不要跟我们一起烧火？”雷帆热情地邀请。

她好像没法说不要。

于是她点点头，走过去想帮他端纸箱。

祁行止先一步把那箱子换到自己手上，把烤架递给雷帆：“拿好。”

雷帆嘟囔：“……早不见你帮忙。”

陆弥将他俩的对话听得一清二楚，面上抿着唇一言不发，心里却不知怎的直想笑，忍得辛苦了，才问一句：“去哪儿生火？”

祁行止抬抬下巴，指向农家乐小院的屋檐下：“院子里。”

大部队都在院子外的田边树下玩，院子里反而人少，清净又凉快。陆弥点点头，先一步走在前面。

祁行止和雷帆说是喊陆弥来帮忙，其实她除了附和两句“可以”“火够了”“应该能着”，手上连半点炭灰都没沾到。

倒是雷帆，可怜兮兮一小孩，蹲在地上拿着把大蒲扇生火，被熏得鼻涕眼泪糊了一脸，一边咳嗽的同时，一边还忍不住扭头往院子外望。

陆弥看出他的意思，咳了声接过他的扇子："去玩吧，这里我来。"

雷帆下意识地看了眼祁行止，其实也没看出大哥究竟是什么指示，但很快就撒丫子跑了，迎着风连咳嗽声都变得欢脱了许多。

陆弥看着他猴子似的背影，笑了声，回头正撞见祁行止直白的目光。

她顿了顿，敛下眼帘，淡淡道："你怎么还为难小孩子。"

祁行止没说话，直接伸手越过烧烤架，抬了抬陆弥的手腕："不用扇这么勤了，稍微看着点就行。火已经起来了。"

陆弥见炉内火势确实好，便站起来，有一搭没一搭地轻轻扇着。

陆弥想，她应该主动和祁行止说些什么的，毕竟两人合作干着活，场面总不能太尴尬，否则看起来多奇怪。

可她搜肠刮肚，不知道该说些什么。

她的大脑记忆还停留在那个撒酒疯被祁行止扛回宿舍的晚上，无论说什么，都觉得尴尬。

"不拉上他，怕你为难我。"静了许久，祁行止冷不丁冒出一句。

陆弥怔了怔，两秒后才反应过来他是在回答她刚刚那句话。

"我怎么……"她下意识要反驳，抬眼却撞进祁行止布满笑意的眼睛里，分明是在这里等着她。

她愤愤地收回目光，抿起嘴唇，不再说话。

"帮我递一下那个胡椒粉。"祁行止收回笑意，眼神往陆弥身后的小木桌上示意。

陆弥回头，拿了黑白两瓶胡椒粉都递给他。

调料撒上，肉串的香味立刻被激发，闻着令人食指大动。

陆弥见他动作熟练，但这熟练的动作又和这一身风衣十分不搭，没忍住笑了声说："好手艺。"

祁行止听出她话里的揶揄，也不说什么，举起一串烤好的递给她，问："先尝尝羊肉？"

陆弥却被他左手边色泽更鲜嫩的一把肉串吸引，被口腹之欲控制着，很不见外地问："那是什么？"

"牛肉。"

陆弥说："我要先吃那个。"

祁行止没想到陆弥会这么直白地挑挑拣拣，顿了半秒，才笑着点点头："那再等半分钟。"

他的停顿和笑意让陆弥意识到自己刚刚表现得贪吃且不客气，后知后觉地不好意思起来，又不知该怎么解释——事实上她也不知道为什么，按说她对祁行止明明很谨慎，生怕尴尬，怎么一闻到肉香，就忘了形？

陆弥兀自尴尬着，耳郭渐渐也染成红色，倒是祁行止显得自在，专注地翻转着左手上那一把被钦点的牛肉。

“啊呀！那两箱子饮料我忘记拿上车了！”院子外忽然传来一声惊呼，梁大爷一拍脑袋想起忘记的一件大事。

虽说农家乐也有饮料卖，但一来种类匮乏，二来价格比自己买的翻了一倍不止，想想都觉得肉疼，梁大爷懊恼得直跺脚。

祁行止将牛肉串烤好，第一串递给陆弥：“给。”

“谢谢。”

“陆老师。”祁行止忽然又叫她。

“嗯？”陆弥吹着肉串，拨冗抬眼回他一句。

“作为交换——”祁行止忽然扬起一抹别有用意的笑，“请我喝奶茶吧？”

站在院子门口和祁行止一起迎接一队黄帽外卖小哥的时候，陆弥感受到了前所未有的迷茫——我在干什么？

她一边笑着保持礼貌，把一杯杯奶茶卸了货，一边疯狂地打着腹稿，要怎么表现得亲和且自然，告诉这群把她当反派的“中二”少年“老师请你们喝奶茶”？

五十多杯奶茶排成六排，整齐划一地摆在烧烤架边的桌子上，陆弥抬头看了眼身侧站着的祁行止。对方扬扬眉，给了一个肯定的表情——“上！”

上什么上，她怎么就鬼迷心窍认可了祁行止出的这馊主意？

祁行止抱着双臂，肩膀一歪，轻轻撞了撞陆弥，侧着脑袋轻声道：“陆老师，钱都花出去了。”

可别再说了，一千多块的巨款啊！想到这儿，陆弥右眼皮便止不住地跳。

终于，陆弥做足准备，拿起一杯四季奶青，冲雷帆招了招手，“哎”了声。

可惜，雷帆玩得找不着北，哪里注意得到身后有个可怜的“社恐”需要他的帮助？

陆弥快被气死了，拽了拽祁行止的衣袖，示意他帮忙喊两声。谁知祁大少爷极欠扁地耸了耸肩，一副事不关己高高挂起的样子。

无奈，陆弥只好放开嗓子，喊了句：“雷帆！”

雷帆猛地回头，没分辨出这气壮山河的一嗓子是谁喊的：“谁叫我？”

“我！”陆弥豁出去了，晃了晃手里的奶茶，继续中气十足道，“老师

请你们喝奶茶，都过来吧！”

雷帆还蒙着，却接收到了祁行止暗示的眼神，立马开始行动，呼朋引伴又是拉又是拽地把几个男生拖到陆弥跟前来。

陆弥点单的时候考虑到众口难调，把奶茶店的热销 TOP10 各点了几杯，指着五花八门高矮不一的杯子说：“各种口味都有，你们选想喝的吧。”

她注意到，被雷帆拽来的这几个男生都是比较外向随和的，平时对她虽然说不上亲近，但至少有基本的尊重。而她最头疼的龙宇新、向小园之流，都还远远地站在一边观望呢。

男孩子们你一言我一语地开始挑奶茶，陆弥隔着这几个脑袋，看见向小园站在不远处的树下，静静地看着他们这边。

她的眼睛细长而深邃，当下的眼神却是空空的，看不出情绪，就像栖在高处发呆的猫。

陆弥和她对视几秒，不知怎的，忽然笑了一笑，冲她招了招手。

“喝奶茶。”陆弥说。她声音很小，隔着这么远，向小园是听不到的。

身前的几个男生却听见了，跟着回头，大方地喊道：“快来啊！陆老师请大家喝奶茶！”

他们这么热情，反而弄得陆弥有些赧然了，连忙低头去看每杯奶茶上的标签，假装不在意的样子。

身前的学生却多起来，奶茶也被一杯一杯拿走，陆弥还听见了许多声或忸怩或随意的“谢谢陆老师”。

她的心情渐渐松快下来，也笑着应着几声。

等桌上的奶茶只剩最后几杯的时候，向小园终于迈动了步子，走到这边来。

“你为什么请我们喝奶茶？”向小园看也没往桌上看一眼，而是盯着陆弥的眼睛，直白地问。

“你们不是没带饮料嘛。”陆弥随意地说，又拿起最后一杯蜜豆奶茶递给她，笑道，“红豆的，我觉得最甜。要不要？”

向小园看了看她，又看了看那奶茶，顿了两秒，伸手拿了桌上的另一杯，扭头走了，撂下句：“我才不喜欢喝甜的。”

陆弥撇撇嘴，自己把吸管一插喝了一大口，边嚼红豆边嘟囔：“中二病。”

这话不知又戳中了祁行止哪个笑点，陆弥听见他闷闷的笑声，她不满地丢去一个白眼，说：“别急着笑，钱一人一半，说好的！”

祁行止是恭敬不如从命，没形地歪了下脑袋，就当点头答应了。

最后一个来拿奶茶的是段采薏。

她今天穿着白色 polo 衫配淡粉色运动短裙，马尾高高束起，绑着粉色的丝带，一派青春洋溢的模样，简直可以现成地拉去运动品牌广告拍摄现场。

“谢谢你请孩子们喝奶茶。”她看着站在陆弥身后的祁行止，沉默了几秒才说话，也不知在想什么。

陆弥虽不知她道的是哪门子的谢，但也还是礼貌地笑了笑。

“不过我劝你，别以为他们这么好收买。”段采薏正色道，“小孩子是最看得清真心的。”

陆弥一时语塞，这个段采薏怎么每次见她都好像想辅导她考教资似的，恨不得拍黑板给她强调教育心理学的艰深苦涩。

“想多了。”陆弥失笑，“梁大爷忘记带饮料，我放回血补个空缺而已，不至于。”

她一边说，祁行止一边拿了根吸管递给段采薏，眼神指了指最后一杯奶茶，说：“四季奶绿，挺好喝的。”

段采薏微怔，眼神又在他们两人中间睃了一个来回，最终没接祁行止的吸管，也不稀罕陆弥的奶茶，头也不回地转身走了。

经过生火、烧烤和送奶茶的历练后，陆弥明显感觉自在多了。虽然她还是不能像段采薏一样和学生打成一片，但至少，在这个集体里，她找到了一个位置，不再是游离局外坐立难安的过客了。

傍晚，大家围成一圈吃烧烤，少不了要玩些游戏活跃气氛。

而这类聚餐活动，古往今来老少咸宜怎么也玩不腻的游戏只有那一个——“真心话大冒险”。

但这游戏同龄人之间玩还算有意思，老师和学生玩，纯粹是给学生们提供“亲近”老师的机会，毕竟，为人师表者总不能让学生干什么当众表白、当街狂奔、生吞三颗小米辣之类的事儿吧？

于是，在三个学生不幸被抽中各自表演了大拇指外翻90°、秒变四层眼皮和蒙着眼睛摸牌等“绝活”之后，击鼓传花的遮阳帽终于不负众望地落在了祁行止手中。

学生们两眼放光，誓要问出他们最爱的小祁哥哥的良人何在——同时，几个人小鬼大的孩子已经将眼神瞟到了段采薏身上。

“大冒险！”龙宇新率先喊出声。

祁行止笑问：“难道不该让我自己选？”

“不行！”龙宇新理不直气也壮，“你是老师，得让着我们！我们就想看小祁哥玩大冒险！”

陆弥坐在一旁看着，心里好笑，这群小鬼还真是天不怕地不怕。要知道，

她第一次见祁行止的时候，就算年龄差和师生身份摆在那儿，都还是忍不住紧张了一会儿呢。

祁行止诚恳地请求："不想玩大冒险行不行？"

龙宇新犯了难，"啧啧"纠结着，另一个男生却拍了板："好！但是一个大冒险换两个真心话，你自己选！"

祁行止无奈摇头，但还是答应了这不平等条约，选了两个真心话。

"小祁哥有没有女朋友？算了，这个太简单了……"龙宇新自言自语着，"那第一个问题——"

祁行止点头听题。

"小祁哥，你有没有喜欢的人？"

这话一出，大伙儿都泄气："你问的什么破问题！浪费机会！"谁不知道小祁哥哥当然有喜欢的人？而且八成是小段姐姐。

祁行止笑着点头，坦荡地回答："有。"

"哦！"

"我们就知道！"

小鬼们立刻开始起哄，挤眉弄眼地看看祁行止，又看看段采薏。

隐形当事人段采薏盘腿坐在草坪上，笑也不是不笑也不是，表情逐渐变得和坐姿一样僵，却忍不住往陆弥那边看了一眼。

陆弥正在帮梁大妈掰一截烤玉米，似乎对孩子们的八卦完全不感兴趣。

"第二个我来问！"有个男生坐不住了，嫌弃地剥夺了龙宇新的提问权利。

他黑溜溜的眼珠子一转，心生一计，问："小祁哥，有没有亲过其他姐姐？"

"哦吼！"

"问得好问得好！"

祁行止还没来得及回答，小鬼们又是一阵欢呼，惹得赵婉也忍不住出来笑骂他们一句："一天天不学好，脑袋里都想些什么！"

小鬼们有恃无恐，不仅不怕赵婉，还肆无忌惮地催着祁行止快回答。

"有没有有没有？小祁哥有没有亲过姐姐？"

"其他姐姐"变成了"姐姐"，小鬼们胸有成竹——还能是哪个姐姐？

祁行止顿了顿，没有在意他们省略关键限定语的行为，微笑着回答："有。"

话音刚落，段采薏僵直的脊背倏然松下来。

她又没忍住，看了眼陆弥。

“啪嗒”一声，陆弥终于帮梁大妈把玉米从叉子上拨下来。隔着好几个人，段采薏好像都能感受到那刚烤熟的玉米烫手而香甜，吸引了陆弥全部的注意力。

“什么时候什么时候？”孩子们的八卦心得到极大满足，一个个探着脑袋追问。

祁行止表示无可奉告：“两个问题，已经问完了。”

“唉——”孩子们不满足，充满遗憾地叹了一大口气。

击鼓传花继续，可惜玩了好几轮，都落在学生手上，大家想要拷问段采薏以完成交叉验证，始终没有如愿。

“好了好了！最后一轮！玩完就不玩了！”赵婉放话了。

遮阳帽在众人手中传了好几圈，终于梁大爷一声令下：“停——”

“花”落在了陆弥手中。

孩子们很失望。

陆弥本人更觉得没劲。

场面一时很是尴尬。

赵婉出来打圆场：“到你了！选吧，真心话还是大冒险？”

陆弥扯扯嘴角，尽量笑得自然：“真心话吧。”

赵婉冲孩子们努下巴：“机会来了，还不快问？”

可谁想要浪费时间问陆弥？他们对她的兴趣，早在第一节课就彻底被扑灭了。

场面越发尴尬，雷帆挤眉弄眼地和祁行止对了半天暗号，正要站出来打圆场，余光忽然瞥见有个女生举起了手。

是向小园。

“我来问吧。”

这救场来得太及时，陆弥几乎产生感激之情。

她笑着对向小园点头：“你问！”

向小园盯着她的眼睛，笑了笑，问：“你喜欢当老师吗？”

这问题来得莫名，而且很没劲，向小园一问出口，大部分人连听都懒得听了，一个个全都收回脑袋，扒拉着碗碟里还有没有没吃完的烧烤。

陆弥被问得有些发蒙，潜意识告诉她这个问题很无聊，而且带着挑衅的

意味，没有回答的必要，但眼神像被定住了一般，认真地回看着向小园。

对峙两三秒钟，陆弥说不清她从向小园那张似笑非笑的脸上看到了什么，但她笑了笑，回答说：“喜欢。”

不知为什么，向小园也一怔，旋即嗤笑一声，什么也没说。

这场原本还算有意思的真心话大冒险就这样结束在陆弥这里，很是虎头蛇尾。大家把热情重新投入到烤串里，没再继续做游戏。

夜幕降临，孩子们开始搭帐篷准备露营，两两一组，而好巧不巧，陆弥就被分到和段采薏一个帐篷。

陆弥倒并不是很介意和别人同宿，反正只有一晚上。但如果要她独自一人搭好帐篷伺候段采薏，那就是另一回事了。

于是，她看着不远处段采薏和女孩子们有说有笑的欢乐背影，又看了看自己跟前一堆帆布和支架，果断选择了撂挑子不干，沿着河边的小路一直走到了一片开阔僻静的田野处，坐在田埂上发呆。

乡野田间，天空好像总是比城市里的近很多，仿佛一伸手就触及。可惜星星并不多，月亮也朦朦胧胧地隐在黛色夜空之后，洒下层层薄如蝉翼的清辉。

陆弥仰头望着月亮发蒙，脑子钝钝的，像在发“饭晕”似的。

明明她吃得兴致缺缺，什么都只是尝了一小串。唯一印象深刻的倒是给梁大妈吃了的那根玉米，紧紧地被串在叉子上，十分顽固，她像在跟谁较劲似的，扒了好半天才扒下来。

这么想着，身侧忽然传来脚步声。

陆弥侧过脑袋一看，河边小路上，向小园从远处疾步走回来，手里还抱着一本书。

嚯，这么用功，出来玩还练英语？陆弥心里叹了句。

自从上次看见向小园晚上练英语，陆弥就留心观察过几次，发现她几乎每天晚上都会找地方默默练，而且时间都很晚，地方也越挑越隐蔽，从绿茵场到墙根，就差没躲进草丛里去了。

陆弥有时候看见了，想去指点两句，又怕她这样偷偷找地方练习就是不想被人看见，所以每次都只是默默听着，出于安全考虑，看她回宿舍了才放心。

但今天可不一样，既然都迎面撞上了，陆弥也就招了招手，“哎”了声叫住她。

向小园脚步一顿，猛地侧过头，陆弥这才发现她表情有些慌乱，眼神也充满警觉。

“吓到了？”陆弥笑了笑，想是自己在这空无一人的田埂里突然喊这么一声把她吓着了。

向小园看见是陆弥，又恢复了冷冷的神情，抿着唇停在原地。

陆弥起身走过去，果然，她怀里抱着的还是那本卷了页破了封皮的《新概念英语》第三册："练英语？"

"嗯。"

陆弥点头，往向小园来的方向看了看。那片连个路灯也没有，仅靠月色照明，黑黢黢的，她刚刚就是因为害怕才没往更远处走，向小园还真是胆子大。

陆弥说："下次别走那么远，不安全。"

向小园忽然抬头看了她一眼，一对细长的眸子在月色下闪着光，情绪却不分明。

陆弥冲她微微扬眉，是询问的意思。

向小园别开眼："不关你的事。"

陆弥笑了，说："你这小孩，能不能换句话说？"

向小园倔强地轻嗤一声，不答话。

陆弥也不生气，优哉游哉地等了一会儿，说："喂，送你个礼物。"

向小园疑惑地抬起头。

陆弥走回田埂处，从包里翻出背了一路的那套书。

《书虫》的一整套双语读物，最新版，内容不多，但选文、翻译都很精良，还配了英文录音。

所以，很贵。

陆弥把书递给向小园，说："我最喜欢欧亨利那篇。"

向小园迟疑着不接："我不要。"

陆弥早猜到她是这个反应，不紧不慢地说："这是作业。"

向小园疑惑地看着她。

"你不是说我瞧不起你们英语差吗？"陆弥笑眯眯地说，"我否认了前半句，可没否认后面那一半，你们那英语，确实不怎么样。"

向小园一听这话，脸便僵了一半，隐忍着一言不发。

"所以，读完这些，是你的作业。"陆弥再次晃了晃手里的书，"要不要？"

向小园滞了半晌，僵硬地伸手接过那套书，抱进自己怀里。

陆弥笑开来："行了，回去吧。他们都在搭帐篷。"

向小园二话没说离开了，走了几步却又停住脚步，回头看见陆弥又坐回了田埂上，仰着脑袋看月亮。

她这才发觉，这个老师其实也挺美的。

和小段姐姐的美不一样，她穿一件再简单不过的白T恤，夜风一吹，T恤便贴在她背上，显出她又薄又瘦的肩膀，隐约还勾勒出蝴蝶骨的形状。肩膀

上头是一截长而白皙的颈子，后颈上覆了几缕碎发。她的头发扎得也很随意，草草地在脑后盘成一个小鬏。

这画面很美，像一幅静态素描一样的美。

向小园顺着她抬头的方向往天上看，月亮并不明朗，半遮半掩地藏在灰云后头。

这有什么好看的？向小园不解。

鬼使神差地，她又走回去，站在小路边。

陆弥察觉，侧头看她："还有事？"

向小园没事，但被这么一问，总得找点话说。

她顿了一下，问："你为什么撒谎？"

陆弥拧眉："什么？"

向小园言辞凿凿："你肯定不喜欢当老师。"

陆弥这才反应过来，回味了一下，笑出声，诚实地说："我不知道。"

向小园静静地看着她，心里居然涌起一股说不清的失望。

"我不是说我不知道为什么撒谎啊，我是说，你问的那个问题，我也不知道，就随口答的。"陆弥笑道，"不过既然随口都这么说了，说不定我心里真是这么想的呢？谁知道。"

向小园听她绕来绕去，也不知听明白没有，"哦"了声，抱着书又走了。

陆弥在田埂上坐了快一个小时，月光越发昏暗，才起身回去。

回到露营地，远远地看见祁行止和向小园站在路边，远离人群，一大一小似乎在商量什么。

看起来并不是想让别人听到的话题，陆弥便停在原地等他们说完，并不上前。

祁行止拍了拍向小园的肩，轻轻笑道："书慢慢看，回去睡个好觉。晚安。"

向小园点点头，又往陆弥这边看了眼，才往回走。

祁行止也看过来，朝陆弥挥了挥手。

陆弥心里别扭，她可不想和祁行止打上照面又聊几句有的没的。可祁行止就杵在她回营地的必经之路上等着，没办法，只得迈步向前。

"小园很喜欢那些书。"祁行止说。

陆弥"哼"了声："看不出来。"

祁行止笑了："那你还送？"

沉默了两秒，她振振有词地解释道："那是为了谢她刚刚替我解围！我可不想欠一个小孩的。"

“哦……”祁行止若有所思地点了点头，手背在身后，轻轻弯腰，和陆弥的距离骤然缩短，“陆老师未雨绸缪，来之前就想到了她会替你解围，然后买好了书，背了一路到这儿来？”

她就知道，和祁行止聊天准要吃亏。

这只狐狸，两句话就能让你原形毕露，自己挖坑自己跳，半截埋进土了都不知道。

陆弥翻了个白眼，往后退了一步，说：“祁行止，你能不能改改你这毛病？”

祁行止也直起身：“哦？”

“说话做事留一线，日后好相见。”陆弥没好气地说，“就是看破不说破，懂不懂？”

祁行止忍着笑，乖巧地点点头：“记住了。”

陆弥怎么看怎么觉得这人一副得了便宜还卖乖的样儿，不耐烦地推搡了他一把：“让开，我得搭帐篷去了。”

祁行止悠哉道：“我已经帮你搭好了。”

陆弥脚步一滞，又想到那根顽固的玉米，和他那句“有”。

她回头笑笑：“哦，那我还借了段采薏的光，得去谢谢她。”

祁行止脸色沉了沉：“陆老师，你该谢谢我。”

陆弥一顿，旋即还是笑起来，而且故意笑得没心没肺：“哦，那谢谢你？”

祁行止郑重地点了点头：“嗯，不用谢。”

陆弥不逗他了，嗤声道：“你怎么这么小心眼？”

祁行止终于咧开嘴角：“这很重要。”

陆弥看着他弯弯的眉眼，忽地心下一动，想到什么，很快又别开眼神不敢再看他，什么也没说，转身走了。

祁行止看着陆弥的背影灵巧地钻进帐篷里，脸上的笑意便一点点地消失了。

他回过身，往小路上走远了几步，果然看见那个男人还猫在路边的树丛间，鬼鬼祟祟地往这边看。

发觉被人发现，那个男人还毫不慌乱地走出来迎上前，咧嘴笑着，露出一口黑黄的牙齿。

“哟，祁老师，还没休息啊？”

祁行止很难忽略他身上的汗臭味和嘴里发出的口臭味，不动声色地绞了绞眉，应道：“你好。”

“老师就是负责！”那男人恭维道，又连忙解释，“我就是想着我家小园好久没回家了，刚好这次你们秋游到我们这边来，就过来看看。家里就这

一个女儿，实在是不放心哪！”

祁行止勾唇笑了笑：“向小园在梦启很好，家长可以放心。这么晚了，请回吧。”

“这个暑假她也没回家……”男人明显不甘心，又另起一茬，“等寒假过年，应该可以让她回来吧？家里人实在是挂念，老师你没当过爸爸，肯定不理解我们的心情的。”

祁行止说：“过年的时候，我们会把小园送回爷爷家的。”

男人脸色一变：“那怎么行？自家女儿怎么不回自己家？我肯定也会带她去看她爷爷的！”

祁行止也冷着脸：“送小园来梦启的人是她爷爷，她的监护人也是爷爷。按照梦启的规定，我们会把她送回爷爷家过年，也会去拜访。”

男人的脸色彻底阴下来，抬起头恶狠狠地瞪着祁行止，混浊发黄的眼白还泛着血丝，那是常年熬夜玩乐的结果。

“请回吧。”祁行止不慌不忙，“毛先生。”

男人一甩膀子，骂骂咧咧地走了。

祁行止看着他塌背甩膀子的背影，总觉得空气中几乎还弥漫着那股口臭交织着汗臭的难闻气味，眉毛不自觉地绞起来，脸色也渐渐沉下去。

第七章 竹蜻蜓

2012年，冬。

中午十二点，南城火车站人来人往，泡面味、汗臭味还有一股莫名的臭脚丫子味混在一起，陆弥拖着个行李箱被挤成了鹌鹑，各种见缝插针，终于挤出了站，呼吸了一口还算新鲜的冷空气。

举目四望，一个熟人也没有。

也是，林立巧那么忙，福利院的小萝卜头都需要照顾，怎么可能来接她。

陆弥认命地叹了口气，往公交车站走。

“陆弥！”忽然听见有人喊她。

一回头，蒋寒征背靠着一辆黑色汽车，露出八颗大白牙，笑得十分灿烂。

陆弥怔了怔，拖着行李箱走过去。

“你怎么在这儿？”她问。

“接你啊！”蒋寒征二话不说，拎起她的行李箱塞进了车后座，“上车！”

陆弥还没来得及问清，就被他热情地迎进了副驾驶。

大学第一学期，蒋寒征虽然远在南城，但在陆弥面前的存在感却着实不小。

起先他爱给陆弥打电话，也没什么要紧的事，就没事找事地问她吃了什么、北京天气怎样。后来陆弥不接他的电话了，他又改发微信。他在学校训练，一拿到手机就各种收集北京好吃好玩的地方给陆弥发去，偶尔也说几句模拟任务时碰到的情况。

有一次陆弥被他的信息轰炸搞得实在烦心，点开屏幕就想把他拉黑，但凑巧划拉到他一张训练时的照片。看见一向生活优渥的蒋寒征滚在泥地里做训练，脸上被碎石划出两道血印子，她的动作顿时就停住了。她摁灭手机，最终还是没将他拉黑。

国庆假期，蒋寒征甚至不嫌麻烦地去了北京一趟。陆弥在奶茶店打工，没空更没兴致陪他逛校园游景点，他也不提什么要求，每天就往奶茶店里一坐，点好几杯奶茶，从早喝到晚，送陆弥回了宿舍再自己回酒店，第二天又继续来，就这么待了整整七天。

陆弥坐在蒋寒征的车里，哪儿哪儿都觉得不自在，但人家毕竟是来接她的，她没办法太心安理得。于是她咳了咳，没话找话说："这车是新买的？"

蒋寒征说："哦，是。分期买的，我妈贴了点钱。"

陆弥笑了笑："还挺好。"

"是啊，以后你去哪儿，我都可以送你！你回南城，我也可以来接！"蒋寒征兴冲冲地说，"不过，我要是训练，可能就出不来了……"

陆弥抿抿唇，小声说："不用那么麻烦。"

蒋寒征没说话，继续哼着小曲开着车，不知究竟听没听到。

车子停在巷口，蒋寒征下车替她把行李箱拿下来。

陆弥正握着拉杆不知该怎么告别，蒋寒征主动说："我就不进去了，你好好休息吧，火车坐得肯定不舒服。"

陆弥心里忽然有点愧疚，点点头："谢谢，下次……"

她想说"下次请你来玩"或者"下次请你吃饭"，但就是说不出来。该怎么说呢？她本就没有这个意思。

蒋寒征摆摆手："你就别跟我客气了，快回去吧！"说着，他自己坐回车上，一踩油门，先走了。

陆弥终于松下一口气，扯了扯背包带，脚步轻快地走进小巷。

拐角处的小卖部门口立着个熟悉的人影，陆弥老远就看清是谁，扬起嘴角笑起来，叫道："小祁同学！"

祁行止穿了件白色的长款羽绒服，围着浅灰色的围巾，鼻尖一点冻成了红色，呵着气，鼻梁上的眼镜便蒙起一层薄雾。

他好像又长高了。

真是可恶，他穿了羽绒服还这么瘦。

"你在这儿干吗？"陆弥笑着问。

祁行止看见她似乎一点也不惊讶。他不答话，只是笑了笑，没头没脑地问："陆老师，你冬天可以吃冰棍吗？"

陆弥愣了一下，低头看见他修长的手指搭在冰柜上，才说："可以吃啊。"

祁行止笑了下，利落地付了钱，从冰柜里掏出两根红豆冰，递给陆弥一根。

陆弥被他这无厘头的行为逗笑了，狐疑地接过冰棍，结果刚啃第一口，嘴唇就被粘住了，费力扯开来，一阵生疼。

祁行止像观察什么特殊生物一样看着她表情痛苦地捂着嘴，幽幽地说："你其实可以等一会儿，过会儿就不粘嘴了。"

陆弥白他一眼："你在这儿杵着就为了请我吃根冰棍？"

祁行止躲开眼神："凑巧而已。"

陆弥才不信："哦，所以你上高中新养成了大冬天吃冰棍的习惯？你不是不爱吃零食吗？"

祁行止沉默了会儿，慢吞吞地说："冬天吃冰棍，嘴里就不呵白气了，眼镜也不会起雾。我是因为这个才吃的。"

陆弥愣了好一会儿，差点被他这个无比"科学"的解释忽悠过去了，反应过来，便捧着肚子哈哈大笑。

"祁行止，你虽然很聪明，但你能不能不把我当傻子？"陆弥眨眨眼，说。

祁行止噎住。

陆弥不逗他了，摆摆手说："说吧，找我什么事儿？"

他能有什么事，不过是眼观六路耳听八方听见了林立巧和奶奶聊天说她今天回来，又不过是破天荒提前交了回期末考试卷，然后就像个神经病一样在这儿守了一个多小时。他下午还得继续回去考英语。

"说啊。"陆弥催促着，忽然露出惊恐的神情，一把抓住祁行止的胳膊，"你不会又被哪个小太妹看上了吧？"

祁行止："……没有。"

"那是什么事？"陆弥急了。

看来不说点"正事"没法平息陆弥的疑心，祁行止想了想，说："陆老师，我们说好的，你放寒假也可以来教我，对吧？"

陆弥一怔："哦，这事儿啊。我当然愿意啊，看祁医生的意思咯。"

祁行止说："我可以自己做主。"

"那就上呗。"陆弥理所当然地回答。

虽然是临时提及的话题，但她自然随意的态度还是让祁行止心里莫名地感到一阵熨帖。

他笑了笑，说："那……大年初二就开始可以吗？"

陆弥算了算日期，问："离过年还有一个礼拜呢，你年前有事？"

祁行止点点头："三伯说我们今年去三亚过年。"

"嗐，有钱人啊。"陆弥不无欣羡地叹了句，又问，"欸，你不是不爱出去玩吗？上个高中又转了性，愿意出去旅游了？"

祁行止被她说得有些羞赧，低头道："毕竟是过年。"

其实祁方斌提起旅行计划的时候，只是有了初步的想法，在试探祁行止的意思。祁行止原本下意识想拒绝，鬼使神差地，话到嘴边，变成了笑着点头说好。

而在那一刻，他想到的，好像是陆弥。

祁行止天生就是沉默寡言的个性，父母去世后，话就更少了。他自知是个十分无趣的人，和别人说话也难以妙语连珠哄人开心，还不如不说。所以即使祁方斌和祁奶奶都尽心爱护他，他也只能做到“成绩优秀、为人礼貌”，连每年除夕，都是拜了年领了红包就回到自己房间里搭那些小模型。

转变究竟发生在什么时候，他也说不上来，只是下意识想要拒绝的时候，忽然想到陆弥和林院长在一起的场景。她们也不算特别亲密，但一起说话时陆弥总是轻松的，即使不说话也轻松。

陆弥让他相信，诗里写得没错，有些人在一起，是可以不说话也很美好的。亲人之间是这样，陆弥于他，也是这样。

大冬天灌着风的巷子口，他们俩并肩吃完了冰棍，祁行止拖着陆弥的箱子送她回红星福利院。

为了尽可能保暖，福利院大门紧闭。陆弥拔开门闩推开门，祁行止则准备帮她把行李箱拎过门槛。

然而门一打开，令两人都厌恶的声音传来——

“弥弥回来啦！”林茂发坐在院中石凳上，跷着脚，还有一只行李箱搁在他脚边，“我就说弥弥跟舅舅有缘，前后脚到的！”

小弥、弥弥，这个人哪儿来那么多恶心的称呼？自己的名字被他叫出口，只让她觉得掉价。

陆弥冷着脸，没有搭理他。

“陆老师。”祁行止察觉气氛不对，轻声喊道。

陆弥回神，笑着接过行李箱：“谢谢啦小祁同学！快回去吧。”

祁行止狐疑，递给她一个询问的眼神。

“干吗？我跟你说生活阿姨肯定没做你的午饭。”陆弥笑着说，见他仍一脸不放心，飞速地解释道，“他是林院长的弟弟，没事。”

祁行止顿了下，点头，掏出口袋里的手机：“我买手机了，加上微信吧。等我回来跟你约时间上课。”

陆弥一边玩笑着“哟，连手机都有了”，一边扫了他的微信二维码，然后推着他出了门。

祁行止看着手机上陆弥的头像，是大片原野上的一座白色风车。他一目十行地刷着陆弥的朋友圈，心情没由来地烦乱起来……

“你这个小同学还挺殷勤的嘛，特地送你回来？”林茂发噘着嘴喝了口保温杯里的水，“嘿嘿”两声说，“我们弥弥就是有本事，小小年纪就有男人给你拎包了。”

陆弥简直连他方圆两米的空气都厌恶，森然地瞪了他一眼，拖着箱子径直去了后厨。

林立巧果然在那里。

“他为什么还能来？”陆弥走到林立巧面前劈声便问。

林立巧看着她，叹了口气，以一种“我就知道你会这样”的语气说：“你先不要激动……他只是来过个年，很快就会走的。”

“他还要在这里过年？”陆弥一听就炸了。

林立巧的耳鸣犯起来，表情痛苦地闭了闭眼。陆弥见状忙扶她坐下，然后才问：“能不能让他走？我不想跟他过年。”

林立巧叹了更沉的一口气：“我就他这么一个弟弟……”

“可你明明知道他当时……”陆弥不想提起这件事，可忍不住开口，一开口又不争气地鼻酸。

陆弥从小在福利院长大，虽然日子清贫，衣服都是拣其他大孩子穿剩下的穿，一个月也吃不上几顿肉，但因为林立巧细心呵护，自认也算是沐浴阳光长大的，没病没灾，自由自在。

可暑假升学宴那天林茂发对她说的话、做的事，彻底戳破了她心里幸福的泡沫。

前一刻她还在和祁行止开着些不着边际的玩笑，说些诸如“以后来北京姐姐罩你”的大话；后一刻宾客尽散，她喝了些酒昏昏沉沉地想上楼睡觉，忽然就被不知从哪儿冒出来的林茂发搭住了肩膀。

林茂发嘴里的酒气喷在她脖子上，她立时汗毛竖立，手肘条件反射地往外一捅。貌似喝醉了的男人力气都大得惊人，他死死扣住她的肩膀，一边把手往她领口里伸，另一边将脑袋靠过来，嘴唇似有若无地在她耳后颈侧游走。

陆弥身上一阵恶寒，控制不住地开始颤抖起来，终于在他的手快要伸进她的文胸里时，使出了吃奶的劲在他腰间掐了一把。林茂发吃痛地松开了手，陆弥立马后退，跑到院子的另一个对角，四下张望想要求救，却发现人已走得干干净净，连林立巧也不知道去了哪里。

“舅舅你干吗！”她惊恐地看着对面东倒西歪满脸通红的男人，还天真地以为他真的是喝醉了。

可下一刻林茂发幽幽地睁开了眼睛，半眯着看向陆弥，迈开了脚步，嘴

里笑着念道：“小弥长大了，摸起来手感都不一样了……”

这话像一个惊雷炸在陆弥头顶，长大了不一样了是什么意思……难道、难道小时候……

她的腿像灌了铅一般动弹不得，林茂发却越走越近，边走边说：“你看你是不是忘了？小时候……”

那张丑陋猥琐的脸越逼越近，陆弥不知哪里生出的力气猛地抬腿往他两腿中间踹了一脚，然后惊叫一声往院子门口跑。

紧接着，她撞进一个人怀里。

是林立巧。

“怎么了小弥？”林立巧见她慌慌张张便问了句，又嘟囔着，“就是上次你那个同学惯的，这些小鬼非要我带他们去买冰激凌……”

陆弥惊魂未定，才看清她身后还跟着孩子们，一人拿着一根冰棍啃得不亦乐乎。

“他、他要……”陆弥惊魂未定地往后一指，却发现林茂发不知什么时候倒在了地上。

林立巧慌忙跑过去查看，探了探鼻息才松一口气，笑着回头道：“没事没事，你舅舅就是喝醉了。”

陆弥腿一软，跌坐在地上。

后来陆弥还是将事情一字不差地告诉了林立巧，林立巧拉来林茂发和陆弥对峙，却只得到一个“舅舅喝醉了什么也不记得了”的回答。

争辩到最后，陆弥还被扣上一顶“小孩子乱说话”的帽子，她心中恨极了，却百口莫辩。因为林立巧的态度很明显，她甚至不舍得问这个唯一的弟弟一句重话。

最终，林立巧做起和事佬，把林茂发劝回了老家，并向陆弥承诺再也不会让她见到他。

可这才不过五个月，林茂发又大摇大摆地出现在她面前。

“嗨呀，你舅舅就是喝醉了酒犯糊涂，他怎么敢真的伤害你？”林立巧笑着安抚陆弥，“谁要是敢伤害你，林妈妈第一个不答应！”

陆弥红着眼眶，张了张嘴，无话可说。

林立巧拨弄着锅里的焖排骨，夹出一块来递到她嘴边：“来尝尝，今天你回来林妈妈亲自下厨做你最喜欢的排骨！”

陆弥扯开嘴角笑了下，抿了抿味道，说：“好吃。”

“那就好，快洗手吃饭！”

陆弥问：“他什么时候走？”

林立巧手里的动作顿了下，下定决心似的，说："就过完年！过完年我就让他回去，再也不准来了，行了吧？"

陆弥抿着唇点了点头，转身离开了。

这一天的焖排骨陆弥终究没有吃到，她无法忍受和林茂发同桌吃饭，所以无论林立巧喊了多少遍，她都装作没听到。

她把自己关在房间里，为了转移注意力，极认真地看着祁行止的微信。

他的微信名字简单得过分，就一个姓氏首字母，"Q"。头像也简单，蓝天背景下的一只竹蜻蜓。

陆弥盯着他头像看了半天，心情渐渐平静下来，又点开他的朋友圈看。

祁行止的朋友圈比他的脸还白净，全部动态都可见，但只有一张照片。是一杯蜂蜜柠檬水，发在去年八月。

陆弥哑然失笑，想了想，直接点开对话框。

陆路鹿：小祁同学，有吃的吗？

等了五分钟，没有回复，时间是下午两点三十五分。陆弥气不顺，肚子又饿，索性把手机往桌上一丢，又仔细检查了一遍门窗都已锁好，才倒进被窝里埋头睡了。

再醒来时天色已暗，陆弥迷迷瞪瞪地走下床，摸起手机摁亮一看，被一连串的消息吓了一条。

Q：刚刚在考试。

Q：有吃的。

Q：你想吃什么？

Q：[图片]

Q：[图片]

Q：[图片]

Q：[图片]

Q：我在我家房顶上等你。

祁行止发了好几张照片，烤串、奶茶、炸鸡，时间是下午五点四十分，半个小时前。

陆弥登时便清醒了，套上大棉袄拔腿便往外跑。好在林茂发不在院子里，她此刻轻盈的心情没有被破坏分毫。

陆弥几乎是一口气跑到巷尾，又绕到房子后头，手脚并用地沿着几乎垂直的梯子爬上了房顶平层。

祁行止看见她的时候，她大口大口地呼出白气，简直是马上就要断气了的架势。

祁行止看着她脚上白袜子踩凉拖鞋，惊呆了，问：“你干吗这么急？”

“都迟到半小时了我能不急嘛！”陆弥说着，被香味吸引，径直拿起桌上一串金黄的烤翅啃起来，口齿不清地说，“我刚刚……睡着了，就……没看见。”

祁行止点头“哦”了声，低声说：“我又不会跑。”

陆弥顿了顿，嚼完嘴里一口肉，咽下去，才说：“你不会跑，东西会凉啊！”

祁行止上前把烧烤从保温箱里拿出来：“还好，我一直保着温，还是热的。”

“破费呀破费。”陆弥一边说着，一边毫不见外地“左手炸鸡右手烤串”，双管齐下吃得不亦乐乎，“下次我继续请你吃冰棍！”

祁行止笑着点头：“好。”

起先几口吃得狼吞虎咽，解了馋虫，后来陆弥便放慢了速度，和祁行止一起坐在桌上慢慢吃，优哉游哉地一边晃着腿一边看月亮。

“你几号去三亚？”陆弥问。

祁行止说：“明天。”

“这么快？”陆弥有些讶异。

祁行止说：“嗯，正好今天考完期末考试。”

“哦，你微信里说在考试。”陆弥想起来，“考得怎么样？”

“还好。”

“刚刚最后一门……那就是英语？”

祁行止点头：“嗯。”

“考得好吗？”对于自己一暑假的辅助究竟有没有帮到祁行止，陆弥好奇极了，这可关乎她的职业荣誉。

祁行止看着她亮晶晶的眸子，不禁弯起唇，想了想，罕见地用了一个不那么谦虚的词，说：“好。”

“有多好有多好？”陆弥眼睛一亮，“有140分吗？”

祁行止继续不谦虚，笃定地说：“有。”

陆弥激动得耸肩撞了一下他的肩膀：“牛大发了呀你！”

祁行止被她撞得先是一蒙，而后几乎克制不住上扬的颧骨，咧着嘴笑开来，扬了扬手里的易拉罐：“那……干杯？”

陆弥点头，连忙把自己的饮料也举起来，往他的易拉罐上一碰，笑得灿烂极了：“必须干！”

祁行止准备的东西太多了，陆弥吃到最后肚皮鼓鼓，什么也塞不进去了，又仰着脑袋看月亮。

冬天的夜里，没什么月亮可看，夜色厚重，浓雾般化不开。

看着看着，她又干脆躺在桌上，躺成个“大”字，什么“为人师表”的形象，通通忘了个干净。

眼皮正打架呢，视线里忽然出现一只竹蜻蜓。

陆弥猛地起身，祁行止拿着竹蜻蜓放在她眼前：“这就是你头像那个？”

“嗯，送给你。”

陆弥觉得这逻辑奇怪：“你当头像的，怎么能送给我呢？”

祁行止怔住了，摩挲了一下手指，解释说：“我做了很多个。这不是我头像那个，只是长得一样。”

陆弥这下才放心地接过，仔细端详着，不由得感叹祁行止这小男孩手可真巧。

“这个要放在房间窗边，但蜻蜓头不要对着房间里面，得对着窗外。”祁行止摸了摸鼻子，补充道。

“这个还有讲究？”陆弥疑惑地问。

祁行止点头，笃定道：“有。”

陆弥耸耸肩：“行吧，你是行家，听你的。”说完，她又没正形地躺下去，举着那只竹蜻蜓在眼前转来转去地玩。

“今天又是请我吃饭又是送我礼物的，老师实在是有些惶恐呀小祁同学！”陆弥玩笑着说，“说实话，你不会真惹什么事了吧？”

“没有，”祁行止失笑，“你不是也要请我吃冰棍吗？”

“你倒是挺会算账，一根冰棍才多少钱？”陆弥笑他，然后又郑重承诺，“冰棍没问题！等你从三亚回来，你整个寒假的冰棍我都包了！”

祁行止笑着约定：“好。”

他的声音在空旷的夜里显得低沉而遥远，不知陆弥有没有听到。

这个冬夜月色不好，天也不好，可陆弥同他嘻嘻哈哈地干杯、吃烤串、玩竹蜻蜓的样子始终留在祁行止的脑海里。

而这个夜晚的祁行止怎么也没有想到，后来的事情会失控得那么快，快到他原以为还算缜密的预防根本没有发生作用，陆弥就已经走得很远，他怎么追，也追不上了。

而那个“整个寒假的冰棍”的承诺，再也没有被兑现。

临近三十，年味正浓。自从回了福利院，陆弥就整天闷在房间里不出来，林立巧望着楼上她的窗子叹了口气，转而去房间里把林茂发叫起来帮忙贴春联。

林茂发个子也不高，做事懒懒散散，贴个春联，像没长骨头似的塌腰驼背，

动作还不如陆弥麻利。林立巧瞧着心烦，催他认真点。

林茂发却一直往陆弥的窗口看，问道："姐，这小弥怎么都不下来？大过年的，热闹热闹多好。"

林立巧瞪他一眼："我警告你，不要打小弥的主意。"

林茂发低头看了她一眼，嗤笑一声露出不耐烦的神情："你都说了多少遍了？你把她养这么大，等于是她亲妈，那我就是她亲舅舅，能打她什么主意？舅舅关心关心外甥女还有错？"

林立巧太清楚这个弟弟是什么人，根本不信他这套冠冕堂皇的说辞，再次强调道："你就记着，我把小弥当亲生女儿，谁敢欺负她，我跟谁拼命！"

"啪"的一声，林茂发把刷子摔回糨糊桶里，溅出几滴糨糊砸在林立巧的脸上。他从凳子上跳下来，撂挑子不干了，斜眼瞪着林立巧，流里流气地说："行，你们不就是不乐意看见我嘛，我走行了吧？给钱！我年三十出去打牌，不污你们的眼！"

林立巧抹了把脸，恨铁不成钢地骂道："你还要出去赌？"

林茂发噘着嘴，恶声道："少废话，给不给？"

林立巧气得浑身发抖，毫无意义地盯着他瞪了半天后，还是颤颤巍巍地从口袋里掏出钱包。

一个小皮夹用了十几年，硬皮也被揉皱了，林茂发瞧见，不屑地"嗤"了声，伸手直接夺过来："就这点钱还找什么找！"

他把所有的票子拿走，又将皮夹塞回林立巧的口袋里，扬长而去。

冬天气温低，糨糊在林立巧脸上结成了块，她费力把它们抠下来，狠狠往地上一砸，终于绷不住，蹲在地上掩面痛哭起来。

她比任何人都清楚林茂发是什么德行。父母生了三个女儿，母亲四十三岁高龄拼到第四胎终于迎来这个宝贝儿子。从小三个姐姐丫鬟似的服侍着他，并不富裕的家庭，只有他锦衣玉食过得像个大少爷，性格也被养得天不怕地不怕，小学的时候逛街就敢钻进试衣间看年轻女孩子换衣服，中学时跟同学闹矛盾，抄起椅子就往人头上砸，家里要赔一大笔钱，成绩最差的二妹为此退学后来早早嫁了人。

林立巧是家中长姐，也是最有出息的一个，考上中专后当了老师，后来又成为福利院院长，林茂发常常来找她要钱。

林立巧只消看一眼他停留在陆弥身上的眼神就知道他打的是什么主意，曾经心里也警铃大作过，可几年来终究没真的出过事，她也没法狠心和亲弟弟断绝关系。

林立巧想，自己能有什么办法，他毕竟是自己的亲弟弟，是家里唯一一个男孩子。自己这辈子都没嫁人，守着一个破破烂烂的福利院，到老还不是要指望他？

她心中又悲又恨，可还是抹干净了眼泪，起身颤颤巍巍地爬上凳子，缓慢地糊好了新年的春联。

——欢声笑语贺新春，张灯结彩喜团圆。

福利院不是她的家，可她要尽心尽力地装饰出家的样子。

就像小时候的那个家早也不是她的家，她却不得不倚靠和维护那个地方。

没有人逼她这样做，可她已经只会这样做了。

夜幕降临，陆弥在房间里检查着祁行止发来的英语作文。

祁行止去三亚前和她约定好，每晚八点会给她发一篇当天写的英语作文，陆弥反正闲来无事，也都会及时地阅读和批改，大约八点半到九点的时候会给他回复。两人会顺着这茬有的没的聊两句，直到入睡。

陆弥起先开他玩笑，说天才未免太努力，大过年的还写作文。

祁行止说：陆老师也很努力，大过年的还给我批改作文。

陆弥十分“大气”地说：没关系，记得让祁医生付钱就好！

祁行止还就真的给她转了个大红包。

陆弥哑然失笑，把红包给他退回去，说：别寒碜我了，这活儿不收你钱！放心吧，每天我会及时回复的，反正我待在家也没事。

祁行止看着对话框里的内容，略微放了心。

福利院白天孩子们和老师都在，陆弥又整天不出门，就算有危险，也只可能发生在晚上大家都睡着了的时候。只要他每晚都能收到陆弥的微信，就可以确认她的安全。

他心中有些良心不安，因为这行为实在不光彩。而且现在看来似乎一切太平，很有可能是他以貌取人恶意揣测了林茂发。

他但愿是这样。

可林茂发看着陆弥的眼神情态、陆弥看见林茂发时的慌乱和嫌恶，让他不得不怀疑……

大年三十，祁行止给奶奶和三伯拜了年，又多陪他们坐了会儿，看了几个节目，回到房间时已是晚上八点四十多。

八点前他给陆弥发了下午写好的作文，按惯例，陆弥应该有回复了。

可他的手机一片安静。

八点四十五分，没有回复。

八点五十分，没有回复。

祁行止再也等不下去，径直点开视频通话。

铃声响了整整半分钟，无人接听。

祁行止心下一沉，慌忙打开笔记本电脑，点开监控视频软件。

竹蜻蜓头部装着一个微型摄像头，他叮嘱陆弥对准窗外，这样就只会拍到红星福利院门口和院子里的场景，而不会拍到陆弥房间内的任何隐私。

祁行止握鼠标的手止不住地微微发抖，胸腔里一颗心擂鼓一般响着警报，几乎快要跳出来。他调出过去一个小时内的录像，调至最高倍速。

晚上八点十分，林立巧带着福利院所有的孩子欢天喜地地出了门，陆弥挽着林立巧的手走在最前面，林茂发跟在人群最后。

祁行止眉头一紧，如果林茂发把陆弥带去了外面……

他极力提醒自己保持冷静，牙关却紧紧咬着，几乎打起寒战。他点击鼠标，快速地拉起进度条往后看。

八点五十分，也就是五分钟前，画面里再次出现一个人影。

是陆弥。

她捂着肚子，微微弯腰，走路的脚步看起来轻飘飘的，打开福利院大门走进去，又插好门闩，歪歪扭扭地走进了楼里。

祁行止松了一口气，但还是无法完全放心。陆弥看起来不太舒服，像是生病了。而且虽然没有人跟着她，但她现在一个人在福利院，监控里也看不清她到底有没有给大门落锁，还是仅仅合上了门闩。

祁行止习惯把事情往最坏的方向打算，万一……

他立刻拿起手机打给林立巧，然而等了半分钟，还是无人接听。

祁行止深深绞着眉，只恨自己居然这时候远在三亚。他手握成拳抵在额前，焦虑地捶打了一下又一下，试图想出一个两全的法子。

既可以保证陆弥的安全，而且如果最终证明是他想多了的话，也不会打草惊蛇引起误会让陆弥难堪。

祁行止手指不断地敲着自己的眉骨，强迫自己冷静思考，终于，一个名字出现在他的脑海中。

蒋寒征。

除了林立巧，他知道的唯一一个算得上是陆弥朋友的人，只有蒋寒征。

祁行止认识陆弥高中时学生会的主席和几位干事，他连忙点开QQ群，在一片互道新年快乐的祝福声中，找到了好几位还记得脸和名字的同学。

他没工夫寒暄，也不管礼貌不礼貌，直接群发了一句：请问谁有蒋寒征的电话？

他想了想，又补充：可能字打错了，但读音是jiang han zheng，应该是前一两届的，谁有他的电话？

消息发出去，也许是除夕夜大家正忙，也许是他问得太突然，一时无人回复。

祁行止别无他法，只能一边盯着监控画面，一边焦急地叩着桌面，等待回复。

终于，两分钟后，有个窗口抖动起来。

群友：137××××××××，应该是这个。

群友：你找蒋寒征干吗?

祁行止来不及道谢也来不及回答这位同学的问题，径直拿起手机拨通了这个号码。

好在，几秒后，电话被接通，传来一个略显沙哑的男声：“你好，哪位？”

“你是蒋寒征吗？”祁行止急忙问。

“我是……你是？”蒋寒征似乎被他大而焦急的嗓音吓了一跳。

“你现在在不在南城？方不方便去红星福利院找一下陆弥？”

蒋寒征一听见陆弥的名字便警觉起来：“陆弥怎么了？你是谁？”

祁行止尽量简单明了地陈述事实：“我是她学生，陆弥可能有危险。只是可能……但我不放心，我在外地回不去，你方便过去吗？”

蒋寒征沉默了两秒，忽然问：“祁行止？”

“是我。”祁行止应下，无暇思考他为什么会认识自己，仍然急着问，“你能不能去？现在，红星福利院！”

蒋寒征声音果断：“十分钟到。”

电话那头传来关门的声音，然后被挂断。

祁行止没法放下心来，额前出了一片冷汗，仍旧紧紧盯着屏幕里的监控画面。

九点十三分，林茂发拎着个啤酒瓶出现在监控画面里，在福利院门口拨弄了几下，便顺利踹开了门。

祁行止彻底慌了，连忙抓起手机再次拨通电话：“蒋寒征！”

蒋寒征的声音冷而急促：“到街道了，我马上进去。”

电话再次被挂断，祁行止听着阵阵“嘟嘟”音，眼皮不停地跳着。

他再也等不下去，抓着手机背起床上的书包。祁方斌和祁奶奶还在客厅看着电视，只听见他撂下一句“我要回南城”，便一阵风似的跑出了门。

陆弥喝了半杯热水，倒头就睡，肚子却还是难受，疼出一脑门的汗。迷迷糊糊的时候听见大门被打开的声音，她以为是林立巧带着小萝卜头们看完电影回来了，便没在意，窝在被子里，蜷成了一只虾米似的继续睡着。

突然间，“当”的一声，听见玻璃敲在墙面上的声音，她心里顿时警铃大作。

声音越来越近，还有沉重拖拉的脚步声，她完全听清了，那是有人拿着玻璃酒瓶敲在走廊的墙壁上。

那是……那是……林茂发！

陆弥猛地从床上坐起，脑袋一阵天旋地转，手撑着床面勉强站起来。她想跑到门边快速把门锁上，脚却虚得抬都抬不起来，只能扶着床沿，一步一步地挪。

好不容易挪到门边，摸到门锁，刚要扭动，却听见“嘭”的一声，一只有力的大掌拍在门上，把门拍开了一条缝。

陆弥拼命挣扎，用整个身体堵住门，却是“胳膊拧大腿，根本拧不过”。林茂发撞第三下的时候，她整个人被撞出一米多远，跌在地上。

“哟，来给舅舅开门呀？”林茂发看见陆弥跌坐在地上，穿着轻薄的睡衣，两条又长又白的腿展露无遗，几乎眼睛都看直了。

“啧啧，本来我还觉得花钱请那些小东西看电影划不来呢……”林茂发慢悠悠地喝了口酒，又转身把门关上，锁死。

“咔嗒”一声，陆弥绝望地惊叫起来，拼命往后躲。

“现在看来也不亏嘛，我们小弥连衣服都换好了就在这里等舅舅。”林茂发猛地上前蹲下，伸手扣紧陆弥的后脑勺，贴紧她的脖子，吸血似的贪婪地闻了一大口。

陆弥挣扎起来，他便紧紧抓住她后脑勺的头发，将她往床上拖。陆弥死命抓住书桌腿，坐在地上抵抗。

林茂发喝了酒，用的力气大了，也觉得累。他拖了两下，索性松了手，居高临下地看着缩在书桌下面的陆弥，她的衣领因挣扎被扯松了，胸前一片风光大好，看得他再也按捺不住。

“行，弥弥这么有情趣，舅舅就陪你玩。”他猛地蹲下，两手伸到陆弥的腋下将她整个人抱起摁在书桌上，“在桌上玩，更有意思，是不是？”

陆弥双手被他按在桌上动弹不得，便疯狂地踢着腿。她踢得没有章法，但有一脚误打误撞地踹中了林茂发的胯骨，林茂发吃痛地喊了声，陆弥抓紧这间隙想跑，没想到林茂发忍着痛也不松手，缓过来后，直接狠狠地甩了她一巴掌。

林茂发居高临下，这一巴掌从高处落下，力道十足，陆弥被打得眼冒金星，整个人几乎晕死过去。

“臭婊子！装什么纯！”林茂发一边解皮带，一边啐声痛骂。

恶臭的酒气逼近，林茂发一把将她的睡衣扒至肩下，颈边传来湿热，陆弥绝望地闭上了眼，完了、完了……

“陆弥！”林茂发的手在陆弥大腿上游走的时候，楼下忽然传来叫声。

陆弥猛地睁开眼，不知从哪里又得到了力气，挣脱了一只手，张嘴想要呼救。

“我——”

林茂发迅速地捂住了她的嘴巴。

陆弥看到了希望，愈加奋力地挣扎着，一只手在桌上乱摸，忽地摸到那只竹蜻蜓，管不了那么多，直接往窗子上砸。

然而窗户紧闭，竹蜻蜓砸在窗上，又反弹落回地面。

“陆弥！陆弥！”

蒋寒征在院中大喊，却听不见回应。整栋楼黑黢黢的，没有一丝动静。他几乎要怀疑是被祁行止耍了的时候，忽然听见楼上某扇窗上有一声响动。

他是警校学生，视力奇佳，眯着眼一户一户迅速地扫描过去，映着院子里的灯，看见有一扇窗户内似乎有手臂舞动的影子。

专业的敏锐感告诉他一定有问题。他担心陆弥，连楼梯都懒得爬，踩着一楼的窗台便直接往上攀。

林茂发重新控制住陆弥，死死摁着她的手腕，得意道：“你最好给老子识相一点，今晚过年，谁会来救你？楼里所有灯我都关了，没人看得见这里有人！再乱动，舅舅也不敢保证把你伺候舒服……”

他话还没说完，“咣”的一声，一个壮硕的人影撞开窗户，玻璃碎片翻飞，林茂发右眼被扎中，倒在地上痛苦地惨叫起来。

陆弥左手也被好几片碎玻璃划中，然而她来不及觉得痛，便条件反射地蜷起身体躲在桌下，惊魂未定地看着这一地残局。

“陆弥！”蒋寒征惊呼一声，拿起床上的被子裹住她。

陆弥这才看清楚来的人是他，仿佛溺水的人看见一根浮木，彻底支持不住，抱住他的胳膊，想哭，却发现连哭的力气也没有了。

蒋寒征第一眼看见她衣衫不整本就心痛极了，她这哽咽一声，更叫他心都快疼碎了。

林茂发捂着眼睛还想往外跑，蒋寒征怒火中烧，抽开被陆弥抱着的手臂便一拳回过去。

打了一拳，又是一拳，蒋寒征中了魔一般停不住，将林茂发整张脸打得血肉模糊。

陆弥听见外头的风声、林茂发的惨叫声、蒋寒征拳头闷沉的声音，混在一起，原本惊恐的心更加紧缩一团，她窝在桌下，再不敢看房间里的场景。

深夜，林立巧带着一帮孩子姗姗来迟。她给小萝卜头们每人封了个小小的红包，然后赶进房间睡觉，才慌慌张张地爬上楼到陆弥的房间。

一推开门，房里的景象几乎叫她晕死过去。

林茂发歪倒在衣橱边，整张脸血肉模糊，嘴里还“哎哎呀呀”地呻吟着；陆弥裹着厚重的棉被，缩在桌下，头发凌乱，嘴角淌出血迹；而她见过的那个彬彬有礼的蒋寒征，也满脸是血，发狂野兽一般红着一双眼，恶狠狠地盯着林茂发。

她立刻明白过来发生了什么事，惊叫一声，怒火中烧地走过去踹了林茂发一脚，又连忙拥住陆弥，关心道：“小弥，小弥？你有没有事？让林妈妈看看，你有没有事？”

她说着要解开陆弥裹着的棉被。

陆弥反应剧烈地推开了。

林立巧不知所措地僵了几秒，忽然冲着林茂发暴怒一声，冲上去涕泗横流地对他拳打脚踢。

可她力气太小了，拳脚落在林茂发身上，只有微弱的声响。

“我要报警。”不知过了多久，陆弥木木地说了一句。

林立巧一听这话便呆住了，林茂发更是不管不顾地号叫起来：“老子也要报警！学生打人了！老子要报警！”

林立巧恨铁不成钢地瞪他一眼，还没来得及出手，蒋寒征一脚踩在他胸口，直至他彻底噤了声。

林立巧不忍地闭了闭眼，又沉默了半晌，才抚着陆弥的背念叨道：“不能报警，孩子，不能报警……”

陆弥不可置信地抬头看林立巧：“你说什么？”

林立巧被她看得心虚，眼神向下，仍旧小声重复着：“不能报警啊……”

陆弥不敢相信，几乎绝望地问：“你知道他刚刚做了什么吗？”

“我知道我知道，是他对不起你，是林妈妈对不起你！”林立巧说着说着便声泪俱下，语气近乎恳求，“但是小弥啊，你听林妈妈说一句好不好，你舅舅……你舅舅他不能坐牢啊，他……他要是坐牢，他这一辈子就毁了呀！”

蒋寒征彻底听不下去，又重重踢了林茂发一脚泄愤：“你知不知道你在说什么？”

林立巧被他吓得一哆嗦，回头泪流满面地哀求道：“我知道你是好孩子，你是为了小弥好，但他……他是我弟弟，他不能坐牢的呀！”

陆弥绝望地闭上眼睛，忍了许久的泪终于落下一行。

林立巧反复地哭诉着“他不能坐牢”，见陆弥无动于衷，忽地拽住她的手，“扑通”一声跪下，哀求道：“小弥，你……你就看在林妈妈的情面上，好不好？

“你舅舅他就是喝醉酒喝糊涂了，他不是有意的呀！”年过四十的女人泪流满面，口不择言地解释着，“而且你……你现在也没有什么事，你就放过他，好不好？就当是林妈妈求你了，好不好？”

蒋寒征一拳砸在桌上：“你说的还是人话吗！”

林立巧仍旧死死抓着陆弥的手：“小弥，小弥，你看在林妈妈这么疼你的份上……”

陆弥再也无法听下去，甩开了林立巧的手。

她抹了把眼泪，低头盯着跪在地上的林立巧。

她被林立巧捡到的时候，已经有了微弱的记忆。这个把她从冰天雪地里牵回家的人，这个每次都偷偷给她多分两块排骨的人，这个宁愿自己贴钱也要成全她去北京读书的人，现在跪在她面前。

陆弥张了张嘴，觉得喉咙撕裂一般疼。她顿了下，哑着声音问：“你知道他对我做了什么，也知道如果蒋寒征不来他会继续做什么，但你还是不让我报警，是吗？”

林立巧被她问住了，良久，低头掩面痛哭起来：“林妈妈对不起你……”

陆弥怔了许久，忽然轻飘飘地笑了一声，说：“你不是。”

林立巧错愕地问：“你、你说什么？”

陆弥眼中如一潭死水：“你毕竟不是我妈妈。”

林立巧鼻子一酸：“小弥……”

陆弥说：“就像你不让我报警，也是在想，我毕竟不是你女儿。对吧？”

林立巧疯狂地摇头否认：“不是！当然不是！我、我一直把你当亲生女儿看待，你知道的……”

陆弥再不听林立巧说什么，裹紧身上的被子，抓住了蒋寒征的胳膊。蒋寒征一阵心疼，直接把她打横抱起。

“我不报警。”陆弥的声音古井无波，“你们再也别出现在我眼前。”

祁行止回到南城，是在大年初二的凌晨一点半。

飞机降落在南城机场，到达大厅里空无一人，也没有出租车会在这个时候载客。他问了同班飞机到达的每一个人，终于遇到一个愿意捎他一程的中年男人。男人把车停在镇政府门口，之后就不顺路了，祁行止道了谢，背着书包跑了整整四条街，终于回到熟悉的小巷。

巷子里还弥漫着烟花爆竹的味道，一片寂静的喜庆。红星福利院大门紧闭，一切如常，仿佛什么都没有发生过。

祁行止喉咙干涩，呆呆地站在门前不知所措。

手机里，给蒋寒征打的几个电话都没有接通，和陆弥的微信聊天界面也停留在那个没被接通的视频电话。

巷子另一头的主街道边，陆弥坐在蒋寒征的车里，呆呆地盯着挡风玻璃上贴的年检标志，一言不发。她还裹着厚重的棉被，脸上烧起红晕，嘴唇苍白，脚上是那双不知道穿了多少年、一年四季都通用的凉拖鞋，脚趾冻得僵硬，许久也暖不过来。

蒋寒征欲言又止了很多次，终于小心翼翼地说："陆弥，如果你想报警，我可以陪你去。你不要害怕，也不要听她的。"

陆弥仍旧呆着，不知听没听到。

蒋寒征沉沉叹了口气，不再说什么，调高了空调温度，就这么陪她静静坐着。

"你来得很及时，他连我衣服都还没扒下来，我们什么证据都没有。对吗？"良久，陆弥冷不丁开口问。

她的目光仍然呆呆的，只有嘴巴一张一合，吐出僵硬的字句。

蒋寒征犹豫了一下，不忍地回答："……是。"

"如果报警，你还有可能被他反咬一口，说你打伤了他，对吗？"陆弥又问。

蒋寒征说："你不用考虑这些，如果你……"

"我不报警。"陆弥打断他。

蒋寒征鼻子一酸，几乎不敢看她。

"你能送我去火车站吗？"陆弥忽然又问。她的眼睛直直地盯着蒋寒征，目光里露出恳求，像是在求救。

蒋寒征没办法说不，但他看着她现在的状态，犹豫道："那你的行李怎么办？还有衣服……"

陆弥低头看了看自己，才反应过来自己现在有多狼狈。她无声地笑了笑："我差点忘了。那……你能帮我去拿一下吗？就现在。我东西不多的。"

蒋寒征明白她的意思。

他犹豫了一下，终于还是点点头："好，我去帮你拿。你在这里不要动。"

陆弥乖巧地点头："好，我不走。"

蒋寒征看她这副模样，又是心疼又是怜爱，小心翼翼地伸手，抚了抚她的脸颊。她的脸很小，他伸手过去，几乎能将她的整张脸都包住。他极小心地用指腹摩挲着她的泪痕，柔声道："我很快就回来。"

陆弥下意识地瑟缩了一下，而后就不再动了，轻轻地"嗯"了声。

蒋寒征下车后又从外面将车反锁，一步三回头地查看了好几次，才迈开脚步跑远了。

车里，陆弥点开手机，看见祁行止发的微信，和那通她没接的视频电话。

她心无波澜地读完，打字回复：不小心睡着了，没来得及回复。

祁行止回到自己的房间里，坐立难安，手机冷不丁一响，他连忙查看，却看见陆弥不痛不痒的回复。

难道真的是自己想多了？

不可能，直觉告诉他不可能。

大年三十集体出去，陆弥前脚独自回来林茂发后脚就跟上，这一切都不寻常。不可能什么都没发生。

他担心极了，又怕是陆弥自己抗拒讲出到底发生了什么事，想了想，只好委婉地问：怎么那么早就睡了，有什么事吗？

手机静了好一会儿，陆弥回复：没有，就是困了。

祁行止还没来得及再问，陆弥又发来一句：新年快乐。

"新年快乐"，这四个字让祁行止心里堵得慌。他完全确定，林茂发一定做了什么。

可是林茂发做了什么？蒋寒征究竟有没有及时赶到？陆弥现在在哪里，她是否安全？这些，他通通不知道，陆弥完全不打算告诉他。

祁行止在对话框里写了又删、删了又写，最终还是无力地长按删除键，把那些自己都觉得狗屁不通的问题删了，留下四个字：新年快乐。

陆弥很快回复过来一个"冲冲冲"的表情包。

祁行止看着屏幕里元气满满的体操少女表情，终于什么也没再说。

他和陆弥隔着屏幕建立起一份吊诡而苦涩的默契。这个新年，是一场噩梦。而陆弥想要忘掉它，祁行止别无选择。

祁行止整夜没有睡着。

第二天天光大亮，他终于收到蒋寒征的短信，寥寥几个字：没事，她很安全。

祁行止绞起眉，直接拨通电话。电话那头人声嘈杂，他问："到底发生了什么事？"

蒋寒征看着坐在机场长椅上发愣的陆弥，偏过头压低声音说："没什么。她不想说，我也不方便告诉你。"

祁行止所有的问题都堵在喉咙里。沉默了良久，他说："好，没事就好。"

蒋寒征说："嗯，我在这儿，你放心。"

祁行止笑笑："好。"

蒋寒征挂断电话，低头看了看身边的陆弥。她坐在出发大厅的椅子上，手指不断地抠着那张登机牌。

他走近一步伸手探了探她的额温，仍旧很烫。但她不肯去医院，执意要买能买到的最早飞往北京的机票。蒋寒征从包里拿出刚才买的药，拧开矿泉水，

一起递给她："来，把药吃了。"

陆弥扭头看他，忽然问："你拿行李的时候，看见一只竹蜻蜓了吗？"

蒋寒征拧眉回忆，那个房间里一片狼藉，他走得又急，已经什么都想不起来，只好摇摇头："没有。"

陆弥眼神黯下去，又收回眼神。

蒋寒征牵住她的胳膊，笑着哄道："乖，吃一片就好。"

陆弥看见他手心里圆圆的小药片，很顺从地拿起来放进嘴里，又喝一口水咽下。咽下去之后，她还认真地看着蒋寒征说："吃完了。一片。"

蒋寒征牵住她的手，捏了捏，笑道："好。"

中午，在房顶上守了三个多小时的祁行止终于看见红星福利院大门被打开，林茂发脑袋上缠着一圈绷带，背着一个蛇皮袋，被林立巧送出了巷子。

他三步并作两步沿着梯子跳下楼，堵住往回走的林立巧。

林立巧容颜憔悴，眼睛里布满血丝，看见他，心虚地别开眼神。

祁行止问："陆老师呢？"

林立巧欲言又止，话还没说先流下两行泪来。

祁行止沉着气，仍旧问："陆老师呢？"

林立巧终于说："……回学校了。"

祁行止顿了顿，几乎有些不敢问："她……有没有事？"

林立巧一边哭一边摇头，呢喃着："没有，没有……"

祁行止得到了回答，心里却并没有轻松的感觉。他点了点头，不再多言，擦着她的肩走了。

路过红星福利院门口时，他看见垃圾箱边的一袋碎玻璃，和一只竹蜻蜓。

竹蜻蜓断了半截翅膀，头部也从中间裂开，沾了说不清究竟是黑色还是褐色的污渍，邋遢、难看。

祁行止看着这只竹蜻蜓，仿佛看到自己那点懦弱又幼稚的心思。

他既不够坦荡又不够决断，以至于事情到了这一步。

祁行止自嘲地笑了声，弯腰把那只折毁的竹蜻蜓捡了起来。

那天之后的很长一段时间里，他再也没有见过陆弥。

第八章 多采撷

2018年，秋。

祁行止一直盯着小路尽头，直到确定向小园的继父离开了露营地，才略微放松了绞起的眉毛，转身往回走。

向小园的帐篷里亮着暖黄色的光，映出两个小姑娘趴着依偎在一起翻动书页的剪影，像童话故事里的画面一样温暖美好。可就在十几分钟前，向小园才带着一脸的惊慌与警觉脚步匆匆地回到营地。

祁行止一看就知道是她继父的问题，于是在安抚了小孩之后，正面和毛胜才对上，给了对方一番不算直接但也绝不客气的警告。

他知道向小园害怕继父、抗拒回家，但她的家庭具体是什么情况，他并不清楚。向小园来梦启的时间并不长，不足两年，是由她爷爷送来的。祁行止记得，她刚来的那半年里，表现得尤为乖巧，脸上无时无刻不挂着甜美而讨好的笑容，就连在食堂打饭时都会主动对梁大妈说“我吃得少”，让对方少给她夹菜，很令人心疼。

好在梦启的老师都有耐心，孩子们之间感情也好，渐渐地，向小园适应了这里的环境，放松下来，才展现出真实的个性。

她其实性格内向，不爱和人玩笑，总是喜欢一个人安安静静地看书。不过她外冷内热，懂得照顾人，所以和其他孩子的关系很好，即使不爱说话，大家有什么吃的玩的，也绝不会落下她。

明明是个应该被捧在手心里惯着的小姑娘。

祁行止心里叹息，想着什么时候该和赵婉商量一下，弄清楚向小园的家里到底出过什么事。

一转身，段采薏不知什么时候站在他身后，神情严肃，似乎有事情要说。

祁行止语气平常，问：“这么晚还不睡？”

段采薏一点不客气："不想和她一个帐篷。"

祁行止并不在意，轻描淡写道："那就再搭一顶。或者去看看 Jennifer 那里能不能挤一挤。"

说完，他转身要走。

段采薏委屈极了，从祁行止说他亲过其他女生起，她就开始无法控制地猜想，这个"其他女生"不会是别人，只可能是陆弥。但他们俩看起来明明还没有在一起，陆弥甚至对他有些避之不及。她无法想象，祁行止那么冷漠疏离的人，怎么会主动亲吻一个甚至对他无意的女生。

她想到这里，眼泪就不争气地逼出眼眶。

段采薏叫住他："祁行止！"

祁行止顿住脚步，回头有些无奈地看着她，轻轻叹了口气："段采薏。"

他的声音无奈而疲惫，沉沉的，让段采薏满腔的委屈和冲动一瞬间就偃旗息鼓了。她知道，这一声"段采薏"，已经是拒绝。

而她不想再听到更直接的拒绝了。于是她艰难地牵动嘴角笑了一下，摆摆手："没事没事！就跟你说声晚安！"

祁行止看了看她，没再说什么，点点头走了。

中秋过后，天气一天比一天凉下来，银杏落了满地，冬天在不知道哪个时刻，偷偷乘着一片落叶来了。

陆弥已经多年没有经历过北方大陆性气候的冬天，一时有些不适应。天气又干又冷，喉咙像火燎似的疼，一说话嘴里呵出来的却是凉凉的白气。

这天她含着西瓜霜含片抱着教案去上课，一推门，暖气直往她脸上烘，顺着干燥的鼻腔一团火似的直冲天灵盖，她被呛了一下，拿教案挥了挥流通面前的空气才缓过神来。

抬眼一看，才发现一群学生聚在教室后门的角落里不知在做什么，全班只有向小园一个人老老实实地坐在自己的座位上。陆弥惊讶地扬了扬眉，同时递给向小园一个问询的眼神。

向小园看起来精神不太好，耸耸肩，表示不便透露。

陆弥对她卖关子的行为不太满意，撇了撇嘴，比了个"嘘"的手势，打算自己一探究竟，轻手轻脚地往教室后门走。

"干吗呢？"陆弥冷不丁问。

"啊！"

一群学生反应巨大，惊恐地尖叫着弹起来，反而把陆弥给吓了一跳，足足往后退了两步。

被孩子们围在中间的人是龙宇新，他一脸惊魂未定，回头看清是陆弥，才松了口气：“是你啊！”

那语气，还有点既嫌弃又怪罪的意思。

陆弥有点不爽，莫名道：“到我的课，不是我是谁？”

她低眼一扫，才发现他手里拿着本《爱伦·坡短篇小说集》。

陆弥这才了然，原来是凑一块儿看恐怖小说呢。

龙宇新觉得有点丢面子，尴尬地把书往回收了收，嘟囔着“上课上课”，起身要回座位。

陆弥福至心灵，忽然想到一个主意。从露营回来后，这群学生虽然对她客气了很多，但她总觉得还差点什么，课上起来也不够有意思。

今天恰好被她撞上，也许是个机会。

“别啊，”陆弥下巴努了努，指向龙宇新手里那本书，“看完了没？”

龙宇新没好气道：“还没。”

陆弥又问：“看的哪一篇？”

“《黑猫》。”

陆弥煞有介事地点头，笑眯眯地问：“那要不我直接告诉你结局？”

“不行！”

学生们异口同声，严阵以待拒绝剧透。

陆弥笑得更欢了，点点头说：“哦，那继续看吧。”

“啊？”大家摸不着头脑了。

“继续看啊。看完再上课！”陆弥一脸随性，甚至还催促，“快点，抓紧时间。”

龙宇新一副见了鬼的表情，狐疑地瞅了陆弥好几眼，也没瞅出来这老师今天究竟是搭错了哪根筋。

但不看白不看，他还怕她使诈不成？

龙宇新一屁股又坐回板凳上，大手一挥，豪迈道：“来！看！”

其他人在陆弥肯定的眼神下，也纷纷把脑袋凑过去，很快又陷进小说紧张的氛围中。

陆弥把教室后面的空间留给他们专注阅读，又想起刚刚看到向小园脸色不好，回头一看，小姑娘果然趴在桌上捂着肚子。

陆弥坐过去，轻声问：“着凉了？”

向小园听见动静，直起身，回头看了眼发现其他人居然还在看小说，狐疑地问：“你要干吗？”

“上课啊。”陆弥卖着关子回答，又仔细看了看向小园的脸色，发现她

嘴唇苍白，眼下乌青，额头上还有些细细密密的汗珠，看起来情况很不好。

陆弥紧张了，拧着眉正经问道："你是不是哪里不舒服？是不是发烧了？"说着，她伸手去探向小园的额头。

向小园下意识地拂开了这只陌生的手，往后躲了躲，说："没有，就是肚子痛。"

陆弥的动作僵在空中，她的关切是下意识的反应，而向小园的躲避也是习惯性的反应，这让两人都有些尴尬。

尴尬之余，陆弥竟然还觉得有一点点失落。她原以为，至少在这群孩子里，向小园算是和她最亲的一个。毕竟，她不可谓不用心地送过向小园一套书，后来还有好几次，向小园主动来请教过关于发音的问题。

见鬼，自己为什么要失落？陆弥短暂地恍惚了几秒。

向小园眼神闪了闪，说："你还是先顾好你自己吧。"

陆弥没反应过来："嗯？"

向小园直白地说："你的脸好红，鼻子也好红。比猴屁股还红。"

说完她犹豫了一下，两秒后，抬起手覆在陆弥的额头上，感受了一下，又收回来，然后更加肯定地说："看，发烧的是你。"

陆弥被噎了一下，回过神来，清清嗓子说："行，那下课我们一起去医院。"

向小园抗议："为什么？"

陆弥一锤定音："因为小孩子要听大人的话。"

"看完了！"龙宇新刚好一嗓子报告了进度。

陆弥起身，回头说："好，那我们开始上课？"

龙宇新看了眼壁挂的钟，问："就剩十几分钟了，能上啥？"

陆弥站到讲台上，似笑非笑地说："不管我上什么，你都得先乖乖回座位上坐好，明白吗？"

龙宇新跟她对视一眼，不知怎的居然服软了，嘟囔了句"坐就坐"，非常能屈能伸地坐回了位置上，连坐姿都比平时规矩些。

陆弥抿着嘴唇偷偷笑了下，才清了清嗓子，问："《黑猫》好看吗？"

龙宇新故作老成，答了句："还行吧。"

陆弥又问："恐怖吗？"

这次是雷帆抢答："不恐怖！我还以为有多吓人了，也就那样！"

一副阅尽天下恐怖片的模样，仿佛刚刚被吓得弹出两米远的不是他。

陆弥也不戳穿他，继续问："那我们把它演出来好不好？"

学生们全都一愣，她这个提议的确太突然。

台下静默一阵、窃窃私语一阵，终于像是达成了意见，一齐又抬起脑袋，亮着懵懂新奇的眸子看向陆弥。

龙宇新眼里难掩兴奋，又装作满不在意的样子，一边转着笔一边别别扭扭地问了句："那……谁演警察啊？"

陆弥弯唇笑了。

很好，已经跳过征求同意的阶段，直接开始挑角色了。

陆弥开明地说："我没意见啊，大家自由分配。角色不够的话，我们可以演两场，争取让所有人都上场。"

话音刚落，雷帆弹起来："我要演警察！"

龙宇新立马跳出来和他争："警察是我的！"

其他人也迅速加入"战场"，大家你一言我一语地定着角色，好不热闹。

陆弥心满意足地看着这场景，简直比她预想中的顺利太多。她原本以为大家会抗拒用英语演话剧，没想到，"争番"的热情已经完全盖过了大家对英语的不自信。

最终，大家自主地把角色分配完。雷帆没落着好，为了避免没角色可演的尴尬，自告奋勇地说要演第二只猫，还得意扬扬地表示"我可太黑了"。

陆弥忍俊不禁，最终拍了板，两组人马演两场，演出时间刚好定在梦启的元旦晚会。

"下周我把电影版拷下来给你们看，大家可以先准备着开始排练啦。"陆弥愉悦地安排好一切事项。

下课时，陆弥听到了她短暂而破碎的职业生涯中最整齐洪亮的一声："老师再见——"

她难掩笑意地走下讲台，叩了叩向小园的桌面："走吧。"

向小园不太情愿，垂死挣扎道："能不去吗？"

陆弥面无表情，此时无声胜有声。

向小园认命地叹了口气，收拾好书包乖乖地站起来跟在她身后。

一拉开教室门，陆弥被走廊上的人吓了一跳。

祁行止不知在这里站了多久，听到了什么，嘴角挂着一丝慈祥而难以描述的微笑，比 AI 还 AI。

陆弥吓了一跳，问："你在这儿干吗？"

祁行止听她声音沙哑，脸颊上也还是两坨病态的潮红，一点没见好转，微微叹气，问："你要不要去医院？"

陆弥惊了：“你怎么知道？”

祁行止也顿了一下，他本来是看见陆弥病恹恹地咳了好几天既不见好也不见去医院，才出此下策来这里堵人的。

没想到赶上了巧。

他也没说什么，点点头：“那走吧，我送你。”

“哎，等等，还有她。”陆弥拍了拍向小园瘦削的肩膀。

祁行止这才看见向小园站在她身侧，一张小脸惨白。他想了想，点头说：“没事，我开院里的车去。”

不知是因为夜里温度更低还是“积重成疾”，坐上车之后，陆弥反而越来越难受，胃里翻江倒海，脑袋昏昏沉沉，眼前直冒星星，喉咙也像风箱似的“呼呼”叫着，咳嗽不停。

反倒是向小园，状况看起来好多了，脸色恢复红润，还有余力照顾陆弥。

祁行止忍不住地回头看她的状况，油门也越踩越重：“还好吗？先别睡。”

陆弥烧得脑袋都不清楚了，还记得抬手虚弱地骂了他一句“你车开得太烂了我头晕”，就迷迷糊糊地晕睡过去了。

再醒来的时候，她已经躺在病床上，眼前是一、二、三、四——四个令人绝望的大吊瓶。

陆弥开口想说话，才发觉喉咙好多了，至少不像火燎似的疼了。她艰难地扭动了一下脑袋，看见祁行止和向小园站在床边，一高一矮、一大一小，表情出奇地一致——那就是没有表情。

陆弥忽然觉得好笑：“……你俩还挺像。”

向小园愣了下，不知这是她烧还没退说的胡话还是病中自我安慰的冷笑话。

祁行止神色不变，很是严肃地开口了：“陆老师。”

“嗯？”

祁行止说：“你今年二十五岁了。”

陆弥无语。

专门提醒一个病中女性她的年龄是有什么毛病？难道要告诉她命不久矣珍惜时光吗？

祁行止的表情还是很严肃：“生病了要吃药、吃药好不了要来医院，这么简单的道理你不知道吗？”

原来又是要教育她。

陆弥一面自知理亏，一面又忍不住觉得憋屈。她的人生经验是“感冒发烧全靠硬扛”，只要没厥过去就还有救，毕竟这几年在国外过得苦哈哈，哪儿来的钱负担医疗费？

再说了，她怎么知道这一次会病得这么严重，说到底还是怪北京这个非人的天气嘛，怎么能怪她？

祁行止继续说：“医生说你再多拖两天就肺炎了。”

陆弥一边心不在焉地听，一边眼睛滴溜溜转以分散注意力，忽然看见他灰色的羽绒大衣排扣边一摊污渍，登时想起什么，倒吸一口凉气。

祁行止顺着她的目光低头看，说：“没错，是你吐的。”

陆弥恨不得把头缩回被子里去，尴尬地说：“对不起，我赔你一件……”

祁行止气笑了：“不用，你下次记得有病看病就行。”

虽然这话怎么听怎么像在骂人，但陆弥还是非常积极地“嗯”了声，然后十分配合地闭上了嘴，一副“请君赐教”的虔诚模样。

但祁行止又不说了。

见她整个人缩在被窝里，下巴压着被沿委屈巴巴地只露出一颗脑袋来的样子，他就什么都说不出来了。见她一瓶药快吊完，他叹了口气说“我去叫护士”，大步迈出了病房。

陆弥松了口气，目光又转到一直在旁边看她笑话的向小园的身上。

“你怎么样？”

“小祁哥哥喜欢你。”

两人异口同声，一个是虚弱的疑问句，一个是肯定得不能再肯定的肯定句。

陆弥怔了三四秒，才反应过来向小园说了什么，惊得瞪大了眼睛，想说什么，一开口却被口水呛住了，惊天动地地咳嗽起来。

向小园上前替她拍了拍背，待她平静下来，又十分认真地重复了一遍：“小祁哥哥喜欢你。”

陆弥脑袋落回枕头上，瞪着眼睛从头到脚把向小园打量了一遍，对方敛着唇睁着眼，一派平静自如。

她几乎要被气笑了，摆摆手糊弄了一句：“小孩子瞎说什么。”

向小园说：“小祁哥哥喜欢你。”

陆弥无语了，问：“你是复读机？”

向小园无辜地回答：“不是啊，是你刚刚问我‘小孩子瞎说什么’，虽然我不是在瞎说，但我有必要回答你的问题。我说的是——小祁哥哥喜欢……”

“停停停，打住！我听清了！”陆弥连忙叫停，和向小园大眼瞪小眼半天，终于忍不住问，“为什么这么说？”

“因为我很聪明。”向小园想了一下，又补充道，“而且有眼睛。”

陆弥拧起眉，这是什么答非所问的诡异逻辑？

向小园再次善解人意地解释道：“因为我很聪明而且有眼睛，所以我能看出小祁哥哥喜欢你。因为我能看出小祁哥哥喜欢你，证明我很聪明而且有眼睛。这两件事互为充分必要条件，有什么问题吗？”

陆弥听向小园绕了一堆，终于看清，敌军是个拥有无敌逻辑且数学很好的“中二”少年，属于“无可战胜”的范畴。

于是她放弃了争辩，脑袋一歪躺在床上，虚弱地比出一个大拇指：“没有。你很棒。”

向小园微微颔首：“谢谢。”

陆弥躺在床上看着药水缓慢地滴落，然后流进她的静脉，心里感叹着“中二”少年的无可战胜，忽然想起另一茬，觉得好笑，便问：“你们不是都说祁行止喜欢段采薏吗？”

向小园一本正经地澄清：“是他们说，我没说过。”

陆弥来了兴趣：“为什么？”

向小园说：“因为我觉得小祁哥哥不喜欢小段姐姐。”

陆弥见她言之凿凿，更好奇了，刚要问下一个“为什么”，祁行止带着护士走进了病房。

陆弥连忙躺好，还不忘朝向小园挤眉弄眼，示意她别说漏嘴。

护士给陆弥换了瓶新药，又见她病床边杵着两个人，开口道：“这么多人在这儿干什么？该回回吧，她还住院呢，家属明天早上来就行。”

陆弥一惊：“还要住院？”

护士斜她一眼，教育道：“你刚刚烧到39.8℃！你说要不要住院？”

陆弥极其抗拒住院，苦着脸哀求：“可我现在烧退了呀，吊完这些就没问题了吧？”

护士拧着眉，见她现在中气十足，考量着说：“你就算今天吊完水回去，明天还是要来吊水。四瓶药水吊完得三个多小时呢，你费那时间干吗？”

陆弥意志坚决：“那也不住院！”

护士叹了口气，也不再劝她了，反正医院床位也紧张：“那你明天记得来。”

陆弥保证得很积极：“一定来！”

护士走出病房，陆弥才想起来还没问向小园的情况：“欸，你怎么样了？让医生看了没有？”

她这一问，气氛陡然变尴尬了。

向小园一脸无语地抿着唇不说话，祁行止则轻轻咳了声，解释道：“她是生理期所以不舒服，现在没事了。”

陆弥顿住。

尴了个大尬，这难道就是好心办坏事？她同为女性，居然没看出来向小园为难的原因。

陆弥干笑一声：“没事就好，那你先带她回去吧。我待会儿吊完水直接叫车回去，你们不用在这儿了。”

祁行止看了她一眼，什么都没说，转身拿起手机拨了个电话。

陆弥小声对向小园说了句“Sorry”。

向小园淡淡地回答：“没事，我每次都这样。”

陆弥说：“我有个偏方，回去后煮给你喝。”

向小园笑了笑，学她轻声用口型回答：“Thank you.”

祁行止握着手机转回来，说：“我让老肖来接她了。”

陆弥问：“肖晋？”

祁行止点头：“他就在附近，十分钟到。”

陆弥不自在地扭了扭脖子：“那么麻烦。你干吗不走？”

祁行止答得很快：“陪你。”

陆弥不说话了，眼睛慌乱地瞥了两眼，最终定格在头顶的大药瓶上。

啊，好多药瓶。

啊，要等好久。

肖晋风风火火地来把向小园接走后，病房里陷入了长久的沉默。

这沉默让陆弥心里被羽毛挠着似的不自在，尤其是在向小园复读机一样地重复了好几遍“小祁哥哥喜欢你”之后。

她想睡觉，但又梗着脖子睡不着，只能保持着偏头看药瓶的诡异姿势强装镇定。

不知过了多久，身侧忽然传来椅子拖动的声音。

祁行止站起来，靠近病床，伸手，覆在她额头上，停顿了几秒，又拿开。

他的手很大，手指很长，四指并拢覆在她额头上的时候，几乎碰到了她的睫毛。陆弥扑闪了一下眼睛，心说他的手很暖和，还挺舒服的。

“不烧了。”他说。

陆弥的心跳忽然变得很快，像被褥里藏了一只小兔子，在她的心口撒泼蹬腿，几乎快要跳出来了。

“嗯。”她闷出一声。

祁行止替她把被子往上掖，直到被她的下巴压住。他的手指因此划过她的下巴，这次带来的是一阵凉凉的酥麻。

“睡吧。”他说，“这药滴得很慢。”

“嗯。”陆弥又闷出一声，心里却道，我倒是想睡，可您在这儿我怎么睡？

心声话音刚落，祁行止又说：“我出去买杯咖啡，很快回来。”

陆弥顿了一下，又“嗯”一声。

轻轻的脚步声渐行渐远，直到听不见。

祁行止离开后，夜里更静了。

疾病和药物的双重作用下，陆弥很快便眼皮打架，她换了一个舒服的姿势侧窝在被子里，沉沉地睡去。

而说要买咖啡的那个人，在病房外的走廊上独自坐了很久，直到确定她已经睡着，才轻轻地回到病房，在她床边坐下。

四瓶药全部打完，已是凌晨十二点多。

护士拔针的时候陆弥醒过来，迷迷瞪瞪地强调着“我不住院”，祁行止和护士交换了一个无奈的眼神，决定带她回家。

病中的困意是压倒性的，陆弥只嘟囔了几句，又半梦半醒地睡过去。

祁行止只好拿羽绒服把人裹得严严实实，再打横抱起。好在这个点走廊里人不多，不然他怕是要在无数人的注目礼下走出医院。

掀开门帘走出医院大门的时候，冷风往里一灌，陆弥登时清醒了，强行睁开眼勾头一看，发现自己被包裹得像个粽子，还多盖了件大被子似的羽绒服。刚刚把她弄醒的那阵凉意，就是这件羽绒服被吹起、冰凉的衣角贴在她脸颊上带来的。

陆弥想说衣服太多压得她很重，但嘟囔着开口，不知怎的就变成了：“我好重……”

看来烧还没完全退。

他手臂用力，又兜紧了点，说：“是。所以你别乱动，不然我抱不起。”

陆弥睁着双眼睛盯着祁行止的下颌骨发呆，沉默了良久才沉沉地叹了口气，脑袋往边上一倒，搁在祁行止肩窝上，说：“多谢你啊。”

为什么她的用词听起来有一股拜把子的豪迈感？还是粤语片里的那种。

来的时候着急，祁行止直接把车停在医院对面酒店的停车场，现在要走回去，有不短的距离。

陆弥也不知是意识清醒还是在犯迷糊，话忽然变多，祁行止走着走着，她开口又说："对不起啊，把你的衣服弄脏了。"说完，还吸了吸鼻子，好像闻到了味儿似的，嫌弃地嘟囔，"好臭。"

祁行止快气笑了，默默说了句："没关系，这都不算什么。"

"哦……"陆弥反应能力好像变差了，"哦"了半天反应过来不对劲，忙问，"什么意思？我还干什么了？"

祁行止抱紧她的膝弯："别乱动。"

陆弥又"哦"了声，乖乖缩回去。

祁行止低头看她一眼，很想看出她究竟是病迷糊了，还是趁病撒泼。可惜，陆弥现在看起来太人畜无害了，鹌鹑似的缩着脑袋靠在他肩上，一对眸子似有若无地试探着看他眼睛，充满着好奇求知的光芒。

就像小孩似的。

面对她这样的情态，祁行止是无论如何做不到冷静的。

祁行止叹了一口气，轻轻地笑了声，说："你还骂人了。"

陆弥倒吸一口凉气："我骂谁了？"

"你骂我开车技术烂。"

这个陆弥有点印象，她"嗯"了声，理所当然地说："哦，没关系。"

祁行止继续说："你还说向小园是白眼狼。"

陆弥怔住，这就很有关系了。

"你还说你是最牛的英语老师。"

完蛋，一世英名毁于一旦。

祁行止见她彻底沉默，有点不忍心把剩下的事情告诉她。但看她一张心如死灰的表情上，眼睛里分明还闪烁着好奇的光，他不禁好笑，顿了顿，继续说："对了，你还唱了《西游记》的主题曲。"

陆弥心里"咔嚓"一声，她的人设稀碎一地。

她垂死挣扎了一下，叫道："不可能！我不可能唱歌！"

陆弥目光灼灼地瞪着祁行止，威逼他推翻供词。

祁行止犹豫了一下，清清嗓子，开口道："刚翻过了几座山。

"又越过了几条河。

"魑魅魍魉怎么它就这么多……"

他的音色本来是清朗的类型，说话时也是很沉稳的，平板无波，现在却故意学陆弥的腔调，把这歌唱得抑扬顿挫、豪气十足，听起来，十分具有戏剧效果。

陆弥强忍着自己想接下一句"妖怪！吃俺老孙一棒"的生理性冲动，冷

着脸命令道：“闭嘴！”

祁行止终于忍不住笑出了声，但也乖乖闭了嘴。

陆弥心如死灰，一脑袋往边上歪，生生磕在祁行止的锁骨上。

嘶……疼。

陆弥咬着牙骂他：“你骨头好硬。”

祁行止忍着锁骨一阵疼：“哦，对不起。”

“哼。”陆弥哼哼唧唧的，闭上眼打算再睡一觉。

可她睡不着了。

她彻底醒过来。等到两人不再说话，冬风“呼呼”吹过，伴着祁行止清晰稳定的心跳声响在她耳边的时候，她才后知后觉地反应过来——

她被祁行止抱着走了一路，还舒舒服服毫不见外地窝在人家怀里作威作福。

理智告诉她这很不对劲，但病意、困意或者是另外一些说不清道不明的情绪让她不想爬起来。

陆弥清楚地看到了自己那些剪不断理还乱的小心思，它们就像许许多多蛰伏已久的种子，在这个夜里被祁行止的怀抱一暖，就无法无天地生长起来。

陆弥认命地靠着祁行止的肩膀，闭上了眼睛。

明天的事明天再说吧。

反正今晚她是病人，病人有权利不讲道理。

陆弥原本睡不着，可在车上坐着没两分钟，倦意再次袭来，她一点没抵抗，舒舒服服地放下副驾驶的座椅，又睡了一觉。

二十分钟后，车子径直停进梦启的院子里，祁行止拉开副驾驶车门叫醒她。

陆弥眼睛也没睁，懒洋洋地伸出一只手臂。

祁行止怔了怔，喊她：“陆老师。”

陆弥哼哼唧唧地不答话，只直起身，脑袋往他怀里蹭。

祁行止轻轻牵住她手腕，又喊了一声：“陆弥。”

陆弥又靠回椅子上，闭着眼不说话，好像又睡着了。

祁行止看了她一会儿，没再探究她是真睡还是假睡，无奈地叹了口气，勾下脖子，再次把她横抱起来。

“小祁老师……”

门卫梁大爷听见动静，披上军大衣出来帮忙，便看见祁行止抱着陆弥的这场景，顿时惊讶得噤了声。

祁行止回头冲他笑了笑，又摇摇头示意没事，转身往教师宿舍走去。

梁大爷留在原地石化成了雕像，冷风直往喉咙里灌也没能让他把张大的嘴闭上。

唉，年轻人……

“密码。”祁行止停在门口，问。

陆弥好像真的又睡着了，一动不动。

祁行止无奈，只好轻轻掐了掐她的胳膊：“陆弥，宿舍密码。”

陆弥转醒过来，恍惚了好一阵：“哦……六个‘8’。”

祁行止半信半疑地输入六个“8”试了试，“叮”一声，门居然真的开了。

祁行止叹道：“你这密码比 Wi-Fi 密码简单。”

陆弥骄傲地回了句：“不，Wi-Fi 密码是八个‘8’。”

祁行止用额温枪给陆弥量了一遍体温，确定她不再发烧。他又把盖在她身上的羽绒服摘了，小心翼翼地替她脱了最外面的棉服，就不方便再继续动作了。好在她里面穿的是件贴身的毛衣裙，勉强也能当睡裙用，祁行止就直接扶她躺进被子里，掖好了被角。

做完这一切，祁行止直起身，发现陆弥睁着眼睛，似乎在看他。

她黑亮的眸子静静地、目不转睛地看着他，好像还带着点浅浅的笑意。

不知道为什么，祁行止心里忽然气血翻涌，生出一股子怒意来。

准确地说，从陆弥刚刚在车上半梦不醒地伸手要他抱的时候，他就已经有些不痛快了。

她到底是醒着还是烧糊涂了？祁行止迫切地想知道这个问题的答案。

但看陆弥的样子，她不会回答自己。

祁行止躲开她的目光，说：“我先走了。”

“祁行止。”陆弥忽然又叫住他。

等他回头，她还是那样乖乖地、一动不动地躺在床上，目光钝钝的，像小孩子生了病打蔫儿时的神态。

“嗯？”

“你，亲过谁啊？”陆弥语速缓慢、眼含笑意地问。

她说的是露营时真心话大冒险的那次，孩子们八卦地问祁行止有没有亲过其他女生，祁行止说有。

祁行止听完这个问题，神色不改，静静地和她对视了会儿，上前拖了张椅子，坐在她床前。

“陆弥。”他郑重地叫了一声她的名字。

“嗯。”陆弥乖乖地应了声，只是目光变得更钝了，失了焦似的，就像课上强撑睡意到最后一秒、马上就要倒头睡着的孩子。

“你现在没有喝酒，也没有睡着。”祁行止说。

陆弥好像疑惑他为什么说这个，犹疑地“嗯”了一声。

“体温属于正常偏高，但没有发烧。”祁行止继续说。

陆弥不吭声了，困了似的眨了下眼睛，表示自己听到了。

祁行止目不转睛地看着她，继续说：“所以你是清醒的。如果你想知道答案的话，不可以第二天早上不认。”

陆弥不说话了。

她好像轻轻点了点头，又好像没有。

可祁行止要说的话已经收不回去了。

墙角的暖气片发出了闷沉的一声，显得夜里更静了。陆弥的脸颊不知是因为热，还是因为别的什么，慢慢地升起淡淡的红晕。

他看着她的眼睛，说：“是你。”

陆弥面不改色，连眼睛都没眨一下，好像一点都不惊讶。

“是你，亲了我。”

脑子里“嗡”的一声，陆弥好像终于反应过来祁行止说的是什么，继而想起了一些关键的事情……

夏风，烧烤，啤酒。

时间拨回陆弥在梦启上第一堂课的那天，祁行止请她吃烧烤。

她这个人对自己的酒量缺乏客观的认知，不喝则已，一喝就昏迷，于是被祁行止背回了学校。

第二天醒来她还因为自己趴在祁行止背上撒酒疯而感到丢脸。

现在看来，她的酒后自我保护机制极为强大，十分“智能”地没让她想起更加丢脸的事情。

祁行止背着陆弥回到她房间，进门后站了半天，陆弥也没有一点要苏醒的迹象，树袋熊一样地趴在他背上，两只手臂交叉牢牢地锁住了他的脖子，身体还不受控住地往下坠，勒得他脖子生疼。

祁行止握住她的膝弯把人往上提了提，无奈地又喊了声：“陆弥。”

背上的人无动于衷。

这哪里是喝醉，根本就是昏迷。

陆弥趴得太紧，祁行止又怕强行把她卸下来放到床上会摔着她，无奈，只能保持这个诡异的姿势站在她房间中央等着。

陆弥下巴卡在他肩膀上，不知睡了多久，终于不太舒服地哼了声，揉着眼睛直起身，控诉道“你肩膀好硬”。

祁行止松了口气，走到床沿把人给放了下来。

陆弥揉着眼睛，忽然想到刚刚在烧烤摊子的巷子边看见的一闪而过的身影，登时瞪大了眼睛看向祁行止。

祁行止浓眉一扬：“怎么了？”

陆弥凑近了点儿，像传递机密似的压着声音告诉了他这个重大发现——

“我刚刚看到段采萱了！”

祁行止不关心这个，淡淡地“哦”了声。

陆弥煞有介事地伸出一指：“你、完、了！”

祁行止从来都不喜欢陆弥总是有意无意地和他提起段采萱，但陆弥现在这副不太聪明的样子实在太有趣了，他笑起来，顺着她的话问：“我怎么完了？”

“你‘鸽’了她！还请我吃了烧烤！”陆弥指指祁行止，又指指自己，肢体动作夸张，“这是大忌啊大忌！”

祁行止笑出声：“你这话说得有点欠打。”

“关我什么事儿？不就吃了你一顿烧烤嘛，AA！”陆弥把自己撇得干干净净，没形没款地叉腿坐着，两脚一踢脱了鞋，灵活地向后一坐靠在床上，又弯腰把叠在床尾的毛毯摊开来盖在自己身上，最后朝祁行止摆了摆手，“行了，你走吧！”

她这副样子下逐客令，祁行止也觉得是可爱的。他点了点头，转身正要离开，陆弥又醉意十足地喊了句：“加油啊小祁！”

祁行止脚步顿住，眸色沉下去，回头严肃地问：“我加什么油？”

陆弥莫名道：“段采萱啊。”

祁行止脸黑了一阵，想说什么，又无话可说地沉默了几秒，最终自嘲地笑笑，还是说：“我不喜欢段采萱。”

他知道自己没必要反复向陆弥强调这件事，现在这样的陆弥也大概率记不住。

但他还是说了。

“哦。”陆弥怔了怔，问，“为什么不喜欢？”

祁行止说：“不喜欢就是不喜欢。”

喝醉了之后的人好像很容易对某些反复出现的字眼产生异常的执着感，陆弥纠结地问了个没人能听得懂的问题：“不喜欢为什么不喜欢？”

祁行止盯着她这副醉到失去智商的模样，犹豫了一下，上前两步，坐在

了她的床边。

陆弥喝醉了倒很有自我保护意识，她向后一仰拉开与祁行止之间的距离，警惕道："你干吗？"

祁行止说："和你解释为什么不喜欢。"

"哦。"陆弥点头，十分豪迈地一挥手做了个"请"的姿势，"你讲！"

祁行止心里一阵叹息，也不知道自己为什么要和一个醉鬼讲这些她第二天一定不会记得的事情。

但他还是认真地开口了："有些人很好，但不是每个人都要喜欢。有些人自己觉得自己不够好，但总有人只喜欢她。你明白吗？"

这段在"喜欢"和"不喜欢"之间反复横跳的纠结话语，对于一个喝醉了的人来说，显然是不太好懂的。

陆弥愣了半天，忽然变了神色，有些生气似的，问："你干吗不喜欢？他那么好，你怎么能不喜欢他？"

祁行止怔住了。

他发现陆弥的神色不太对劲，原本因醉意而迷离失焦的眼睛忽然有神，眼眶瞬间变得红红的，看着他，又好像透过他看到了别人。

祁行止想了想，沉沉地说："因为我的喜欢并没有那么重要。"

陆弥没说话，她安静下来，出神地盯着祁行止的眼睛。

祁行止不确定她有没有在听，但他继续说着："陆弥，没有谁的喜欢或不喜欢是那么重要的。你不能因为喜欢了一个人就要求'她'给你回应，也不必因为不喜欢一个人而对'他'怀有愧疚，这其实是相同的道理。"

陆弥的脸上出现懵懂疑惑的神情，她不由自主地轻轻伸手抓住祁行止的手腕，却什么都没说。

祁行止在心里反复提醒着"她喝醉了"，却还是情不自禁地摊开手掌，将她的手牢牢地握进手心里。

她没有瑟缩，没有犹疑，反而看着他，牵得更紧。

祁行止的喉结滚动了一下，开口时声音有些哑："就像，我喜欢你……但你不必因此给我任何回应。"

他是低着头说这句话的，目光落在她月牙一般清清亮亮的指甲上。他是乘人之危，所以不敢看她。

不知过了多久，屋子里太静了，祁行止终于抬起头来。

然而眼睛还没看清她，一股淡而清冽的气息盈满鼻腔，祁行止下意识地闭上了眼睛。

轻而凉的触感蜻蜓点水一般落在他眼上，带着微微紊乱的呼吸，很快又离开了。

祁行止觉得手心湿湿的，不知是他们谁出的汗。

过了很久，他才睁开眼睛。

陆弥脸上的红晕完全升起来，可祁行止还是分不清，这究竟是酒后的反应，还是羞涩的真心。陆弥冲他笑了一下，又低头靠过来，脑袋抵在他的肩上，不再说话了。

他们的手仍然牵在一起，祁行止感觉到自己疯狂跳动的脉搏，和与之完全相反的，陆弥逐渐变得均匀沉稳的呼吸声。

他保持那个姿势在床边坐了很久，直到陆弥脑袋轻轻一歪，嘴唇擦过他的下颌，呼吸喷在他颈上，引得一阵过电般的酥麻。他知道自己不能再待下去了，于是把陆弥放回床上躺好，匆匆走出了门。

“想起来了？”祁行止看陆弥的表情，就知道她顺利地想起了这一段酒后往事。

陆弥尴尬地“嗯嗯”了两声，撑着手坐起来，极力保持着自然的眼神与祁行止对视：“……想起来了。”

祁行止点点头，没说话。

“既然是我……我亲的你，你为什么要说是你亲的？”陆弥满不自在地笑了笑，试图把话说得轻松一点，“我就说嘛，你这么有礼貌的人，怎么会随便亲别人……”

祁行止说：“都一样。”

“嗯……嗯？”陆弥垂着眼帘，一时没明白他的意思。

“对我来说，都一样。”祁行止说，“而且，确实是我乘人之危在先，那天你是喝醉了。”

“……哦。”陆弥低下头，无意识地揪着棉被上的图案。

“但今天你没有。”祁行止忽然又说。

陆弥猛地抬起头：“什么？”

“今天你没有喝醉。”祁行止认真地说，“刚刚你问我这个问题的时候我说了，你没有喝醉、没有发烧、没有犯迷糊。这一次，你没有第二天不记得的机会。”

陆弥猛然醒转过来，原来是在这里等着她。

这只小狐狸，不会再给她装傻充愣打太极的机会，他要一个答案。

祁行止的目光牢牢地抓着她的眼睛，渐渐靠近：“那天是你喝醉了，是

我乘人之危对你说了很多扰乱心绪的话，我没资格问。但是今天，为什么？

“陆弥，为什么问我亲过谁，为什么关心我亲没亲过别人？”

他目光灼灼，不给她任何逃避的机会。

“这大概不是一个好的时机，我不该现在就说的。”祁行止的气息渐渐有些急促，“但是……是你先问的。”

陆弥没有见过这样的祁行止。

不温柔、不平和、不冷静，他的声音变得低沉而沙哑，眼神也充满侵略性，一步一步地越靠越近，就像锁定了猎物的野兽。

陆弥知道，她不能闪烁其词含糊而过。

可祁行止的气息越靠越近，她的脑子就越来越乱，终于她还是用手掌抵住了他的进一步靠近，小声急促地回答：“……我不知道！”

祁行止停住了。

气氛一瞬间冷却下来。

陆弥几乎不敢看他。

她竭尽全力地表现出诚恳，又说了一遍：“我真的不知道。”

祁行止的眼神黯下去，又恢复了平时冷静漠然的神色。

“可能是因为我生病了，可能就是恶趣味，也可能……”陆弥口不择言地试图找到一个合理的解释，然而越说越知道自己这样的回答有多糟糕，她慌忙住了口，抬头看向祁行止道，“我暂时不知道。”

祁行止太熟悉陆弥这样的表现了。

她不是搪塞、不是敷衍，她是真的不知道。

的确，今晚不是一个好的时机。他也是被她搅乱了步伐，才会这么急不可耐地挑破这层窗户纸。

他平复了一下心情，点点头说：“我知道了。”

陆弥茫然地看着他。

他掖了掖她的被子，站起身，说：“好好休息吧，我先走了。”

祁行止平静地起身，轻轻地带上门，离开了。

这一夜，陆弥睡得极不踏实，做了好几个梦。有时梦见六年前刚认识祁行止的时候，漫长而炎热的夏天里她故意挑选很难的英文诗来考他；有时又梦见很小很小的时候，林立巧在厨房里偷偷给她多夹了两块刚出锅的焖排骨；好像还梦见了大学时候，和室友们一起排队吃故宫外最火的一家烤鸭……

这些都是，几乎从没出现在她梦里的人。

这几年她最常梦见的人其实是蒋寒征。那年过年，陪她回北京一路把她照顾得很好的蒋寒征；恋爱时什么都依着她的蒋寒征；还有她提出分手后，笑得比哭还难看，对她说“分就分，老子再找一个”的蒋寒征。

时梦时醒地不知睡了多久，陆弥起床的时候已经是下午三点，脑袋昏昏沉沉的。

正是孩子们出去上课的点，院子里静悄悄的，一点动静也没有。

陆弥摸出手机，发现赵婉上午发来一条微信。

赵婉：听说你病了？周六的课可以取消，好好休息。记得要去医院吊水。

听说？

听谁说，不必多言。

陆弥心里泛酸，回复过去：谢谢，课不用取消，我已经好得差不多了。

陆弥探了下自己的额温，好像又烫了起来，拿温度计一量，37.3℃。

她看了眼镜子中脸色蜡黄、嘴唇苍白的自己，将杂乱的头发绾好，裹上一件大衣，揣上钥匙手机出了门。

经过保安亭的时候，梁大爷老远就伸长了脖子打量她，欲言又止半天，关心了一句：“陆老师，脸色不太好哦！”

陆弥笑了笑：“嗯，有点感冒。”

“你们一定要注意身体！别仗着自己年轻！”梁大爷唠叨起来，似有若无地斜她几眼，又道，“昨天晚上我看小祁也是的，咳了好几声！也不知道怎么那么晚回家，那风刮的，谁受得了？”

陆弥脚步顿住，问：“他昨晚几点走的？”

梁大爷大嗓门道：“两点多啊！那气温低的哟，我出来给他开门，手指都快冻掉了！他还骑摩托车走的！啧啧，现在的年轻人，不要命……”

陆弥心里不是滋味，犹豫了一下，问：“他……今天来了吗？”

“没有啊！”梁大爷说，“说是这段时间大学生也要期末考试了，忙！”

陆弥点点头：“好，谢谢。”

“没事儿！陆老师，你自己要注意身体哦！”梁大爷又关心她，“你看你那么瘦，这个冬天的风一吹就要跑了！”

陆弥扯嘴角笑笑：“知道，谢谢。”

陆弥到医院，还是四大瓶药。

今天她没有病床可睡，只能坐在注射室的长椅上，和一个头发花白的老太太、一个靠在妈妈怀里睡着了的小女孩一起，等待着头顶葡萄串一样的药水一一吊完。

不知是药物作用还是在病中变得矫情多思，陆弥闻着医院的药水味儿，听见后座的老人因疼痛而低沉呻吟的声音，鼻子就止不住地发酸，她仰头往后一靠，眼泪盈眶，连天花板都变得模糊。

而她甚至说不清自己为什么难过。

从前心里压着的事比这更多更沉重，但她能默默受着，因为那是她应该承受的，是她的命运。

可现在，她有了想要的东西，却退拒犹豫，不知道自己有没有资格伸出手。

护士来换第一瓶药的时候，陆弥问："能给我开一点口服的药吗？"

护士问："怎么了？"

"治咳嗽、感冒的，或者是预防感冒……"陆弥尽量描述，"现在天气冷了，可能也还没感冒，就是需要预防……"

护士笑了笑，问："你男朋友也病了？"

陆弥一怔，猜想护士说的男朋友大概是昨天带她来的祁行止。她犹豫了一下，说："他不是……"

护士却自顾自念叨起来："我就说他今天怎么没陪你来，看着那么贴心一个人，原来是病了。冬天这个感冒啊，就是容易传染，你们小情侣也得注意点。"

这护士太能说，陆弥默默噤了声。

护士麻利地换好了药水，对她说："普通感冒药你去药店问问就能买到，医院可不能随便给你开药，人都没来呢。"

陆弥点点头："谢谢。"

护士拿指头掸了掸药瓶："没事儿，你这瓶好了叫我啊。"

陆弥说："好的。"

第三瓶吊完，陆弥已经昏昏欲睡，看了眼时间，已经快下午六点。

她上下眼皮打架的时候，视线里居然出现了一个熟悉的身影。

向小园背着书包，齐刘海被冬天的"妖风"吹得乱糟糟的，沿着医院长长的走廊向她跑来。

陆弥意外极了，问："你怎么来了？"

不对，她又问："你怎么来的？"

这里离梦启明明有不短的距离，她自己坐公交车来都用了快一个小时。

向小园有些别扭地回答："我说我想来看看你，小段姐姐就送我来了。"

陆弥更加意外了，不确定地问："段采薏？"

向小园点头。

"那……谢谢她。"陆弥说。

“她还说让你待会儿打车回去，不能为了省钱带我坐公交车。”向小园一五一十地转述段采薏的话，连那高傲的表情都学到了精髓。

“好……知道了。”陆弥苦笑。

向小园说来看她，就真的只是单纯地看她。确认了她状况还好、手背不肿、吊瓶完好之后，向小园就蹲下来，掏出作业铺在长椅上，认认真真地写起来。

陆弥惊呆了。

向小园进入专注状态很快，陆弥没忍心出声打扰。直到她写完一科，换另一本的时候，陆弥才说：“你这样写作业对眼睛不好。”

向小园顿了顿，说：“没别的事情做。”

陆弥问：“我给你的书，带着吗？”

向小园说：“带了一本。”

陆弥说：“那看书吧，可以小声读出来，我听听。作业回去再写，不着急。”

向小园犹豫了一下，说“好吧”，又在书包里翻找起来。

陆弥看她认真的神态，笑了笑，忽然说：“我昨天晚上是乱说的。”

向小园疑惑地抬起头：“什么？”

陆弥不自在地撇开眼神：“我……说你是白眼狼，那是烧糊涂了，乱说的。”

向小园想起来，登时也有些尴尬，又把头埋回书包里去，假装翻翻找找。

陆弥默默笑着，不拆穿她。

向小园把书找出来，是一本《鲁滨孙漂流记》。

她边翻开书页边说：“我知道。因为你也不是最牛的英语老师，所以你昨天晚上说的全都是胡话。”

这小孩，为什么怼人都要“因为所以”逻辑链完整地怼？

陆弥无奈地笑了声：“好吧，有道理。”

向小园看了她一眼，又说：“暂时不是。”

陆弥眼睛一亮：“是‘努努力以后有可能是’的意思？”

向小园矜持地点了点头，措辞严谨：“有这个可能。”

陆弥笑了：“好的，谢谢。”又指了指她手里的书，问，“想读吗？”

向小园说：“我先默读一遍，再读给你听。”

陆弥欣然同意。

向小园的默读速度非常快，不过几分钟，第一章已经读完。她清了清嗓子，有些不确定地问：“你……真的要听？”

陆弥反问：“我不听学生读课文怎么成为最牛的英语老师？”

向小园不说话了，盯着手里的书又默读了几秒，做了会儿心理准备，轻

轻开口读起来——

“My first sea journey. Before I begin my story, I would like to tell you a little about myself......”

女孩子的声音清澈，因为对英文的不熟悉而非常谨慎地发音，字字句句脆生生的，漾出轻盈的韵律。

她的发音进步很多了，陆弥想，完全看不出来在两年前她几乎还没有上过一堂正儿八经的英语课。虽然这主要是小姑娘每天晚上自己下苦功的结果，但陆弥还是“与有荣焉”，心里涌起层层的满足感和幸福感。

听着听着，困意又袭来，陆弥眨了眨眼，脑袋渐渐沉下去，轻轻靠在了向小园的肩上。

彻底睡过去之前，她没忘给向小园竖了个大拇指，夸赞道：“读得不错。”当然也没忘夸一句自己，“我果然是最牛的英语老师。”

向小园顿了顿，伸手压了压书页上卷边的角。这套书她用了两个多月，翻动频率太高，尽管她十分珍惜，也已经有折痕、有卷页，笔记密密麻麻，是旧书的模样了。

陆弥很瘦，脑袋靠在她肩上也很轻。向小园知道陆弥已经睡着，于是轻声对她说了一句“谢谢”，又把没读完的故事继续念完——

“It was a good ship and everything went well......”

晚上七点半，陆弥吊完针，搭着向小园的肩走出医院。

她的精神好多了，和向小园玩笑了几句之后，又沉默下来。犹豫了几秒，她开口问：“你刚刚说，是段老师送你来的？”

向小园：“嗯。”

“现在正是期末季吧，她不忙吗？”陆弥将手揣在兜里，不自觉地搓了搓手指，“哎，我记得她和祁老师是同班同学呀，他们现在应该都忙着考试吧……”

向小园差点笑出声。

她第一次见到陆弥的时候，满心觉得这是个势利又瞧不起人的差劲老师，只会讨好领导绝不认真教学生的那种。谁能想到对方连这么简单一个谎都撒不好？就差把“我想知道祁行止在哪儿”写脸上了。

她忍着想笑的劲儿，平淡地说：“不知道。”

掀开门帘，冬季的强风把陆弥那一句黯然的“哦”堵在嗓子眼。她打了个寒战，不敢再问了。

向小园却忽然出声：“哦，来了，你直接问她吧。”

陆弥抬眼一看。

一辆白色小车停在路边，段采薏穿着驼色大衣，戴了一顶精致的黑色贝雷帽，神情冷淡地立在车边。

陆弥眉一扬，心里有些不自在，还是走上前问：“你怎么来了？”

段采薏说：“我怕你拉着小园坐公交车。”她转身拉开车门，坐进驾驶座。

陆弥顿住。

段采薏抬头催道：“上车，我待会儿有话跟你说。”

她的语气是命令式的，可陆弥居然不觉得生气。陆弥淡淡地应了声，扭头叫上向小园，猫腰坐进汽车后座。

北风在窗外呼啸，车里很静。陆弥脑子里没由来地绷着一根弦，手指也不自觉地摩挲着。向小园却很放松，困倦地打了个哈欠，就把脑袋往陆弥肩上一靠，闭眼睡了。

段采薏原本一言不发地开着车，抬眼在后视镜里看见这场景，忽然开口道：“听小园说，你打算带他们排话剧？”

陆弥不知道她为什么突然提这一茬，“嗯”了声。

“《黑猫》？”段采薏声调上扬。

“嗯。”

陆弥应了声，心里忽然有些紧张，段采薏该不会觉得她不应该给孩子们看恐怖片，又要给她上教育心理学了？

谁知段采薏沉默了几秒，冷不丁开口道：“对不起。”

陆弥一时没反应过来，疑心自己听错了：“哈？”

段采薏从后视镜里白了她一眼，抿了抿唇，说：“我之前说你对孩子们不负责、不上心，是误会了你。我向你道歉。”

这下轮到陆弥沉默了。

她怎么也没想到，段采薏这样骄傲又理想主义的大小姐，居然会为了这么一件小事郑重地向她道歉。

陆弥甚至有些心虚，她笑了笑说：“没事。之前……我确实做得不太好。”

段采薏没说什么，淡淡地“嗯”了声，结束了话题。

车里又静下来，然而僵硬的气氛已经被打开，陆弥忍不住又开口道：“谢谢你来接我们。”

段采薏说：“我是怕你为了省钱带小园去挤公交车。”语气说不上客气。

陆弥按下脾气，又状似随意地说：“我是说，你们现在期末季……应该挺忙的，要考试什么的。”

段采薏没说话，像是没听见陆弥说话似的。

陆弥也没了耐心，不再问了。

静了足有两分钟，段采薏才抬眼又从后视镜里看了陆弥一眼，嗤笑一声。

“我跟祁行止不是一个专业。”她说。

她忽然提到祁行止，好像完全看透了陆弥真正想问的是什么。陆弥一时有些错愕，不自在起来。

段采薏却忽然打开了话匣子似的，自顾自地说：“我本科和他一个班，学建筑。可我对那个专业真的毫无兴趣，学得又苦又累，还差点拿不到奖学金。”说到这里，她自嘲地笑了声，扭头看了陆弥一眼，“你知道吗？我读了这么多年的书，头一次觉得进前十名是件难事。”

虽然这番发言很真诚，但多少有点“凡尔赛”了。

陆弥淡淡地回答：“那也很厉害了。”这话不痛不痒，说了像没说一样，她安慰人的技术一向这么差。

“不厉害。”段采薏声音冷冷的，听不出情绪。

她快速回了这么一句，又停了好几秒，扭头看陆弥一眼，才继续说：“哦，对你们来说可能还行，对我来说很差劲。”

这话其实挺欠揍的，但由段采薏轻轻地说出来，陆弥竟然并不觉得被冒犯，只是不知道该怎么接。也许是因为段采薏的语气真诚而黯然，泛着淡淡的苦意。

“我硕士学的社会学，专业跨得太远，硬考上的。去年一整年，我在图书馆待了两千多个小时。”

段采薏自嘲地笑了声，忽然话锋一转，又问：“欸，你知道我高中为什么学理科吗？”

陆弥愣了下，说：“……不知道。”

“我文理科都很好。”段采薏说。

陆弥：“嗯……”

“但那时候总有人说女孩子别学理科，就算能学好也太累了，再努力也比不过男孩子，人家只要勤奋一点轻轻松松就能超过你。”段采薏说完嗤笑一声，低声骂了句，“放屁。”

陆弥看着段采薏眼神里流露出的唾弃和不屑，不禁笑了，忽然觉得她很可爱，可爱得令人羡慕。

这样的论调陆弥也听过不少，但她从来都是一笑而过，她没有那样的热血和闲情去对说这话的人骂一句“放屁”。

可段采薏有。

她充满活力、充满自信，有用不完的力气去和讨厌的人与事抗争，去打恶人的脸，去摘想要的星。她的人生是一场打地鼠的游戏，她紧紧握着槌子，对不喜欢的一切都毫不犹豫地重重砸下，然后获得一盘清爽悦目的局面，一酣畅爽快的人生。

而陆弥呢？

陆弥的人生更像一场迷宫。老天把她丢在出发点上，她只能沿着面前的路走下去。这路或许也算平坦，或许时不时还会出现一些惊喜的选项，但从始至终，她能做的，只有往前走。她没有俯瞰全局的全知视角，不知道终点在哪里，也不知道未被选择过的路会不会更好，她只能往前走。

陆弥笑了笑，应和道："都是放屁。"

"但祁行止不这样说。"车子在一个路口处停下等红绿灯，段采薏忽然长长舒了一口气。

陆弥轻轻点头。

她和段采薏聊天，提到祁行止，这感觉总让她觉得怪异。

"我高一的时候特别幼稚，装作很困惑的样子去问他：'我该学文科还是理科？'"段采薏说着笑起来，"你猜他怎么说？"

陆弥想了想那个情境，想到祁行止的回答，居然有些想笑。但她忍下来，摇头道："不知道。"

"他说——'你不像是有这个困惑的人。'"

标准的祁行止式回答。

陆弥终于找到时机，捧场地笑了笑。

段采薏看见她扬起的嘴角，眼神黯了两分，继续道："我的确没有这个困惑，我早就想好了要学理科，堵那些人的嘴。"

陆弥真诚地赞叹道："你很厉害。"

段采薏和她对视，沉默了几秒，忽然笑出声来："你真信？"

陆弥蒙了，段采薏笑得太夸张，连睡着的向小园都惊动了。

段采薏噤声，笑意又在一瞬间收敛起来："我是为了和祁行止同班才选的理科，为了哪怕在排行榜上和他站在一起。"

陆弥敛下眼神，没有接段采薏的话茬。现在的段采薏看起来太难过了，可她又那么不会安慰人。沉默，是唯一的不冒犯。

"专业选建筑也是啊，就为了和他同班，为了证明——我跟他，从头到脚，从里到外，全方面天生一对。"段采薏轻轻扬了扬手，后半句声音也雀跃，故意把话说得很轻佻。

她画着柳叶形的细眉，配上贝雷帽，唇红齿白，像民国电影里的美人。她说这话时回过头来看着陆弥，笑得灿烂极了，顾盼神飞。

陆弥失语，敛眉什么也没说。

车里比刚才还静，只听得见向小园轻轻的呼吸声。

陆弥心中涨满了酸楚，她一边迫切地觉得自己需要和段采薏说些什么，

一边又觉得自己不该插话。

漫长的红灯终于开始个位数的倒计时，段采薏轻轻按下手刹。

“可我现在撞到南墙了，该回头了。”她踩下刹车，轻轻地说。

红灯转绿，汽车平稳地拐进新的道路。

后座的陆弥没有说话。

段采薏忽然无比感谢她，感谢她没有说那些空乏的安慰的话，感谢她没有说“以后会有更好的人”。

不会有更好的人了。

除了她自己，没有人有资格说会有更好的人。

车子停在梦启门口。

陆弥轻轻叫醒向小园，和她一起下了车。

“谢谢。”陆弥再次对段采薏说。

段采薏没有说“不用谢”，只是轻轻点了点头，看起来和她面试陆弥时一样的冷漠和不耐烦。

她看着陆弥和向小园一起走进校园，陆弥的手轻轻搭在女孩的肩上，看起来亲密而友好。

祁行止说得很对，陆弥是一个很优秀的老师。

想到这里，段采薏想要自嘲地笑一笑，却弯不起嘴角，反而鼻子一酸，落下两行泪来。

今天早晨，段采薏在图书馆碰到脸色憔悴的祁行止，他一边复习一边不住地咳嗽。她打个电话给梁大爷问了问，很快就猜出了前因后果。

她也不知道哪里生出来的勇气，把祁行止拽出了图书馆，在药店里现买的冲剂盯着他喝完，然后当着他的面把陆弥贬得一文不值。

祁行止只听了两句便拧着眉打断她，表情严肃，甚至带着压迫。

她也不知被触动了哪根神经，不管不顾地说：“为什么要喜欢她呢？她有什么值得喜欢的？”

祁行止没有回答，只严肃地说：“不要说胡话了。”

段采薏泪流满面地说：“可是……我和你明明很合适啊，我和你才是天生一对啊。”

药店里人来人往，其中不乏认识他们俩的同学。大家驻足观望，段采薏却什么都管不了了，她凝着一双泪眼看着祁行止，仍然有所期待，就好像这一次他的回答会有所不同。

可祁行止说：“这件事，天说了不算，我自己做主。”

祁行止离开药店两分钟后，段采薏微信里收到了他转来的药钱。一分不多，一分不少。

她放肆地蹲在地上号啕大哭起来，直到药店店员把她扶起来。她平复心情之后，决定去找陆弥。

刚刚在车里的几十分钟，是她二十多年的人生中最难堪、最丑陋的时刻。

但这是她自己求来的。

段采薏太了解自己。她是个不撞南墙不回头的人，所以她非要狠狠地撞上去，撞得头破血流，才能心甘情愿地回头。

现在，这堵南墙她撞了。

该回头了。

第九章 好天气

离元旦还有不到一个月，陆弥在网上订的戏服到了，开始组织学生们实景排练。

几次排练下来，她发现这些孩子虽然比普通学生更敏感和更有戒备心，但同时，他们也比普通的孩子更“好哄”。

从中秋露营时请喝奶茶，到课上偶尔“开明”地让他们看小说看电影，陆弥觉得自己并没有多做什么，但学生们的态度已经完全不一样了，就连龙宇新都会主动和她搭话，问她“老师我这句词念得怎么样”。

这让陆弥有了一种无与伦比的成就感，就像小时候玩黄金矿工，摇了好久的吊钩终于得到一枚巨大矿石一样。

唯一不足的是，黄金矿工是单机游戏，她没法把战绩展示给她的战友看。

她已经两周没有见到祁行止了。

赵婉说，每学期到了期末，祁行止都会提前两周停课。大学生的期末一般比中小学生早，他会在忙完了自己的考试之后来梦启帮孩子们复习。

再天才也熬不住清华期末的苦，那都不是人待的。赵婉玩笑地说。

陆弥一边附和着她的玩笑，一边心里的天平又开始计较了——那么，祁行止是因为忙着期末考试没有来，而不是因为生她的气？

但两周不见人影，怎么想都觉得不太对劲。

陆弥从来不知道，自己居然是这么纠结的一个人。

“怎么，找人啊？”赵婉斜眼笑，不怀好意地问。

“没有。”陆弥否认得飞快。

“放心吧，跑不了。”赵婉用胳膊肘捅了捅她，笑着说。

陆弥抿唇，扯开话题：“元旦晚会，我带孩子们排了场戏，英文的，你应该会来看吧？”

赵婉虽然为人亲和，一点架子也没有，但毕竟是梦启的创始人、陆弥的老板，严格来说这是陆弥第一次正式做老师，她多少会在意赵婉的评价。

谁知赵婉愣了愣，短促地笑了一下，摇头说："我不去。"

陆弥有些惊讶，问："有事？"

"嗯。"赵婉点了点头，"每年元旦晚会我都不去的。"

陆弥怔了怔，叹说："这样……那可惜了。我还想让你看看他们的成果呢，进步真的不小。"

赵婉粲然一笑："不用看，我知道。"

陆弥疑惑地扬了扬眉。

"你以为我为什么同意招你？"赵婉一脸"你可太天真了"的表情，"祁行止推荐两句就有用？"

陆弥没太听明白，但脸已经无比诚实地开始发烫了。

"是小段！"赵婉指点迷津，"她跟我说，虽然她很不情愿夸你，但她的两场面试和一场笔试，你确实都完成得很出色。"

陆弥惊讶极了，一时失语，又想到那天晚上段采薏决绝而失态的表现，心情沉下来，又不知道该说什么。她沉吟半晌，说："嗯，她挺好的……是个公正的人。"

"噗！"赵婉笑出声来。

陆弥不解地看着赵婉。

"你真的不太会说场面话。"赵婉毫不留情地嘲讽她，"以后还是闭嘴吧。"

周三的课上，陆弥照旧把时间留给学生们自主排练，她大部分时间是个享有优先点播权的观众，并不干涉他们创作的自由。

两组人，两场戏，四只黑猫。

四个男孩子穿着带尾巴的黑色戏服在教室里上蹿下跳，一个扒在窗边，一个蹲在桌上，场面说不出的滑稽。

陆弥正看得津津有味呢，忽然听见"刺啦"一声，扒在窗边的那只黑猫屁股上裂开一条大缝，白色底裤在黑色戏服的衬托下显得格外晃眼。

"哈哈哈哈哈哈哈哈哈，你裤子、裤子开了！"

女生们诧异一秒后慌忙别开了眼神，以龙宇新为首的男生反应过来后则放肆地大笑起来，简直笑得快岔气了。

是雷帆。

他"唰"地红了脸，连脖子上都漫起血色。他本来就是背对着大家手扒着窗户栏杆的姿势，这下就更不敢回头了，只侧着脸，可怜巴巴地挤眉弄眼向坐在讲台边的陆弥求助。

陆弥接到信号，呵斥了男生们几句，又小步快速走到雷帆身边，问：“什么情况？”

雷帆苦着一张憋红了的脸看她，挤出几个字：“我怎么知道……江湖救急啊姐姐。”

陆弥心道不妙，这戏服可没有备份，都是按人头订的。她想保证质量，所以挑了比较好的厂家，价格也不便宜，因此没舍得多订几套，只想着学生们都有分寸，肯定比她还爱惜这些衣服。

她火速想了好几个方案，最后提议：“要不……我给你补补？你里面穿的什么，能脱吗？”

雷帆面露犹疑道：“T恤裤衩，能脱是能脱……但是，您会补衣服？”

当然是不会的。

陆弥小时候在福利院虽然也没少穿带补丁的衣服，但那些缝补的痕迹都是出自阿姨们的手。福利院的阿姨们个个手巧又麻利，眼里全是活，哪轮得到她动针线？她最多也就是观摩过几次，在阿姨们没工夫的时候自己上手过一两次。

成品都是很上不了台面的程度。

陆弥咬咬牙，肯定道：“我以前补过自己的衣服。”

雷帆见她一脸笃定，放心了：“那行，我这就去厕所换下来。”

陆弥几乎有些感动，他居然就这么信了。她目光恳切地点了点头：“嗯！”

雷帆螃蟹似的背贴着墙挪出了教室。

拿到雷帆的黑猫戏服之后，陆弥直奔自己的房间，翻箱倒柜找出了一个简易针线包。

好在这戏服全黑，缝丑了也看不出来。

陆弥这样安慰自己，颤颤巍巍地下了第一针。

祁行止走到教学楼楼下的时候，首先看到的是陆弥房间亮着灯。

他刚刚结束了倒数第二门考试，压力减轻了大半，想到今天是周三，便来看看陆弥和孩子们怎么排练。

没想到，陆弥居然在自己屋里。

楼上的教室也照常亮着灯，还隐约传来孩子们嬉笑的声音。祁行止更好奇了，陆弥在自己房里做什么？

他忽然有点担心。正常来说，上课时间，陆弥绝对不会离开教室的。

他拧着眉猜了好久，又犹豫了好久，最终还是上前，轻轻叩响那扇门。

陆弥盯着自己那几针惨不忍睹的针线，心说衣服是黑色的也没用，她好像有本事缝出五彩斑斓的黑。

听见敲门声，以为是雷帆等不及来催了，她心里更紧张，不知道该怎么向孩子交代。慌乱了几下，她最终非常怂地拿着衣服和针线去开了门，假装还在认真修补的样子。

她拉开门，头也没抬又拿着针线扭头往回走了。

“马上！最后两针！”

祁行止顿住。

陆弥紧张地坐回桌前，快速打着腹稿，思考要怎么安抚小孩。

祁行止怔了几秒，出声道：“陆弥。”

陆弥身子一僵。

“你在缝什么？”祁行止没等她回神，他没关门，径直进了屋，语气寻常地问。

陆弥缓了缓心神，放下针线：“雷帆的戏服，裤子开了。没有备用的了，我帮他补一补，勉强还能穿。”

祁行止这才把目光挪到桌上那件黑不溜秋的衣服上。

一片黑中，他居然一眼看见了裤子那处歪歪扭扭、卡其色的线。这颜色在黑色之中绝不显眼，但那形状实在是太艺术了，叫人难以忽略。

祁行止下意识地拧起眉，问：“……你用卡其色的线缝黑裤子？”

其实颜色不是问题，问题是这手法。就算用一模一样的黑线，缝补者也必定能让其鹤立鸡群、C 位出道。

陆弥赧然：“没别的线了。”

祁行止没说什么，伸出手：“要不我来？”

陆弥疑惑：“你连这个都会？”

祁行止点头：“会一点。”然后又将手伸近了一点。

陆弥愣了一下，才想起来松手，把衣服和针线都推给他。

祁行止是真的会针线活。

陆弥看得目瞪口呆，因为他说“会一点”，绝对是过分谦虚了。祁行止动作干净利落，走线整整齐齐，强迫症似的笔直一条线，一点磕巴都不打。

这娴熟的手法令她一时忘了尴尬，叹道：“你真的连这个都会啊……”

祁行止笑了笑：“我爸会。他以前说，要是不做地质的话，就想当个裁缝。”

陆弥也笑了，虽然没见过祁行止的父亲，但不知怎的，看着祁行止，就觉得老祁先生确实很适合做裁缝。

在她的认知里，裁缝是很有风度的一个职业。

祁行止灵活地打了个收尾的结，两手直接把线扯断，将戏服交给陆弥：

“给，好了。”

陆弥接过，看着他小心翼翼地把针线都收回针线包，动作不紧不慢，连针线包的纽扣都细心扣好。

她忽然又不自在了，连道谢都结巴。

祁行止没说“不用谢”，也没说“不客气”，他径直问：“能去看看你们排练吗？”

陆弥仰头，看他立在台灯前，笑得谦和平静。

好像什么都没发生过。

她这才发现房间门没关。

一个别扭的念头蹿进她心里，让她一瞬间便有些慌了。她愣了一下，才笑着回答祁行止：“当然可以啊。”

从宿舍楼走到教学楼短短几步路的距离，陆弥心里做了不下十种猜想。

——祁行止为什么看上去这么淡定？好像什么都没发生过一样。

——他那天晚上问了自己那么多问题，坚持要一个答案，现在怎么什么都不问了？

——难道天才连心态都比别人好，要考试了就真能做到字面意思上的“心无旁骛”？

——还是说……那一切都是自己病糊涂了的幻想？

…………

越想越迷糊，几乎要诉诸玄学了。

陆弥脑袋里像猫和老鼠在实时上演追逐大戏，上蹿下跳，把她扰得晕乎乎的。这种感觉有点陌生，因为在祁行止身边，她从来没有思维活跃度这么高的时候——她一向心如止水。

现在看来，可真是打脸。

楼道里的白炽灯已经很旧，因此不晃眼，发出温暖恒定的光。祁行止步伐不快也不慢，肩膀轻轻擦着陆弥的，走在她前面一点儿。

陆弥胳膊上搭着补好的戏服，已经完全看不出缝补过的痕迹。

她不由得感叹：“你居然会缝衣服……”

刚说出口她就有些后悔了，这是多么明显的没话找话。

祁行止脚步顿了一下，不知想到什么，笑了一下说：“我比较擅长修东西。”

陆弥觉得他这话有点莫名，没头没脑的，正要问，忽然听见楼上一声巨响，紧接着是一个男生的怒吼——

“你再说一句！”

祁行止和陆弥对视一眼，连忙大步跨过台阶上楼去。

教室里已经乱成了一锅粥。

桌子翻了两张，雷帆和龙宇新扭打在一起，两个人边挥拳头边用着各自的家乡话骂着什么，陆弥听不大懂。旁边的同学们有的惊恐旁观，有的伸手拦，但都没有用。两个男孩子像两头发怒的小兽，从脸到脖子涨得通红、青筋暴出，一个横肘卡对方的脖子，另一个抬腿猛击对方腹部，谁都没留情。

陆弥有些头疼，这才几分钟？刚刚还热热闹闹地排练，怎么忽然就干起仗了？

祁行止两步跨上前，一手捉着龙宇新的手臂，一手摁着雷帆的肩膀，强行将两人分开。

他面露怒色，吼道："你们干什么？"

祁行止平时性格温和内敛，但严肃起来一向很唬人。

两个孩子被他这么吼一句，虽然仍恶狠狠地瞪着对方，却也立时噤声，梗着脑袋在一旁站着了。

陆弥知道直接问他们什么都问不出来，便径直走向这个班里她最熟悉也最亲密的向小园，问道："怎么了？"

向小园原本一直站在门边冷冷看着，忽然被这么一问，她犹豫了一下，语焉不详："……他俩打架。"

"看得出来。"陆弥心累道，"我是问，为什么打架。"

向小园不说话，嘴唇抿成一道直线，态度很抗拒。

陆弥拧眉，心底升起怒意。

"问她干什么。"陆弥还要再问，被祁行止出声打断。他淡淡地瞥了陆弥一眼，示意她不要追问向小园。

陆弥骤然被打断，话堵在嘴里一半，心里有些不舒服，但也没说什么，冲祁行止点了点头。

"直接问他俩。"祁行止冷冷地盯着仍旧满脸不服气的雷帆和龙宇新，音量不大，但有力量。

雷帆和龙宇新一人往一个方向梗着倔强的脑袋，大有"宁死不招"的气势。

祁行止这时候变得很没有耐心，他等了几秒，直接看向雷帆："你说。"

雷帆原本还黑着一张脸保持着对峙的姿态，被祁行止这么一问，眼眶"唰"地就红了，看起来委委屈屈的——不知道是因为被龙宇新欺负了，还是不满被祁行止拎出来先开了刀。

"怎么回事？"祁行止淡淡地又问了一遍。

雷帆穿着临时跑回宿舍套上的运动裤，上半身还是短袖T恤，精瘦的小臂上两道刮痕往外渗血珠，是打斗时不知道在哪儿擦伤的。

雷帆支支吾吾，小声说了句："他笑我。"

他说完就别开脸，大概觉得这种小事拿到台面上来请老师"主持公道"是很丢面子的一件事。

陆弥一听便想到雷帆裤子破了的时候，满堂哄笑的男生中，龙宇新是领头笑得最欢的那个。还有之前课上分角色，龙宇新也是毫不客气地和雷帆抢角色，雷帆没落着好，才自告奋勇演黑猫。

现在看来，这个"自告奋勇"，多少有些被逼无奈的意思了。

这些虽然都不是什么大事，但陆弥一来或多或少地偏向雷帆，二来对这好好的一堂课被搅得乌烟瘴气的现状很不满，所以面带怒意地看向雷帆，声音冰冷："龙宇新？"

"就这个？"祁行止却与陆弥异口同声地问了这么一句，声音淡淡的，尾音上扬。

陆弥诧异地看向他，有些不敢相信这是祁行止问出来的话。

校园里，学生之间互相玩笑、谁嘲笑谁几句的确很常见，也不是什么大事。但今天这个情况显然不一样，都掐起架了，祁行止居然这么轻飘飘地问一句"就这个"。

她登时便蹿起火来，却见雷帆目光闪躲地回答："有什么好笑的……笑一下就行了，他一直揪着不放……"

祁行止还要再问什么，陆弥却厉声插入，她将目光转向龙宇新："你来说。"

龙宇新原本勾着脑袋吊儿郎当地在一旁听训，忽地被点名，愣了下，嗤笑一声："我说什么？"

陆弥压着怒火："你做了什么就说什么。"

龙宇新脸一僵："我没做什么。"

陆弥问："你没嘲笑同学？"

"没有！"龙宇新声音大起来，又瞪了陆弥一眼，"嘴贱的是他！"

陆弥彻底压不住火了，音量也不自觉地升高："你还说没有？刚刚我都听见了！同学之间再要好，开玩笑也要掌握分寸的！"

龙宇新被她劈头盖脸一通教训，愣了两秒，脸彻底黑了，盯着她森然道："关你屁事。"

陆弥几乎反应不过来。她居然在课堂上，被自己的学生这样怼。先不说她和龙宇新的关系已经缓和很多，更重要的是，这件事明明就是龙宇新的错。

"你这是什么态度？"

"就这个态度。"龙宇新一副天不怕地不怕的样子，还朝她走近了两步。

初中的男生已经比她高，居高临下地低头看她，一字一顿，“你、哪、位？”

“龙宇新！”

祁行止声音抬高，疾步闪上前用力把龙宇新往后一拽。

陆弥火冒三丈，怒吼道：“你给我道歉！向我道歉！还要向雷帆——”

“你先别说话。”祁行止忽然回头，冷冷地对她说。

陆弥怔住了，不可置信地的看着祁行止。

“我道个屁的歉！”龙宇新直指着陆弥叫嚣道，“走后门进来的人还敢在老子面前摆老师的架子！”

陆弥气得瞪圆了眼。她从没见过这么恶劣的学生，明明一个小时前还跟她嬉皮笑脸，现在居然就对她破口大骂。

她几乎丧失理智，甚至想和他对骂起来。

“龙宇新！”

“龙宇新！”

两个人异口同声，是祁行止和向小园。祁行止吼了声；向小园则声音尖细，小跑到龙宇新面前拽了下他的手。

原本已经老实下来的雷帆不知又被什么点着了，爆了句粗又扬起拳头冲着龙宇新去：“你说谁走后门！”

祁行止身手利落，一掌便挡住他，厉声警告道：“你还来？”

“祁哥！你没听见他说什么吗？”雷帆又急又躁，“他骂我就算了，他还骂弥姐啊！弥姐辛辛苦苦地给我们写剧本做衣服让我们表演节目，他凭什么这么说？”

龙宇新闻言，不屑地笑了声：“哦，原来你们是一家的啊。怪不得都走后门，垃圾！”

话音刚落，祁行止动作极快地回身抓住龙宇新的手腕，将他的胳膊扭在身后。

“祁哥！”龙宇新叫道，“你还帮他们！”

“你闭嘴！”祁行止怒道。

龙宇新吃痛地叫出声，祁行止这才放开手：“两个人都先闭嘴！我问一句答一句。”

他看着雷帆，问：“只是他笑你？”

雷帆别开眼神，不答话。

“说话。”祁行止耐心不足，声音加重催促他。

雷帆支吾道："我也笑了……"

"你笑什么？"

"我是说了他发音难听，但我就说了一句！是因为他一直笑我！"雷帆一股脑吐露道，"就算是我不对，他也不能说——"

他忽然又咬住舌头不说了。

"说什么？"祁行止问。

雷帆咬着牙不回答。

"说他走后门！"龙宇新倒是承认得坦坦荡荡，昂着脑袋道，"他不就是走后门嘛！我们都是填了申请通过了考核才能来的，他凭什么说来就来了！"

"你还觉得你说得对？"祁行止回头怒道。

龙宇新瞬间就噤声了，低头前看了祁行止一眼，嘀咕道："还不是他先……"

陆弥听他们审问夹着吵架，听得脑子"嗡嗡"响，却也听明白了大概。

孩子们开玩笑，总是难以把握尺度。尤其是男孩子之间，玩嗨了难免脱口说些冒犯的话。如果是碰到脾气好的，忍一忍笑一笑就过去了；碰到脾气不好的，不知道被哪个火星子点着了，你一言我一语地就能直接干仗。

龙宇新和雷帆这场架，就是青春期男孩子在嘴贱和嘴更贱之间擦起的火。但先裹乱的是龙宇新，陆弥很难不偏心雷帆。

"你怎么知道他没通过考试？"祁行止淡淡地问了一句。

龙宇新一时语塞，打架吵架那都是脑子一热的事，他怎么可能真的想过雷帆有没有考过试。

"你说雷帆走后门是因为没考试，那说陆老师呢？"祁行止又问，"你在梦启这么多年，就学会了这样尊重老师？"

龙宇新想辩解，却又发现无话可说，最终僵着一张脸，低下头去。

祁行止两个问题把他问得哑口无言，也不再多问了，又看向雷帆，表情更严肃了点，拧眉道："你自己英语学得很好？"

雷帆有些心虚地道："我不是故意的……"

"有些话，不是故意的也不能说，你不知道？"祁行止又问。

"我……"

"行了。"陆弥出声打断。她很不理解也不能支持祁行止只对着雷帆一通教育的行为。

她上前拽住雷帆的手腕，又抬眼扫了扫这一教室的人。他们还穿着她刷遍网上的店铺定制来的戏服，手里拿着她亲手改过好几稿的剧本。

他们有的怯生生地看着她，好奇这场可怕的架会以怎样的结果收尾；有的则面无表情，好像一切与他们无关；还有的，比如龙宇新，压根就不看她。

陆弥忽然觉得疲惫，更觉得这段时间热火朝天地忙活这么久毫无意义。

她看着龙宇新脚下被踩了好几个脚印的剧本，还有自己手里那件刚缝好的戏服，想了想，淡淡地说："既然这样，这戏咱们也不用排了。"

有几个学生发出诧异而失望的叹声，龙宇新也猛地抬了一下头，对上她的眼神，又瞬间别开。

陆弥没有搭理这些声音，说了句"下课"，牵着雷帆走了。

夜已深，梁大妈已经睡下了。陆弥不想去麻烦她，自己又没有备医药箱，只好带雷帆去几百米外的小诊所。

雷帆被陆弥领着走在寒风瑟瑟的街上，外头裹了件临时拿的羽绒服。陆弥走在他身前半步的距离，一言不发，连后脑勺都写着"别惹我"。

但雷帆还是开口问了句："陆老师，我们这是要去哪儿啊？"

陆弥说："诊所。上药。"

雷帆悻悻地"哦"了声，又说："其实没事的，我这都是皮外伤。"

陆弥猛地停住脚步，回头仔仔细细地看了一遍他脸上的伤，很客观地说："你被打得挺惨。"

雷帆觉得有点丢份儿，嘀咕道："我那是因为穿少了，没发挥好。"

"龙宇新是不是足球队主力？"

雷帆并不是很想承认这事儿，但他不得不点点头："是。"

陆弥又问："他家哪儿的？"

"河南？还是河北？"雷帆也不是很清楚，"就那片吧。"

"他来梦启很早？"

"好像是，听说他是校长阿姨从他们省青训队挖来的呢。"

陆弥点点头："哦，怪不得你打不过他。"

小诊所里没什么人，就一位医生和一个护士，弥漫着浓重的消毒水味道。

"小孩子打架？"医生轻飘飘地抬眼，伸出两只手指来往下压了压，示意雷帆坐下来。

陆弥和雷帆都没答话。

医生把着雷帆的下巴将他整张脸端详了一遍，说："没什么大事，上下药就行。"

医生又问："身上有没有？"

雷帆突然有些害羞，陆弥还在他身后站着呢。

医生一眼就看出他在别扭什么，轻笑声道："害羞个什么劲儿。"

雷帆不动作。

“衣服掀起来我看看。”医生不跟他废话那么多，直接下了命令，又冲陆弥道，“姐姐出去等着吧，别在这儿杵着了。”

陆弥见状，点了点头，走出了诊疗室。

刚走出来，就看见祁行止领着龙宇新推门而入。

她和祁行止的目光撞上，立刻就当没看见，挪开了眼神。她现在看他，哪儿哪儿都不顺眼。

祁行止倒不在意她这种冷淡，径直走上前说：“他也需要看看伤口的。”

说的是龙宇新。那家伙正站得远远的，一脸不屑地往这边播撒他难忍好奇的目光呢。

陆弥看也不看他：“哦。”

祁行止无奈地叹了口气，沉沉道：“陆弥。”

陆弥被他这一声喊得鸡皮疙瘩都起来了。他这种恨铁不成钢的老父亲语气是怎么回事？怎么倒像是她做错了事，让他这个“老父亲”心累呢？

这么一想，她心里的火又“噌”地上来了，抬头白了祁行止一眼，不说话。

正僵持着，雷帆摸着背上的伤出来了。刚刚还不觉得疼，被医生摸一摸按一按，现在疼得他直想叫唤。

陆弥看见他手上拿着诊疗单，问：“是不是该上药？”

雷帆指了指对面的换药间：“嗯，叫我去那儿。”

他看见祁行止领着龙宇新来，心里也没好气，但又不敢对着祁行止发，只窝着一肚子委屈，装没看见，擦着祁行止的肩想走。

“没看见我？”祁行止却叫住他。

雷帆顿住脚步，犹豫了几秒回身叫了句：“……小祁哥。”

祁行止看雷帆一脸委屈的模样，气笑了，摆摆手赶人：“先去上药，上完药我再收拾你。”

他不自觉就叉起了一边的腰，又冲龙宇新摆手，催促道：“进去让医生看看啊，杵在那儿干什么。”

龙宇新恍然回身，呆呆地道：“哦……”

陆弥就站在诊疗室门口，他是不想和她打着照面过去的，但祁行止发话了，他又不敢不听，最终闪烁着眼神，以一种没学过走路似的同手同脚的别扭姿势走进了诊疗室。

陆弥看着祁行止这副一手叉腰、一手赶人的模样，忽然觉得很新鲜。一直以为他是温文尔雅那一类的，现在看起来，居然有点大哥气质。

而且是二流警匪片里的那种大哥。

想到这儿，她忍不住勾起唇角笑了一下。

“笑什么？”祁行止忽然问。

陆弥被吓一跳，心道他没戴眼镜眼神还这么好？

她敛平嘴唇：“没笑。”

祁行止坚持己见：“我都看见了。”

陆弥说：“你瞎。”

陆弥平视前方，没看祁行止一眼，仿佛身边这人不存在。

她心里梗着一股气，看祁行止觉得哪儿哪儿都不顺眼。这挺奇怪的，因为她就算要气也该气龙宇新，气不到祁行止头上。但情绪如果不奇怪就不叫情绪了，她看见龙宇新的时候心平气和，反而一看见祁行止就想给他一拳。

静了两分钟，祁行止说：“你在生气。”

不是问句，是平静而肯定的陈述句。

陆弥目不斜视地说：“我没有。”

祁行止低头，顿了一下，说：“对不起。”

陆弥忍住了想偏头看他的冲动，梗着脖子说：“你别瞎道歉。”

“你的课堂，我不该越俎代庖替你问，也不该剥夺你问的权利。我向你道歉。”祁行止语速平缓地说。

陆弥不说话了。

她自己都想不清楚到底为什么生他的气，祁行止短短的两句话好像就说明白了。她心里一时既是感动又是苦涩，感动的是祁行止好像永远都这么神通广大，永远都润物细无声地把所有事情理得清楚明白；苦涩的是，她这个老师当得着实失败，别人一句话就可以讲清楚的事，她却要和自己兜那么久的圈子。

“但你确实有点急了。”她心里正五味杂陈呢，祁行止又说话了。

“什么？”陆弥抬起头看他。

“我就是怕你着急，才想替你问。”祁行止看了她一眼，解释道，“你一听雷帆被龙宇新嘲笑，就想着肯定全是龙宇新的错，毕竟他一直那么霸道还没礼貌。对不对？”

他说得一点没错，但陆弥不想承认。她面无表情地问：“你想说什么？”

“事情不会那么简单的。我了解雷帆的脾气，如果只是因为裤子破了被朋友笑几句，他不会发那么大的火。”祁行止慢慢地解释着，“一定有别的原因。”

陆弥问：“你觉得我不会问清楚原因就把事情全部归罪到龙宇新身上？”

“我不是这个意思。”祁行止忽然有些慌了，“我就是怕你着急。”

“是，我是挺急的。”陆弥承认，“但我不至于前因后果都没问清楚就下定论。我没有问吗？是他先骂我，他根本没打算好好回答我的问题！”

“你那样问……他不会好好回答的。”祁行止说。

“那你问就有用？”陆弥越说越激动，“你还不是逮着雷帆欺负？你有正儿八经地问龙宇新吗？”

祁行止见陆弥跳脚，心里懊恼自己的话说得太快，应该再斟酌一下的，至少不能让她觉得他在责怪她。

他当然不是在责怪她。只是梦启是个特殊的学校，龙宇新又几乎是这里性格最尖锐的孩子，陆弥需要时间去了解。

他有些不知所措，不知道现在该和陆弥说什么才是合适的。

思忖了几秒，祁行止决定如实相告：“我问了。你们走之后，我问了他，和雷帆说的能对上，没有出入。我也问了其他孩子，都……”

“那我谢谢您，替我解决了这么一桩大事。”陆弥直接打断他，皮笑肉不笑地说道。

她极力提醒自己冷静、得体，但话一说出口，就像中了咒似的阴阳怪气的。

祁行止忽然笑了，说：“你还是在生我的气。”

从“生气”变成了“生我的气”，他一步步把范围缩小。

“我没有。”陆弥硬邦邦地否认。

明明是在吵架，祁行止却忽然笑了。他轻轻咳了声，说：“我没有在责怪你，也没有否定你。我对你的态度、对你说过的话，没有任何负面的意义。从来都没有。”

他的语气很郑重，声音却是含着笑的，让这几句用词过分官方的话听起来尤为舒适悦耳。

陆弥的心颤了一下，忽然不知该说什么。

她想说“管你有没有”，好像有点太凶悍；想说“知道了”，又显得呆板；什么都不说，就更木讷了。

陆弥正为难，医生和龙宇新走出诊疗室，指着方向让龙宇新去换药。

医生手里拿着费用清单，问：“你们谁去缴费？”

祁行止正要说他去，陆弥已经上前接过了缴费清单：“去哪儿缴？”

医生往走廊尽头一指：“前面左拐就是。”

陆弥说：“好的，谢谢。”拿着单子就走了。

陆弥到缴费台才想起两个学生应该都有医保，但一想到要叫龙宇新，别扭劲又上来了。反正也就一百多块，索性自己结了。

祁行止不知道什么时候又走到她身边，说了句："不带他来上药，却还是要给他付钱。"

陆弥白了他一眼："你在这儿干吗？"

祁行止笑起来："这就走。待会儿就麻烦你带他俩一起回去了。"

陆弥圆睁眼睛："我？"

祁行止点点头，极认真地说："我要回去备考了。陆老师，大学生期末也很辛苦的。"

陆弥心里又一颤，忽然发觉这人已经很久没规规矩矩地叫她"老师"了，不知从什么时候开始直呼大名。现在他忽然叫她一句"陆老师"，她只觉得哪儿哪儿都透着诡异。

"滚。"她从牙缝里挤出一个字，言简意赅。

祁行止"嗯"了声，甘之如饴地"滚"了——当然，这个字不适合他，他穿着黑色大衣，"滚"得意气风发、风采卓然。

第二周上课，陆弥是准备了一份试卷去的。

推开门，却看见学生们整整齐齐地穿着戏服拿着剧本，热火朝天地排练着。雷帆还是那身黑猫戏服扒着窗，就连龙宇新也戴着警帽，正儿八经地在练台词。

这是集体跟她玩失忆？还是她错过了什么？

那一瞬间，陆弥几乎要怀疑自己是不是精神错乱了。

学生们一看见陆弥，声音顿时弱了一半。大部分人愣了愣神，或多或少地露出心虚的表情，除了向小园和龙宇新。前者淡淡地看了她一眼，又专注地低下头去继续读剧本；后者则假装无事发生，背对着她站在教室后头，旁若无人地大声念着台词。

……"中二"病。

陆弥腹诽了句，也一副无事发生的样子抱着卷子走上讲台，喊了声："上课。"

不给学生们反应时间，她看了眼向小园，淡淡地说："小园来帮我发一下试卷，限时三十分钟。"

教室里鸦雀无声。

陆弥等了两秒，抬头催道："小园？"

向小园欲言又止地看着她。

准确地说，除了龙宇新之外的所有同学都欲言又止地看着她，以一种充满期冀却又不敢明说的眼神。

陆弥知道，这时候作为一个成熟的老师，应该主动和学生们沟通，聆听

他们真实的想法并尽量满足他们的合理诉求。

但很可惜，她还不是。

她自己心里还憋着一股委屈，没办法太宽宏大量地对待这群学生，尤其是最刺头的那个还满脸事不关己地坐着的时候。

她装作什么都没看到，问：“不想做试卷？”

没人回答她。

陆弥兀自点点头，十分随和地抱臂道：“随便你们，那上自习吧。想看书的看书，想写别的作业也行。”

说着，她把试卷撂讲台上就要往外走。

“哎，老师……”终于还是雷帆叫住了她。

陆弥回头，扬了扬眉：“什么事？”

雷帆撞上她的眼神就赶忙低头，支吾地问：“我们……不排练了吗？”

陆弥看着小孩们耷拉眉眼的样子，一时也有些心软，但又看了眼趴在教室最后的龙宇新，还是置气地吐出一句：“不排了啊。上次不是说了嘛，这个节目取消了。”

“啊……”教室下面传来一阵叹息。孩子们显然没想到陆弥是真的生气到要取消整个节目。

有几个女生眼眶瞬间就红了，向小园也微微拧眉看向陆弥。

雷帆愣了好几秒，看着陆弥，觉得她好像是来真的，终于失落地点点头说：“哦。”

那一瞬间，陆弥有点后悔。

但说出去的话就是泼出去的水，她不可能当场改主意，打自己的脸。

真正令她意外的是，雷帆沉吟一会儿，又主动说道：“那……那还是做卷子吧。”

陆弥惊讶地扬了扬眉，反应了两秒。

向小园已经走上讲台，把试卷一列列地传下去了，发完后问她：“现在开始计时吗？”

陆弥回过神来，点点头：“哦，现在开始吧。大家各写各的，我就不监考了，半小时后我来收卷子。”

说完，她还是走出了教室。

她需要吹吹凉风冷静一下。

不然，再看着雷帆和向小园无辜又平静的表情，她会觉得自己是那个童话故事里十恶不赦的黑心王后。

陆弥走后，教室里很快响起了“沙沙”的落笔声。

起先还有人嘀咕一两句“怎么说取消就取消了”“为什么要取消啊”，语气里有的带着不解和委屈，有的带着不满和愤怒。

听到龙宇新耳朵里，这些不满，就说不准是针对谁的了。

他在座位上如坐针毡，试卷上的字母都像长了脚似的会跑。钩了前两道选择题之后，他就再也静不下心来。凳子腿“吱呀呀”地在地上磨了好几声，被向小园警告地瞪了两眼之后，龙宇新终于把笔一摔，不耐烦又委委屈屈地嘟囔了句“麻烦死了”，起身大步流星地离开了教室。

找到陆弥并不难，她就站在走廊尽头的阳台边发呆。

龙宇新深吸了两口气，做足心理准备，走近她，先喊人：“陆老师。”

陆弥一回头，看见是他，明显有些意外。她失语两秒，问：“有事？”

龙宇新目不转睛地看着她，挺直腰板，直愣愣地鞠了个90度的躬，然后说：“对不起！”

这一嗓子，把楼道里的声控灯都喊亮了。

陆弥被吓了一跳，反应过来后定了定神，端起老师的架子换上一副高冷的表情，淡淡地问：“对不起什么？”

龙宇新犹豫了一下，闷闷地说：“我……我不是故意的。”

陆弥本来想趁机再教育他几句的，但看他一脸“从容就义”的神情，心想做到这一步已经挺难为他的，也就算了。毕竟，她再怎么生气，也不可能真的让一个孩子下不来台。

正要一笑泯恩仇，忽然又听见龙宇新语焉不详地嘀咕了一句：“你其实挺好的。”

陆弥有些没听清，便问：“什么？”

龙宇新幽幽地看了她一眼，说：“你不是请我喝了奶茶、送了我新的《黑猫》，还让我演警察了嘛。”

男孩子说话硬邦邦，吐豆子似的一个字一个字往外倒，听起来别别扭扭的。

“你不是烂老师……”龙宇新声音渐渐变小，“我那是乱说的。”

陆弥听清了，而且听得很享受，心里甚至忍不住有些飘忽。

她压着嘴角，郑重地点了点头：“嗯，说得对。”

龙宇新抬头，一言难尽地看着她。

师生两个对视了会儿，他硬着头皮问：“那……我们能继续排练了吗？”

陆弥就知道他在这儿等着，“哼”了声说：“看你表现吧。”

龙宇新皱着眉看了她一眼，不太情愿地问：“什……什么表现？”

陆弥手搁在阳台护栏上敲了两下，思忖几秒，说道："就看你这次考试成绩吧。"

龙宇新略显嫌弃地"啧"了声，问题问得倒是爽快："要考几分？"

"85分吧。满分100的。"

龙宇新不得不怀疑她是故意刁难。

英语是他的短板，因为在来北京读书之前他压根就没上过英语课。这几年虽然有了明显的进步，但也还在80分的门槛上下挣扎，要是考了85分，那是能拿着试卷去找校长阿姨讨赏的程度了。

他有些无语，但又不好意思讨价还价，于是一时没说话。

陆弥强调道："这次卷子我出得很简单的。"

龙宇新说："但我答题时间变少了。"

陆弥反道："不然怎么叫作挑战？"

陆弥说："你要是觉得实在太难，我可以考虑……"

"不用！85分就85分！"龙宇新干脆地打断了她，然后转身飞快地跑回了教室。

男孩子的背影像个小陀螺似的，一阵旋风就拐进了教室。

陆弥看着空荡荡的走廊中间，几块地板上映出教室传来的温暖灯光，轻轻地笑了。

那天的考试，龙宇新最终只拿了83分。他很是硬气地表示愿赌服输，话剧不排就不排了，被陆弥拿教案敲了下脑袋。

陆弥说一个班的事儿不能凭他一个人做主，便大手一挥恢复了排练，又和龙宇新做了新的约定——明年的足球校际赛拿冠军。龙宇新爽快地答应，这件事就此翻篇。

元旦一天天临近，陆弥整天比学生们还紧张，原版电影看了不下十遍，所有角色的台词也几乎倒背如流。

离正式表演还有三天的时候，她忽然想到另一茬——是不是该给学生们准备些礼物？

她记得以前念小学、初中的时候，每年元旦联欢会，除了大家凑钱买的零食，老师也会准备些文具书籍之类的当作礼物的。

她拿不准梦启是什么规矩，便习惯性地拿起手机问祁行止。

祁行止的微信头像和昵称万年不变，还是那张竹蜻蜓和一个"Q"。

陆弥的昵称倒是换了好几个，最早是个无厘头的"陆路鹿"，后来又换成“Lu”，到现在就更简单了，就剩一个字母——“L”。

陆弥这会儿才发现，她和祁行止的昵称好像撞型了。

天地良心，她发誓这是个巧合。

陆弥被这个迟来的巧合和她自己的迟钝惊得一口口水噎在嗓子眼，平复了好一会儿，才若无其事地打字问道：梦启往年的元旦晚会老师会准备礼物吗？

几秒后，祁行止回复过来：有。一般是Jennifer统一买的。

陆弥手指搭在手机边沿思忖了一下，赵婉会统一买的话，她单独再买，会不会不太好？万一其他老师不高兴怎么办？

神通广大的Q同学这时发来一条消息——

Q：你如果想另外买也很好，可以作为话剧表演的奖品。

L：其他老师会不会有意见？

Q：不会。

陆弥放下心来，决定明天就去书店看看有没有合适的英语读物，挑几本当作新年礼物。想到这里，她忽然心下一动，看着平静的对话框犹豫了几秒，输入一条新的消息。

L：你明天有空吗？我想去书店挑书，作为奖品。

发完，她的心“怦怦”跳得飞快，祁行止一时没有回复，顶部的“对方正在输入……”闪了好几次，陆弥紧张得受不了，下意识地把手机往床上一扔，不再看了。

五分钟后，陆弥把屏幕朝下丢在床上的手机往上一翻，一条新消息——

Q：好，我去接你。

陆弥一直觉得，北京城只有两种好天气。

一种是秋高气爽的时候，温度适宜，清冽的秋风徐徐吹着，穿不厚不薄的风衣走在银杏扑簌的地上，任谁都会有那么一刻觉得自己就是super model（超模）；还有一种就是冬日里的晴天，气温低，人都要裹得厚厚的，但仰脸便能盛到和煦的阳光，暖融融的，那种舒适感，恐怕只有“盖着棉被吹空调”可以比拟了。

比如现在，她穿着一件巨大的长到脚踝的羽绒服，两手揣在兜里，等待着去买咖啡的祁行止。

她跺了跺脚，抬起头，感受温和的阳光。

温和而不刺眼，是冬天的限定珍藏。

祁行止端着一杯热可可走过来，递给陆弥，提醒道："小心烫。"

陆弥见他手空了，问："你不喝？"

祁行止摇头："我不喝咖啡。"

陆弥拿热可可暖手，说："哦，那你多喝热水。好冷。"

说完她反应过来这好像是经典的"渣男语录"，一时有些尴尬。

祁行止却随和地笑了笑，说："好。"

祁行止不喝咖啡、不喝酒，没有别的原因，单纯是觉得咖啡苦，而酒又辣又涩。小时候奶奶说他是小孩子尝不出味儿，可他现在长大了，也算"经过事儿"了，还是没品出这两样饮品的妙处，仍然敬而远之。

他并不像奶奶说的那样是小孩子品味，就爱吃甜的。事实上，祁行止从小口味就很淡，喝白开水，吃一切清淡的、原味的食物。如果说对什么味道有偏爱的话，那么苦和酸还算在他能接受的范围内。

大学里肖晋老是看见他喝苦荞茶或蜂蜜柠檬水，不知吐槽了多少次他"年事已高"。

陆弥记得自己念大学的时候，北大、清华、成府路一直到五道口，小街巷里卧虎藏龙，挤着许多隐秘的书店，品味出众、馆藏丰富。还有好几家，能淘到网上都找不到的英文书刊，大多是老旧但珍贵的读本。

今天兴冲冲再想来找，却发现那些小门小户的书店大多消失了，咖啡厅、小型艺术馆和精品书店取而代之。

陆弥不免有些失落，虽然她在北京待的时间不长，但那些书店在某种意义上是她学生时代的坐标，也是她自救的浮木。

那年冬天匆匆忙忙回北京后，她有三个多月一直窝在这里，在书店旁边的奶茶店站着打一整天工，在书店里大量地吞食情节刺激的悬疑小说。大多数时候并不充实，但足够忙碌，忙碌得让她无暇思考。她用这样的方式独自度过了最难熬的时光。

现在看着已经大变模样的街道，陆弥一时有些迷茫。就像离家很久的人再次回来，兴高采烈地想去老朋友家喝酒，却发现大家都不在了。

对于这座城市，她已经很陌生了。

"跟我走吧。"陆弥拿出手机搜索北京的独立书店，祁行止忽然说。

"嗯？"

"我知道一家不错的书店，应该有你喜欢的书，而且能打折。"祁行止神秘地说，"不过有点远，去不去？"

这种好地方，当然要去。陆弥毫不犹豫地点了头。

祁行止今天没有骑车，这让本就漫长的路途显得更长了。公交车晃晃悠悠，从北京城西开到东，晃过了大半个城市。

他们在一所中学侧门下了车。正是中午下课的时候，统一穿着红白校服的学生们从门口涌出，原本寂静的街道瞬间热闹起来。

陆弥一眼就看见街对面一家小小的店面，名牌也小小一块，墨绿色的，粉笔字体写着店名——“三一书店”。

“是那家？”陆弥手一指，问道。

祁行止说：“嗯。”

这会儿他才告诉她：“是老肖和林晚来开的。”

陆弥惊了：“他俩？开了个书店？”

祁行止点点头，笑说：“所以可以打折。”

陆弥的思绪在“他俩真有钱”和“他俩感情真好”之间反复横跳，最终打算表现得见过世面一点，淡淡地问道：“为什么叫‘三一书店’？是《道德经》里的……”

祁行止笑了声，高深莫测地摇摇头。

陆弥拧眉追问：“那是为什么？”

祁行止说：“他俩打游戏，一个第一，一个第三。‘一三’不太好听，就叫‘三一’了。”

啊，这久违的语塞感。

淡定淡定，学霸的脑子都有病。她很久没这么提醒自己了。

陆弥问：“哪儿的第一？区服？”

“不是。”祁行止忽然面露难色，顿了一下，吐出一长串限定词，“清华两年前校庆当晚，紫荆操场东北角二十人小战队里的第一。”

陆弥居然已经不觉得惊讶了，无比淡定地又问：“谁第一？”

“林晚来。”祁行止回忆着这事，仍然觉得好笑，主动补充道，“不过肖晋说他是故意让着林晚来的。”

“嘁，鬼信。”陆弥不屑地摇摇头，“让着她他怎么才第三？不该得第二？”

“咳……”祁行止忽然咳了声，顿了下，“因为第二是我。”

陆弥彻底无语了。

祁行止忽然害羞起来，沉痛道：“……是个意外。我当时不知道他俩决定靠比赛名次决定书店的名字。”

陆弥语塞。

陆弥盯着马路对面那家书店，小小的墨绿色的店面，忽然看出了一些“遗世独立”的意思。

这当然是好听的说法，说得更直白点——

神经病。

陆弥幽幽地说：“我们能换家店吗？”

祁行止：“……为什么？”

“我觉得不适合我。我们八字不合。”

穿过马路推门而入，书店里的装潢和陆弥想象的不太一样。走进来以前，她一直觉得这会是个充满精英气质、装修简约精致、处处显示着“花了钱的”的精品书店。

进来一看，与其说是个书店，这里倒更像个阅览室。书架就是最普通的胡桃木书架，整整齐齐地排列，进门左手边另僻了一块空间，是自习室的模样。

像个公共图书馆。

祁行止又邪门地猜到了她在想什么，轻声解释道：“他俩前期租店面和找书花了太多钱，后来装修就没钱了。”

陆弥：“……哦。”

好真实的理由。

收银台建得有些高，只看见一个女生的脑袋，伏案在做些什么。陆弥猜那就是林晚来。左边自习室里，肖晋独自坐着，对着一台电脑表情严肃，完全没注意到有人进店。

“估计是在写代码，不用和他打招呼了。”祁行止轻声说。

陆弥点点头。

那边林晚来听见动静抬头，也没说话，淡淡地冲他们点了点头，算是打过了招呼。

祁行止指了指最右边那列书架：“那边都是英文原版书。”

陆弥跟着走过去。

离收银台远了，陆弥小声感叹了一句：“她好高冷。”

祁行止扬了扬眉，还没来得及回应，就听见她又说——

“我喜欢。”

她的声音轻轻的，语气也很随意。但莫名其妙地，祁行止觉得脸上发烫。还好他走在前面，她不会看到。

整列书架看下来，陆弥就完全理解了林晚来和肖晋为什么会没钱花在装修上了。大几百的英文原版书放在中学小书店里卖，根本就是没打算回本。

陆弥没好意思问到底能打多少折，咬咬牙挑了十本原版名著。挑完之后厚厚一摞抱在怀里，她生出一种莫名踏实和骄傲的感觉。

祁行止一直静静地等着，她没有主动询问，他也不就选书发表意见。

陆弥抱着书一回头，便看见他立在书架前，静静地翻着一本书。

那书的封壳，陆弥再熟悉不过，还是辛波斯卡。

这画面说不出的熟悉，好像祁行止还是五年前那个中学生一样。

她不知想到什么，轻轻笑了声。

祁行止扭头问："怎么了？"

陆弥忽然有一瞬的心虚，心里犹豫了一下，也就说了："想到之前给你买生日礼物的事了。"

祁行止怔住了，他没想到陆弥会这么直接地提到当年的事。

那是他高一的生日，陆弥在北京，也是像今天这样，乘着公交车晃悠了大半个北京城，才在犄角旮旯的小书店里淘到一本几十年前的辛波斯卡诗集。

而她当年那么用心地准备礼物，除了祁行止是她的第一个学生、是她少有的朋友之外，还有一个很重要的原因——

那时祁行止正在和她生气。

陆弥回忆起这件事便没好气，翻了个白眼道："还不是你叛逆期到了挑剔得很，累得我跑遍了北京城就为了找本书。"

"不是叛逆期。"祁行止无奈地再次澄清，苦笑道，"但我那时候确实生气。"

他说完，轻轻看了陆弥一眼，目光捉住她玩笑的眼神，说："但你说我没有生气的资格。"

陆弥愣了一下，旋即反击道："……本来就是。你小孩子一个，不好好学习，天天那么大气性。"

"那现在呢？"祁行止紧接着追问。

陆弥声音一颤："……嗯？"

"陆老师，现在我不是小孩了。"

祁行止再不顾忌地向前走了两步，离陆弥极近，两人之间，只隔着那厚厚的十本书。

陆弥的手指无意识地在书封上划了一下，抬头看他。

她这才发觉，祁行止今天戴了眼镜，看起来和五年前几乎毫无差别。

第十章 夏夜梦

2013年，春。

祁行止再一次见到陆弥，是在五一假期的第一天。

他原本以为陆弥再也不会回南城的，他已经在心里计算过很多遍假期时间和火车票钱的组合，试图得出一个可以让他去北京的结果。却没想到，会在奥赛集训期间，经过南大篮球场的时候，看见陆弥。

她和蒋寒征在一起。

很奇怪，在此之前他只远远地见过蒋寒征一面，可在夹着书本疾步走过篮球场时，第一个认出的却是蒋寒征。

然后才是坐在球场边，笑着看向他的陆弥。

陆弥染了头发，很淡的粉色，好像还带着一些金色的光泽。祁行止不知道这样的发色准确来说应该叫什么，只是觉得挺好看的。

她穿着宽松的白色T恤、牛仔短裤，一条腿支起，脑袋搁在膝盖上，时而划拉一下手机，时而抬起头看球赛，笑一笑。粉色的头发铺在她半边肩膀上，在傍晚的霞光下，像一片倾泻而下的藤萝瀑布。

祁行止霎时停住了脚步。

集训营里，时间是按秒来计算的。从教学楼到食堂是六分钟，从食堂到宿舍是九分半，思考一道难度中等的平面几何题一般耗费一个小时二十分钟，解完每天课后的思考题需要三个半小时。

微风徐徐，带着孟夏的些微热浪，祁行止驻足在篮球场边的小径上。

在陆弥回头以前，那真是漫长的四十秒。

他以为陆弥看见他至少会有一些错愕，或是乍然重逢的不自在，毕竟他对她来说也是糟糕回忆里的一部分。

但都没有。

相反，陆弥看见他之后只惊讶地扬了一扬眉，旋即便灿烂地笑起来，挥了挥手之后起身朝他跑过来。

哪怕是在上个夏天，两人成为朋友的时候，祁行止也很少看见陆弥这样灿烂的大笑。

“你怎么在这儿？”陆弥跑到他面前，轻微地喘着气问。

“奥赛集训营。”祁行止说。

“哦哦。”陆弥点点头，竖起个大拇指，“不愧是你。”

祁行止问：“你在这里做什么？”

陆弥笑着回身指了指球场中最高的那人：“陪蒋寒征打球。”

祁行止发现，她现在总是笑，而且笑容弧度很大，眼睛也眯成一条缝。

他没来得及应答，球场那边传来欢呼：

“这个空心！”

“征哥牛啊！”

“哎，征哥你这体格确实有点欺负人了！”

有个男生冲他们这边喊：“嫂子！征哥这把帅啊！你看到没？”

陆弥笑着冲他们招了招手。

“嫂子”。

这下好了，祁行止不用费心思考怎样委婉地去问她是不是和蒋寒征在一起了——虽然他已经猜得八九不离十。

他嗓子眼里忽然堵了什么东西似的，咽不下去吐不出来，连要说的话也一并堵住了。他很想用力地捶自己的胸口，把那些龌龊的、不得体的、不讲道理的情绪全部捶出来。

可他不能，他只能越发紧地夹着手里的几本薄薄的习题册。

他调整了几秒，问：“你和蒋寒征……”

他原本是想清晰完整地说出一个问句的，可言语和思维在同一瞬间宕机，话只问了一半。

陆弥点点头：“嗯。”

她这会儿却没笑了，语气轻轻的，表情也很淡。

祁行止又沉默了几秒，然后才组织好语言，问：“你之前……不是很讨厌他吗？”

“也不是讨厌……就是有点烦，”陆弥简略地解释了一下，“但现在不

烦了。”

祁行止脱口便问：“为什么不烦了？”

他很想知道，三个月说长不长，说短不短，为什么陆弥就和蒋寒征在一起了？他曾经以为他很了解陆弥，可现在却看不明白。

难道，只是因为蒋寒征救了她吗？

可她之前明明对蒋寒征避之不及……

陆弥拧了拧眉，心里有些不悦。三个月不见，祁行止突然变得很多话。

恰恰她现在最抗拒的，就是别人连环的问题。

在学校里她已经被问过很多次了——为什么提前返校？为什么拖了这学期的学分费？为什么还没和天天给你打电话的那个男生在一起？

她不想再回答“为什么”了。

她自己也有很多“为什么”想问，可没有人能回答她。

陆弥扯扯嘴角说：“不烦就是不烦了呗。”

祁行止垂下眼帘，闷闷地说：“……也没听你提过。”

他知道说这话实属自作多情，就算上个暑假他和陆弥算是朋友，现在他们已经三个多月没有联系了，陆弥谈恋爱凭什么要告诉他？

可他就是这么说了，下意识地，甚至连语气里都带着自作多情的不满和委屈。

陆弥笑笑，给了他个台阶下，说：“也没多久，上周刚在一起的。”

大年初二的早晨蒋寒征寸步不离地把陆弥送回了北京，他原本想打报告再请几天假的，被陆弥拒绝了。

那时陆弥坐在宿舍楼下的长椅上，情绪已经平复大半，她很理智地告诉蒋寒征：“我没事，你快回去吧。机票钱我会尽快还给你。”

蒋寒征不答应：“我不放心。”

陆弥面无表情地说：“我没事。你在这里，也帮不上我的。”

蒋寒征的表情一瞬间就僵了，他习惯陆弥拒他于千里之外，可这一次，哪怕是在遭遇了这么可怕的事情之后，陆弥也还是说——“我不需要你”。那一刻，他委屈得鼻子发酸，险些红了眼眶。

可陆弥又轻轻地开口了，说：“真的谢谢你……蒋寒征。”

她抬头看他，嘴唇苍白：“你能不能让我想一想？我想好了，再给你答复……行不行？”

蒋寒征怔了好一会儿才明白她说的是什么，忙不迭点头：“行！我不着急，你先好好的，什么时候答复我都行！”

陆弥轻轻地咧嘴笑，露出嘴唇上短短的干涸的裂缝。

后来的三个多月，蒋寒征在学校里一拿到手机就给她打电话，问她生活中最平淡的琐事，吃了什么、上了几堂课、有没有考试。

五一假期前，他发来一条短信：我买机票去北京看你，好不好？

陆弥看着那个“好不好”的问句愣了好久，不知在想什么，又好像什么也没想，脑子是空的。回过神之后，她给蒋寒征回复短信：不用了，我回南城看你吧。

蒋寒征又一次在南城火车站接到了陆弥。

这一次，她在人声嘈杂中抱住他，手掌轻轻地搭在他背上，生疏地抚了抚。那就是她的答复。

球场上又一次传来欢呼，男生们又叫了好几声“嫂子”。

“嫂子，快来看球啊！”

“嫂子干吗呢，和小孩子磨叽什么这么久！”

“我们征哥都快渴死啦！”

…………

陆弥想要回去，看了看祁行止夹着的书，委婉地说：“你要去上课吧？快点去吧，别耽误时间了。”

祁行止原本暗流涌动的情绪不知为什么忽然就被点着了，他阴鸷地低头看了她一眼，冷冷道：“你不喜欢他。”

陆弥刚要往外迈的脚步顿住了，有些不可置信地看着祁行止。她被他方才的眼神吓了一跳。

祁行止知道这话很冒犯，也绝不讨陆弥喜欢，可他就是说了。

因为他知道，陆弥不喜欢蒋寒征。他就是知道。

他甚至昏了头又补了一句：“你干吗跟不喜欢的人在一起？”

祁行止仅存的理智让他没有说出后面半句——难道就因为他救了你？

无论他如何觉得现在这个情况不可置信、不可理喻，他都没有资格质疑蒋寒征。因为在他束手无策的时候，是蒋寒征救了陆弥。

陆弥脸上多云转阴，表情阴沉得像暴雨将至。

她有一肚子嘲讽痛骂的话想往祁行止脸上砸，可忍了一会儿，她忽然又不想发脾气了。

“你干吗，叛逆期到了啊？”她轻轻笑出了声，斜眼看了祁行止一眼，“还管起老师的事来了？

“你怎么知道我不喜欢？”陆弥下巴朝他手里的书包努了努，“靠数学公式计算啊？哪个数字表示我不喜欢蒋寒征啊？

“再说了，谁说不喜欢就不能在一起了？”打趣完，她又笑嘻嘻地说，“成年人谈恋爱嘛，开心就好。等你长大了就懂了。”

祁行止看着她一副“过来人”的样子给他“授业解惑”，原本想反驳的话忽然就说不出口了。

他想说，数学里没有哪个数字或符号代表爱或不爱、喜欢或不喜欢，可数学和爱情有时候是一样的。数学家们穷其一生都是在寻找一个问题的唯一解，爱情也一样，两个人的一生，也是在论证一种唯一。

可他的这套反驳在她面前显得太孱弱了。

因为她说“开心就好”。

——原来她是开心的。

于是他顿了顿，最终低声吐出一句：“……我以为我们是朋友。”

陆弥哑然。

祁行止紧了紧手里夹着的习题册，看了眼时间，他已经迟到了。

他说：“我要去上课了。”

然后没有等她的回答，也没有道别，他转身沿着来时的路，回到教室。

他走得很快，但脊背仍然挺拔，像一棵年轻昂扬的小树。

陆弥看着这棵“小树”融入浓墨重彩的傍晚天空里，再也不见了。

从篮球场外走回场内，短短的距离，气温却好像升高了许多。球场内的热气聚在一起，散不开，闷得陆弥心烦气躁。

眼前忽然出现一瓶汽水，还裹着水珠，看起来就清凉。她抬头，见蒋寒征正满头大汗地咧嘴冲她笑。

“你怎么自己去买水？”陆弥接过，汽水盖子已经被拧松了，很容易打开。

蒋寒征一撇嘴，可怜巴巴地控诉道：“因为女朋友不给我买。”

陆弥笑了声，理直气壮道：“碰到学生，多聊两句不行？”

“行行行。”蒋寒征好言好语地笑着，又在她身边坐下，支吾了几秒后说，“我明天……就要回学校训练了。临时通知的。”

陆弥并不很意外，点点头道：“哦，那我也去看看票，明天回去吧。”

蒋寒征急道：“别啊，好不容易放假，你就在我家住着，多待几天呗。”

陆弥闻言，脸上闪过一丝不自然的神色，没再说话。

蒋寒征租了一套房子，离他们高中很近，就在学校侧门对面的家属楼。陆弥回南城，原本是打算住几天酒店的，却被蒋寒征直接从火车站接回了他的出租屋。

蒋寒征轻轻松松地拎着她的行李箱，一边抱歉地说着老式楼房没电梯，一边怪她浪费钱，干吗要订酒店。

打开房门，陆弥看见屋里的陈设简单得过分，一张茶几两个沙发就是小客厅里全部的家具了。走到卧室门口，却看见床上铺了粉色方格的床单，被子叠成豆腐块放在床尾，一尘不染，明显是新换的。

蒋寒征从沙发后面拖出一张行军床，边打开边说："我住客厅，你住房间，里面有卫生间，你锁好门。"

陆弥看他把行军床摆在客厅里，仅仅丢上一张旧毯子，推辞的话忽然就说不出口了。

她顿了顿，双手抱臂倚在卧室门框上，笑着问："你特地买的粉色床单？"

"嗯……嗯啊。"蒋寒征有些害羞，不看她，"你是女的嘛。"

陆弥说："可我不喜欢粉色。"

"……是吗？"蒋寒征一惊，紧张地抬头，又露出疑惑的神色，指着她的头发问，"可你头发不就是粉的吗？"

陆弥笑出声来，安抚他似的道："好吧，我喜欢。"

在蒋寒征家住着没有陆弥想象中那么尴尬，如果她想，她甚至可以一整天都待在房间里不出来，蒋寒征连打游戏都不发出声音。大多数时候，他们俩会一起看个剧，或者做些东西吃。陆弥做了一大份凉拌香菜早上就粥吃，每次看见蒋寒征捏着鼻子咽下去，都忍不住想笑。

她知道蒋寒征是在用尽全力地逗她开心，她也在努力地适应这段关系。

这样也挺好的。对吧。

直到昨天，蒋寒征出门晨跑顺便买早餐，忘了带垃圾去丢，陆弥想着白住在人家家里还是得勤快点多干活，于是趿着拖鞋拎着垃圾袋下了楼。

结果刚出单元门就看见她高中的班主任在小花园里晨练。

老师一眼就看见她，笑眯眯道："倒垃圾啊？"

陆弥有些愣，她住在这儿没有任何人知道，怎么老师看起来一点都不惊讶？还一副和她唠家常的样子？

她把垃圾丢进垃圾桶里走上前，微微鞠了个躬："老师好。"

老师笑得意味深长："刚看到小蒋出去了，是给你买早饭吧？"

陆弥一怔，微微点头："嗯。"

老师的笑容越来越八卦，满脸写着"老师都懂"，"啧啧"叹道："高中的时候我就看出来了，你俩呀，早晚能成！"

陆弥扯扯嘴角笑笑，没有说话。

老师又说了几句"你们小年轻感情就是好""小蒋一看就是个踏实的人"之类的，说着说着又开始缅怀青春，讲起带过的班里有多少学生是她早就看

出了苗头然后走到一起的。

陆弥终于忍不住，问了句："老师，您……是怎么知道的？"

老师诧异道："你还不知道啊？"问完又自顾自点头道，"哦，也是，你不在群里，小蒋肯定是怕你害羞没跟你说。"

陆弥越发疑惑："什么？"

"小蒋他们那届，我也是任课老师嘛，他们有个群的啦。"老师笑道，"小蒋那天不晓得有多开心，好大方地发了几个大红包！"

陆弥一时怔住，原来是这样。

蒋寒征一个字都没和她说，不过仔细想想，这倒是很符合他的性格。蒋寒征一直都是众星捧月的，朋友也多，恋爱了迫不及待地向大家公布，是他会做的事情。

老师继续侃侃而谈，陆弥静静地听着。

约莫几分钟后，蒋寒征拎着好几袋早餐回来了。

他一看见陆弥和老师在聊天，便迎上来，手轻轻搭在陆弥肩上，笑嘻嘻地冲老师喊了声："老师好！"

老师看了眼他的手，笑得慈祥极了。

陆弥问："怎么买那么多？"

蒋寒征说："都是不一样的，都尝点呗。"

只是普通的对话，却因为有第三人的旁观而显得十分暧昧。老师轻轻咳了两声，眼神里尽是调笑，陆弥越发不自在起来。

蒋寒征却如鱼得水，问道："老师，您吃过早饭没？"

老师撇撇嘴："早吃啦！老人家起得早。"

蒋寒征嘻嘻笑道："哦哦，那我们就上楼吃饭去啦？"

老师摆摆手赶人："去吧去吧！"

陆弥微微倾身说了句"老师再见"，转身上楼了。

蒋寒征一手拿着早餐一手揽着陆弥的肩膀，陆弥伸手想帮他分担一点，却被他一把抓住了手。

"就这点东西还要你拿？我可是个男人！"他斜眼笑道。

陆弥失笑，不再和他争。

两人越走越挤，总是肩膀撞肩膀，陆弥不动声色地挪开一点，轻轻问："蒋寒征，你在群里发红包了？"

蒋寒征身子顿时一僵，心虚地笑道："你……你知道啦？"

陆弥见他表情紧张，好笑道："你害怕什么？"

蒋寒征说："怕你不高兴。"

陆弥静静地等着他的后文。

“我知道你不喜欢热闹，也不喜欢别人关注你的生活。”蒋寒征声音变小了，“但我……就是高兴，而且只告诉了同班同学！他们都和我玩得很好的！

“哦，不止同学，还有我老师……”蒋寒征说完，又小声补充。

陆弥听完，有些不知道该说什么。

自己生气了吗？好像没有那么严重。

自己只是有些意外、有些不适应，还有一点点措手不及，但这应该才是正常人的生活？她想。

于是她笑了下，捏了捏蒋寒征的手，说道：“我又没生气，你解释那么多干吗？”

蒋寒征的眼神由紧张转为惊讶，最后变成巨大的喜悦。

他几乎要喊出声来，自己傻笑了半天，忽然倾身过来，在她唇上留下蜻蜓点水的一吻。

陆弥错愕地僵在原地。这个吻太轻了，除了唇上还留着一点炙热的温度，几乎没有别的感觉。

蒋寒征亲完就跑，一步三个台阶地跑上了楼。

“快点！我买了你最喜欢吃的糖三角！”

他厚重的声音将陆弥从混乱难明的情绪中扯回来，她又恢复了惯有的淡淡表情，仿佛无事发生过，慢慢地跟着上了楼。

奥赛集训营四月中就开始了，为期三周，到五一假期已经是尾声。

和陆弥不欢而散后，祁行止的第一个反常标志是——他熬夜了。以往他有严格的作息表，每天晚上十二点半完成所有的题目后，他会准时上床睡觉，以保证六个小时的睡眠。

这一天，他却反常地一直坐到了凌晨四点，一口气把今天课上的思考题各想了两种解法。

第二个反常标志接踵而来——他感冒了。

祁行止作息规律、饮食健康，虽然看着瘦，但身体一向很好。上一次生病是什么时候，他自己都不记得了。

可这次第二天早上一起来，他就感觉不太好——头昏脑涨，天花板上的灯出现四五个重影，连从上铺爬下床都花了好几分钟。

他按照小时候的经验，下床给自己冲了一包板蓝根，然后倒了满杯热水坐在书桌前，一边小口喝着一边回神。

缓了十几分钟，头不那么晕了。

正好到了出门时间，室友们喊他一起去晨跑。

奥赛营有个非官方的习俗，据说是好几届之前的某位学神传下来的，男

生们每天早上会一起在操场上跑几圈。

“你应该就是昨天熬太晚睡少了，出去跑一跑发发汗就好了。”一个室友说。

“没错，我上次也是头晕，出去风一吹立马贼清醒！”另一个室友附和道。

祁行止心里非常清楚这两个都是歪理邪说，但鬼使神差地，他不仅没有出声反驳，还撑着书桌起了身，点头道：“走吧。”

他的确需要清醒一下。

然后第三个反常标志就出现了——跑到第二圈，他摔了。

他脚下发软，摔得并不重，身上连处擦伤都没有，但是右脚落地时没力气，脚背一歪，脚踝落地，崴了。

他一直跑在队伍最后，摔倒的动静不大，男生们没有发现，继续往前跑着。直到段采薏不知从哪里跑出来，扶住他的胳膊紧张道：“你怎么了？有没有事？”

男生们这才跑回来，见段采薏扶着他格外关心，便都围在外圈，一时没好意思上前询问。

祁行止眼冒金星，缓了好久才看清眼前是谁。他支起没受伤的左腿，手肘撑在膝盖上，揉了揉脑袋缓过神，问：“你怎么在这儿？”

段采薏没有回答，继续关心道：“你怎么样？”

祁行止摇头：“没事。”然后轻轻推开了她，抬头对室友说，“你扶我去趟小卖部？买根冰棍敷一下就好了。”

两个室友连忙蹲下身来一人一边将他架起。

段采薏急道：“哎……祁行止！我还是陪你去医院看看吧？”

祁行止忽然觉得烦躁，他懒得再说话，摇摇头，左腿用力，搭着两个室友的肩，以一种诡异的姿势快速蹦远了。

脚踝扭伤处理得及时，冰敷后已经消肿了大半，不算特别严重。接下来的两天，室友们轮流骑共享单车载祁行止往返于食堂、宿舍和教学楼。

比起脚伤，反倒是那病去如抽丝的感冒更麻烦一点。他已经喝了两天板蓝根了，好心的宿管阿姨还给他煮过一次姜汤，收效甚微。

第三天，祁行止已经可以自己慢慢走路了，虽然右脚时不时没力还是需要单腿蹦，姿势不太美观。但奥赛集训时间紧张，谁都争分夺秒，祁行止也不好意思再耽误室友们的时间了。

下午下课，祁行止在教室里多留了一会儿，说要再想道题目，让室友们先走。

他多待了约莫十分钟，才收拾书包离开。刚撑着桌子站起来，身后忽然窸窸窣窣一阵，回头一看，段采薏动作麻利地背上书包，说：“一起走吧！”

祁行止本以为教室里早就没人了，有些意外地问：“你怎么还没走？”

段采薏的脸红扑扑的：“我……写题耽误了点时间！”说着，她上前扶住他的胳膊，“我扶你吧，你室友怎么先走了呀？”

“谢谢。”祁行止僵着半边身子说。

僵了两秒，他还是抬了抬胳膊轻轻把女孩的手拂掉了：“我没事，自己走就行了。他们下课就先走了，时间宝贵。”

段采薏两只小手在祁行止手臂边彷徨了好一阵，还是没敢再扶上去。

她撇撇嘴，似是不满，小声道：“……那也不能扔下你一个人走呀。”

祁行止没接话，两人无声地走了一小段路。他能感觉到段采薏为了迁就他的速度而缓慢地拖着步子。

他出声道：“那天我摔倒时是不是你在？谢谢了。”

段采薏有些意外地抬头看了他一眼，然后很快又低下头去，嗫嚅道：“小事……没关系的。”

祁行止犹豫了一下，又说：“时间宝贵，你有事就先回去吧。我很慢的。”

段采薏摇头如拨浪鼓：“不用，我没事！我陪你回去吧！”

祁行止闷了 一会儿，吐出一句：“……谢谢。”

然后尽量加快了脚步。

祁行止艰难地走下楼梯，出了教学楼，见段采薏仍旧小心翼翼地跟在他身旁，有些心累，还是想让她先回去。

他正要开口，眼神鬼使神差地往边上一瞥，忽然看见熟悉的身影。

是陆弥。

她站在路边左顾右盼，像是在找什么。

看见陆弥，祁行止疲惫的大脑里一瞬间涌进许多问题。

她为什么在这里？

还是来陪蒋寒征打球的吗？

她在找什么？

而他迫切需要得出答案的一个问题是——我是该叫住她，还是略过不见？

但他的大脑无法给出答案。

理智告诉他自己没有任何立场和理由生陆弥的气，可情感上，他现在就是不想见陆弥——因为她也不会是来见他的。

可他没来得及掉头走开，就被叫住了。

“祁行止！”陆弥的声音清脆，而后是一阵脚步声。

“跑什么。”陆弥绕到他面前。

祁行止没回答，反问：“你来陪蒋寒征打球？”

“我来找你。”陆弥说。

祁行止愣了一下，然后终于把眼神落在她身上。

她今天穿了一条白色的吊带裙，长度刚过膝盖。瀑布般的粉色长发披落在肩头，显得她的皮肤好像也透着粉色。

祁行止发现她左肩上有一颗痣，也是褐色的，和她的瞳色一样。

他很快又把眼神挪开。

陆弥上下打量他，发现往上看这人一脸病恹恹的憔悴样，往下看还瘸了一条腿。她一时有些接受无能，怎么两天没见就这样了？

她拧眉问：“这是怎么了？”

祁行止抿抿嘴，回答得很简单：“摔了一跤。”

陆弥一听就知道他这是在避重就轻，径直问：“摔一跤把脸都摔白了？”

一旁的段采薏终于忍不住问：“祁行止，这位是？”

陆弥自己答了：“哦，我是他老师。”顺便上前一步扶住他的胳膊，对段采薏道，“同学你要是忙的话就先回去吧，我来照顾他。谢谢你哦。”

段采薏见她十分年轻，打扮也不像老师，狐疑着，没有离开。

祁行止见这状况，顿了顿，扭头对段采薏说：“她是我去年暑假的家教老师。你先回去吧。”

段采薏看了眼两人，迟疑地点了点头：“那你注意休息哦。”

祁行止颔首：“谢谢。”

陆弥目送段采薏离开，心道祁行止果然招漂亮小姑娘喜欢，可惜她现在没心情去八卦这个。

“去医院没？”她皱着眉又把他上下打量一通，越看越觉得他弱不禁风，比林妹妹还林妹妹。

祁行止顿了一下，说：“……去了。”

他实在不擅长撒谎，陆弥一眼便看穿，哼了声问：“开的什么药？”

祁行止闷声道：“……板蓝根。”

陆弥头顶黑线：“祁行止，你觉得我是智障吗？”

祁行止觉得他自己是智障。

两人僵持了会儿，祁行止还是忍不住问：“你来找我？”

陆弥点头：“嗯。”

祁行止问："找我干吗？"

陆弥没好气："关爱叛逆期青少年。"

祁行止心头一凛，甩开她的手："我不叛逆。"

说着，他自顾自一瘸一拐地往前走。

陆弥也不是好脾气的人，看他这副软硬不吃的样子，她心里也蹿火。她原本是打算今天回北京的，可一想到祁行止那天莫名其妙的火气和敌意，她就不太放心。

好好一个"三好少年"，怎么忽然不讲道理了？

她自己分析了半天，最终把原因总结为——她的确没有尽到老师和朋友的责任。祁行止本就性格孤僻，连跟家人都不亲近，她这个老师或许是他唯一的朋友也说不定。唯一的朋友三个月没有联系，也不怪他心里不爽。

当然，还有更糟糕的猜测——祁行止家里出了什么事，或者和家人闹别扭了。

但陆弥觉得这种可能性不大，也没敢真往这方面想。

分析完，陆弥决定还是来安抚一下他，至少给他道个歉。

结果，一来就看见两天前还挺拔如小树的少年变成了小白菜，蔫巴了。

陆弥呼吸吐纳三次，提醒自己"耐心冷静"，然后大跨步上前。

她怕用力大了再把他撞倒，所以伸手的动作很轻，本想抓住他手臂的，却顺着衣料一滑，最终只揪住了他的衣袖。

祁行止滞住了。她的动作太轻，那一瞬的触感在他手臂上，就像被什么虫子咬了一口。

陆弥见他停住脚步，有了点宽慰，心道小祁毕竟还是懂事的，不像其他"中二"少年发起脾气来没轻没重。

于是她也笑得温柔了些，说："我带你去医院。"

祁行止面色平静，声音肯定："不去。"

陆弥的火又"噌"地蹿上来了，拧眉不满道："你怎么气性那么大？"

祁行止看了她一眼，声音越发平静："我没生气，也不是叛逆期。"

陆弥冷笑："哪个身心健康的青少年瘸了还不听老师的话？"

她这是偷换概念，祁行止一时哑口无言。

陆弥也不跟他废话了，径直说："我骑了电动车来，你在这里等一下，我来接你。"

祁行止问："你哪儿来的电动车？"

"借朋友的。"

哪个朋友？自不必说。

祁行止冷脸："我不坐。"

陆弥拧眉，她是真的看不懂祁行止这通火到底是怎么回事。如果说生病了不想去看医生还能勉强解释的话，那瘸着一条腿还不肯坐车的行为实在不符合小祁同学的智商。

祁行止在陆弥疑惑的眼神中面不改色，说："小门那边就有个诊所，离这里不到六百米，走着去就可以。"

陆弥考量了几秒，最终妥协了："行，走。"

她说着要把祁行止的手臂抬起来搭在自己肩上，祁行止仿佛受惊的兔子一般，愣是靠着一条腿足足蹦出了两步远。

"你干吗？"

"你干吗？"

两人异口同声，大眼瞪小眼，都觉得对方有病。

陆弥心累道："我扶你啊！你都瘸了！"

祁行止说："没那么严重，慢点自己能走。"

陆弥觉得祁行止病成了智障，不再和他争，两手一叉抱臂道："行，你走。身残志坚，不愧是你。"

"身残志坚"的祁行止在她混杂着嘲讽和担忧的眼神中，一瘸一拐地带着路往诊所走。

他不仅独立走到了诊所，还独立挂了号、陈述了病情、领了药，最后从容不迫地坐在输液室里吊好了针闭目养神。

这让一直跟在他身后半步的陆弥觉得自己十分多余。

她看了眼祁行止手上拿的各种单据，其中有一张诊疗单和一张开药的收据，忙道："我先去给你缴费吧。"

她弯腰正要把两张单子抽出来，祁行止将手往回一收。

他仍闭着眼，低声道："你很有钱？"

陆弥觉得自己受到了侮辱，虽然她确实没钱——她刚攒够下一年的学分费。

"我待会儿自己扫个码就能交了，很方便。"祁行止又说。

陆弥一屁股在他旁边坐下，伸出手指往他手背上戳了戳。

刚刚护士给他进针，是个新手，第一次没找准静脉，又重新戳了第二次，导致他手上青了一块。

陆弥故意盯准了那一块青涩的边缘戳了一下。

祁行止微微吃痛，轻轻"嘶"了声，睁开眼："你干吗？"

陆弥反问："你干吗？到底在别扭什么？"

祁行止又闭上眼，扭回头，不说话。

陆弥越来越疑惑，开始无方向瞎猜："竞赛压力太大了？"

祁行止：“没有。”

陆弥再猜：“家里出事了？”

祁行止：“没。”

陆弥问：“又被小太妹骚扰了？”

祁行止噎住。

他把脑袋往后一仰，搁在椅背上，一副拒绝沟通的模样。

太幼稚了，太完蛋了。祁行止心里想。可他已经控制不了自己的行为了。

他不得不失望地承认，他就是这样低俗、愚蠢、恶趣味的人。他心里藏着一个无望的秘密，无法启齿、无法言说，却也无法完全忍耐，只能用小孩子撒泼打滚的方式来求得一点关注。

多哄哄我吧，哪怕你永远不会知道我的秘密。

多和我说几句话吧，即使你很快就会离开。

陆弥被祁行止这样幼稚的反应惊呆了，她简直要怀疑祁行止是不是被人掉了包，现在在她面前的到底是个什么玩意儿?

缓了足有半分钟，她终于沉沉叹了口气：“对不起。”

祁行止睁开眼。

“我知道，我这朋友确实做得不太够格……”陆弥继续说着，声音不急不缓的，也不管祁行止有没有在听，“但我之前确实遇到点事儿，挺难熬的……不过现在都好啦。”

祁行止闻言苦笑。

她果然还以为自己什么都不知道。在他面前提起，她居然还要故作轻描淡写地用“遇到点事儿”带过。

“但我谈恋爱没有主动跟好朋友讲，确实不够意思；作为老师这几个月没关心你的学习，也很不负责任。我保证，以后我不管是升官发财还是结婚离婚生孩子养孙子，我都第一时间通知你，行不行？”陆弥很诚恳地说。

祁行止笑了声，没说话。

陆弥有些紧张地等着他的反应，目不转睛地盯着他的眼睛。也是到这一刻她才发现，祁行止对于她来说，是个非常非常重要的朋友，是不可取代、不想有误会的朋友。

也不知过了多久，祁行止终于直起身来，看了看她，笑说：“是朋友吗？”

“当然。”陆弥真诚地说，“能跟天才做朋友，我很荣幸的好嘛！”

祁行止扯扯嘴角道：“是朋友就好。”

陆弥终于松了一口气。

虽然祁行止的表情仍然不太好，但他已经说了“是朋友”，那就说明他

不会再生气了。陆弥比谁都更相信祁行止是个君子。

君子一言，驷马难追，祁行止永远说话算话。

陆弥终于笑颜舒展，摊出一只手掌，眨眨眼问：“单子能给我了吗？我去缴费。”

祁行止无语地看着她，终于笑着把两张单据交到她手上：“你好热爱交钱。”

“那可不，消费的快感不是盖的好吗！”陆弥玩笑道，“不过钱你待会儿还是要转给我啊，我最近真挺穷的。”

祁行止失笑：“……好。”

祁行止吊完针换完药走出诊所，早已错过了晚自习的讨论时间。但他不疾不徐，仍和陆弥慢吞吞地走在校园小径上。

陆弥见他一瘸一拐走得艰难，还是忍不住想让他把胳膊搭在自己肩膀上以借借力，但每每打算这样做，祁行止就反应激烈，蹦得更远。

陆弥无奈道：“你刚换的药，走两步脚又肿了怎么办？”

“不会。”祁行止严词拒绝。

陆弥搞不懂他为什么这么犟，只好扶着他的手臂。

正值孟夏，微热的晚风轻轻拂过，陆弥的长发被吹起，露出光洁瘦削的肩膀，还有背后半边裸露的蝴蝶骨。

祁行止目不转睛地看着前方的路，喉咙却仍然觉得痒痒的。他走得很慢，比一个脚伤病人的速度还慢。他很希望这条路能长一点，再长一点，可很快，他还是看见路的尽头。

这天晚上，祁行止做了一个梦。

他从小到大很少做梦，大部分时间会一夜安睡到天明。只有小学时父亲刚去世的那段时间，他总是做噩梦，梦见爸爸妈妈被各种坏人抓走，关进监狱里、吊在天桥下、淹在海水里……而他很没用，想不到办法把爸爸妈妈救出来，只会哭，哭得撕心裂肺、惊天动地，坏人看着他笑，而他看着爸爸妈妈的头颅没进海水里。

还有就是林茂发的事之后，他有几次梦到过陆弥。他梦见再次见到陆弥时的很多种情形，有的是在北京，有的是在南城；有的就在最近，有的已经是很多年后。在每一个梦里，陆弥都不想见他，并告诉他：“我再也不会回去了。”

但这一晚的这个梦很不一样。

梦的开始稀松经常，不过是一个蝉鸣阵阵的普通夏日，大概是暑假，他和往常一样坐在书桌前刨着他的小木块。可不知怎的他忽然犯困，连着打了好几个哈欠之后终于缴械投降，走到床前倒下睡了。

他忘记把电风扇换个方向，所以睡着睡着便热起来，额头上和后脑勺都汗涔涔的，翻来覆去，浸湿了半边枕头。

他想起身去把电风扇挪过来，但太困了不想动，又想就这么睡过去，只是太热了睡不踏实。

半梦半醒间，房间的门“吱呀”一声开了，他透过窄窄一条缝的模糊视线，看见一个女人走了进来。

他不知为什么没有动，仍旧懒懒地躺着。女人把电风扇换了个方向，凉风对着他吹来，混着女人清新的发香。他舒服地哼了一声，顺势牵住了女人的手。

她沿着他的手臂攀上他的肩膀，柔软的身体顺势贴紧过来，伏在他身上。

“啪”的一声，女人脚上勾着的拖鞋掉在地板上。感受到她的小腿和裙摆柔软衣料一起蹭在他腿间的那一瞬间，他忽然一个翻身压住了她，甚至还没有看清她长发下的脸，便已经本能地埋首在她香甜的颈间。

窗外的蝉鸣一声比一声更长，老式电风扇“吱呀吱呀”地转着，夏日嘈杂的声音，掩映着这一室之内的景色……

祁行止惊醒，已经天光大亮。他感受到腿间的濡湿，猛地想起昨晚的梦，一个个旖旎的画面在脑海里回放。他一动不动地坐在床上，最终惊恐而羞愧地把脑袋埋进了双臂之间。

虽然他没有看清那女人的脸，但她的声音、她的皮肤、她肩头那颗褐色的痣……

不可能是别人。

不会有别人了。

“老祁，还不起？”床帘外忽然响起室友的声音。

祁行止回神，答应道：“……起了。”

“稀奇，你居然会睡懒觉。”室友嘟囔了句。

祁行止这才想起看一眼时间，居然已经七点十五分，室友们肯定是已经跑完步回来了。

他带着一股强烈的羞愧感在被窝里把裤子脱了换上干净的，绝望地搓了把脸，强行恢复镇定，拉开床帘往下爬。

“你这是怎么了？”室友看见他，拧着眉问。

祁行止滞住，以为自己身上还有什么痕迹，强装镇定道：“……怎么了？”

室友直接把手背贴在他额头上，感受了一下，担忧道：“你不会又烧起来了吧？脸也这么红！”

另一个室友听见，也关心地看过来，旋即震惊地说道：“你背上怎么出这么多汗？”

祁行止一瞬间脸便烧了起来。他心里的羞耻感和愧疚感越发深重，艰难地开口道：“没事，我去冲个澡。”

说着，他直接往卫生间走。

“哎，这个点没热水！”室友忙叫住他。

“就是，你不还病着嘛洗什么冷水澡！”

祁行止匆匆拿了毛巾，撂下句“没事”，“嘭”地关上了卫生间的门。

浴室里水声响起，两个室友大眼瞪小眼，好像明白了点什么。

“哈哈哈哈哈哈哈哈！”两人捧腹大笑起来，“老祁，你也有今天啊！”

还有个室友肆无忌惮地去拍了拍卫生间的门，善解人意地说：“没事，老祁，别急！我们等你降了旗再走啊！”

“哈哈哈哈哈哈哈！”

室友们爽朗而放肆的笑声响在门外，祁行止心烦意燥，开了最大的冷水直往头顶浇。他被冻得一激灵，打了好几个冷战，才堪堪冷静下来。

湿着头发走出卫生间，祁行止在室友们充满内涵的笑容中木着脸背起包，回头面无表情道：“不走？”

“走走走！”室友们忙不迭跟上。

其中一个一把勾住他的肩膀，小声道：“哥们儿，这都是正常的事儿！”

另一个霸占住他另一半肩膀，附和道：“就是，多稀罕。”

祁行止没作声。

“欸，晚上要是题目简单，有时间多的话，咱们……一起看个片吧？我……偷偷带了两盘来。”

什么片？谁都知道。

“好啊好啊！”另一个室友欢呼应和，又看了眼祁行止，笑道，“我跟你说啊，他可能搞这些了，都是极品！以前我们就一起看过，就是没敢叫你……”

祁行止叹了声，从胸口吐出一口浊气，不耐道：“你俩能不能走快点？”

室友们正兴奋着呢，懵懂道：“啊？”

祁行止说：“你们走得比我这个瘸子还慢。”

两个室友明白他意思了，忙打住话题，一人一边拄着祁行止走了。

一上午的课，祁行止都无法完全集中精力。

他第一次发现自己的专注力是如此脆弱，在奥赛集训营这样高度紧张的课堂上，他居然分神了。

挨过一上午，中午下课，祁行止照例让室友们先走。

这一次，他还特意确认了一下，段采薏也已经离开了，才收拾书包下楼。

还没出教学楼，就看见陆弥撑着伞站在门外。

她穿了条牛仔背带短裤，内搭黄色衬衫，头发绑了个高高的马尾，看起来青春洋溢，也像个高中生似的。

祁行止的脚步霎时顿住了。

他无法控制地又想起那个梦，女生的身体和声音说不清哪个更软，软得像一摊水，而他……

他不知道该怎么面对陆弥了。

陆弥见祁行止止步不前，狐疑地上前道："怎么了？"

祁行止极力恢复淡定，说："没什么。你怎么来了？"

"来接你这个瘸子啊。"陆弥白眼一翻，"你那些室友都怎么回事，有个伤员也不知道照顾着点？"

"我让他们先走的。"祁行止解释了一句，又偏过头催道，"那快走吧。"

陆弥其实是来盯着祁行止去诊所的。昨天医生说了，最好来打三天针，陆弥怕他不自觉，又怕他是真的学业紧张，所以大中午的来堵人，想着利用午休时间去趟诊所应该不会耽误正事。

可现在看着独自走在伞外晒着大太阳、瘸着一条腿还妄想健步如飞的祁行止，她觉得这孩子的问题可能不是感冒发烧。

是脑子坏了。

她上前抓住他的手腕："你不撑伞？"

说着，她举高了手臂把太阳伞分给他一半。

五月的天虽然还不算太热，但大中午的太阳也是毒辣得很，脑子有"包"的人才会这么晒着。

祁行止却将脑袋一歪，又往外走远一步："不用。"

陆弥无语："祁行止，你是学数学学魔怔了吗？"

祁行止眼神躲闪，不看她。

陆弥心道见了鬼了，昨天还好好的，怎么今天又有新的问题？

她不耐烦地又走近一步，再次伸高胳膊把伞举过他的头顶。

"你拿着。"她没好气地说。

祁行止一时没动作。

"我的手很酸！"陆弥火了。

祁行止被她一嗓子吼得身形一顿，默默接过了伞，打在两人头顶，大部

分还是偏向她。

陆弥看着自己脚下大片的阴影，心里还是软了一下，叹道："你们数学好的天才是不是老这样？"

祁行止没反应过来："……什么？"

"电影里老这么演，"陆弥说，"学数学学魔怔了，生活上就脑残了。"

祁行止无奈地顿了一下，否认道："没有。"

陆弥撇撇嘴："反正你可长点心吧。"

这次回南城，她其实是很害怕的，害怕碰到林立巧，害怕回到福利院，害怕想起那个可怕的除夕夜。

没想到，这些人都没碰上，倒是那个向来最让人放心的祁行止出了问题。

邪门了，陆弥心道。

输液室里，祁行止又闭着眼睛靠着椅背。

其实他根本睡不着，甚至连假装睡着保持呼吸均匀平稳都很难做到。但他怕陆弥再同他说话，也怕自己羞于面对她。

陆弥好像看出他没睡着，轻声道："我后天回北京，这两天都会来盯着你，你别想逃打针。"

祁行止不想逃打针，他比较想逃离她。

不对，陆弥又没有做错什么，说到底是他自己心思龌龊。祁行止有些绝望地意识到了自己的劣根性。

"下午我也会来接你。"陆弥说，"还是那个教学楼吧？"

祁行止睁开眼："为什么？"

陆弥脸色很不好："因为你是个没有生活自理能力的瘸子。"

祁行止无话可说了。

活到十七岁，第一次有人说他没有生活自理能力。

他无奈地叹了口气，轻声道："谢谢。"

陆弥见祁行止现在这样才算恢复正常，也就没再说什么，收回眼神靠在椅背上玩手机去了。

祁行止这时候才偷偷扭头看了她一眼。

他克制自己什么都不要想，只是认真地看她一眼，然后在心里郑重地对她说了一句"对不起"。

他没有办法告诉她他做了一个什么样的梦，只能通过这样的方式向她道歉。

尽管说到底，这道歉也是为了他自己。

祁行止看着陆弥因为专注而微微嘟起的嘴唇，在心猿意马之前，慌忙挪开了眼神。

祁行止输完液后，两人一起去食堂吃饭。

天气太热，陆弥没什么胃口，祁行止也一直闷闷的，两人对坐无言，匆匆吃完了一顿饭。祁行止要继续上课，陆弥把他扶回教学楼，就又走了。

到教室一坐下，两个室友便八卦兮兮地凑过来："喂，祁哥，刚刚送你来的是谁啊？这儿的学姐？"

祁行止不答，反而奇怪地问："学姐？"

在他看来，今天的陆弥看起来就像个高中生，和他们完全没有年龄差。

室友大剌剌道："那么漂亮，肯定是学姐啊！"

祁行止拧了拧眉，不太理解这个逻辑。

正巧段采薏背着书包走进教室，她从小练芭蕾，体态轻盈，气质优雅。

祁行止的目光在她身上停留两秒，淡淡地道："段采薏也很漂亮。"

他语调上扬，语气里带着询问，言下之意是——难道漂亮的都是学姐？

室友哈哈笑起来："老祁，你脑子真的跟正常人不一样！"

祁行止头顶黑线，但也谦虚地颔首道："悉听尊教。"

室友却"啧"一声，犯起难来："怎么说呢……就，段采薏也漂亮，但她和学姐的漂亮不一样，你懂吗？"

另一个室友也来帮忙，解释得却相当抽象："就是……学姐那叫漂亮，段采薏是好看，明白不？这两者不一样！学姐那种，一看就是姐姐嘛！"

两个男生一通理论输出，祁行止隐约摸到了边，又好像没完全明白。

他俩还要再解释，祁行止却听累了，又觉得私下议论女生容貌不太好，便摆摆手，打住了两人的激情发言。

室友兴致被截断，只好继续问："那真是你学姐啊？"

"可以啊老祁，这么快就认识学姐了！"

祁行止拧拧眉，否认道："不是学姐。"

室友更好奇了："那是谁？"

祁行止说："我老师。"

室友嗤声表示不信："那么年轻的老师？"

不知怎的，祁行止不太想解释这事，正好老师抱着卷子走上讲台，对话也就不了了之。

他集中精神望向讲台，却没有看见，后两排的座位上，段采薏收回了第无数次向他打探的目光，费了好大的力气，才压住偷偷上扬的嘴角。

下午当堂小测，强度极大，所有人做完都头昏眼花，还有几个耐不住的，

照例来找祁行止对答案。

“祁哥，你这次写了几道啊？”

“这还用问，祁哥肯定全写完了啊。”

每次来对答案，他们都会先这样恭维一番，再嘲笑自己是个垃圾。

很遗憾，按这个标准，祁行止这次也是个垃圾。

他淡淡地说：“我没写完。”

众人惊了，一时说不出话来。

祁行止有些疲惫，抬头问：“还对吗？”

他的话其实没带情绪，但他这人没表情的时候冷得可怕，大家见他臭脸，谁还敢再缠着他对答案，连忙摇头。

祁行止点点头，收拾好桌上的东西，独自走了。

他本想回宿舍睡觉，哪知一出门，又看见了陆弥。

她仍是上午那套青春洋溢的衣服，却坐在一辆电动车上。见他来，她随意地招了招手。

祁行止走过去，在电动车前停下，问：“你怎么来了？”

陆弥好笑道：“你每次都要问这个问题？你说我怎么来了？”

祁行止抿抿唇，问：“你不用谈恋爱吗？”

“你一小孩管这事干吗？”陆弥忽然觉得不自在，嘟囔了句，“蒋寒征回学校了，没空陪我玩。”

祁行止不说话了。

“上车吧。”陆弥潇洒地做了个往后的手势，示意他上车。

祁行止态度明确：“不上。”

陆弥彻底无语了。之前他不坐也就算了，现在她车都开到他面前了，他还是不坐？这车到底哪儿惹着他了？

她拧眉盯着他问：“为什么不坐？”

祁行止说：“不想坐。”

陆弥低头往他脚上看了眼，他今天已经换上帆布鞋了，之前都还得穿拖鞋。

“你的脚不要了？”她略带怒气地问。

祁行止说：“快好了。”

陆弥被他折腾得没脾气了，就想知道他到底怎么就这么仇视这车，于是好笑地问：“我这车是撞过你还是上辈子当坐骑把你摔了啊你这么恨它？跟老师借车多不容易啊你说不坐就不坐？”

祁行止愣了一下，捕捉到关键词：“老师？”

“是啊！小区里的老师，我当年的班主任呢。”陆弥说。

祁行止一时语塞，暗骂自己蠢。

陆弥见他还是一张木头脸，实在没脾气了，道：“算了算了，不坐就不坐，我扶你走回去行了吧！”

说着，她下了车扶着车头打算把车停路边。

祁行止忽然伸手过来拦住她。

“又怎么了？”陆弥终于不耐烦了。

祁行止说：“坐吧。”

陆弥满脸黑线：“祁行止，你是不是有病？”

祁行止自动忽略她的问题，稳稳地扶住车头，上前一步，问：“我来骑行吗？

陆弥睨他一眼：“你倒也不必‘身残志坚’到这个地步，我又不给你发感动中国奖章。”

祁行止看着她。

“上车！”陆弥不再和他磨叽。

祁行止犹豫了一下，最终还是妥协了，手撑在车座边缘借了下力，长腿一跨上了车。

陆弥骑车还挺稳的，载着祁行止一个快一百四十斤的大男生也不打晃。

祁行止两手撑在车座边缘，出神地望着他身前小小的人。

风吹起来，她的衬衣便往后鼓，又因为背带的间隔，形成一个个胖胖的气包，让她看起来像卡通人物似的。

祁行止看着觉得可爱，不禁想笑，然而盯着她肩头看久了，不知怎的就心猿意马，想到那里有一颗痣……

褐色的，小小的，在她白皙的皮肤上，像牛奶泡沫上的一粒饼干屑。

祁行止的脸“唰”地就红了。

他强制自己移开目光，轻轻咳了声，再不看了。

第二天中午，陆弥按照约定骑着小电驴等在教学楼下。有两个男生先走出来，臊眉耷眼地嘟囔着什么。

“这次题也太变态了……”

“就是，都要结束了还这么为难我们。”

…………

陆弥听了两耳朵，立时关注起来。

等到祁行止走出教学楼，她开门见山地问：“考试了？”

祁行止愣了一下，纳闷她怎么消息这么灵通，然后点点头道：“嗯，昨天的随堂测试。”

“考得怎么样？”陆弥眼睛亮晶晶的，“第一吗？”

她浑然不觉，作为一个师范生，她精准地踩在了“不要以过高的期待给学生过分的压力”的雷点上。

在她的潜意识里，祁行止无所不能，永远不会让人失望。

可惜祁行止眼神黯了黯，说：“不太好。”

他一向心态平稳，一次发挥失误本不足以让他放在心上。然而这会儿看见陆弥期待的眼神，他却破天荒地觉得有些遗憾了。

陆弥愣了一下，这实在是意料之外的答案。

她甚至不知道该怎么回应了，以至于暴露了真实反应——微张着嘴，眼神惊讶：“啊？”

祁行止苦笑：“没考好。”

原因他是不会说的。

陆弥整理了一下语言，笑道：“哦，没事……胜败乃兵家常事嘛。”

祁行止没说话。

“再说了，你这……这是生着病，没有发挥出正常水平，也可以理解。”陆弥在课上学了很多种疏导学生的方法，到祁行止这里，却不管用了。

这时她才发现，与其说祁行止是她的学生，不如说他是她职业梦想中的一轮月亮，就像艺术家的缪斯一样。

他的存在让陆弥对老师这个职业充满信心与憧憬，她期待未来会遇到更多学生，她能成为他们的朋友，和他们共同成长。

祁行止原本心情有些灰暗，听她这么无措地试图安慰他，反而宽了心，忍了好久才带着笑意打断道：“陆老师。”

陆弥搜肠刮肚地想着安慰的话，猛然被打断，懵懂道：“啊？”

祁行止说：“我还是第一。”

陆弥反应了足足三秒，破口怒道：“你有病啊！”

祁行止终于没忍住，笑开了。

“但确实考得不好。”他笑得肚子疼，好不容易才止住了，正色道。

陆弥满脸写着“你在说什么屁话”。

她臭脸的样子也很可爱，祁行止想。这么想着，他忽然福至心灵，不过脑子地道：“所以……可以要奖励吗？”

陆弥想也没想便道：“不可以。”这种级别的学霸还缺她一份奖励？想都别想。

陆弥面无表情地坐回电动车上，催他道：“上车。”

祁行止心里有点失望，但也没说什么，长腿一跨上了车。

到宿舍楼下，祁行止同陆弥告了别，正要上楼，忽然又被叫住。

“你想要什么？”陆弥没好气地问。

祁行止眼睛一亮：“你要给我奖励？”

“不是奖励。”陆弥淡淡地说，“你生日不是在下个月？”

祁行止更惊喜了："你怎么知道？"

问完他便想起来，以前他提到过，是在暑期家教期间，两人闲聊时提的。

陆弥却说："你生日在夏天。我最讨厌夏天，好记。"

祁行止才不会把她随口说的气话当真："随便送什么。"

"随便送"的礼物，往往是最难送的。祁行止可真是吹毛求疵难伺候。但她也没再多问，点点头说："那你别指望太贵的。"

祁行止笑道："我知道。"

"回去吧。"陆弥扭着车把掉了个头，没等他上楼就先骑远了。

祁行止站在宿舍楼下看了好久，直到陆弥的身影越来越小，消失在他的视野。

头顶有夏蝉不休地鸣叫着，不远处的池塘里蛙声一片。陆弥刚刚驶过的小路尽头，阳光从树叶缝隙中漏下，像波光粼粼般闪耀。

这个夏天也没有那么糟，他想。

以及，陆弥一定不讨厌夏天，他又在心里笃定道。

祁行止的生日在六月的第一天，儿童节。

很小的时候他是有庆祝生日的习惯的，那时候父亲还在，学校也会放半天假，父亲会带他去水族馆或博物馆一类的地方玩一下午，晚上再下馆子。

后来父亲离开了，儿童节的半天假期没有了。

他长大了，再也不过生日了。

这一年却很不一样。

晚自习前，祁行止接到一个快递电话，饭还没吃完就急匆匆地从食堂跑到学校门口。他几乎是在狂奔，像一阵疾风似的刮到传达室，把保安大爷吓了一跳。

大爷怪道："跑这么急干什么？吓死人。"

他手撑着膝盖喘气，平复了几秒才道："是不是……有我的快递？刚到的。"

大爷起身戴上眼镜，不紧不慢地问："叫什么名字？"

"祁行止。"说完，他又着急，嫌大爷动作慢，径直上前自己找。

陆弥给他寄了一个很大的包裹，形状像是一摞书，他一眼就看到了。

"来，签个字。"大爷递给他一张表。

祁行止龙飞凤舞地签了个潦草的名字，差点想在传达室就直接把快递拆了，但他看了眼保安大爷，还是恢复了理智，扛着包裹回了宿舍。

下午下课到晚自习的这段时间比较短，大多数人不会回宿舍，宿舍里空无一人。

祁行止拿剪刀三下五除二地把包裹拆了，首先看到的是一本《金考卷45套》，理科数学。

祁行止拧起眉，掀开第二本，《金考卷45套》，理综合卷。

第三本，《小题狂练》，高中语文。

第四本，《高考数学题型全归纳》，冲刺版。

第五本，《托福词汇》，乱序版。

…………

祁行止难以置信地把这些书一本一本地拿开，眉毛已经拧成了麻花，连自己都没发现自己的脸色阴沉得可怕。

终于，看到了最底下的一本。

这是这摞书里最破旧的一本，泛黄、卷边，书封上还有几处来源不详的污渍，隐隐还能闻到积年久远的霉味。但它让祁行止的眉毛瞬间舒展开来，嘴角也不自觉地漾起笑意。

这是一本原版的辛波斯卡诗集。祁行止小心翼翼地翻动书页，看到了出版年份——1973年。

他翻了几页，小声读了几句，心满意足地又将书页合上，将诗集放进抽屉里。

那几本很遭他嫌弃的教辅书还散落在地上。

他拿起手机。

和陆弥的聊天还停留在那个除夕夜。

他敛起笑意，斟酌着要给陆弥发的话，短短几行字，写了又删，删了又写，总是不满意。

他罕见地烦躁起来，终于在不知道删了多少遍的时候，眼一闭心一横，冲动使然直接点开了视频通话。

陆弥的接通速度没有给他反悔的机会。

“收到礼物了？”视频里陆弥扎着马尾，头上戴了一个发带，像是准备洗漱的样子。

祁行止愣了一下：“……嗯。”

“怎么样，惊不惊喜，意不意外？”陆弥笑得狡黠。

祁行止有些无奈：“干吗送我那么多试卷？我都做过了。”

陆弥惊呆了：“都？你全都做过了？”

“嗯，差不多，”祁行止淡淡地点头，“没做过也看过，题型大同小异。”

“你哪儿来的时间做那么多题？”陆弥下巴快掉到地上了，“我以为你这种学霸不用做题，光听课就能拿满分呢！”

祁行止失笑：“那不是学霸，是神仙。”

陆弥撇撇嘴。

两人一时安静下来，祁行止也不知道该说什么。

正想闲聊两句，陆弥忽然说："没什么事我就先去洗脸啦。生日快乐，小祁同学！"

祁行止低声说："嗯，谢谢你，陆老师。"

"不谢不谢！"

陆弥在视频里挥了挥手，挂断了电话。

视频定格在陆弥挥手道别的动作上，刚好抓到她闭眼的一瞬间，看起来有些傻气。祁行止眼疾手快地将这个画面截下来，存进相册，又欣赏了几遍，笑了笑。

祁行止闲适地叹了口气，敛着笑意蹲下身把那几本教辅书也整理好，一本一本整齐地码进书架里。

他的书架上几乎全是奥赛相关的辅导书，夹着一两本建筑类杂志。这几本教辅书放进去，看起来有些格格不入。

但祁行止居然越看越满意，满意到他忍不住拿起手机拍了几张照片，还讲究地调整了一下构图和光影。

照片拍好后，他发了两张给陆弥，又加了一句话：夏天快乐。陆老师。

陆弥没有回复，大概是洗脸去了。祁行止也不着急，他看着自己和陆弥的聊天界面，这两张照片和一句话已经把他们几个月前的聊天记录顶上前，看不见了。

这是一个新的开始。

就像这个温暖和煦的夏天，祁行止想。

很久之后，他读到一篇文章，才知道一种被叫作"Indian Summer"的天气现象。

加拿大和美国的交界处，魁北克和安大略南边，在冬天来临之前的深秋时节会出现忽然回暖的天气，宛若回到了温暖的夏天。当地人把它称作 Indian Summer。

印第安的夏天，是在漫长冰冷前短暂的温暖，在漫长的悲伤前短暂的幸福。

那个夏天之后，祁行止开始了漫长的等待。

第十一章 新年好

2018年，冬。

书店里灯光明亮，陆弥却觉得眼前有些灰暗，像蒙着一层雾，因为祁行止高大的身影压过来，带着男性清冽的气息。

“陆老师，我不是小孩子了。”祁行止的声音低而沉。

陆弥的呼吸变得急促而紊乱，她无意识地抱紧了怀里厚厚的一摞书，指甲在最后一本书的封底上慌乱地摩挲，发出“沙沙”的声音，令她头皮发麻。

祁行止又靠近了一小步，脚尖抵住她的脚尖。

陆弥下意识地后退，下一秒却浑身僵住了，因为祁行止忽地倾身过来，气息几乎已近在她的鼻尖。

“陆弥。”他轻轻地喊她。

陆弥声音微颤：“……嗯？”

“我喜欢你。”他说。

陆弥呼吸一滞。

祁行止却轻轻笑了笑：“你早就知道，我好像也已经说过。但就是想再说一遍，怎么办？”

他又靠得更近，高挺的鼻子轻轻碰着她的鼻尖，气息在她唇边游走。

“我喜欢你，陆弥。”

说完，祁行止直起身，离远了一点。

陆弥紧绷的神经却并没有放松，因为她情不自禁地抬起了头，和祁行止四目相对。

她不知道自己是怎样的神情，只能看见祁行止湿漉漉的眼睛里闪过一丝懊恼。他羞赧地说：“我是不是又着急了？”

祁行止又退了一小步，和陆弥之间的距离彻底拉开。

他气息远离的那一瞬间，陆弥脑子里忽然一空，不知在想什么，在下意识的支配下慌张地往前跟了一步。

“不是！”她小声而急促地否认道。

她的动作太急，怀里重重的书往边上一歪，就要掉落。

祁行止眼疾手快地替她托住，将一摞书和她的手一并托在了自己的大手里。

手掌交叠，才发觉对方手心里也全是汗。

并不舒服的姿势，但谁都没有放开。

“你……刚刚说什么？”祁行止问，开口声音有些哑。

陆弥看着他，脸颊发烫，没有回答。

祁行止把书稳住，抽出一只手来，轻轻地、缓慢地抬起，触到她的耳垂。

陆弥浑身过电一般颤抖了一下，而后什么也不说，只目不转睛地回应着他的目光，带着矛盾的不安和期待，等待着他下一步的动作。

“陆弥，”祁行止的声音越发艰涩，他的指尖碰到陆弥的耳垂，然后是手指，然后是整个手掌抚摸她小小的白净的脸颊，另一只手也下意识地扶住她的肩膀，将她半揽进怀里。

“你刚刚说……你的意思是……”

祁行止微微低头，缓缓闭上眼睛，凭借感觉去寻找她的嘴唇。

陆弥盯着他长长的睫毛和俊挺的鼻子，盯着他微微颤抖的眼皮，也轻轻地闭上了眼睛。

就在两人呼吸交错的那一刹那，身侧的书架忽然被人拍了一下，发出一声响。

肖晋探出个头来：“吃饭去吗——”

陆弥一个激灵，慌忙从祁行止的怀中跳出来。

怀里的书终究还是“哗啦啦”全落在地上，陆弥连忙蹲下身去捡。她低着头，耳垂红得滴血。

肖晋目瞪口呆地看着这场景，小声道：“我……是不是来得不是时候？”

祁行止的脸色很不好看。

他低头看了眼陆弥，蹲下身想帮她捡书，却被她一巴掌打在手背上，恼道：“你先出去！”

祁行止无奈，只好揪着肖晋的胳膊把人一起带了出去。

肖晋兴奋地问：“成了？”

祁行止生无可恋地瞪他一眼。

肖晋悻悻道："我哪知道你们在那啥。我还没说你呢，书店这么神圣的地方，你净想着泡姐姐？"

祁行止忍无可忍，一脚踹在他小腿骨上。

"滚。"

肖晋放肆地大笑起来。

"今天你请客啊！"

男生的笑声爽朗，陆弥站在原地，隔着层层书架的空隙，看着祁行止挺拔清瘦的背影渐渐走远。

一束阳光折射进来，灰尘在其中飞舞，陆弥闻到淡淡的书墨味，与书架的木头味混在一起，恍然间仿佛看到年少的小祁坐在小阁楼里刨木头，又好像看到那个夏夜，他一人静静立在嘈杂的书摊前翻一本辛波斯卡。

时光好像绕了一个圈，而他是圆心，是定点。是万般不确定的世界中，唯一的确定。

陆弥抱着书从书架后面出来，祁行止的目光始终关切地追随着她，肖晋也看着她笑得内涵十足，陆弥忽略这两个人，极力表现得平常，把书放在收银台上，对林晚来说："麻烦结账。"

祁行止用手肘捅了捅肖晋的胳膊，说："打折。"

肖晋见他一脸理直气壮，无奈认栽，点头道："打打打，友情价七折！"

祁行止说："五折。"

肖晋瞪圆了眼："'骨折'啊？"

祁行止面不改色："我请你吃饭，你给我打折，很公平。"

"这是一个价吗……"

肖晋还要据理力争，陆弥却不好意思了，抽出银行卡道："不用了，这些书都挺珍贵的，就按正常的价格吧。"

林晚来却笑着摇了摇头："没事，这书你不买我也卖不出去。"说着，她按五折刷了卡。

陆弥实在不好意思，连连道谢："那中午……我来请客吧。"

林晚来莞尔。

肖晋却大剌剌道："你们两口子，谁请不一样？"

祁行止上前接过陆弥手里的两个书袋，没说什么，勾着肖晋的肩膀把他撵走了。

四人最终选择在附近商场里的一家港式餐厅吃饭，全程肖晋和祁行止聊着寒假实验室的安排，林晚来也时不时和陆弥聊几句。

陆弥偶尔忍不住瞟祁行止几眼，在被他发现之前又慌忙收回眼神。

可两秒后，她的餐盘里就出现一块沾满蛋奶液的西多士。

再抬头一看，祁行止仍旧神色如常，淡淡地和肖晋聊着天，仿佛什么都没做。

怎么能做到这么淡定的……

她一面克制着胸腔里飞快跳动的那颗心，一面有些恼火地想。

一顿饭吃完，肖晋牵着林晚来的手溜得飞快，祁行止目送他们走远，回头问陆弥道："我们直接回去吗？"

陆弥点点头。

"坐公交车吗？还是打车？"祁行止又问。

陆弥想了想，说："公交车吧。"

公交车慢一点。

从走去公交站的路上，到在站牌边等车，一直到坐上车，祁行止始终在她身侧半步，拎着两袋重重的书，一言不发。

可真是道貌岸然啊！

陆弥心里愤愤道。

午间的公交车上没有人，车开得也慢，晃晃悠悠的。陆弥心里气着气着，渐渐困意袭来。

"陆弥。"祁行止却忽然又叫她。

陆弥涣散的意识紧急集合："嗯？"

"刚刚我说的话，你听清了吗？"祁行止轻声问。

陆弥的脸"唰"地又红起来，却明知故问："什么话？"

祁行止忽然觉得喉咙涩涩的。

真是奇怪，他愿意说一辈子、说无数遍的这句话，当下却忽然有些说不出口了。

但他还是说了，像之前在心里说过无数遍的那样郑重："我喜欢你。"

陆弥的心又漏跳一拍，然后她潦草地点了点头，"嗯"了声："听清了。"

"但你说的话，我没听清。"祁行止说。

他语气轻轻的，声音小小的，像考试拿了100分的小孩子，委屈巴巴地说——我表现得很好，但是你没有表扬我。

陆弥心里软得一塌糊涂，救命，祁行止怎么这么会撒娇？

她轻轻咳了声，做足了心理准备，扭过头去看他。

四目相对，她认真地、心无旁骛地回应他的目光。

"我喜欢你——"

话音未落，她的嘴唇便被轻轻啄了一下。

陆弥蒙了一瞬，再睁开眼，祁行止勾着唇朝她笑。

刚刚脸上还又是不安又是羞赧的男生，现在眸子亮晶晶的，写满毫不遮掩的坦荡爱意，凝视着她。

陆弥呆愣半秒，忽然笑了。

她说："我以前觉得，在公共场所腻腻歪歪的情侣都特别没素质。"

祁行止的笑意一瞬便消失了，忙解释道："我……"

陆弥却打断他，笑道："但现在车上没人。

"而我刚好，特别喜欢你。"

说完，她再不犹豫，伸手搂住他的脖子，微微仰起脸，深吻上去。

对于接吻这件事，陆弥虽然也算不上经验丰富，但自信比祁行止还是有些技巧的。可当她轻轻含住祁行止的嘴唇，温柔地吮吸，没过多久，却发现主动权已经不知不觉地落在了祁行止手中。

祁行止掌住她的后脑勺，含着她的下唇，不轻不重地吮咬，吻得细密绵长。

就在陆弥情不自禁地发出了"呜呜"两声时，他又很克制地停下了。

虽然没人，但毕竟是公共场合。

陆弥被他吻得发蒙，懵懂地望着他，眼里水蒙蒙的。她微微拧着眉，似乎不满他为什么浅尝辄止。

祁行止笑了，又低头轻轻地在她额上印下一吻。

"陆老师，公共场合。"他轻笑着提醒道。

陆弥脸上发烧，别过脑袋去不想看他。

祁行止伸手一捞，又把人捞回自己怀里靠着。

陆弥懒懒地靠在他肩上，忽然笑着说了句："扯平了。"

祁行止不解："什么扯平了？"

陆弥坏笑，道："'我喜欢你'，你说了两次，我刚刚也说了两次。我们扯平了！"

祁行止闻言笑开，叹道："这可扯不平。"

陆弥问："为什么？"

祁行止说："我说过很多次。"

陆弥撇嘴，表示不信，嗤一声道："别想讹我！"

祁行止笑得无奈，也不多解释。

他的确说过很多遍的。

那个暑假和她一起上课时，她来集训营接他时；蒋寒征意外离世后，她决绝地要出国时；还是小孩的时候，成为大人之后；没有资格说“喜欢”的时候，和有能力去喜欢一个人的时候……

他都在心里说过无数遍：“我喜欢你。”

那时候，她都听不到。

现在好了，以后还有很多很多的日子，他还可以说很多很多遍。

陆弥靠在祁行止肩上睡了长长的一觉，醒来之后蒙蒙的，却还没忘记放开祁行止的手，和他分开了些距离走着。

祁行止也不生气，只是好笑地看着她。

陆弥觉得有些抱歉，但还是提议道：“我们在一起的事，能不能先……”

她刚和学生们建立起一些默契，不想因为其他的事让孩子们对她产生其他的印象，无论是好是坏。她希望在这些学生的心中，她首先是一个值得信赖的老师。

这想法有些自私，陆弥说的时候也难免心虚，支支吾吾的。可话还没说完，祁行止已经替她补齐了——

“先别告诉其他人。”

陆弥惊讶地看着他。

“好。”祁行止又笑着点头。

陆弥更惊讶了，惊讶之余又觉得有些歉疚，祁行止总是能猜到她在想什么，然后毫无保留地迁就她。

可这次，祁行止说的是：“我也需要时间习惯一下。”

陆弥愣了，几秒后才反应过来，局促地点了点头：“……行。”

祁行止坏笑着，欣赏她的局促和羞赧。

天地良心，陆弥是他的女朋友了，全世界最需要习惯这件事的可不正是他本人吗？

但很快祁行止就发现陆弥并没有给他太多习惯新身份的机会，元旦将至，她一心扑在《黑猫》的排练上，根本想不起来她还有个新交的男朋友这件事。

祁行止最近在准备寒假的实践项目，时间也不算自由。每次抽时间去了梦启，陆弥不是在捋剧本准备背景音乐，就是在帮学生顺台词做道具。

有时候祁行止在她身边一坐就是一个小时，她也不为所动。

这天下午，学校里的事终于告一段落，祁行止得到了宝贵的整个下午，去梦启找陆弥，发现她还是在多媒体教室里挑背景音乐。

设备条件有限，真正演出时只能由陆弥手动卡点播放背景音乐，她生怕出错，所以就着台词节奏一遍又一遍地听。听到最后，本来挺恐怖的音乐，

在她耳里也毫无杀伤力了。

因此，她又觉得音乐效果不够好，于是考虑寻找新的配乐。

一首又一首配乐，没有一个音符像是来自阳间的东西，听得祁行止毛骨悚然。

可陆弥还面无表情地坐在多媒体设备前，甚至还意犹未尽地进行各种倒放、重复和切换声道的操作。

这画面实在太诡异了。

祁行止终于坐不住，轻轻咳了声，问："你调好了吗？"

他已经在这里坐了一个多小时了。

陆弥好像这才反应过来教室里还坐着另外一个人，抬起头应了句："哦，快了。"

然后她又低下头去调音乐，不满地啧声道："……总是感觉不够。"

他都听得头皮发麻了，还感觉不够呢。

他又低下头去看杂志，可书页上的字长了脚，一个个欢脱跳跃着又把他的目光引到陆弥身上去了。

祁行止从来不知道自己是这样一个毛糙又缺乏耐心的人。

陆弥站在多媒体电脑前，鼠标不断点击切换着音乐，发出"嗒嗒"的响声，嘴巴因为专注和不满意而微微嘟起着。

祁行止忽然觉得很渴，腾地站起了身。

陆弥还没有注意到他的动静，他已经走到她身边。

"陆老师。"他叫她一句。

陆弥这才抬起头看见他："嗯……"

声音被掐灭在喉尖。

祁行止倾身过去封住她的嘴唇，手后一步才伸出去轻轻捧着她的脸。

这个吻同第一次的不一样，多了些霸道和强势的意味，他吮咬着，舌尖轻轻撬开她的牙关。他的手也微微用力，掐着她的下巴。

离开的时候，他故意咬了一下她的下唇。

陆弥吃痛地叫了声，瞪了他一眼。

祁行止非但不抱歉，还有些得意似的，毫不躲闪地迎着她的目光，欣赏她亮晶晶的嘴唇。

陆弥脸烧得通红，又想到这是在教室里，气不过地打了他一下，嘟囔道："上次是书店，这次是教室，你怎么……"

她说不下去了。

祁行止经她这么一说，也觉得这似乎不太好。

可他没来得及道歉，嘴巴比脑子更快地说："我也可以带你去我家。"

这话一出，两人都愣住了。

祁行止的脸一瞬间便烧起来，陆弥也呆滞地不知该作何回应。

两人僵了一会儿，最终陆弥又气鼓鼓地打了一下他的肩膀，转移了话题。

她拧着眉道："这些都不太行，找个合适的 BGM 怎么就这么难……"

祁行止咳了声，建议道："第二首可以。"

"*Sentinels of Stone*？"陆弥找到歌单第二首，点击播放。

"嗯，"祁行止摸了摸鼻子，小声道，"挺恐怖的。"

陆弥听了一小段，点点头道："是还行。"

祁行止又说："第六首好像也还不错。"

陆弥又依言点开第六首，听了半分钟，不得不承认，确实还不错。

她怪异地看了他一眼，嘟囔道："听得还挺认真。"

祁行止心虚地咳了声，没作回应。

他听得可算不得认真。

第七首之后的曲子，他一句也没听进去。

陆弥把选出来的音乐下载到 U 盘里，如释重负地关了设备。

"就这样吧！"她说。

祁行止倒有些惊讶了，问道："不选了？"

"嗯，不选了。"陆弥说，"再选下去就更选不出来了。"

祁行止认可地点了点头。

"吃饭去吗，男朋友？"陆弥笑眯眯地问。

祁行止被她叫得有些愣，这是她第一次喊他"男朋友"。

陆弥难得见他一副呆样，玩心大发，凑上前去在他脸上啄了一下。

离开后看见他微红了脸，她又舍不得，忍不住再次凑上去，嘴唇覆上他的，也轻轻啄了一口。

"走了，吃饭去！"

她不再等他，先一步溜出了教室。

跨年这天晚上，梦启一年一度的元旦晚会如期举行。

陆弥一边紧张着自己负责的"压轴大戏"，一边连连被孩子们的创造力和表现力惊艳。

这些孩子来自清贫乃至窘迫的家庭，可他们眼里闪着无畏的、大方的、充满好奇心与探索欲的光彩。

他们有的能弹吉他，有的会跳街舞，有的了解最前沿的航天知识，骄傲

而热忱地介绍着自己做的飞机模型……

还有的，譬如现在亭亭于舞台中央的向小园，她已经能说一口漂亮的英语。

时隔一个学期，陆弥不得不承认，无论是出于习惯或是傲慢的常识，初来梦启的她，对他们的确带有偏见。

她以为由于天生环境的局限，就算这些孩子的天赋再高，也总会有这样那样的不足；就算成绩再好，在眼界和综合素质方面也很难追上大城市的孩子。

现在事实证明，她的想法是错误的。

爱和关怀能弥合心理上的自卑，而天赋和勤奋的组合能跨越一切天堑。

向小园的英文诗朗诵完毕，鞠躬下台的时候，偷偷朝陆弥眨了眨眼睛。

陆弥会心一笑，眼眶却不由自主地热起来了。

最后一个节目是初中班的孩子们集体表演的《黑猫》。

陆弥播放音乐之后，猫腰躲在多媒体讲台后面，带着九分的期待和一分的不安静静观看着。

伴随着静静的音乐，向小园冷静的旁白声缓缓插入，而雷帆扮演的黑猫更是活灵活现，一个从桌上半蹲着跃下的动作，和那溜溜转悠的小眼神，逗得大家哄笑起来。

笑过之后，故事渐渐深入，所有人都屏息关注着情节的发展。

陆弥甚至需要提醒自己不要太投入，否则错过了切换音乐的时间点可就尴尬了。

切换第二首音乐前半分钟，她手里的手机振动了一下。

降低屏幕亮度点开一看，是祁行止。

Q：别太入迷，该换音乐了陆老师。

陆弥抿嘴一笑，探出半个脑袋一看，祁行止果然在看着她。

她悄悄比了个“OK”的手势，完美卡点换上了第二首背景音乐。

半小时后，《黑猫》表演结束，教室里掌声雷动。

陆弥正猫在角落里鼓掌呢，忽然被那只最搞怪的“黑猫”拉到了舞台中央，和他们一起接受大家的掌声。

龙宇新“警官”站在她身边，偷偷地说了句：“陆老师，我帅吧？”

陆弥笑道：“当然，阿 Sir！”

龙宇新赞赏道：“我觉得你也很不错！”

陆弥笑着拍了拍男孩的脑袋。

晚会结束，大家把没吃完的零食瓜分一空，又被梁大爷和梁大妈催着回宿舍去睡觉。

陆弥在向小园的提醒下才想起来还有一件大事，忙叫住他们："哎哎，等一下！老师还有奖励没发呢！"

小孩们一个个又欢脱地蹦回来，你一言我一语地催问着"什么奖励什么奖励"。

陆弥从座位底下拿出准备好的书，还有四十二个小红包，数额随机，但都不大，五块到十块不等。

"第一个奖，给我们最动听的声音。"陆弥把一套两本的《傲慢与偏见》递给向小园，又凑在她耳边偷偷道，"你要是不喜欢达西先生我可跟你翻脸。"

向小园保持高冷，说她"幼稚"，但书照收不误。

第二个奖给了演技绝佳的"我"，也就是故事里的男主人公。

第三个奖是最佳创意奖，颁给了演猫一绝的雷帆。

…………

最后一个奖是最佳扮相奖。

陆弥拿出一本钱德勒的《漫长的道别》，笑道："这个奖当然要颁给我们最最帅气的警官先生啦。"

龙宇新有些蒙，他没期待自己能得奖。

毕竟，他可是差点害得全班人没法上台的罪魁祸首。

他愣了愣，在陆弥的催促下才伸手接过书，那一刻居然鼻子一酸，再抬头看着陆弥的时候，泪水已经在眼眶里打转了。

陆弥安慰地抚了抚他的背，然后催促大家都回宿舍休息。

"好啦，太晚了，大家快回去吧！"她的心情前所未有的松快，连带着声音也雀跃起来，"早点休息，新年快乐！"

祁行止不知什么时候走到她身侧，和她一起催学生们回宿舍，接受孩子们每一句"新年快乐"。

段采萱离开的时候，在他们俩面前停了一停。

陆弥这才注意到她，今晚实在是太忙了。她穿着一身驼色大衣，与那对暗金色贝壳耳环交相辉映。

她仍然美丽。

段采萱忽然的停顿让陆弥有些慌，但两秒后，她只是笑了笑，说："戏排得很好。"

陆弥笑道："谢谢。"

段采萱看也没看祁行止，只对她说："新年快乐。"然后便离开了。

她姿态高傲，高跟靴子在走廊上踩出"哒哒"的响声。

陆弥失笑，望着她的背影回了句"新年快乐"，又喃喃道："她好酷。"

祁行止"嗯"了声。

陆弥：“我喜欢。”

祁行止：她怎么每个女的都喜欢？真是头疼。

教室里安静下来，只剩陆弥和祁行止两个人。陆弥收拾了一下桌上的东西，累得整个人往靠墙的凳子上一瘫。

“回去休息？我来收拾。”祁行止说。

陆弥摇头：“歇会儿，好累。”

祁行止走到她身前蹲下：“背你。”

陆弥害怕出门被其他人撞见，仍然摇头：“不想动。”

祁行止无奈，又站起身面对着她，躬身要抱：“那抱你。”

陆弥连忙把脚一缩，公主抱着出去被看见了更不得了。

“那还是背吧。”她说着便勾住他的脖子。

祁行止无奈地低笑一声，握住她的膝弯，将人稳稳地背起来。

走廊上静悄悄的，只听得见祁行止轻轻的脚步声。

“我明天就出发去做实地调研了，大概年前回来。”祁行止说。

这事他和陆弥提过，但陆弥没想到会这么快，愣了一下：“哦。”

她又问：“去哪里？”

祁行止说：“大部分时间在重庆。”

陆弥沉默了两秒，说：“好地方。”

祁行止笑出声来。

“陆弥，我们什么时候一起去重庆吧？”祁行止忽然又说。

“不是已经去过了？”陆弥故意问。

“那不算。”

陆弥笑了，两手把他的脖子勾得更紧，脑袋搁在他肩上：“好哦。”

陆弥：“新年快乐哦，小祁同学。”

她说话时呼出的气暖呼呼的，窝在祁行止的颈间。

祁行止脚步顿了顿，同样回答她——

“你也新年快乐，小陆老师。”

十三号线永远人满为患。陆弥半坐在祁行止的行李箱上，背后是车厢墙壁，身侧是座位隔板，她仰着脸，发现祁行止同样低头看着她。

陆弥笑起来。

“笑什么？”祁行止问她。明明他自己也弯起眉眼。

陆弥反问：“你笑什么？”

祁行止说：“我笑你。”他这两天有些感冒的症状，因此戴着黑色的口罩，只露出一双细长锐利额眼睛。

陆弥有样学样："那我也笑你。"

祁行止又问："你笑我什么？"

她陆弥忍不住了，自嘲地笑道："我们俩好像傻子。"

车厢广播响起，掩盖住她的声音，祁行止没听清后半句，微微俯身问："你说什么？"

陆弥凑到他耳边说："我说你是个傻子！"

祁行止愣了下，微微拧眉，旋即无奈地笑起来。

他笑的时候，本就细长的眉眼弯出好看的弧度，长而柔软的睫毛压在自己的眼下，看起来温柔极了。

陆弥最爱他这样无奈笑着的样子。每次他这样笑的时候，她都觉得，她拥有一切，她做什么事都是对的。

祁行止低低的笑声就在耳边，陆弥一时心痒，伸手抓住他的腰，仰脸凑上前啄了一下他的嘴唇。

隔着薄薄的口罩，她仍然感觉到他嘴唇的柔软。

祁行止明显一怔，反应过来后立马抚住她的脸俯身要回吻，然而就在陆弥已经闭上眼准备享受他的回报的时候，他停在了他们呼吸相闻的距离。

第一秒，他想起他还没摘口罩。

第二秒，他偏了下脑袋，凑在她耳边说："陆老师，公共场合。"

陆弥如梦方醒地睁开眼，这才恍然想起来，这是在地铁上。

公共场合。

又是这该死的公共场合。

陆弥瞪了他一眼，低头拿出手机和耳机不看他。

祁行止笑着揉了揉她的脑袋，然而毫不见外地分走她一只耳机。

祁行止故意挑选地铁出行，一个半小时后，才到达机场。

陆弥全程一言不发，陪他领完登机牌、托运好行李，送他到安检口，不咸不淡地摆了摆手就说要走了。

祁行止忍不住笑，这脾气闹得也太明显了。

他拽住她的手不让她走，却在她等了半分钟之后只淡淡地说一句："打车，别坐地铁了。"

陆弥恨得牙痒痒，知道他是故意的，却又憋着一口气不肯承认，也淡淡地回一句"知道了"。

陆弥转身，走出好几步。

第一步，祁行止没有叫住她。

第二步，还是没有。

第三步，她真的有些生气了。

第四步，她心道她要是回头就是狗！

第五步，身后传来脚步声，然后她的手腕被攥住，被拉着转了个圈，男生的气息铺天盖地而来。

祁行止不知什么时候摘了口罩，捧着她的脸深深地吻她。

湿润而绵长的吻，唇舌交缠。

过了许久，祁行止终于放开她，然后说："嗯，讨回来了。"

陆弥不想承认自己就这么轻易地被哄好了，于是红着一张脸不爽道："你这就不是公共场合了？"

祁行止低声笑了，说："陆老师，这里是机场。"

在机场，你可以正大光明地亲吻你爱的人。

它包容所有的不舍与爱意绵绵。

失去才会懂得珍惜，陆弥深刻地体会到了这个道理。

祁行止调研大部分时候在没有信号的深山老林里，常常好几天不见人影，她连微信视频的机会都少得可怜。

陆弥忽然有点后悔，之前怎么光顾着元旦排练的事情，没多和他待在一起。

恰恰这段时间她又清闲得过分，孩子们进入了期末考试期，梦启的课都停了，她唯一的工作就是给孩子们查漏补缺，针对他们即将到来的期末考试进行辅导和答疑。

这就导致她几乎每一个工作日的白天都没事可做，连带着起床时间都推迟了两个多小时。

这天早上，陆弥又窝在被子里懒得起，无意识地划拉着和祁行止的聊天界面。

祁行止在微信里也话少，但陆弥从来不觉得被忽视或者被敷衍，因为祁行止的风格很明确，他只是言简意赅、废话不多，但有求必应、有事必报。

陆弥一路看下去，发现她发的内容大多没有什么营养，比如几点才起床、中午吃什么、不上课很无聊之类的。

但她的每一条消息，祁行止都会及时回复。

陆弥说她十点多才起床，他就发来一幅备忘录里随手描画的小猪简笔画，并此地无银三百两地配上一句：这不是你。

陆弥说她中午吃了炸酱面，他看到后，发来前一天风雨大作时躲在山洞拍的两桶泡面，说：我吃老坛风雨牛肉面。

陆弥说没课上很无聊，他刚好有信号，立刻拍了脚下的一堆石头发过来，配文：要不要来教石头说英语？

…………

陆弥看这些聊天记录看得津津有味，从祁行止回复她的内容，到他主动发的那些内容，比如新学了重庆哪个山头的方言，比如今天的天气有多诡异，还有调研工作中一切新奇的事情，只要不涉及机密，他全都告诉她。

陆弥看着看着，忽然想到从前和蒋寒征在一起时，也像现在这样。恋人之间的聊天记录总是满满当当，有说不完的话。

但不一样的是，恋爱后，蒋寒征对她几乎是“只问不说”。异地的原因，蒋寒征对她有无限的挂念和关心，恨不得把她每天从起床后的吃喝拉撒睡都问得清清楚楚，却很少讲他自己。也许是因为训练艰苦，他害怕陆弥担心。

总之，她每天都需要回答很多问题，却很少知道蒋寒征具体在做什么。起先她也会问，蒋寒征总是轻描淡写地说在训练或者在休息。渐渐地，她也就不问了。

陆弥继续翻着和祁行止的聊天记录，时不时咧着嘴笑起来。

她甚至还没有发现，她已经可以这样淡然地、正常地想起蒋寒征了——作为前男友的蒋寒征，她也曾依恋过的蒋寒征。

陆弥一直在床上磨蹭到中午，才洗漱完毕穿好衣服去食堂吃午餐。

正好碰见向小园放学回来，背着个书包在食堂打饭。

陆弥端着餐盘走过去，两人坐在一处吃。

陆弥习惯性地把自己的排骨夹给她两块：“你多吃点，那么瘦还不长个。”

向小园看着自己盘里的“小山”，无语道：“你也很瘦。”

“我又不用长个。”陆弥语气轻快地回道。

向小园看了看她，又收回目光，一边剔着鱼骨，一边轻描淡写地说：“你和小祁哥哥谈恋爱了。”

又是肯定得不能再肯定的肯定句。

“咳咳咳咳咳……”

一石惊起千层浪，陆弥咳嗽起来。

向小园也不着急，等她缓过来，一脸淡定地看着她。

“你怎么知道？”陆弥惊道。

向小园：“因为我很聪明。”

这熟悉的对话。

陆弥不再做无谓的挣扎，只叮嘱道：“记得保密。”

“我保密没用。”向小园耸耸肩，“大家应该也都知道。”

陆弥又受一惊，瞪圆了眼问：“什么？”

向小园说："因为小祁哥哥的眼睛会说话。"

陆弥，卒。

"那你是不是要和小祁哥哥一起过年？"向小园忽然又问。

"当然不！"陆弥下意识否认。哪有刚在一起的情侣就跟着回家过年的？更何况，祁行止肯定要回南城，而她……

短时间内，她不想再回到那个地方。

她猛然想到，夏羽湖已经很久没有发邮件来了。

陆弥心里一沉。

"啊？"向小园似乎有些遗憾地叹了声，嘟囔道，"小祁哥哥又要一个人过年……好可怜。"

陆弥不解："一个人过年？"

向小园天真地看着她，说："小祁哥哥每年都一个人过年，他说他替我们守家。"

陆弥绞起眉毛："他……不回南城？"

向小园摇摇头："没有啊，他每年都留在这里。"

陆弥皱着眉，心里忽然有种不祥的预感。

整个下午，陆弥都惴惴不安地拿着手机在房间里来回踱步，纠结着要不要直接问祁行止为什么不回家过年。

可还没等她想好，一个陌生的电话先打了进来。

"陆弥小姐吗？"电话那头空荡荡的，一个冷静干练的女声传来，还有隐约的回声。

陆弥忽然有些害怕，犹豫着答应道："我是。"

"这里是南城市人民医院，林立巧女士在我们这里住院。"女人的语速很快，语气中似乎带着埋怨，"她的朋友给了我们你的电话，希望你能来看她一趟。"

并不陌生的名字时隔多年再听到，陆弥一时间愣住了，丧失了语言系统一般，不知道该说什么了。

"陆小姐？"电话那边的人不耐烦地催问道。

"……在。"陆弥回过神，"她……得了什么病？"

"胃癌。"女人的声音越发冰冷，"剩下的时间不多了。我劝你们做儿女的早点来看看，人要对得起自己的良心！"

那位医生或护士小姐义愤填膺地挂了电话，大概是看多了这样丧尽天良的儿女，连教训的话都懒得多说几句。

陆弥听着电话里的忙音发呆，良久才把手机放下。

她的屏保还是元旦那天祁行止给她和学生们拍的合照，小孩们笑得灿烂极了，她也眉眼弯弯，温柔地注视着镜头的方向。

陆弥盯着那照片一直看，直到手机屏幕暗下去。

她又摁亮，然后点进订票APP，买了一张三个小时后飞往南城的机票。

南方冬天独有的湿冷往骨头里钻，陆弥不禁打了个寒战，这无比熟悉的感觉才让她确定，她又回到南城了。

这是她第二次来到南城机场。

上一次，是那个可怕的除夕夜。

陆弥强迫自己不去回忆，走出到达大厅，伸手招了一辆出租车，直奔南城市人民医院。

这是一家历史悠久、声望极高，然而设备和装修已经多年没有没有翻新过的医院。地砖仍是老旧的深灰色花岗岩样式，保洁阿姨用拖把卖力地拖着，长布条所过之地留下条状的水渍，消毒水的味道混杂着一股厕所里难言的霉臭味，从地面缓缓升起，侵入人的口鼻。

陆弥第一次来这里。

小时候福利院的孩子们生了病，大多会在社区的诊所里打吊针解决；更严重一点的，会去县儿童医院，没有机会来到市中心。

陆弥仰头看着大厅里的指示牌，她不知道胃癌病人应该住在哪个科室的病房里。

胃肠科、消化外科，或是肿瘤科？

医院总是让人晕头转向，未知感将恐惧和忧愁牢牢地锁在人们心里，无法释放。

看了半天科室名词后小字的解释，陆弥仍没看出个名堂来。

身后医护、病患、病患的家属都急匆匆地经过，要么抱着文件，要么揣着病历，要么拎着饭菜水果，每个人看起来都忙碌，甚至狼狈。

只有陆弥，简练妥帖的一袭黑色大衣，两手抱臂站在医院大厅里，悠闲得体，格格不入。

她忽然发现自己两手空空，什么都没带。作为一个来探病的人，这似乎不太合适。

于是她又往外走。

一出医院大门，对面一条街的小店里，花篮、果篮、盒饭，乃至花圈寿衣，一应俱全。

陆弥穿过马路，走进最近的那家小店。

橙子、苹果、香蕉、火龙果，最常见的几样水果堆在一起，包个花篮，便可以大摇大摆地在价格后面多加一个零。

尽管知道这些水果的质量都不会好到哪里去，陆弥还是自欺欺人地挑了外表最漂亮的那个，暗自祈祷贴在苹果上的那个标签下面不会有一个虫眼。

扫码付款后，她才猛然想起来，电话里那个人说林立巧得的是胃癌。胃癌，会不会不能吃水果？

她拧眉思忖了一下。

水果店老板问她："还有什么事吗？"

店面本就狭小，他嫌她杵在中间占了位置。

陆弥皱眉问："胃癌，能吃水果吗？"

老板脸色骤然变了，不回答她的问题，只凶巴巴道："卖出去了不退的！"

陆弥转身走了。

拎着果篮再次走进医院，陆弥才觉得自在了一些。她拦住一个护士问胃癌病人住在哪一层，循着对方的指示去乘坐电梯。

与大厅里人来人往的嘈杂不同，住院楼层里静悄悄的，走廊上也空荡，就像没有人一样。

陆弥不自觉地放轻了脚步，走到护士台问："您好，请问林立巧女士住在哪个病房？"

正是晚饭时间，只有三个护士在值班。

被她询问的那个护士很瘦，个子也小小的，头发整齐地盘在脑后，露出光洁的额头，看起来，年纪还不一定比她大。

陆弥微微笑了一下，等待着回答。

那护士一抬头，目光里却尽是不满，开口很冲，冷冷地问："你是陆弥？"

这声音陆弥无比熟悉，就是下午和她打电话的那个人，居然是这么年轻的一位护士。

陆弥愣了一下，点头道："我是。"

"来得倒是快，"护士冷冷地哼了声，一边把手里的文件夹合上丢进抽屉里，一边骂道，"我还以为这家的人都死了呢。"

陆弥后背一凉，心道这护士讲话倒也刻薄。

但她居然不怎么生气，只是敛了笑意，跟在那护士身后往病房走。

从护士站出来右拐，一直走到走廊尽头，最后一间病房。

护士径直推开房门，声音来了个一百八十度急转弯，亲切地对着病房里的人道："林老师，您女儿来看您啦。"

这语气反转太大，听得陆弥愣了一下。

然后她才将目光右移，先是看见两张空空的病床，然后才是靠窗的那一张，一个面色蜡黄、身形枯瘦的老妇半卧在床上。

从陆弥出现在门口起，老妇的视线便牢牢地钉在她身上。

陆弥花了足足两分钟才确认，那个人是林立巧。

护士揪了一下她的小臂，把她推到林立巧的病床边，然后又笑着哄了句："林老师，你们母女俩聊哦，我先去忙啦。"

林立巧笑起来，脸上沟壑纵横，皱纹堆在一处，看起来几乎有点恐怖。她开口声音很小，而且沙哑，让人立刻联想到一条血淋淋的声带。

"你忙，你忙……谢谢哦。"

护士轻轻带上门，离开了。

陆弥在林立巧床尾站了会儿，见她一直欲言又止，眼眶通红，也不说什么，便默默地把果篮放到床头柜上，拿出一个苹果，在她床边的椅子上坐下。

陆弥不太会用小刀削苹果，只能用那种专门的削皮刀。

刚划了第一下，苹果露出微黄的果肉，并不饱满，看起来很不新鲜。她才想起来问："你能不能吃苹果？"

林立巧摇头，脸上堆出讨好的笑："吃不动了。"

陆弥动作滞了一秒，把苹果放回果篮之前，她揭开标签看了一眼。

果然，一个巨大的虫眼。

陆弥直接把苹果丢进了垃圾桶。

林立巧似乎有些被她的动作吓到，一双苍老的眼睛不安地观察着，不敢开口说话。

陆弥却神情自然，收回目光看向她，淡淡地问了句："什么时候病的？"

林立巧嗫嚅道："有几年了……"

她似乎还想说什么，但陆弥打断她，继续问第二个问题："有钱治吗？"

林立巧愣了一下，声音更小了："……有。"

"哪儿来的钱？"陆弥紧接着问。

她所了解的林立巧，是绝不会给自己留钱的，要么是用在了学生身上，要么就是被她那个吸血鬼的弟弟拿了个干净。后者的可能性更大一些。

林立巧说："我有医保，学生还在网上给我弄了个捐款，有很多好心人……"

"哪个学生？"陆弥又打断她。

林立巧看了她一眼，小声道："傅蓉蓉，比你小一岁的。"

陆弥记忆单薄，只有个模糊的印象，想不太起来了。

她没有太多的耐心，拿出手机调出拨号页面递到林立巧面前，说："名字、电话。你记得吧？"

林立巧手上还插着留置针，肿痛难忍，她不想把手伸出来，只好道："傅蓉蓉，137……"

她报出一串数字，陆弥依言记下。

保存电话号码后，她说："行，我待会儿问她要个账号，打两万块钱给你。"

林立巧忙道："不用……"

陆弥轻笑一声："用的。养育之恩，总要还。我手上闲钱不多，先打两万，其他的我尽快给。"

她说得云淡风轻，好像这真的只是一件欠债还钱天经地义的事情。

林立巧苍老而憔悴的眼睛直直地望着陆弥，她的眼眶已经承载不住眼皮和眼球，呈现下垂的颓败之势。

陆弥不想再这样看着她，顿了顿，转身便走。

"小弥！"

身后传来一声轻响，像是什么东西被撞到了地上。

陆弥回头一看，林立巧支着手肘起身，刚刚她留在床头柜上的削皮刀被她拂到了地上。

"你要干吗！"陆弥忙回去，坐在床边扶住她。

林立巧艰难地扭头回身，在枕头底下摸索着什么。

陆弥这才看见她两只手上布满青青紫紫的针眼，血管根本不像是长在皮肉里，而像是一条条吸血的虫，被禁锢在她的皮肤上。

她终究还是没忍住，鼻子一酸。

然而在看到林立巧摸出那一份报纸之后，她几欲落下的眼泪又生生地退了回去。

报纸一看就有些年头了，纸页变得脆脆的，泛着老旧的黄。《南城都市报》，曾经是每个南城人都很熟悉的报纸。

这一张的时间是 2013 年 7 月 18 日。

头版头条，标题醒目骇然——

男子野游中失足落水溺亡，夏季莫贪凉，野游需注意！

陆弥神色一凛，站起身冷冷道："你什么意思？"

林立巧面上没了表情，淡淡地道："我知道，是你。"

陆弥不屑地笑了："我听不懂。什么意思？"

林立巧又颤颤巍巍地把报纸叠好，沉默而缓慢地塞回枕头底下。

她仍旧不说话。

这沉默让陆弥很难受，她打定了主意作为一个普通的学生来探病，撂下钱就走，可当她真正站在林立巧面前时，她又发现，自己仍然有所期待。

她在期待着什么呢?

她想看到的，究竟是林立巧过得不好、“罪有应得”，还是林立巧平安健康、“善有善报”？

连她自己都说不清楚。

而在林立巧拿出报纸之后，她又发现，自己居然在害怕。过了这么久，她居然还是害怕林立巧又一次为了林茂发而舍弃她。

她讨厌自己有所期待，更讨厌自己的恐惧。

陆弥攥着手在病床边站了一会儿，终于不耐地吐出一口闷气，再不等了，转身出门去。

“……谢谢你。”林立巧却忽然沉沉地开口了。

陆弥站定，背对着她。

“小弥，林妈妈……哦不，是我、我要谢谢你。”林立巧眼眶中终于落下两行浊泪。

陆弥缓缓地转身，不可置信地问：“你说什么？”

“谢谢你，解脱了我……”林立巧眼神空荡荡的。

说完，她又伸手抹了把泪，颤着手掀开被子，迟缓而艰难地挪动一条腿试图走下床。

“小弥，妈妈……给你道个歉吧。”说着，她另一条腿也已经挪下床，颤颤巍巍地屈膝往下跪。

陆弥怔在原地，反应不及。

直到林立巧摔倒在地，陆弥才如梦方醒地冲上前将她扶起，按下护士铃。

第十二章 相依偎

2013年，夏。

红星福利院装了一批新的空调，林立巧在门口和工人们商量着安装方案并讨价还价的时候，听见巷尾的祁奶奶在同别人谈天。

平时她们闲聊嗓门都很大，毫不顾及其他人，恨不得拿大喇叭外放让整个巷子的人都听见。

今天，她们却故意压低了声音，还时不时往她这边瞅两眼。

林立巧因此留了一耳朵听着。

“回来了，跟男朋友住在一起呢。”

“我们家小祁都看见了。”

“天天同进同出，不晓得害臊的……”

“养她这么多年读大学了就不回来了，良心都给狗吃了！”

…………

林立巧听了几句，便按捺不住了，径直走到她们面前，问：“你们在说谁？”

因为自己终身未嫁却收养了许多流浪的孩子，林立巧在远近是有名的好人，上过电视的那种，因此在巷子里也算有威望。

八卦的妇人们一时噤了声，欲言又止的样子。

林立巧便问祁奶奶：“祁阿婆，您说谁回来了？”

祁奶奶叹了声：“林院长，我说了你可不要生气的哦！为那种孩子费心，划不来的！”

林立巧说：“您说。”

“就是那个陆弥嘛！”祁奶奶开了话匣子，便停不下来，义愤填膺道，“放暑假回来了，跑到男朋友家里去住！天天勾勾搭搭同进同出，女孩子的脸面都不要了！

“听说是交了有钱的男朋友，上赶着跑到人家家里去住的！”祁奶奶越说越气，仿佛陆弥做了什么伤风败俗的事情，“还有啊，回来了也不晓得来看看你，这么多年养她，一点都不懂得感恩！

“要我说啊，林院长你也不要再关心她了，这么多年用心全喂了狗！哦不，狗都比她有良心！”

林立巧听了，心里微微激动起来。

陆弥回来了，还交了男朋友。

这是不是说明陆弥已经走出来了，是不是可以原谅自己了？林立巧几乎想立刻就去看看她。

女人们却还在喋喋不休。

祁奶奶愤怒的情绪轻易地就感染了她们，她们开始凭空补齐陆弥和男朋友的故事，并以此为依据痛骂她没有良心、不知廉耻。

“肯定是在大学里专门找的家里有钱的男孩子！”

“我看她从小就没有礼貌，养不熟的白眼狼。好几次我在巷子里经过，她连个招呼都不晓得打的！”

“她还给我们家小祁上过课，好在小祁是个好孩子……”

“就是就是！奶奶你放心，小祁多优秀啊，肯定不会受她影响……”

…………

她们的措辞越来越过分，林立巧听在耳里，终于忍不住斥道：“不要乱说！”

众人一愣。

还是祁奶奶先叹道：“林院长，我们知道你是好人，又心疼孩子……但是那样的女孩子，不值当你再去关心！”

“就是就是……”

旁人正要搭腔，却被林立巧厉声打断：“我们小弥是好孩子！你们不要乱说！”

她板起脸，别人也不敢再说什么，悻悻地嗤了几声，就换了别的话题。

林立巧回到福利院，第一件事就是给陆弥打电话。

可惜，回复仍是一样的——

“您拨打的电话正在通话中。”

陆弥早就把她拉黑了。

微信好友申请再发过去，同样没有回音。

她又让福利院里的其他孩子给陆弥打电话。陆弥接了，可刚问到她的近况、要不要回来看看，陆弥又缄口不言，匆匆挂了电话。

最终没有办法，她只得等待周末祁行止放假回家，借机问一问他知不知道陆弥的男朋友是谁、现在住在哪儿。

陆弥原来在家的时候偶尔会提起祁行止，升学宴也只请了他这一个朋友。林立巧想，祁行止肯定知道陆弥在哪儿的。

然而，林立巧还没等来祁行止，就先来了一位不速之客。

林茂发瘸着一条腿来到红星福利院，路都走不稳，却也不妨碍他的目光在巷子里穿裙子的女人们的大腿上来回晃悠。

林立巧看见他，心里便警铃大作，黑着脸道："你还敢来！"

林茂发不疾不徐，屁股往院里石凳上一坐，搁置好一条受伤的腿，"啧"了声叹道："姐，做弟弟的来看看你都不行？"

林立巧和他再没有好话可讲，厉声道："我上次跟你说什么了？你给我滚远一点，再也不要出现在我面前！"

她很少这样发怒，尖厉的声音吓得院子里的孩子们瑟瑟发抖。

林立巧收敛情绪，眼神示意生活老师把孩子们带进屋子里去。

院子里没有了别人，林茂发仍旧悠然自得地坐在石凳上，抖着他那条仅剩的好腿。

林立巧坐到他对面，眼神死死地盯着他，冰冷道："滚出去！滚出去！"

林茂发贱兮兮地笑了一下，表情又在一瞬间转为狠厉，粗短的胳膊一挥把石桌上的杯子全都拂到桌下，噼里啪啦碎了一地。

"你敢这么跟老子说话！"

林立巧被这声音一惊，站起身怒道："你给我滚！"

林茂发不为所动，粗粗喘了好几口气之后，又笑起来，一副无赖样："我瘸了一条腿，欠了一屁股债，要不是没地方可去，我会来你这里？"

林立巧绝望地闭了闭眼，她就知道是这样。

如果不是没钱了或是遇到了麻烦，林茂发不可能主动来找她。可陆弥的例子在前，她不可能再让他留在福利院。

林立巧知道，除了给钱把人撵走，她没有别的办法。

她深吸几口气冷静下来，问："你又欠了谁的钱？"

"打牌的人呗。"林茂发满意地一笑，"你也不认识。"

"欠了多少？"

林茂发勾起唇角，粗短的手指比出一个数："四万。"

林立巧倒吸一口凉气。

"四万？"她怒而惊呼，"你打什么牌输了四万？我到哪里去给你凑四万块钱？"

她工作这么多年既没有存钱的习惯也没有存钱的机会，零零散散攒下来，到现在闲钱也就两万出头。

这些钱还是她准备留着，给刚高考完的孩子补贴生活费和买手机电脑用的。

今年高考，福利院有个叫傅蓉蓉的女孩子考得特别好，比去年陆弥考得还好，全省第二十八名，已经被复旦大学录取。

四万，对林立巧个人来说，无异于天文数字。

林茂发却仍悠闲地抖着脚，看她急得发怒，嗤笑一声："不要急嘛。"

林立巧怎么可能不急，以前林茂发虽然也胡来，但是本金摆在那里，他最多也就输个几千块钱。可现在，居然一开口就是四万？

"你到底怎么欠了那么多钱？"她发狂般追问道。

林茂发看了她一眼，避而不答，反而笑道："你没有，院里总有吧。"

林立巧啐他一声："你做梦！我不可能把院里的钱给你用！那是孩子们活命的钱，这个主意你都敢打，你还算是个人？"

林茂发像是没听到她的咒骂，继续道："我还听说，县政府给你拨了两万多的奖金……平时的钱不能用，奖金还不能用？"

他说的是县政府给傅蓉蓉的奖金，加上傅蓉蓉高中学校给的奖金，合计有三万元。

林立巧被他的嘴脸恶心得几乎作呕，咬着牙狠狠道："你想都不要想！"

林茂发不着急，咧出一口又黑又黄的牙，笑道："行，我不急，我就在这里等着。等催债的人找到这里来，反正我腿都已经断了，还怕什么？"

"你！"

林立巧气得几乎要晕倒。

林茂发兴致盎然地看着这场面，得意扬扬。

林立巧撑着最后一点力气，威胁道："你再不走，我就打电话给派出所……我就报警！"

林茂发不为所动。

他太了解自己的姐姐，他从小就是在这样的威胁和威胁之后的安抚下长大的。小时候爸妈不知道气得说了多少次"我们要报警"，最终还不是好吃好喝地来哄他让他不要生爸爸妈妈的气？

爸妈、姐姐们，他们这些人，天生就该伺候他。

他们才不敢真的拿他怎么样。

可林立巧这次是来真的，她当着林茂发的面拨通派出所的电话，请他们立刻派人到红星福利院来。

林茂发慌了，但他瘸着腿，没有办法抢林立巧的手机。

林立巧挂断电话，从口袋里掏出钱包，抽出几张红色钞票。

"滚。现在就滚！"她把钱甩到林茂发脸上，厉声威胁道。

林茂发还在犹豫。

他有些不敢相信，林立巧居然真的会报警。

林立巧举起手机，冷冷地道：“派出所就在隔壁街道，他们十分钟就能过来。到时候，我什么都会给他们说。”

最后这句话才终于震慑住了林茂发，他骂了句极难听的脏话，慌忙卷了那几张票子，瘸着腿连走带蹦地逃了。

院子里恢复寂静，仿佛什么都没发生过。只有碎了一地的玻璃杯提示着林立巧，她刚刚做了什么。

她居然，真的会报警。

居然，真的想把林茂发送进监狱，让他牢底坐穿。

尽管那是她的亲弟弟。

呆愣良久，林立巧泄了力气，颓然地蹲在地上。

还好，警察还没有来。她这样想。

至少，也保住了给傅蓉蓉念大学的奖金，她又觉得庆幸。

可第二天一早，林立巧发现自己房间抽屉里的钱被一扫而空的时候，她再也没办法自欺欺人下去。

林茂发背着包里沉甸甸的三万块钱在南城最繁华的步行街上悠闲地晃荡，心中得意极了，连已经折磨了他一个多月的瘸腿的疼痛似乎都减轻了一些。

昨天警察来了后，他气不过，扒在门外偷听，听到林立巧赔着笑和警察解释是小孩子不懂事拿她的手机瞎报警。

哼，他就知道。

他可是家里唯一的男丁，她怎么舍得真的送他进局子？

林茂发得意地想着，当晚就潜进林立巧的房间把她抽屉里的钱拿了个干净。他瘸着腿，没找帮手，也没用工具。林立巧这人俭省得过分，门锁是肯定不会换的，他几乎是大摇大摆地就走进了林立巧的房间。他压根不怕她醒过来——醒了又怎样？

眼下，他拿到了钱，但并不打算还给债主。能潇洒一天是一天，万一最后倒霉又被抓到了，自然还有其他的办法。

他得意得几乎要哼起小曲儿，目光在繁华的街道上流连着，打算挑一家餐厅吃饭，再找个按摩店，舒服一下。因为这条瘸腿，加上兜里没钱，他已经很久没有爽过了。

正这么想着，他忽然在人流中看见一个熟悉的身影，眼神一下子便亮起来了。

陆弥。

他的眼睛牢牢地追着她走，贪婪地观察着。

这小丫头片子好像又变漂亮了，可惜染了头怪里怪气的杂毛，显得年纪大了点儿。林茂发不禁在心里骂了句，那晚差点就成了。

林茂发最讨厌她这副瞧不起人的样子，她越是目中无人，他越是想要让她知道自己的厉害。

只是这么想一想，他就几乎要按捺不住了。

暑假的步行街人满为患，又热又嘈杂。蒋寒征本是想趁着难得的假期陪陆弥好好逛街，没想到陆弥兴致缺缺，走了一上午什么也没看中，没给他花钱的机会。

也许是太热了，陆弥的气压有点低。

蒋寒征怕她生气，正想说些什么逗她开心，余光一瞥，忽然看见街对面的人流中有个又丑又矮的瘸腿男人。

看清那张脸的一瞬间，蒋寒征又想到那个晚上，瑟缩在厚厚棉被里的陆弥，怒气便止不住地往头顶冲。

他看了眼陆弥的目光，便知道她也看到了林茂发。

她的眼神一瞬间便黯淡下去，有浓烈的恨，却也有些下意识的黯然的怯弱，让蒋寒征看着心疼。

而街对面，林茂发居然还冲陆弥挑了挑眉，做了个暗示意味十足的下流动作。

蒋寒征再也忍不住火，松开牵着陆弥的手就要冲过去。

陆弥却拉住了他。

“走吧。”她面无表情地说。

陆弥越是平静，蒋寒征就越是心疼，他忍不下这种人渣的挑衅。

可陆弥紧紧地牵着他的手，指甲近乎掐进他的肉里。

她不安地用手指在他掌心挠了挠，又说了一遍：“走吧。”

蒋寒征无法拒绝她重复了两遍的请求，只得忍耐下来，将人拥进自己怀里走了。

回家后，陆弥一如往常，平静地系起围裙开始做晚饭。

她打开冰箱，一边半蹲着翻找食材，一边问蒋寒征：“你想吃什么？有西红柿、藕带、排骨……”

这个暑假陆弥原本是不打算回南城的，她想留在北京打工，攒下下个学期的学费和生活费。

虽然她有助学金和奖学金，但匮乏感像影子一样无法摆脱，她总是想多攒一点是一点。

可蒋寒征同她商量了好几次，可怜巴巴地不断强调着七月是他最清闲的时候，到八月底他就要参加模拟任务了。他一个一米八几的大男子汉，五官

也是俊朗硬气的，竟在视频里撒起娇来，居然比小姑娘还磨人，磨得陆弥也不得不承认，自己应该是有点想他的……

这种感觉很奇怪，陆弥不确定该叫它想念，还是牵挂。

她唯一确定的是，这半年以来，这个世界上唯一关心着她的同时也需要她的关心的人，似乎只有蒋寒征了。

陆弥拿出两个西红柿，转头笑着问他一句："问你话呢，在想什么？西红柿炒蛋好不好，我最近做这个比较好吃。"

蒋寒征笑道："都好。"

他看着陆弥把西红柿划了十字然后烧开水浇上去，熟练地取用他小小厨房里的各种工具，不禁产生一种恍然的感觉——

他会和陆弥永远在一起。

他们会结婚，会有孩子，会有一个安全而幸福的家。他愿意付出一生的努力，为陆弥撑起一个安稳的厨房。

蒋寒征起身走到厨房门口，靠着门静静地看了一会儿，心中仍有犹豫，但还是开口问道："小陆，你……还好吗？"

陆弥奇怪地看了他一眼，笑道："有什么不好？"

蒋寒征顿了一下，低头道："你不要害怕。"

陆弥又笑了一声，更奇怪了："我害怕什么？"

蒋寒征说："我查过，虽然他最后没有得手，我们还是可以告的……我留了当时医院的诊断报告和发票，你要是想报警，我陪你去。"

陆弥敲了两颗鸡蛋在碗里，不说话。

蒋寒征走过去拥住她，劲瘦的手臂圈住她的腰，脑袋搁在她肩窝里，声音沉沉道："小陆，你不要害怕。只要你想，我肯定帮你出这口气。"

他的手臂太沉，力气又太大，陆弥被他抱着，根本没法干活，只好反手揉了揉他短而硬的头发，觉得扎手，又拿开。她"扑哧"一声笑道："你小孩子啊还出气。"

蒋寒征不放手，反而抱得更紧，闷声说："我是认真的。"

陆弥挠他的手臂，轻松地笑道："我早就忘啦，你也不要再想这件事了好不好？"

蒋寒征抬起脑袋，垂着眼帘认真地看她，似乎不相信她的话。

陆弥得了一些空隙，转过身来正对着他，两人离得很近。她笑得灿烂极了，两手搭在他腰间："让它过去吧，好不好？"

蒋寒征清楚按除夕那晚的情形，就算报了警，也不会有结果。

而他对林茂发动了手，还有可能被反咬一口。

陆弥不想让蒋寒征被这件事拖累，无论是心理上的，还是现实中的。

最好，所有人都忘了，让她自己去面对。

蒋寒征拧眉。刚刚在街上陆弥看到林茂发，那一瞬间的眼神，明明就没有忘。

陆弥无奈地叹了声，忽然踮起脚在他嘴角啄了一下，又飞速地放开，转身继续料理案板上的菜。

蒋寒征怔住了。

两人之间，亲吻并不是第一次。暑假陆弥住进来后，他虽然知道她害羞，但也有忍不住的时候，会拉着她亲亲抱抱，情难自禁时，也有过更深一步的抚摸和亲吻。但都是他主动，而且最多也就到这一步了，每天晚上他还是规规矩矩地睡在客厅。虽然难熬，但他愿意等。

这是陆弥第一次主动吻他。

虽然是这样轻、这样短促的一个吻，但蒋寒征还是站在原地愣了好久，才痴痴地笑出声来。

始作俑者陆弥却还一派自然地备着菜，西红柿切到一半才想起忘了拿葱花，又转身拉开冰箱门。

"葱，葱放哪儿了来着……"她一边目光搜寻着一边嘟囔道。

她专注地挑选着，长发被别到耳后，从蒋寒征的角度，能看到她好似只有小孩手掌大的半边脸颊，窄而白皙。

还有……围裙系在腰上，因弯腰屈膝的动作，而更明显地勾勒出的姣好曲线。

蒋寒征的喉结滚动了一下，忽然觉得很渴。

动作比理智先行，蒋寒征迈上前一步捞住陆弥的腰，轻而易举地就将她转了个身，另一只大手掐住她的下颌，使她仰面对着自己，然后俯身深深地吻了下去。

陆弥知道，蒋寒征一贯是强硬而有力的，可这是第一次，在亲吻中，她清晰地感受到男人的侵略性，不容喘息、不容抗拒，如一头原始的猛兽。

疾风骤雨一般的亲吻中，她也渐渐感觉到蒋寒征身体的变化，坚硬的肌肉迅速变得滚烫……

陆弥这时才反应过来，之前的每一次亲吻，蒋寒征对待她有多么温柔和克制。

就在陆弥快要喘不过气的时候，蒋寒征终于放开她，却也只是离开了一点距离。他粗重的喘气声仍然响在陆弥耳边，大而粗糙的手也仍然紧紧地扣在她腰上。

陆弥被吻得舌根发疼，脸也火烧似的通红。但她同样紧紧地扒着蒋寒征的腰，像溺水的人抱住浮木。

“今天晚上……让我睡房间好不好？”蒋寒征沉沉地道。

陆弥的脸烧得更厉害了。

“先……先吃饭……”她感觉到他身体的变化，也感觉到她自己的身体同样在发生变化，她不自觉地抖了一下，红着脸说道。

她意识到自己的欲望，以及与欲望并驾齐驱的羞赧和些微恐惧。

矛盾的心理让她越发脸红，不敢看蒋寒征的眼睛。

她听见蒋寒征笑了声，然后直起身，安抚似的摩挲了一下她的背。

“好，先吃饭。”

他拎起T恤领口闻了闻，说：“出汗了，我去冲个澡。”然后快步走进了浴室。

陆弥听见淅淅沥沥的水声响起，深吸了几口气，拍拍胸脯平复自己的心情，提醒自己淡定点，先把饭做好。

蒋寒征从浴室里出来，带着一股凉气。

陆弥正好把菜端上桌，拧眉问：“你洗的冷水澡？”

话一问出口，她自己就反应过来不对，“唰”地红了脸。

蒋寒征乐呵呵地笑起来。

“……笑什么笑！”陆弥嗔怒道。

“好好好，不笑不笑。”蒋寒征伸手揉揉她发顶，走去厨房盛饭。

陆弥见他一身清爽，眼神也干干净净不沾情欲，却忽然有些疑惑了。这是什么意思……

陆弥心里莫名有些失落，木木地吃着饭。

蒋寒征夹菜给她，问：“怎么不吃菜？”

陆弥抬头看他，撞见清清亮亮的目光，也不知怎的，脑子一热，问：“你晚上睡哪儿？”

蒋寒征一怔，旋即反应过来，坏笑一声：“你想我睡哪儿？你让我睡哪儿我就睡哪儿。”

陆弥低头骂道：“随便你！”

蒋寒征笑得更欢了，笑完又咳了咳，正色问：“你想好了？”

陆弥耳朵红得要滴血，怎么可能回答他这个问题？

“我会小心的，”蒋寒征的声音难掩愉悦，“不要怕。”

陆弥终于忍不住，低声骂了句：“怕个屁。”

以前吃完饭都是蒋寒征洗碗，但今天陆弥却飞快地扒完了饭，端着碗碟就闪进了厨房。

蒋寒征说得没错，她的确有些害怕，还有好奇、紧张和期待……这些情绪交织在一起，在她心头打转，扰得她连呼吸都是乱的。

水流声掩盖了蒋寒征的脚步声，直到碗全都洗完，陆弥回身把它们收纳进碗架的时候，才看见蒋寒征不知又在门口站了多久。

他抱着手臂，轻松地靠在厨房门边，和站军姿时的挺拔严肃完全不一样。他的眼神也不像平时那样坚毅锐利，而是轻轻柔柔的，像一片羽毛落在陆弥心上。

那一瞬间，陆弥第一次觉得，她也可以很爱蒋寒征，就像蒋寒征爱她一样。

她走上前去，坏笑着把手上的水甩在他脸上。

蒋寒征动也不动，轻轻歪着脑袋一躲，漫不经心地笑着，下一秒就抓住她的手腕，封住她的嘴唇。

他另一只手搂住她的腰，单手就将人抱起来，她修长的双腿缠住他，他便稳稳地将她托住。陆弥无师自通地学会了亲吻他其他的地方，从嘴唇，到下巴，到喉结，再到耳垂，配合他粗糙的大手在她腰上流连的节奏……

陆弥忽然发现，其实她和蒋寒征很默契。

至少，在这件事上。

第二天，陆弥醒得很晚，睁开眼的时候天光大亮，身旁没有人。她抓起手机看了眼，蒋寒征果然又去晨跑，说给她带早餐回来。

陆弥放下手机，才感觉身上疼得厉害，骨头都散架了似的。

平心而论，昨晚蒋寒征已经足够温柔，给了她非常长的适应时间，也始终没有用全力。他尽力在疼痛之外给她更多的享受，可不可避免地，还是疼。

但陆弥发现，这事儿，好像越疼就越爽。

或许，疼痛和欢愉之间，本就没有森严的分界。

她走下床，对着卫生间的镜子里看自己的身体。她用目光接纳和欣赏那些红痕和淡淡的淤青。

陆弥意识到，她很爱自己的身体。

她的身体美丽、强壮、充满奇妙，它可以承受一些疼痛，也可以给她自己带来巨大的愉悦。

外头传来关门的声音，是蒋寒征回来了。陆弥连忙抓起睡裙套上，打开卧室门走出去。

“买了什么？”她笑着问。

蒋寒征一眼看见她胳膊上那个淡淡的淤青，是他指腹的形状。他有些不自在地别开目光：“豆浆、包子、汤粉，还有油条……你多吃点。”

陆弥见他目光躲躲闪闪的，神情也忸怩，像个情窦初开的小男生，哪像平时直来直去的蒋学长？她像发现了新大陆一样凑上前去，笑着问：“……你害羞了？”

蒋寒征没说话。

“啧，昨天还生猛得很呢。”陆弥故意用词暧昧，“痛死了。”

蒋寒征连忙紧张地问：“还痛？要不要去医院？”

陆弥“扑哧”笑出声，踮脚轻轻吻他脸颊，在他耳边轻声说：“谢谢你。”

她在餐桌前坐下，拿了个包子咬了大大的一口，侧脸看见光从客厅里照进来。

这是一个阳光明媚的早晨。

夏日炎炎，林茂发坐在县职高对面的茶馆里，一面喝着搪瓷茶缸里没味的旧茶，一面拿了张街上发的广告纸扇风，心里暗骂老板娘穷酸，这么大热的天连空调都不开。

已经不知道几岁高龄的电风扇挂在墙上，摇晃着吹出些微热风，像快断气了似的发出“吱吱呀呀”的响声。

涩涩的茶叶黏在他口腔上壁，林茂发费力地舔了好几次也没舔下来，被卡得难受，终于忍不住骂了句脏话。

他热得实在烦躁，又狠狠瞪了眼坐在收银台后头独享一个大风扇的老板娘。

老板娘穿得清凉，红色吊带裙紧紧绷在肩上，勒出松弛的肉。她抹着同样艳丽的红唇，笑起来像动物张开血盆大口，媚声道：“林老板，您又不是不知道，我这里小本生意嘛，哪有钱开空调哟？”

林茂发憋着气，不说话。

“您想要舒服的，去楼下呀！”老板娘趁机又揽生意，起身走到林茂发身边娇娇地搭住他，丰满的胸脯紧紧贴在他背上，“前几天还满意不？不满意啊您跟我说，我肯定好好调教……”

这地方名为茶馆，但少有人至，略知道些内情的都知道，真正进来的人，不是为了喝茶，而是直奔地下一层。

就算是不明白内里的，看老板娘的装扮模样，还有这“茶馆”不伦不类的装潢，也不会进来喝茶的。

林茂发过去一个多礼拜日日在楼下流连，什么都点最好的，不仅把钱花了大半，身体也累空了，这两天便一直在楼上歇着。

除此，更重要的原因是——他发现陆弥每天都会经过这条街。

这是他几天前发现的。每天下午，约莫四点的时候，陆弥会和那个姓蒋的小子一起经过职高门口。

姓蒋的小子每次都拎个包，左手还夹着个游泳圈。

林茂发知道，职高这条路再往北走就是经开区，靠近几个老村子，那里人少，有片野湖。他以前听牌友说过，那湖水深，不太安全，前几年每年都有人跑去野泳，死在里头，因此这两年已经没什么人会去了。

四点十二分，陆弥和蒋寒征又从街对面走过。陆弥穿了件衬衫领的运动短裙，两条细长白皙的腿在太阳下几乎反光，看得林茂发眼神发直。

浪货！林茂发在心里骂了句。

陆弥越是对他厌恶越是清高，他就越想碾碎她的自尊。

他坐在这里观察了几天，那片野湖是个绝佳的地点，没有人，也绝对不会有监控，他能做得神不知鬼不觉……

从他再次看到陆弥起，他心里那团火就压不住了，一直在找机会。可就是那个姓蒋的小子坏事！

林茂发当然是怕蒋寒征的，除夕那晚他挨了一顿打，几乎被打个半死，至今想起来都打哆嗦，怎么可能不怕？

可他也知道，蒋寒征是要回学校的，不可能每天都守在陆弥身边。

想到这里，林茂发居然变得十分有耐心，他愿意等。只要有一天陆弥落了单，一切就都好办了。他总要给陆弥点厉害瞧瞧的，除夕那顿打绝不能白挨，为了这，他愿意拿出一点耐心……

蒋寒征在家休了半个月的假，拖到最后一天才回学校。

他抱着陆弥坐在沙发上，像只黏人的大狗似的把脑袋埋在她颈窝里，哼哼唧唧地不肯撒手。

陆弥被蒋寒征闹得无奈，想摸摸他的头哄哄他，又觉得他那一头硬茬实在是扎手。

“喂，你们不是最纪律严明吗？”她气笑了，摁亮手机屏幕给他看时间，“再不出发你真的要迟到了。”

其实还有一个多小时，但蒋寒征习惯了早到，现在这个点对他来说已经算晚了。

蒋寒征吸猫似的埋在她颈间深吸了口气，才认命地抬起头来：“是得走了。我算是明白‘从此君王不早朝’是为什么了，要我我也不早朝。”

陆弥“扑哧”一笑：“蒋同学，这话非常不正确哦。”

“我两周就回来了，乖乖在家等我。”蒋寒征捧着她的脸在她额头上亲了一口，起身拎起背包。

他弯腰在鞋柜处穿鞋，忽然想到什么，抬头问：“我不在，你还去游泳吗？”

陆弥顿了一下，笑说：“去啊，这么热的天。”

蒋寒征撇撇嘴：“就你那技术，教了你半个多月也就练成那样。一个人就别去深水区了，在浅水区跟小学生玩玩吧。”

陆弥不服气地哼了声：“深水区也就一米七好吗，瞧不起谁？”

“行行行，你厉害，注意安全就是了。”蒋寒征揉了揉她发顶，“反正那游泳馆有救生员，我也放心。”

陆弥点了点头。

蒋寒征推门正要出去，又想起什么，继续叮嘱：“你一个人，就打车去嘛，别坐公交车了。”

他们每天去的那家游泳馆距离有些远，最初陆弥说想去游泳的时候，蒋寒征其实是打算打车的，但陆弥说每天打车太奢侈了，便拉他一起去职高那边的公交站坐车。

那个公交站离家里将近一公里，不算近，但陆弥坚持说那里有一条直达的线路，蒋寒征拗不过她，只好答应。

陆弥笑了，反问：“一个人打车，不是更不划算？”

蒋寒征说：“你一个人，没人给你拎东西了，更累。听我的，就打车吧，我给你报销！”

陆弥轻轻蹙眉，旋即玩笑道：“蒋同学，你一个月补贴多少呀？”

蒋寒征笑嘻嘻道：“不管多少，都可以上交给你！”

陆弥不再和他玩笑，推着他的背赶人：“好啦，快走吧。我自己心里有数。”

“打车啊！”蒋寒征看了眼时间，也不得不走了，拍拍她的脑袋最后强调了一句，“不准省钱！”

陆弥看他依依不舍地关上了门，一直噙在嘴角的笑意渐渐敛平。

她回到房间，从枕头底下拿出 iPad，放在餐桌上，然后去厨房切了两片柠檬，倒了杯水，淋上蜂蜜。

她一口气喝完了整杯，手指扣在玻璃杯壁沿上，静静地看着窗外的盛夏景致。

阳光刺眼，蝉鸣一声响过一声，衬得室内越发安静。

陆弥坐回餐桌上，打开 iPad。

这是蒋寒征买的，说要送给她，陆弥没要，但两人时不时拿这个一起看电影。

她从 APP Store 中进入她之前下载后又隐藏的一款笔记软件，点开其中的加密文件。

第一页，是职高对面那家茶馆的照片。以前她听蒋寒征无意间说起过，那个茶馆不太干净，但因为老板娘人脉活络，一直没被抓到过现行，扫黄组出动了好几次都扑空，老板娘哭爹喊娘说自己做的是正经生意。

半个月前她发现林茂发在她中学附近鬼鬼祟祟地晃荡时，就对那茶馆留了个心眼。借着晚饭后和蒋寒征散步的机会观察了没两天，果然发现林茂发天天泡在里头。

第二页是南城县区的地图。从县职高到经开区的那一块，她用黑笔圈住，还有一条醒目的红线，指示着从职高到野湖的路线。

第三页，是从家里到游泳馆的路线图。有很多条公交车线路，从职高公交站出发的那一条被单独圈出来。

最后一页，是一些新闻报道的截图。多是前几年的报道，那时还是门户网站的时代，她找了好几家新闻网站的本地栏目，把南城野游溺亡的几则报道都截了下来。

过去五年间，在那片野湖中溺亡的人超过二十个。

大部分是因为对自己的水性过于自信，而野湖的水下情况复杂，被水草缠住的、脚抽筋的、被水下的石头划破脚的、游至湖心被旋涡冲走的，各种情况都有。

而陆弥重点关注的四例，是四个中年男子自恃水性好，酒后游泳溺亡的。她在这四例报道上标上了记号。

看完最后一遍，她看了眼时间，下午三点十八分。

陆弥缓缓起身，拿着杯子走进厨房，续满一整杯水后又一饮而尽。细白手指紧紧扣着杯壁，陆弥沉了一口气，拿起手机。

“啪”的一声，厨房的窗台上落下一滴豆大的雨珠。

紧接着，噼里啪啦的雨点密集落下。

陆弥停住动作，放下手机，怔怔地看向窗外，呆了好久，才如梦方醒般走过去关了窗户。

晴了这么多天，居然下雨了。

陆弥看着被打湿的窗台，忽然有些迷茫。

雨越下越大，她没有出门，转身将 iPad 锁进抽屉。

这场大雨整整下了八天，气象台报了三次内涝警报。五天前的《南城都市报》头版刊登了一则好人好事，英雄路人见义勇为，救下了被大雨困在桥下险些连人带车被淹死的母女俩。

模糊的照片上，林茂发捧着锦旗，咧嘴笑着，被奖励了五千块钱的见义勇为奖金。

这天，雨终于小了，陆弥看着灰蒙蒙的窗外，折起这张被她反复看了五天的报纸。

灶上热牛奶“咕嘟咕嘟”地响着，她又发呆忘记了时间，“刺啦”一声溢了锅才反应过来，连忙去关了火。

灶台上已经一片狼藉。

陆弥无意识地搓洗着抹布，将手搓得通红忘了停下来。

玄关处忽然传来关门声，陆弥身形一颤，回头看过去。

蒋寒征居然提前回来了。

陆弥怔了两秒，反应过来，极热情地迎出去，笑道："回来啦？"

蒋寒征冲她笑了笑，像往常一样把她抱起来，让她坐在鞋柜上。陆弥摸着他的脸和硬硬的短发，感受到他灼热体温的那一瞬间，她忽然意识到，这一个礼拜，她有多么想念他。

她从未有哪一段时间像这次一样，希望有个人在她身边。

她罕见地主动起来，捧着他的脸亲吻。

她尽力调用自己全部的笨拙的技巧，轻柔地去啄他的嘴唇，舔他的牙齿，勾他的舌尖。

可蒋寒征却扶着她的腰，轻轻地推开了她。

"等等……我有个事情想问你。"他喘着粗气说。

陆弥这才注意到蒋寒征的表情有些异样，不像之前，如果隔了很久没见到她，他会像火一样热情。

"干吗呀……"陆弥忽然没由来地觉得害怕，她不想让蒋寒征问她任何问题。

她甚至直接低头，小小的手搭上他的皮带，轻轻一扣，"咔嗒"一声，皮带被她解开了。

她仰面，得意地冲他笑了笑，又轻轻地吻了一下他的喉结。

"我很想你。"她的声音细若蚊蚋，却像钩子一样撩人心弦。

蒋寒征扶在她腰上的手一颤，几乎要克制不住。但陆弥异常的主动让他更加心慌。

陆弥颤抖的手已经抽开他的皮带……

"陆弥！"蒋寒征强硬地抓住她的手，不让她再乱动。

"你干吗呀。"陆弥被他抓得有些痛，终于停下动作，抬头看他。

她面色绯红，眼睛湿漉漉的，看起来委屈极了。

蒋寒征喉结一滚，咬着牙极，往后退了一步。

他掏出手机，点开一则报道，举到陆弥面前。

"这个事，你知道吗？"

陆弥疑惑地看一眼，登时就僵住了。

报道是昨天的——

天妒英才！见义勇为英雄失足溺亡。

这场大雨引发了很多场意外，几天内溺亡者近十人。林茂发在醉酒后神志不清，栽倒在那片野湖中，两天后才被人发现。

陆弥难以置信，林茂发死了？

五天前还得意扬扬接受歌颂、叫她痛苦万分的人，就这样死了？

“这事，跟你有关系吗？”蒋寒征隐忍的声音响起。

陆弥愣住了。

这就是他提前回来的原因？

她从鞋柜上蹦下来，眼底和脸上的红潮褪去，用清明甚至冰冷的眼神看着蒋寒征。

蒋寒征有些绝望地闭了闭眼睛，又问：“那个湖，就离职高公交站不远？”

陆弥说：“是。”

蒋寒征问：“所以你要从那里坐公交车去游泳？”

陆弥说：“是。”

蒋寒征继续问：“所以你让我教你游泳？”

陆弥说：“是。”

蒋寒征颓然地把举着手机的手放下，有些不知所措地拧了拧眉心。

陆弥面无表情地说：“但我什么都没做，你相信吗？”

蒋寒征不说话，眼眶却一瞬间红了。

陆弥看不懂他眼神里的情绪，是震惊、失望，还是怜惜。

蒋寒征摇了摇头。

沉默了很久，他问：“为什么？”

陆弥看着他，蹙眉，似乎不理解他的问题。

“为什么……”蒋寒征顿了一下，“为什么不告诉我？”

陆弥一怔，无法回答这个问题。

她不会把这件事告诉任何一个人的，尽管她筹谋已久，尽管她真的什么都没来得及做。

更何况，这个人是蒋寒征。

陆弥并不觉得自己对蒋寒征有十分的了解，但她至少知道，蒋寒征是个优秀的警校生。他的性格、信仰都不会允许他接受她的计划。

陆弥沉默半晌，冷静道：“这是我一个人的事情，我不想麻烦你……”

话没说完，蒋寒征冷笑一声，怒道：“你一个人的事情？陆弥，你到底知不知道我是你男朋友，你知不知道男朋友是什么意思！”

他有些控制不住情绪，声音拔得很高，怒吼着，脖子上暴起青筋，看起来有些可怖。

陆弥理解他的愤怒，但还是有些疲惫，她和蒋寒征的对话似乎并不在一个频道上。

她叹了口气，试图解释："蒋寒征，这和你是不是我的男朋友没有关系……这件事，本来就应该是我自己去面对的事情……"

蒋寒征再次打断她："你自己面对？你怎么面对？如果没有这场意外，你难道还打算杀了他？

"说话啊！"

陆弥低下头。

蒋寒征拉住她的手腕，急道："我知道你受了委屈，我知道你恨他！你跟我说啊！我会护着你！像他那样的人，我们总会收集到证据收拾他！

"但你什么都不说……

"你明明让我放下，你明明说你早就忘了……"

陆弥笑着摇了摇头，轻轻地扭开自己的手腕。

"蒋寒征，我就是这样的人。"她轻轻说道，"如果你之前不知道的话，那么我现在告诉你，我就是这样的人。

"谁对我好，我就对谁好；谁对不起我，我不论付出什么代价都会加倍还回去。我可以什么都不管，什么都豁出去。"

蒋寒征不可置信地看着她，空张了张嘴，什么都没有说出来。他颓废地垂下手臂，背靠在墙壁上。

陆弥就这么看着她，两人相对无言，不知过了多久。

陆弥抹了把脸上的泪，笑了声："蒋寒征，我们分手吧。"

蒋寒征猛地抬头看她，目光木然。

"我们都太不了解彼此了。"陆弥笑了笑，"还是分开比较好。"

说着，她打开门边柜拖出自己的行李箱。

"你不喜欢我。"

蒋寒征忽然木木地说了这么一句。

他的声音古井无波，好似不含一丝感情。

陆弥动作一顿，却没有抬头看她。

"你从来都没有喜欢过我……"这一次，蒋寒征的沙哑声音里带着苦涩的笑意。

陆弥心中绞痛，但她没有说话，也没有抬头，她把箱子拎到卧室，飞快地收拾自己的东西。

她的东西不多，几件衣服一叠便收好了，行李箱也很轻。

她看见床上铺着的粉色床单，想到蒋寒征认真地说"女生都喜欢粉色"；想到他们一起洗过床单，蒋寒征坐在水盆边卖力地搓着，而她无法无天地用脚踩在水盆里，还故意踩到他的手；想到蒋寒征曾经无比动情地俯身看着她，说她躺在这颜色里像一朵粉色的玫瑰，有多么好看……

陆弥轻轻苦笑出声。她其实真的不喜欢粉色，可她也曾心甘情愿地躺在那床单上。

推着行李箱走出卧室，她看见蒋寒征背对着她，坐在餐桌前。

蒋寒征在家里也总是正襟危坐，背影挺拔，陆弥起初还不习惯，后来看多了，也看出他这作风的可爱之处来。

陆弥看了看他的背影，终究什么也没说，轻轻开门，离开了。

盛夏傍晚，雨后晚霞燃遍整片天空，像电影结尾的长镜头。

陆弥的眼泪迎着晚风落下，她没有哭出声音，沉默地接受了这样的命运——她又一次，匆忙地逃离南城。

可如果她知道这会是她最后一次见到蒋寒征，她一定不会这样匆忙地离开。

她一定会回答蒋寒征——“我喜欢你。”

至少，我曾真心地，想要与你相依为命。

第十三章 我爱你

2018年，冬。

陆弥坐在医院走廊的长椅上，看着医生护士匆匆忙忙地进进出出，手指不自觉地绞着。

她想问问护士，林立巧究竟病到了什么程度，为什么只是独自下床摔倒了，就会这么严重。但她被刚刚那护士恶狠狠地剜了好几眼，不敢出声了。

手机忽然响起铃声，陆弥手足无措地在大衣口袋里翻找了好一会儿，才想起手机放在包里。

是祁行止拨来的视频电话。

陆弥顿住了，好像有点反应不过来一样。

离开北京不过几个小时，上午她还在被窝里甜蜜地翻着她和祁行止的聊天记录，却好像已经过了很久很久了。

她反应了一会儿，扯扯嘴角练习笑容，才点开接听。

“在做什么？”祁行止语气一贯温柔，问完他才发现陆弥的背景不太寻常，“怎么了？是在医院？”

陆弥在脑海里迅速搭起谎言——甚至连她自己都不知道为什么要撒谎，一切都只是下意识的反应。

“嗯，小园有点发烧。”她笑了笑说，“我带她来打点滴。”

祁行止顿了一下，无奈道：“最近怎么回事，轮番进医院。”

陆弥说：“冬天嘛。”

祁行止点点头，说：“我后天就回去了。”

陆弥想到向小园说他一直在北京过年，顿了顿，故作平常地问：“回北京吗？还是直接回南城？快过年了。”

祁行止眸光暗了一瞬，旋即笑道：“你在哪里我回哪里。”

陆弥笑了笑，不再说什么，点头道：“好。”

祁行止没有要同她讲实话的意思，她也不打算告诉他，她现在在南城。

她心中酸涩，这恋爱谈的……

祁行止又和她闲聊了几句，两人才准备结束通话。

“陆老师。”挂断之前，祁行止忽然沉沉地喊了她一声。

“……嗯？”真是奇怪，原本保持得好好的，他这么叫一声，她居然莫名地有些委屈了，委屈得想哭。

“我很想你。”

陆弥笑起来，也轻轻地说：“我也很想你。”

是的，她很想念祁行止。

尽管她甚至不敢告诉他她见到了林立巧，但她非常想念他。她想，如果能把一切都告诉祁行止该多好。

她不知道自己什么时候形成了这样的心理依赖，或许从六年前刚认识祁行止起她就笃定他是一个值得信任的人。似乎，什么事情只要告诉了祁行止，就像是找到了最可靠的托付，她就不用再自己操心，可以彻底地安心下来。

“家属！”护士忽然叫了一声。

陆弥猛地抬头，又看见那位护士不耐烦地盯着她。

她承受这样的眼神，平静地问：“她怎么样了？”

“你这个女儿当得好啊，半个多月都稳定得好好的，你一来就这样了……”护士不回答她的问题，怒气冲冲地冷嘲热讽道。

陆弥有些头疼，终于不再沉默，说：“我不是她女儿。”

那护士顿时噤了声，诧异地看着她。

陆弥掀起眼帘，问：“现在可以说了吗？她是什么病、到了什么程度、现在怎么样了？”

护士问：“那你是她什么人？”

“学生。”陆弥说。

护士仍旧用充满怀疑的目光打量着她。

“该你回答我的问题了。”

那护士对她仍旧充满戒备和不满，语气硬邦邦地道：“胃癌晚期、就这几个月了、现在情况算是稳定住了！”

陆弥呼吸一滞。

她知道林立巧大概病得重了，否则不会联系她，但她没想到严重到了这个地步。

怎么会只剩几个月了……

她顿了下，颔首道：“好的，谢谢。我现在可以去看她了吗？”

护士哼了声，未置一词，转身走了。

陆弥站在病房门口，发现自己的手止不住地微微颤抖。她深吸了好几口气，攒起勇气再次推开那扇门。

林立巧闭着眼睛，安静地躺在病床上。

安静得像刚刚那兵荒马乱的一切都没有发生过。

她轻手轻脚地走过去，坐在病床边的椅子上。

林立巧比她想象中的还要苍老。

多年以前林立巧就因为操劳而显得比真实年龄年长许多，现在不过五十出头，看起来却像耄耋之年的老人。

她静静地看着这样的林立巧，连呼吸都不自觉地放轻。

她忽然意识到，自己仍然希望林立巧平安健康，福寿绵长。

尽管林立巧曾经那样绝望地恨她。

“你要是忙的话，就先回去吧……”林立巧忽然缓缓地开口道。

陆弥怔了怔，看见林立巧艰难地睁开苍老的眼睛。

她问：“你那个学生什么时候来？她来了我再走。”

林立巧笑着摇摇头，说：“蓉蓉在上海，来不了。”

“你不是说她给你建了个捐款？”陆弥拧眉问，“不是她在照顾你？”

林立巧摇头。

“那平时是谁照顾你？”陆弥追问。

林立巧沉默了几秒，说：“院里的其他老师，会轮流来看看我……”

陆弥听了，不可置信地睁圆了眼：“你病得那么重，平时没有人照顾你？”

林立巧忙否认：“有的、有的……”

陆弥不再和林立巧多说，站起身一边拨号一边走出病房。

她拨通了傅蓉蓉的电话，才询问到具体的情况。

林立巧已经缠绵病榻一年多，福利院的两个阿姨会轮流抽空来喂她吃饭、给她洗澡擦身，她们为此排了固定的时间表。但大多数时候，林立巧都是一个人待在病房，好在护士们比较照顾她。

陆弥问傅蓉蓉什么时候回南城，对方说最近还有要紧事走不开，大约一周后回。

陆弥挂断电话，才发现手机已经快没电。她木然地盯着屏幕看了几秒，手机黑屏，自动关机了。

陆弥走回病房，对林立巧说：“这几天我照顾你。”

林立巧有些受宠若惊似的，忙摇头道：“不用、不用……不麻烦你……”

“但有些事情我要跟你说清楚。”陆弥径直道。

林立巧噤了声，悻悻地点了点头。

“我最多照顾你一周，傅蓉蓉回来了我就会走。之后我会尽量负担你的医疗费，但不会再来看你，你也不要再联系我。”

林立巧呆愣了一下，泫然欲泣地看着她，好一会儿才点头嗫嚅着：“好、好……麻烦你……”

陆弥再没有说话。她布置好折叠床，掖好林立巧的被角，便自己翻身躺下。

手机没电了，林立巧的病房里也没有充电器，久违的疲倦感将她吞没，她没有去找充电器……

重庆江北机场。

祁行止已经不知道这是第多少次打开手机了，他只是摁亮屏幕，看一下，没有新的消息提示，又摁灭，再把手机放回口袋里。

两分钟后，他又会忍不住，再拿出手机来看一次。

已经第二天下午了，陆弥没有回他的消息。

身旁的导师和同学忍不住侧头看着他。

教授问：“有事？”

祁行止看了眼空空如也的屏幕，再次将手机收回口袋，扯嘴角笑了笑，摇头道：“没有。”

导师对祁行止一向很放心，也不喜欢过分关注学生的个人生活，于是点点头，说：“没事就好，马上登机了。”

倒是有个向来活泼的学弟止不住好奇，眼珠子滴溜溜转了两圈之后，大着胆子问了句：“学长是不是谈恋爱啦？”

这话一出，众人又都将目光投向祁行止。

大家对这位出众的学长一向十分好奇，毕竟在任何时候，脸蛋和脑子兼有的人都是稀有物，无论男女。

调研时大家吃住在一起，早有人看出祁行止不太对劲，原本泰山崩于前面不改色的学神忽然就荡漾起来了，眉眼间尽是掩不住的欢喜，这实在是很反常。但因为祁行止向来话少，和他们也不算太熟，所以一直没人敢问。

几双眼睛齐刷刷盯着自己，祁行止有点不自在，但他还是笑了笑，点头说：“是。”

和他喜欢了多年的人，谈恋爱了。

大家连连惊叹，连一向淡定的导师也八卦兮兮地笑弯了眼。

在这种小范围的起哄声中，祁行止忽然有了一种新奇的体验，甜丝丝的，有些酸涩，又有些羞赧。

然而这种酸甜的心情很快就过去了，他想到陆弥没有回的微信，心里又惴惴不安起来。

这么想着，他又划开手机看了一眼，仍然空空如也。

他不由自主地蹙起眉，想直接打电话找人，或者联系一下梦启的其他人，然而又有另一个理智些的声音说——陆弥也许只是在忙，忘了回，或者没看到。

那个声音同时告诉他，也许他应该反思一下自己。只不过是大半天没有联系到陆弥而已，也许他不应该这么紧张。

祁行止有些灰心地发现，他对恋爱这件事实在过于生疏。幼年父母去世后他一直疏于亲密关系，连唯一的亲人也仅仅只是保持着联系而已。很长一段时间里，他都以为自己不会再和任何一个人产生过多的关联。可后来他遇到了陆弥，直觉让他想要靠近她，以最亲密的、从未有过的方式；而现在理智告诉他，或许他需要学习一下该怎样做一个让人感到舒服的男朋友。

他不想让陆弥感受到压力，一丝一毫都不想。他知道陆弥不喜欢。

机场广播响起登机提示，祁行止沉沉地吐出一口闷气，提醒自己不要操之过急。

他把手机关了机，起身推着行李箱走向登机口。

飞机落地之后，他和导师打了声招呼，叫了辆车直奔梦启。

孩子们都放寒假了，难得的晴天，大部分人都聚在操场上玩。祁行止还没走近，一眼便看见坐在沙坑边看书的向小园。

冬日暖阳打在小姑娘的侧脸上，那画面说不出的温馨；可祁行止却倏地顿住了脚步，心猛地往下一坠。

“小祁哥！”有孩子先看见他，笑着挥了挥手。

祁行止也冲他们笑笑，手不自觉地攥紧了行李箱拉杆。

他费了好大的力气才让自己的表情看起来不那么僵硬，微笑着走到向小园身边。

“烧退了？”没有经过思考和铺垫，这个问题脱口而出。

向小园露出疑惑的神情：“什么烧退了？我没发烧呀。”

这个回答不足以让祁行止感到意外，但他的表情还是不受控制地僵硬起来。

“……怎么了？”向小园向来敏感，一眼就看出他不对劲，试探地问，“小祁哥，你和陆老师……吵架了吗？”

祁行止并不吃惊，他怔了怔，很快调整好自己的情绪，笑道：“瞎说什么，人小鬼大。”

向小园可不相信他这故作淡定的表现，又想到前天匆匆忙忙离开的陆弥，猜测肯定是出了什么事。

但她知道这种事不好直说，于是便吸吸鼻子，故意笑得八卦兮兮的，说：“我猜也是，前天陆老师那么急着走了，肯定是找你去了吧？”

祁行止神色一凛，问：“走了？去哪儿？”

“好像是回老家？”向小园漫不经心地说出答案。

祁行止思忖了会儿，平复心情，笑着拍了拍小姑娘的脑袋，轻声道：“好，我知道了。谢谢你。”

向小园继续揣着明白装糊涂，眨眨眼道：“谢我什么呀？陆老师肯定是回家准备陪你过年啦，小祁哥，快去追人！”

祁行止苦笑道：“你哪儿学来这么一套一套的。”

追人，当然是要追的。

但他现在一点头绪也没有，不过是去做了个调研，回来刚追到没多久的女朋友就不见踪影。沉稳淡定如祁行止，也没法不蒙圈。

“祁行止！”身后传来声音。

一回头，是很久没见的段采薏。

上次元旦晚会之后，祁行止就没有见过她了。倒是在重庆时，晚上室友无聊看电视，居然在一档益智竞技节目里看见了她的身影。

那时室友还惊叹：“女神就是女神，上电视也不输旁边那女明星。”

祁行止从阅读器里抬起头来分神看了眼，看见段采薏神采奕奕地站在擂主位，骄傲、大方，笑容璀璨如星。

段采薏转专业后如鱼得水，成为社会学院老院长的关门弟子，不仅连着发了两篇颇有影响的论文，还因为参加节目广受关注，已经在校内校外许多重要活动上露过脸了。这些祁行止都略有耳闻，虽然没去关心，但他想，这就是段采薏。

这才应该是她。

段采薏走到他面前，划开手机，点进朋友圈，展示给他看。

“这是不是红星福利院的院长？”段采薏开门见山地说，“我在朋友圈看到的，有学妹在给她筹款，说是胃癌晚期。”

祁行止眉一拧，接过手机，仔细读了一遍那推文。

筹款照片中，林立巧表情痛苦地半卧在病床上，戴着氧气罩，头发花白而稀疏，形容枯槁。

祁行止看了好几眼才确信那就是她。

印象中，林立巧看起来虽然不年轻，但一直精神矍铄，是个充满干劲的老师。

奶奶过世后，他太久没有回南城，也不再关心那边的人与事，恍然一回首，居然已经发生了这么多事。

“是她。”他把手机还给段采薏，略显疲惫地微微叹了口气。

他拧了拧眉，几秒后才从沉重的心情中回过神来，反应过来段采薏的用意，怔了怔，真诚道：“谢谢。”

段采薏收回手机，奇怪地看了他一眼，嗤声道：“谢我干什么，我刚看到，顺手捐了笔钱而已。又不是捐给你。”

她随意道：“我就是呼吁你也捐点儿，毕竟是老乡。”

知道她不愿意承认，祁行止也不点破，便笑着点了点头。

段采薏不自在地摸了摸后脖子，摆摆手走了。

向小园望着她的背影，嘟囔了句：“好久没看到小段姐姐了，她最近好像很忙……”

说着向小园又回头问祁行止：“小祁哥，你有没有觉得小段姐姐变漂亮了？比那些女明星还漂亮。”

祁行止正在用手机订机票，拨冗抬头看了一眼，只看见一个疾步远去的窈窕身影。他应承地笑了笑，没有回答这个问题。

南城，连着下了一天半的雨，铅灰的天、暗湿的地，说不清哪个更阴沉。

陆弥站在医院对面的粥铺前等两碗现熬的白粥，她目光有些呆滞，定格在眼前热气腾腾的各式包子馒头上。

屋檐积水滴在陆弥脖子上，又滑进她衣服里。陆弥被冷不丁地一冰，回过神来，问老板娘道：“我的粥好了吗？”

“没有！”老板娘似乎没什么耐心，“你自己要现熬的，那就得等！”

陆弥没再说什么，目光换到一盒发糕上落脚，继续发起呆来。

约莫十分钟后，老板娘用她自带的不锈钢饭盒装好两碗粥，说：“八块。”

陆弥揣在口袋里的手伸出来，一张十元纸币。

老板娘抽过纸币，在油腻腻的围裙兜里翻找着零钱，嘟囔着：“什么年代了还用现金……钱都难找。”

陆弥静静地等着。

陆弥拎着两盒粥回到病房，才在林立巧惊讶却又不敢言的眼神中反应过来，她忘了给自己买点别的食物。

林立巧只能吃点稀粥，她却不行。这一碗粥下肚，不到两个小时就又饿了。林立巧还提醒过她要给自己买点顶饱的东西。

林立巧关切甚至怜悯的眼神令陆弥浑身不自在，她打开饭盒，擦了擦勺子，说：“我不饿。”

林立巧又将目光挪向她病床边的折叠陪护床，这两天，陆弥都睡在这里。她知道陆弥把手机关了机，谁也没搭理，也知道陆弥明明在隔壁的酒店订了一个房间。

六年没见，陆弥好像仍然是她记忆里那个性子。

陆弥不习惯倾诉，不懂得求救，遇到任何事情都习惯性地一个人面对——

尽管她面对的方式也只有一个，挨。

但林立巧知道自己已经没有资格再去劝导和安慰，她也不敢再开这个口。

陆弥见林立巧没有动作，抬眼问："干吗不吃？手疼？"

林立巧手背上尽是针眼，还有留置针，常常因为疼而动弹不得。

陆弥见状，端起饭盒要喂她。

林立巧忙摆手，自己拿起勺子，小口小口地吃起来。

陆弥也不再主动，又敛下眼神，喝自己的粥。

她这两天虽然全天陪床，但远没有到贴心的地步，只要是林立巧坚持自己做的事情，比如吃饭喝水之类的，她都不会坚持要求去照顾。

不是不关心，也不是漠于出力，只是面对林立巧，她已经很难去做主动关心的那个人了。

"小弥。"林立巧终于忍不住开口。

"嗯？"陆弥心不在焉地应了一句。

"你要不……回去看看吧。"说着，林立巧拉开抽屉，抓起一个旧得发白的布包，从里面翻出一把钥匙递给她，"你的房间我改成了图书室，没给别人住过。"

陆弥盯着那把钥匙，是最老旧的样式，旧得让人怀疑它是否还能锁得住一扇门。

林立巧要她回红星福利院看看？那是她曾经最害怕也最恶心的一个地方。

她掀起眼帘，木然地看着林立巧，问："什么意思？"

林立巧说道："几年前，祁医生家给我们捐了一笔款，还有些书和模型。那里面，也许有你应该看看的东西……我都放在你房间了。"

陆弥沉默了一会儿。

不知过了多久，她说："放那儿吧。"然后又低下头去，无比专注地喝那碗稀得像水一般的粥。

她没有说去还是不去。

林立巧轻轻叹了口气，把钥匙搁在床头柜上。

夜里九点，淅淅沥沥的雨又下起来，"哒哒哒"地搭载窗户上，没有节奏和韵律可言，听得人心烦意乱。

林立巧睡着后，陆弥裹上大衣，起身下楼。

住院楼侧边开了个小门，有一个小小的屋顶可以用来挡雨，"住院部"LED牌的微弱灯光下，四五个男人聚在一块儿抽烟。

他们有的塌腰驼背地站着，一手插兜，一手捏着烟，低头吐气的时候，眼睛眯起来，看上去却并不享受，反而露出疲态尽显的抬头纹；有两个人蹲着，

背靠玻璃门，各蹲一边，一动不动，只有手里的烟头闪着火光；还有一个一手叉腰，一手伸直了掸着烟灰，仰着头也不知道在看什么，后颈上叠出三层肉。

陆弥一下楼，看见的就是这幅景象。

她的手揣在兜里，握紧了烟盒，犹豫了几秒，还是决定不加入这些中年男人的抽烟局了。

她有些烦躁地松开烟盒，试图摁下突然冒头的烟瘾，手背却摸到另一个冰冰凉凉的东西。

是钥匙。

陆弥被冰了一下，不得不面对自己内心的真实想法——她睡不着，她下楼来，不是想抽烟。

她想回去看看。

陆弥闷闷地沉下一口气，数了数口袋里的现金，转身往医院大门走去。

雨夜，路上人少车也少。

陆弥站在自行车棚下等了许久，连着被两辆飞驰而过的汽车溅了一身的水，大衣衣摆“唰”地就印上两排泥点。

她冻得来连手都伸不出口袋，也没力气骂人，好不容易等到一辆出租车，连忙哆哆嗦嗦地钻进副驾驶座。

南城的天气还和她印象里一样喜怒无常，一天之内能完成春夏秋冬四个季节的无缝切换。不过入夜两个多小时，这气温就像降了十度一样。

司机似乎是个热心人，见她冷得直哆嗦，开大了空调，问：“等了好久吧？”

“嗯，是。”陆弥应了一句。

“这个天，不好打车。”司机说，“你们现在年轻人不都是用手机打车的嘛，我们开出租的都用软件接单了。你怎么在路上干等？”

陆弥笑了笑，没说话。

司机又问：“去哪里？”

“红星福利院，凤凰社区那边。”陆弥说。

“哦，老城区嘞。”司机应了声，拉起手刹向前行驶。

陆弥手脚渐渐回暖，紧绷的心情也放松了些，静静地望着窗外发呆。

阴雨给街道罩上了一层暗色的面纱，但仍然掩不住一座城市快速发展中的流光溢彩。

车子穿过繁华的新市区，陆弥看见幢幢高楼拔地而起，甚至还有一座醒目的双子塔，楼体上的LED灯上写着两个明星的名字，中间画了个爱心。

这几年新一线城市快速发展，南城变化太大，她都快认不出来了。

陆弥又想到刚回北京的时候，穿梭在学院路那片的胡同和小道里，她也是这样迷茫。

更别提刚回国在重庆落脚的时候，除了能认识路牌上店门口的那些中文字外，她对那个城市熟悉程度，并不比 Charlotte 好多少。

好像无论在哪里，她都是个异乡人。

窗外的风景渐渐由陌生变得熟悉，房屋也渐渐变得低矮，新市区发展日新月异，老城区却一直是原来那个样子。

出租车停在熟悉的巷子口，雨正好停了。陆弥一眼便看见那个小卖部的灯牌。

她好像还欠祁行止一个寒假的冰棍——当年这个“豪言壮志”的承诺，被她遗忘了这么久，居然一瞬就想起来了。

“四十二。”司机报了价，也是在委婉地催促她下车。

陆弥回过神来，从口袋里掏出现金，递给他等着找零。

司机本来连二维码都准备好了，乍一看到纸币，还愣了一下，玩笑道：“好久没看到现金了……”

这几天陆弥已经听过无数遍这句话了，她扯扯嘴角笑了笑，没有接茬。

夜色已深，巷子里家家户户都关着门，零星亮几盏灯。

她把脚步放得很轻，可短靴的高跟叩在旧石板路上，无论多轻都还是发出“哒哒哒”的声音。

这声音提醒她，她居然真的回到了这里。

昏暗路灯下，红星福利院看起来和当年一模一样，连挂在大铁门上的那把锁好像都没换过。

门没锁，陆弥轻轻推开，“吱呀”一声，引得廊下正在洗衣服的妇女抬头看过来。

那是在福利院做了二十多年生活老师的杜红霞，陆弥刚来福利院的时候，她就已经在这里了。

杜红霞看见陆弥，惊得动作一顿，肥皂滑进水盆里也忘了拿。

她目瞪口呆地盯着陆弥看了好一会儿，才连忙起身：“来啦！老师就知道你会回来看看的。”

一开口，却忍不住带上哭腔了。

“嗯。”陆弥心里滋味难言，轻轻应了声，“我就上楼看看，有东西要拿。”

杜红霞止住了叫孩子们都来看看陆弥姐姐的冲动，重重点了点头：“欸！你去看，你去看！林院长把你原来的房间改成了读书室，孩子们最喜欢那里了！”她一说话，眼泪就不住地往下掉。

陆弥没说什么贴心的话去安慰杜红霞，她说不出口。杜红霞拍了拍她的背示意她上楼去看看，她没多寒暄，径直上去了。

福利院缺钱，这是陆弥从小到大的亲身体会。现在沿着老旧的楼梯往上走，穿过墙壁斑驳的走廊，她知道，福利院这几年的日子也并没有改善多少。

她原来的房间门口挂了个小木牌，上面用粉笔写着可爱的圆体字——“读书室”。

陆弥把手搭在冰凉的门把手上，犹豫了一会儿，深吸一口气，又吐出来，才轻轻推开了门。

靠左面墙两座大书架，书还没有摆满，但都井井有条地贴着序号、一本挨一本整齐地摆放着。

右边墙下，两张矮桌，几个小板凳，也都用粉笔在凳子腿上标了序号。矮桌上各放着一个笔筒、一排蜡笔、几张卡纸，还摆放着几个精巧的小模型玩具。

条件有些简陋，但能看出布置者已经用了心。

陆弥的目光从左至右扫过这个熟悉的房间，最后定格在正对门的窗户处。

窄窄的窗台上，放着三个小小的工艺品，陆弥一眼便看见最右边的那只竹蜻蜓。

陆弥忽然心跳加速，好像受到什么感召，急急地迈了两步走上前去。

她不必拿起来，一眼就能看出，这是祁行止送给她的那只。那年除夕离开南城前，她曾经想把它带走，却怎么也找不到了。

她看见竹蜻蜓被侧放在窗台上，头对着墙壁，忍不住伸手想把它纠正过来。

祁行止说过，竹蜻蜓的头得对着窗外。

虽然不知道这个稀奇古怪的规矩背后渊源是什么，但专业的事，还是听专业的人的吧。

她伸手把竹蜻蜓拿起来，却忽然觉得不太对。

拿到眼前仔细一看，才发现这竹蜻蜓几乎是个半废品了，有划痕，有渍点，两边翅膀还不对称。

最重要的是，竹蜻蜓头部，多了个小小的凹槽，看起来就像缺了什么部位一样。

陆弥拧眉，努力回忆着竹蜻蜓的头部原本放着什么东西。

但时间太久远，这种突然从整体中摘除的局部细节，也实在太难回忆。陆弥绞着眉毛想了好一会儿，仍然毫无头绪。

她心里总觉得这只竹蜻蜓肯定有什么不对劲，于是留了个疑影，把竹蜻蜓拿在手上，继续观察着这间小小的读书室。

可惜，除了这竹蜻蜓外，陆弥再没看见什么与自己或者与祁行止有关的东西。

搜寻无果，陆弥有些黯然地打算离开，目光略略一扫，却发现书架最顶栏有一本浅绿色书脊的硬壳书。

其他的书因为被翻阅过太多次，书脊上都有些折痕，标签也变成暗黄色，但这本却仍然笔挺，标签也是干干净净的。

陆弥忽然有一种强烈的预感，她伸手将那本书抽下来。

辛波斯卡，《万物静默如谜》。

是她当年送给祁行止的那一本。

原版英文诗，福利院的小孩子们看不懂，所以束之高阁，碰都没碰过。

陆弥的手发颤，轻轻翻开第一页。

墨绿色的扉页上，抄录着短短的几句诗：

How surprised they would be
For such a long time already
Fate has been playing with them
Not quite yet ready to change into destiny,
Which brings them nearer and yet further.

陆弥熟悉这首诗，她知道它并没有被收录在这本诗集里。

辛波斯卡的，*Love at first sight*。

一见钟情。

他们会很诧异
原来缘分已经戏弄他们多年
时机尚未成熟 变成他们的命运
缘分将他们推近 分离

扉页上的字迹并不考究，是有些潦草的连体，也并没有抄完整首，仿佛只是谁随意落下的两笔。

然而陆弥认得这笔字，即使它比她所熟悉的字迹要潦草一些，透露出落笔人心里的烦闷和焦躁。

尚未明了的往事和情绪像汹涌的浪潮一般涌来，陆弥忽然觉得有些喘不上气。她下意识地摸口袋想找手机，她想听到祁行止的声音。

她要听到祁行止的声音。现在。

可手机被她丢在酒店里，她摸了个空，一颗心好像也跟着空了一下。

她不再管别的，抱着竹蜻蜓和诗集下楼去。

鞋跟急促地敲响地面，“哒哒哒哒”，和她胸腔里疯狂跳动的那颗心脏形成共鸣。

然而推开那扇铁门，飞奔出去的那一瞬间，她看见熟悉的身影站在巷口小卖部门前。

祁行止穿着黑色的大衣，他微微低头，静静地等待着。

天是阴沉的，灯是昏暗的，夜空中细密如丝的小雨冰凉彻骨。

可那个人就站在那里，长身玉立，从容俊雅。

他在等她。

这些年来，他一直在等她。

陆弥原本满脑子都是想要立刻飞奔回酒店，想要拿手机听到他的声音，想要立刻就见到他，却在看到他忽然出现的这一刻，倏地顿住了脚步。

因为她能感觉到，他平静的表情下，隐忍着淡淡的怒意。

陆弥有些心虚，杵在福利院门口不敢过去。

隔着窄窄一段小巷，两人四目相对。

“站那儿干什么？”祁行止先开口了。他声音不大，但在静谧的雨夜里显得低沉空旷，陆弥能听清。

陆弥挪动脚尖，最终还是走了过去。

“你怎么来了？”走到祁行止面前，隔着半步的距离，陆弥不知道该说什么，顿了顿，选了这个糟糕的开场白。

祁行止心里当然是压着一股气的，尤其在奔波了一路，从医院找到酒店再找到福利院而女朋友手机仍然全程关机之后。但他不想就一来就朝陆弥发火，他知道陆弥不会无缘无故失联，可他不确定，他要做的是询问和陪伴，又或者是不问和理解？他需要冷静。

但在看到她那一刻，情绪管理还是崩溃了大半，他声音低沉，一开口语气还是带了些责备——

“你说呢——”

他的话在看到她手里拿着的竹蜻蜓和诗集后就被自动掐灭了。

祁行止有些诧异地看了她一眼，又很快别开眼神，噤了声。

形势好像在一瞬间就调转了。

“祁行止。”

陆弥看祁行止这样闪躲的眼神，不知为什么忽然觉得委屈。

“当年那些事，你都知道是不是?

"你怎么知道的？

"你给我的这只竹蜻蜓，到底是干什么用的？"

她一连问了好几个问题，语气越来越急，最后带着哭腔。可连她自己都不知道，她心里这股委屈究竟是为什么，而她对祁行止的不言不语，到底是感动，还是不满。

祁行止沉默着，直到她一口气问完。

他抬眼，看见她半个身子仍然站在檐下，细密的雨丝落在她发顶，坠在她发间。

他叹了口气，伸手抓住她手臂，轻轻地将她拉进来一些。

"别淋雨。"他轻声说道。

陆弥却趁势将手臂一滑，手指顽固地塞进他的手心，带着催促捏紧了："回答我。"

她紧紧地盯着他的眼睛。

"回答我，祁行止。"她又走近了一些。

忽然，一声喇叭响，一辆车停在巷口，亮起双闪。

"别淋雨。"祁行止牵着陆弥走到车门边，"先上车。"

他护着她坐进后座，又把自己的行李箱放进后备厢，绕了一圈，从另一边上了车。

上车后，陆弥仍是抓着他的手，固执地问："回答我的问题，祁行止。"

祁行止看了她一眼："好。"

"竹蜻蜓这里，原本是什么？"陆弥指着竹蜻蜓头部的凹槽。

"对不起。"祁行止说。

陆弥不解的眼神中带着一丝慌张："对不起什么？"

"是摄像头。"祁行止沉沉地说，"我当时觉得林茂发不对劲，怕他伤害你，我又在海南，所以装了这个摄像头。"

陆弥惊讶得不知该说什么。

沉默了好一阵，她艰难地组织语言："所以……是你先发现我出了事？也是你叫来了蒋寒征？"

祁行止点头。

陆弥仍旧沉浸在震惊中，呢喃道："蒋寒征没有告诉我……"

"应该的。"祁行止自嘲地笑了声，"我不能救你，如果没有他的话。"

陆弥眼里霎时蓄起泪水。

祁行止心疼地捏了捏她的手，轻声道："都过去了。

"陆弥，都过去了。"

祁行止想起 2013 年的夏天。

陆弥放暑假回南城后，约他见了一面，在她学校对面的奶茶店。两人聊了会儿天，主要还是陆弥在关心祁行止的学习和情绪状况。

陆弥好像很担心他没有朋友会不开心，一直在关心他生活里的点点滴滴，诸如考试成绩、有没有做新模型，或者又读了哪些英文诗。

她越来越像个合格的老师。

那时候的祁行止不能告诉她，其实看见她一面，他就能开心整整两个月。

聊完陆弥说她想去菜市场买斤排骨，她最近在学做菜。祁行止知道她和蒋寒征同居，没说什么，和她在农贸市场边的十字路口道了别。

可当他走了几步，习惯性地回头看她背影的时候，他发现了一个危险的身影。

林茂发鬼鬼祟祟地猫在人群里，尾随着陆弥。

发现林茂发跟踪陆弥后，祁行止就开始计划了。

他构想了许多方案，可以搜集林茂发的赌博证据交给警方，也可以找准时机举报那个有猫腻的茶馆。

可他还没来得及出手，意外先发生了。

林茂发死在那场大雨中。

“你为什么不告诉我？为什么不告诉我？”陆弥重复问了两遍，好像并不是要一个答案。

“你如果……如果早一点告诉我……”

如果什么？

陆弥说不出来。

她只是觉得，如果当时是他在她身边，那么一切也许都会不一样……

想到这里，她忽然就绷不住了，号啕大哭起来，反复地问着同样的话，抽噎地啜泣着。

祁行止有些无措，手忙脚乱地帮她抹了一把泪，却发现越抹越多，最终只得将人揽进怀里，哄孩子似的轻轻拍着她的背。

陆弥毫无顾忌地大哭着，仿佛蓄积已久的洪水终于冲破大坝，她揪着祁行止的衣服，像要把从前没有哭出来的眼泪一次性补完。

回到酒店的时候，陆弥已经哭得有些缺氧了，脑袋昏昏沉沉的，被祁行止揽在怀里扶上了楼。

祁行止把陆弥放在沙发椅上，自己脱了大衣，走去水吧前给她倒水。

他清洗了一遍热水壶，烧了一壶水再倒掉，又烧第二壶。

陆弥倚靠在沙发椅上，看着他忙来忙去的背影，嘴里仍然喃喃地问："为什么不告诉我呢？"

祁行止不知是没听见还是怎的，没有说话。

陆弥偏执地想要一个答案，忽地又站起身来，大了点声音问："以前就算了，现在呢？我们都在一起了，为什么还是不告诉我？"

祁行止终于停下动作，顿了顿，背着她回答："你不知道比较好。"

陆弥刨根究底："为什么？"

祁行止回身，看了她一眼。

他无奈地叹了口气，好像终于下了决心。

他又垂下眼帘，神色黯然地说："不知道这些，你还是选择和我在一起。说明……你是真的喜欢我，不是因为别的。"

说完，他不知在想什么，放下了手里的水壶，走到她身边的椅子上坐下。

他伸手，搭住她的腰。他的动作轻而慢，好像在试探什么。直到完全搂住她的腰，他的手才用了力，将人带到自己身前。他长腿舒展，膝盖轻轻地夹住她的腿，把人完全圈在自己怀里。

两腿被钳住，陆弥有些不自在，羞赧地挪开眼神不看祁行止，说："我……我……还能因为什么别的跟你在一起。"

祁行止轻轻笑了声，没有回答。不知是在笑她害羞的情态，还是笑她这个幼稚的问题。

陆弥却忽然认真了，她想到什么，追问道："所以……如果我是先知道你做的事情，再跟你在一起，你就觉得我不是真的喜欢你了？"

祁行止看着她，沉默了一会儿，低下头，双臂圈禁她的腰，将脑袋埋进她怀里，闷声道："可能是吧。"

陆弥哑然，不知该说什么好。

一直以来祁行止都表现得太从容了，从学生到成年男人，无论是面对学业事业还是面对人情往来，他都淡定至漠然，好像那些事都不够格去乱他的心神。就连在竹蜻蜓里装摄像头救了陆弥，他都能这样沉稳地让它烂在自己的肚子里，这么多年，一个字也不提。

她没想过，祁行止也会思考"她喜不喜欢我"这种问题。

毛茸茸的脑袋靠在她腰上，呼出一片温热。沉默了一会儿，她心中一片柔软，又有些心酸和苦涩，不知该做什么好，就带了点脾气轻轻在他腰上拧了一把。

祁行止身材劲瘦，她甚至揪不起来一点肉，又隔着毛衣，就好像只是在他腰上轻轻挠了挠。

祁行止被她的小动作逗笑了，抬起头问："你干吗？"

陆弥原本是想教训他不要胡思乱想的，看着他一双漆黑的眸子，不知怎的，脱口说的是：“对不起。”

祁行止眼眸微动：“对不起什么？”

陆弥说：“没有早点让你知道我喜欢你。”

祁行止眼神一震。

他没想到陆弥会这么说。

他下意识地想追问——“早点”是多早之前？可刚要开口，他忽然又停住了。这时候，该问的不是这个问题。

他顿了顿，扬起笑，问：“那你要给我赔礼道歉吗？”

陆弥认真地问：“你要什么样的赔礼道歉？”

“本来，我很想吻你。”这话一说出口，祁行止便看见她脸红了，他笑起来，语气轻快地发出郑重的邀请，“但现在……你想要先亲我一下吗？”

陆弥的呼吸一瞬间便乱了。

祁行止深深地凝视着她，眸子黑亮，眼里好似有一片虔诚的星空，等待着她的降临。

陆弥抬起手，将小臂搭在他肩膀上，两手柔弱无骨地搂在他脖子两侧。

她俯身，轻轻地含住他冰凉的唇瓣，温柔地吮吸碾磨了一会儿后，她伸出舌头撬开他的牙关，闻到清冽的气息，柔软地滑进。

她不知什么时候已经跪在他坐着的椅子上，抱着他脖子的两只手也不自觉地越收越紧。

“哒”的一声，她跷起脚，踢掉拖鞋，整个人坐进他的怀里。

祁行止仰面，任由她占据主导来亲吻他，他的手却没有那么安分，握着陆弥的腰，越收越紧。

他的手肆无忌惮地在她的腰上游走，横冲直撞，想要探到她大衣里面去，却被纽扣和腰带拦住。

祁行止有些急躁地在她的大衣上寻找一个入口，甚至干脆从两颗牛角扣之间的缝隙里伸进一只手去。

他知道自己在失控，他心中升腾起从未有过的破坏欲——他想直接撕扯她的大衣，将它扯坏，将她揉碎。

他的手真的越来越重，也越来越不受控制。他真的在用力拉扯那坏事的腰带，因为他甚至找不到腰带的结究竟打在哪里。

陆弥终于从热烈的吻中分出神来，垂下眸子看了眼自己乱七八糟的衣服，不禁失笑。

她又去看仰面盯着她的祁行止。

他面红耳赤，呼吸急促。

“不是这样的。”她的呼吸同样乱极了，轻声说。

她往回撤了一点距离，想伸手自己解开腰带。

祁行止却紧紧握着她的腰，狠狠一用力将她拉回来。他声音低沉而沙哑，带着毫不遮掩的情欲。

“教我，我来解。”他说。

陆弥看见他因为仰着脖子而露出的喉结，还有微微喘着粗气的嘴，和漆黑而亮的眼睛。

男人性感起来，真是要命。

尤其是祁行止。

她不禁想起在重庆再次重逢的时候，第一眼看到他，她心里想，这个男人背影很高，持着相机的手臂线条流畅而有力量，一定很好看。是那时候就意识到他已经是个成熟的男人了吗？

陆弥心里忽然生出一种强烈的占有意识——他是她的。

她从未对什么东西产生过占有欲。林立巧是很多人的院长妈妈，蒋寒征是很多人的蒋学长，只有祁行止，从前是她的学生，现在是她的爱人。

重点是，“她的”。

永远都是她的。

他的喉结、眼睛、嘴唇……永远都是她一个人的，她可以横行自恣、为所欲为。

她嘴唇嫣红，勾起笑，说：“好。”

她说着便抓住祁行止的手，把被他弄乱的大衣结转到小腹的位置，用两手交缠的触觉指给他看：“拉一下这里，就好了。”

祁行止的手背鼓起明显的青筋，手也微微颤着，依她所说，一拉，腰带松垮地落下。

他好像刹那就被什么东西点燃了，大手用力地将她身上的大衣往下一剥，大衣滑落在地上，内里的白色针织衫也被他扯下来一点，露出她白皙光洁的肩头。而她左肩上那颗褐色的痣，就是压倒他的最后一根稻草。

他只在梦里见过这样的陆弥。

祁行止眼里欲望的火焰熊熊燃起，他不再有耐心任由她主导，一把扣住她的后颈，将她的唇送到自己面前。

这是一个急躁、激烈而绵长的吻。

陆弥从未感受过这样强悍而具有侵略性的祁行止。她的颈和腰都被狠狠地扣着，甚至有些疼；舌根更是被前所未有地侵略和洗礼着，隐隐发痛。

直到她被吻得无法呼吸，不自觉地将指甲掐进祁行止的发里，她才得到

片刻的喘息。

祁行止沉沉地喘着气：“我需要你。”

他好像没有等她的回复，而是热切地、低沉地又说了一遍：“陆弥，我需要你。”

看看，祁行止有多厉害。

他吻她的时候欲望那样汹涌，所有的动作都带着原始的征服欲；可当他停下来，说出最后的请求的时候，语气又那样虔诚而单纯。

他只说：“我需要你。”

陆弥一手插进他后脑勺柔软的头发里，不住地抚摸着，一手已经抓住他毛衣的下摆，轻轻地摸进去。

她手上继续动作着，嘴巴却游移到他耳边。

她原本只是想说句话的，却在感受到他耳郭灼热温度的那一瞬间，情不自禁地轻轻抿住了他的耳垂。

她听见他的喘息声明显地变重了，才含着笑松口开，在他耳边说了一句话。

她的回答是——

“我爱你。”

陆弥能感受到祁行止宽阔而劲瘦的肩膀明显一颤，下一秒她便忽然凌空，她惊呼一声，然后下意识地用双腿缠住他的腰，双臂攀附他的肩膀。

祁行止抱着她站起来，却不再走动。

陆弥的长鬈发沁着清新的香，萦绕在他鼻尖。他看着她绯红脸颊和雾蒙蒙的眼睛，说：“再说一遍。”

陆弥一时没反应过来。

“再说一遍。”祁行止凑近了，毛茸茸的脑袋伏在她肩上，他轻轻啃她左肩上的痣。

她浑身一颤，俯下身，黑长的发瀑布一般拢住两个人，形成一个小小的空间。

天地之间，只有他们两个人的气息。

再次吻他之前，她轻声说：“我爱你。”

浴室里热气弥漫，陆弥被压在墙上，背与墙之间，隔着一双炙热粗糙的大手。

暗灰色的磨砂玻璃门，同陆弥的视线一样模糊朦胧，映出两具交叠的身体，缓慢地起伏着，像微风伏过的海浪。

陆弥已经累得连呻吟的力气都没有了，她抱着祁行止的脖子，下巴搁在他肩膀上。

耳边是他低哑的喘息声，陆弥懒懒地趴在他身上，一点力气也使不出来了，几乎昏昏欲睡。

祁行止的汗流下来，“嗒”的一声滴在陆弥光滑的背上，她不禁打了个颤，睁开眼睛，略略侧头看了一眼，祁行止的下颌紧紧收敛着，汗珠一滴一滴地滑落。浴室昏暗的灯光下，他的眼睛半明半晦，眼尾有一些泛红。

他做得过于认真和仔细，以至于陆弥有了一种被求欢的感觉。

想到这里，她脸一红，又抱住他的脑袋，闷闷地喊他一声：“祁行止。”

祁行止的手在她腰间揉捏，低沉的声音在她耳侧流连。他闷闷地“嗯”了一声，是在回应。

比起刚刚那两回毫无章法的强硬冲撞，这一次他温柔多了，甚至用上了一些青涩的、直觉给的技巧。

陆弥被他侍弄得舒服极了，充胀的快感由下至上传遍全身，就像是被水没过了胸口，整个人轻飘飘地随着波涛起伏着，每一口呼吸都带来松快与欢愉。

陆弥不禁想到刚才，狂风骤雨之后祁行止抱她进来浴室清洗，可擦着擦着，又点着了火。她虽然累，心里却仍然痒痒的，看着祁行止那么认真地拿毛巾替她擦洗，就忍不住伸手挠他。一两次还好，祁行止尚能克制，可擦到她锁骨的时候，她坏心地张嘴咬了一口他的腕骨，祁行止哪里遭得住这个？当即就把她扛起来压在了墙上。

现在陆弥有点后悔。

她一边享受着，一边暗暗感叹，难道学习能力在这种事上也能派上用场吗？这么短的时间，祁行止好像已经习得要义了。

更要命的是，他好像不知疲惫，永远兴致勃勃。

可她已经累得只想睡着了……

陆弥喟叹一声，软绵绵地又趴回他肩上。

不知是不是这一声叹息惹他不满，祁行止忽然大力地捏了一把她的臀，又托着她往上颠了一下。

陆弥吓了一跳，还以为自己要掉下去了，不禁惊呼一声。

缓过神来，她嗔怪地拍了祁行止一下：“你干吗？”

“陆弥。”祁行止叫她，“你的第一次是和谁？蒋寒征吗？还是……我不认识的人？”

陆弥身体有一瞬间的僵硬，但她很快恢复过来，推着他的肩，看着他问：“你很介意这个？”

“不。”祁行止认真地摇头，“但我希望……”

他的声音渐渐变小，听不见了。

“什么？”陆弥问。

“我希望……我比他们好。”他抬起头，眼神仍然虔诚沉静。

他知道蒋寒征会非常珍惜她，会认真对待她，不比他少。

可他还是希望能做得更好，比任何人都好。

“我希望你喜欢。”祁行止不再看她，沉沉地说。

陆弥哑然，失语良久。

不知过了多久，她忽然用双腿把他的腰缠得更紧，俯身亲吻他，从嘴唇，到下巴，到喉结……

最后，她在他锁骨处咬了一口。

她没收力，咬得不轻，撤回来看，已经留下一圈粉色牙印。

祁行止吃痛地闷哼一声。

陆弥在他耳边说：“我爱你。”

她只回答他：“我爱你。”

你不用和任何人比较，因为我只爱你。

凌晨三点，万籁俱寂。

祁行止半坐在床上，看着窝在自己怀里熟睡的陆弥。她的脸仍旧泛着绯红，贴在他身侧，伸出一只手来，扣着他的腰，睡得很安稳。

他看见她原本藕段一般洁白的手臂和前胸上布满了红红紫紫的痕迹，心中生出一股复杂的感觉。

这一晚，他也认识了一个新的自己。

祁行止有基本的生理和两性常识，他知道男人在性上总有些征服欲和虚荣心，往往容易忽略女方的感受而用下半身思考。但他原本以为自己不会那么冲动，至少，他以为自己能在彻底被欲望支配之前，首先考虑的是陆弥的感受。

譬如，她喜欢怎样的方式，她是否觉得舒服，她会不会吃不消。

但他发现他控制不住。

在那个时刻，他的自制力冰消瓦解、全无踪影。

他只知道他想听陆弥的呻吟，想不顾一切地进入她的身体，甚至，他想让她痛。

越痛越好，最好是，永远记住谁让她这样痛。

祁行止伸出手，轻轻地将拇指指腹贴在她小臂上的一块红痕处。刚刚好贴合。

他轻轻地摩挲着，回想自己刚刚到底用了多大的力气。

可他当然是记不起来的。他只记得陆弥的声音，那些让他到达顶峰的、让他彻底忘了自己是谁的声音。

祁行止从来都不喜欢失控的状态，可现在，尽管心里有些心疼和自责，他也不得不承认，他是快乐的。

是从未有过的快乐。

睡梦中的陆弥眉头舒展，微微抿着一点下嘴唇，看起来也是安心和欢愉的。

祁行止不禁又想到她在呻吟中叫他的名字，紧紧地拥住他的臂膀，还有咬着他耳垂时说的“我爱你”。他想，她是这个世界上唯一能与他共享这份隐秘欢愉的人。

多么奇妙。

祁行止俯首，嘴唇贴在陆弥的额头上，轻轻印下一吻。

陆弥像是被打扰了美梦，不爽地在他手心里乱挠了两下，嘟囔道：“干吗呀……”说着，她又把脑袋往他腰间埋，贴得更紧，呼出两声温热濡湿的气。

祁行止半边身子一僵。

他定了几秒，然后无奈地低头看向被子。

要命。

他叹了口气，小心翼翼地将陆弥的手拿开，掖好了被子，才下床走进浴室。

浴室里还淌着一地的水，皱皱巴巴的浴巾垫在洗手台上。

祁行止冲了个快速的凉水澡，裹了条新浴巾，轻手轻脚地开始收拾浴室里的一片狼藉。

他把浴巾扔进脏衣篓，将用过的纸巾丢进垃圾桶，正要把洗手台上被碰倒的瓶瓶罐罐摆整齐，陆弥忽然走到浴室门口。

她脑袋一歪磕在门框上，闭着眼问：“你在干吗？”

祁行止听她磕那一声生疼，伸出手垫在她脑袋与门框之间，才说：“……洗了个澡。”

陆弥睡眼惺忪，问题也不经大脑：“为什么要洗澡？”

祁行止支吾着没作声。

过了几秒，陆弥自己反应过来：“哦。”

祁行止：”……嗯。已经洗完了。”

陆弥困得脑袋直晃：“那能睡觉了吗？你不见了我睡不着。”

说完，她闭着眼往前走了一步，全凭感觉伸手一搂，抱住他的腰，舒服地一靠，还吧唧了两声，又放心地睡了。

这澡算是白洗了。

祁行止难耐地闷哼一声，将她打横抱起，又放回了床上。

第二天，陆弥睡到日上三竿，睁开眼睛时脑袋仍然是蒙的，日光从厚重窗帘的缝隙里漏出来，她适应了好久，不知今夕何夕。

她下意识地伸手去够身边的人，却什么都没摸到，只有一部不知在被窝里放了多久、已经变得温热的手机。

应该是祁行止帮她充了电。

陆弥解锁划开手机，被一大串消息提示砸晕了眼。

从好几天前开始，祁行止的、赵婉的，甚至还有段采薏的消息，铺满了整个屏幕。

最多的是祁行止的，先是微信消息，然后是几乎两小时一个的语音通话，全是未接。

虽然现在感到抱歉有些迟，但她还是在心里狠狠地骂了自己一顿。

祁行止高中的时候都会因为她三个月没联系他而生闷气，还把脚给摔伤了，她怎么就这么不长记性？都是人家女朋友了还这么不负责任……

该打该打！

消息提示不断更新，最近一条停留在三个小时前。

Q：我去医院给林院长送早饭，你睡饱了再过来。不用担心。

陆弥这才发现已经中午十二点多了。

她忍着身上的酸痛一骨碌爬起来，“唰”地拉开了厚重的窗帘。

窗外无风无雨。

是个难得平静的好天。

陆弥心中的阴霾被一扫而空，她对着窗惬意地伸了个懒腰，洗漱后快速穿好了衣服，出门向医院走去。

正午，太阳烈了些。阳光透过窗户折射进高层的病房，原本阴沉的房间亮堂了许多。

祁行止清晰地看见那道阳光中细小的灰尘飞舞着，以及阳光尽头处，拘谨而艰难地喝着一碗白粥的林立巧。

她行动绝不能说便利，手背上青紫一片，还插着留置针，微微颤抖着勉强拿稳了塑料小勺，一小勺一小勺地把白粥送进自己嘴里，再缓慢而艰难地咀嚼、吞咽下去。

她耳边稀疏的白发总是掉进碗里，沾上粥；她牙齿也不太好，时不时被粥烫到。但她拒绝让祁行止提供帮助，也不看他。

从他早上来这里起，她就一直是这个态度。

祁行止也一直没有主动和林立巧寒暄，只是做了一个看护者该做的事情——买饭、送饭，保证病人状态正常。

终于，林立巧吃完半碗粥，她叹了口气，放下了碗和勺。

祁行止问："您吃好了？"

林立巧点点头："吃不动了。"

祁行止看了眼，碗里还剩小半碗，也就不多说什么，点点头起身收拾餐具，顺手抽了一张纸给她。

林立巧说了句谢谢，又沉重地倚回床背。吃一顿饭，对她来说，已经是劳心累神的一件事了。

祁行止没说话，利落地收拾着。

忽然，他感觉到林立巧的视线落在他手上。

低眼一看，他手背靠近腕骨处，有一圈小小的、泛着红的明显牙印。

祁行止愣了一瞬，不动声色但动作飞快地把手缩了回去。

他拎起收拾好的袋子，说："我出去扔一下垃圾，您好好休息。"

"小祁。"林立巧却叫住他。

祁行止回身，尽力掩藏目光里的尴尬。

"你和小弥……好好的吧……"林立巧忽然笑了一下，笑得苍白极了。

她的语气轻轻的，像是在叹气，听不出她这到底是个肯定句，还是在疑问。

祁行止"嗯"了声，他无意和林立巧聊太多关于陆弥的话题。

"谢谢你哦。"林立巧沉默了好一会儿，这样说了一句。

祁行止愣了一下，看着她似是遗憾又似乎有些欣慰的表情，才明白过来。

林立巧是在感谢他陪伴陆弥，让她过得开心、不再纠结于陈年旧事？

犹豫了一会儿，他还是开口道："林院长，没什么可谢我的。"

林立巧怔怔地看了他一眼。

"陆弥会有很幸福的一生，因为她足够坚强和能干，她值得。不是因为我。"他淡淡地说，"也不是因为原谅了您。"

林立巧的目光中有一瞬的瑟缩和痛楚闪过。

祁行止忽然心软了，这话是不该对一个病重的老人讲的。

他心中懊悔，暗骂自己冲动——为什么五年过去了，他想到这件事情，还是会这么冲动？

他定了定神，说："但如果'陆弥和我会过得很好'这件事能让您开心一点的话，那么是的，我们会过得很好，永远都会。"

林立巧望着祁行止，她已经多年没有见过他了。

上一次见面，似乎是在祁奶奶的葬礼上。

少年人一如既往的挺拔而单薄，默默地抱着祁奶奶的遗像走在丧仪队最

前列，沉稳得体地完成了一切事宜。

他没有掉一滴眼泪，但谁都不会怀疑这个孩子心中的沉痛和面对死亡的敬畏。街坊邻居吊唁完的，都要小声感叹一句“祁家这个小孩，真是个有出息的”。

而现在，这个年轻人站在阳光照射处，光线将他本就英俊的脸庞雕刻得更加立体。他的外貌似乎变了一些，他不戴眼镜了，身材也不那么薄了。但他仍然挺拔而沉稳，说起话来老练冷静、一针见血，好像永远都不会有情绪波动的样子。

但林立巧能感觉到，说起陆弥的时候，无论表面上如何平和，他都是激动甚至有些莽撞的——就像五年前一样。

林立巧听完祁行止的话，怔了很久。

祁行止也一直很有耐心地等着。

最终，林立巧嗫嚅地说：“我知道……谢谢你哦。”

到今天，她唯一能说的，只有“谢谢”了。

是感谢，也是祝福。

祁行止笑了笑，大步走出了病房。

第十四章 马蹄莲

住院楼每一层的楼梯间都有垃圾桶，但祁行止想出去透口气，顺便看看能不能等到陆弥来，于是他乘电梯下了楼。

电梯里没人，数字规律地向下跳动着。

到某一层时，电梯停住，“叮”的一声开了门。

祁行止看见来人，表情愣了一瞬。

“……三伯。”

他往侧边走了一步，让开位置，喊了一声。

祁方斌明显也愣了一下，但他也很快回过神来，应了声，走进电梯。

伯侄两个上一次见面还是前年在云南。祁方斌做援助医生，刚好碰见祁行止跟着导师去调研，两人在边境的小餐馆里吃了顿菌子火锅，也是像现在这样，气氛尴尬。

不过，或许只有祁方斌觉得尴尬。

祁行止只是话少，他和谁吃饭都不太爱聊天。

那次伯侄两个在云南碰上，祁行止想起两人好久没见，就请三伯吃了顿饭，问了几句近况，便没再多聊什么了。

在他看来，那是再正常不过的一顿家宴——只不过是人有点少。

电梯间里伯侄两人并肩站着，隔着半个人的距离。

祁行止想了想，先开口了，问道：“您怎么在这儿？”

祁方斌是解放军医院的医生，且一直因为专业过硬被奉为权威，几乎是全南城心胸外科首屈一指的人物。如今年纪大了，更成了香饽饽，他一向忙得脚不沾地，连年都没时间过，怎么有空来人民医院？

祁方斌清了清嗓子，说：“哦，市里开会，不能不参加。”

祁行止闻言笑了声：“您没逃成？”

祁方斌这人一辈子就只做好了医生这一件事，连老婆都没娶，气得祁奶奶晚年在巷子里唠嗑，日常话题就是说他不孝。他恨不得人就住在病房和手术室，各种行业回忆、行政会议，从来都是能推就推，不能推也要找学生代替。

祁方斌侧头看了祁行止一眼，心道他这个冰山一样的侄子今天倒是难得心情好。

祁方斌点头应了声："这个逃不了，省里领导要来。"

祁行止轻笑了声，没再接茬。

"你是……和小陆一起回来的？"闷了半晌，祁方斌还是忍不住问。

祁行止已经两年多没回过家了，这时候突然出现在南城，除了陆弥，他想不到其他原因。

祁行止惊讶极了："您怎么知道？"

祁方斌说："我昨天就看见她了。她没怎么变，好认。"

祁方斌提到陆弥时的声音都变小了，语气也黯淡。

祁行止知道其中原因，也不好说什么，只点点头道："嗯，当年福利院的院长病了，她回来看看。"

祁方斌低着头，沉声道："她是个好孩子。"

独自怔了会儿，他又问："林院长什么病？情况怎么样？"

祁行止如实相告："胃癌。情况不太好。"

祁方斌做了大半辈子的医生，见过太多的生离死别，可到这时候，他仍然忍不住叹道："也是个可怜人……"

祁行止没说话。

祁方斌沉默半晌，捏了捏指腹，问："你和小陆……"

"嗯，在一块儿了。"祁行止听出祁方斌的意思，回答得很干脆，"我俩挺好的。"

祁方斌扯嘴角笑了笑："那就好，那就好。你要是有空就……"

他下意识地想让祁行止有空就带陆弥回家给他看看，然后话说到一半，他自动噤了声，尴尬地笑了一下，转而小心翼翼地说："你俩好好的就行，有什么三伯能帮上忙的，你就私下来跟我说。"

祁方斌年轻的时候就脾气好，一张明润亲切的脸看起来就是个好说话的人；到老了更加慈眉善目，整个人弥勒佛似的整天笑盈盈的。这样一张"好人脸"一旦目光躲闪、言辞闪烁起来，就显得尤为可怜，任何人看了都会想起"尊老爱幼"的基本美德想给他提供点什么帮助。

祁行止无奈地叹了口气，苦笑着问："什么叫私下里跟您说？"

祁方斌嗫嚅着，没说出话来。

"再过一阵子，我和陆弥一起回家看您。"他又说。

祁方斌忙摆手："不用不用，没关系，她不愿意你也别……"

祁行止听不下去了，沉叹一口气打断道：“三伯，我说过，当年那事您什么都没做错，和您没关系。”

祁方斌瞬间噤了声，动作也滞住了，两手僵硬地垂在身侧。

“叮——”的一声，电梯下到一楼。

祁方斌先走出了门，祁行止跟在他身后。

“阿止。”祁方斌忽然回头喊他一声。

祁行止看着这小老头愁眉苦脸的样，心中又是好笑又是酸楚。

“你不明白。当年的事，作为医生，我的确没做错什么；可作为你的三伯，是我对不起你。”他有些沉痛地说。

“您不……”

祁行止刚要反驳，又被祁方斌打断。祁方斌伸手拍了拍他的肩膀，摇头道：“你跟人家好好的，开心就好。三伯这儿你不用操心，过好你自己的日子，有什么要我帮忙的，给我发个微信就行了。”

说完，祁方斌摆摆手就往行政楼去了。

祁行止看着他明显不再利索的脚步，心中无奈地叹了口气。

祁大医生，想问题和治病人一样，固执了一辈子。

祁行止独自站在楼下放空，但祁方斌略显蹒跚的背影仍不断出现在他脑海里，挥之不去。

他上一次见祁方斌是在云南，不过是一年多以前，那时候祁方斌还是个精力充沛、体格健壮的中年人，可今天一见，好像忽然就很老了。

老到有了灰白的头发、不利索的腿脚，和略微佝偻的背……

祁行止无法知道他是什么时候变老的，又或者，衰老并不是一件漫长的事情，它有可能突然就发生了。

即使祁方斌以监护人的身份抚养了祁行止十几年，祁行止对他的印象始终是淡淡的——一个忙碌的医生，忙得连老婆都没时间找，更别提管教和关心祁行止。祁行止小时候很感激这种忙碌，因为这让他有了很多独处的时间，而不必在寄人篱下的时光里扮演乖巧懂事的小孩。

这种单一而淡薄的印象被打破，是在祁行止去北京上大学前的暑假。那个时候，陆弥已经离开两年多了。

暑假里，他把自己高中三年的各科笔记和所谓的“状元心得”授权给一家出版社，赚到了一笔对当时的他来说相当可观的版权费。

他还和肖晋一起参与了两款程序的编写，但报酬被那两个牵头的学长拿了大头，层层“剥削”后分到他和肖晋手上，也就够付一顿谢师宴，气得肖

晋冲到工作室把那两个学长痛骂一顿，后来还被反咬一口，那本就少得可怜的四位数也被坑得交了所谓的物资赔偿费和精神损失费。

他也和陆弥一样，去给初中生当了家教。那户人家毫不犹豫地开出一百块一小时的高价的时候，他想到陆弥那年总是煞有介事地强调“我可是收了六十块的高额时薪，当然要好好教你啦”。

那时候他仍然忍不住想，陆弥对他的关心，究竟是因为这“高额时薪”，还是把他当朋友——哪怕只是朋友。

各种报酬攒下来，加上这些年来拿的奖学金和入学后不出意外就能拿到的新生奖学金，付他大学四年的学费生活费已经绰绰有余。

他打定主意，成年后不再花三伯的钱。这个决定和祁方斌是什么样的人无关，只是当时的他心里有一种说不清道不明的冲动和决绝，他想以各种可能的方式证明自己已经长大了。

已经是个合格的成年人了。

出发去北京前一晚上，他到巷口小卖部买了根红豆冰，学陆弥的样子，伸长胳膊挑了冰柜最底下、沾着冰霜最多的一根。

老板娘坚持要给他免单，手掌遮着二维码不让他扫。他拗不过，只好扔下一张五元纸币，不等找零就跑了。

老板娘追着他背影喊了几声，最后摇头“啧啧”赞叹：“状元就是不一样，不仅学习好，这个品行也没得说！”

——21 世纪了，对于中国人民来说，“状元”仍然是对一个人的最高褒奖和一个家族的最高荣耀。

为此，整个暑假，祁行止已经享受过不计其数的优待了。

可惜，他坐在天台上，仰头边啃冰棍边看月亮的时候，仍然没品尝出这甜腻腻的一根糖精棒子有什么独特之处。

陆弥为什么这么喜欢?

他尝不出来，于是只能继续啃。

祁方斌就是这时候上楼来的。

听见脚步声，祁行止很诧异地回头，看见是三伯，便更诧异了。

奶奶去世后，祁方斌没了约束他的人，忙得更肆无忌惮了，一星期至少有五天是住在医院的。就算是在家，他也从不上楼打扰祁行止。

“三伯？”祁行止喊了一声，音调上扬，带着疑问。

祁方斌看起来很疲惫，不知又在手术室里熬了多久才回来。他背着手，表情有点拘谨，点点头应了声，又没话找话地问：“在赏月？”

祁行止有些尴尬地点了点头。

其实今天的月亮实在没什么可赏的，灰白灰白的半轮，光泽黯淡，隐在云雾之中。

“这是……你爸爸当年留下来的。”祁方斌坐到他身边，拿出一张银行卡。

祁行止有些意外。

他当然知道父亲是有些遗产的，但他也顺理成章地认为这些遗产应该用来支付他这些年的抚养费用。

于是他摇头拒绝：“不用，三伯……这些钱不该还给我的。”

祁方斌笑了，问：“不给你，给谁？三伯一个老光棍，除了拿手术刀什么也不会干，要钱干吗？以后就是我死了，钱还不是要留给你？”

祁行止不说话了。

祁方斌这话说得太豁达，豁达得他不知道该如何回应。

祁方斌的笑渐渐凝在脸上，他内心挣扎了好一会儿，沉声道：“三伯知道你能干，不用别人操心。但这笔钱……你要是实在不知道该怎么用，就存着，什么时候你想出国去找她了，也许能用得上。”

祁行止猛地侧过头，震惊地看着祁方斌。

出国去找她……

他说的是陆弥。

他怎么会知道？

祁方斌鲜看见祁行止这么慌张的表情，苦笑着说：“你再怎么沉稳，也还是个孩子。”

少年人悸动的心思，就像荒原上一棵孤零零的树，无人的时候野蛮生长起来，带着原始的蓬勃。他以为自己孤独伫立没人能瞧见，可风一吹，总有“沙沙”的响声会被关心的人听见。

祁方斌虽然忙，但除了医院和病人，他最关心的就是祁行止这个侄子。对方不寻常的情绪，总有那么几个瞬间，是被他看在眼里的。

祁行止难得慌乱，面上平静下来后，一颗心还是跳得飞快。他抿唇低头，静静坐着，一言不发。

祁方斌同样沉默，过了好久才艰难地启齿道：“更何况，如果我当时救了那个小蒋同学，也许……”

他说不下去了。

因为他也不知道如果当时他救了蒋寒征，事情会不会不一样。

他只知道，所有的事情，都是从那一天开始失控的。

一个年轻大学生的牺牲、陆弥的离开、祁行止一日胜过一日的沉默……

“不是你的错，三伯。”祁行止飞快地打断他，语气冷硬。

祁方斌没能再说什么。

红豆冰化成水，顺着指缝流到祁行止的手心，一片黏腻。蝉鸣蛙叫一声接着一声，此起彼伏，不绝于耳。月亮越发黯淡，隐在灰云之后，不见踪影。

这个夏天如此难熬，和前一个、前两个夏天一样。

最后祁方斌沉沉地叹了口气，留下那张银行卡，拍了拍他的肩，离开了。

那天晚上的谈话好像预言了之后几年他们伯侄之间的相处方式——沉默地相聚，偶尔说几句话，祁方斌总是在表达愧疚，而祁行止说了无数遍“不是您的错”，最后祁方斌拍拍他的肩，先一步离开。

和今天的情况一模一样。

祁行止有些疲惫地捏了捏眉心。他在想今年应该回家陪祁方斌过个年，如果情况再好一点的话，陆弥会不会愿意跟他一起？

他知道陆弥不会怪祁方斌，但和陌生人一起过年这件事，对陆弥来说也许并不容易……

不知哪处的钟敲响了整点，报时声传来，已经一点钟了。祁行止正要上楼，兜里的手机忽然响动了一下。

是陆弥发来的微信。

L：我马上就到啦。

还有一张照片，是酒店门口熙熙攘攘的街道。

祁行止看着那简简单单的一句话，和那张构图和采光都略显潦草的照片，笑容不自觉地爬上嘴角。

他想起以前肖晋非常自豪地说过这么一句——

“男人啊，恋爱中智商为零的！”

现在他深有同感。

不然，这么一句短短的话和一张没有实际意义的照片，他为什么盯着看了这么久？

他回复过去：好，我去门口接你。

医院门口有间小小的便利店，祁行止走进去，他猜陆弥肯定没有早起喝水并吃早餐的习惯。

挑了一袋红豆面包和一瓶牛奶，他去收银台结账，正要掏手机付账，目光鬼使神差地落在了柜台前，那些五颜六色的小包装上。

其实避孕套是每家便利店必卖的商品，毕竟是刚需，而且连摆放位置都差不离，基本都在收银台前。

但祁行止过去的人生中去过无数次便利店，每次都是“采购、结账”目不斜视，从未在意过收银台前的物品是什么。

今天，却莫名其妙地就注意到了，还上了心。

人果然是欲望动物。尝过荤腥之后，就对所有与之相关的东西带有捕猎般的直觉。

收银员看见祁行止目光停顿，见怪不怪，还推销了一句："今天有活动，满 39 元减 10 元。"

祁行止顿了一下，点头做淡定状："好的，谢谢。"

他不动声色地浏览那些各式各样的小盒子的牌子和广告语，试图借助这些浮夸的名词在这个陌生的品类中挑选出一款最合适的商品。

但收银员似乎不太有耐心，他拿扫描枪敲了敲桌面，问："要不要？"

祁行止被收银员这么一催，有些无措，又不想表现得太慌张，只好随手拿了最顶上的三盒："要。"

收银小哥上下打量他一边，狐疑地问："这三个？"

祁行止装作淡定模样，"嗯"了声点了点头。

正要付钱，身侧忽然传来一句——

"怎么在这儿？"

祁行止身体一僵。

陆弥笑吟吟地走到他身边，一眼就看见收银台上三个醒目的红色小盒子。

她也顿住了。

一股淡淡的尴尬在空气中弥漫开来，两人都手足无措，不知该说什么好。

按理说，这是件再正常不过的事情，更何况他们俩昨晚都已经做过最亲密的事情了，也没见谁害羞忸怩。

可现在……

尴尬和羞涩来得后知后觉。

收银小哥怪有眼力见的，他上下打量了这两人，便拿扫码枪快速将那几样东西扫完了递给祁行止。

祁行止轻咳一声："谢谢。"拎着黑色塑料袋出了门。

走出店外，他强装镇定地从袋子里掏出红豆面包递给她："吃点东西。"

陆弥也不好意思揶揄他，接过红豆面包，啃了一大口。折腾一晚上，体力消耗过于严重，她饿得肚子里泛酸水。

吃得太猛，艰难咽下去一大口，陆弥打了个响亮的嗝。

"嗝——"

她慌忙闭嘴，有些尴尬地看着祁行止。

毕竟刚做人家女朋友不久，该走的流程要走，目前还是要保持点人模人样的淑女形象。

谁知祁行止和她大眼瞪小眼十几秒，居然忍不住“扑哧”笑出声来，而且越笑越欢，抓着陆弥的胳膊几乎笑弯了腰。

陆弥万万没想到他会是这反应，作为一个性格沉稳的高冷 boy，他不是应该假装没听到或者淡淡一笑表示没关系的吗？

她恼羞成怒，一甩手，又往他小腿上踢了一脚，形象是彻底不要了，大声道：“笑屁啊！”

祁行止笑到失声，整个肩膀都在抖，捂着肚子直不起腰来。

陆弥颜面尽失，心如死灰地叫他名字：“祁行止。”

祁行止艰难地在笑声中回了一个“嗯”字。

陆弥：“别笑了。”

祁行止很想依着她，但他做不到。

陆弥满脸黑线，心情已经从恼羞成怒变成了疑惑——她好好的男朋友怎么这么容易就疯了？

“再笑你人设就崩了。”她说。

祁行止艰难地直起腰，看着她的表情，还是忍俊不禁。

他抿着唇，艰难地忍着笑，又从袋子里掏出牛奶，拧松了瓶盖，递给陆弥：“喝点牛奶。”

陆弥没好气地接过，“咕嘟”喝了一大口。

同时发现祁行止动作飞快地把手掌贴在了她背后，一副严阵以待的样子。

陆弥狐疑：“你干吗？”

祁行止：“怕你再打嗝。”

陆弥咬牙切齿：“祁、行、止！”

祁行止一本正经道：“老噎着对食道不好。”

如果眼神能杀人，祁行止现在已经中了好几箭。

然而祁行止却只能看见她唇边一圈乳白色，在暖融融的正午阳光下，亮晶晶的。

他喉咙一滚，说：“陆老师。”

陆弥没好气：“干吗？”

“我有点渴了。”祁行止说。

陆弥像看神经病似的看着他：“渴了你买水去啊，便利店就在你后面……”

祁行止却摇摇头，说：“如果你不介意的话。”

陆弥：“介意什么？”

她的话被掐灭在喉咙里。

祁行止捏着她的下巴，轻柔地吮着她的下唇，给了她一个青涩而绵长的吻。

中午的街道人少，阳光也静。

时光在这一刻变得漫长。

有了前车之鉴，陆弥走到住院楼楼下的小花园里，坐在石凳上，小口小口地慢慢吃完了那个红豆面包。

将包装袋和空牛奶盒都一股脑丢给祁行止，她惬意地伸长了腿，撑着手，仰面舒舒服服地享受难得的阳光。

世上的事确实神奇，昨天她还苦大仇深地窝在医院的陪护床上，觉得兜兜转转逃了五六年，她的人生依旧。

祁行止一来，事情也并没有被解决，但她却实实在在地觉得安心了。至少，她可以什么都不想地，晒这几分钟的太阳了。

陆弥回忆自己几天前关手机时的心理活动，怎么也想不起来那时自己为什么要瞒着祁行止了。

她只知道，以后无论发生什么事，她应该都不会再做这么愚蠢的决定了。

祁行止扔了垃圾，逆着光下了台阶走向她，因为步子大，黑色大衣的衣角微微翻飞起来，蹭着他裹着黑色裤子的细长小腿。

陆弥贪婪地看着他，看着他永远这样挺拔而俊雅。

唉，单纯论脸的话，陆弥大概真的一辈子也看不腻。

这时，她想到一件未解决的正事。

陆弥转身从背包里掏出那本浅绿色封皮的硬壳书，冲祁行止扬了扬。

祁行止原本淡然的表情忽然扭曲了一下。

“你干吗还带着这本书？”他不自在地在陆弥身边坐下，“捐给福利院的，你怎么能颤自拿出来。”

他说得义正词严的，陆弥心中不禁好笑。

她轻轻咳了两声，同样义正词严道：“你昨天晚上色诱我，害得我忘了正事，这才不是君子之举呢！”

祁行止嘟囔：“……这算什么正事。”

陆弥翻开书壳，把书封上的字展示给他看，问道：“说吧，什么时候写的？”

祁行止小声道：“忘了。”

“忘了？”陆弥显然不太相信。

祁行止苦笑，点头认真道：“没骗你，真的忘了。”

总之是在陆弥离开后的某一天。

也许是他做出了个丑得他自己都看不下去的模型，也可能是他碰到了一

道怎么也算不出答案的数学题，又或者是他又从一个旖旎而缥缈的梦中惊醒，心烦意乱的时候，就在一直放在他手边的这本书上随便写了几行诗。

因为陆弥的钟爱，他读过不少辛波斯卡的诗，但真正记得的，只有那一首。

其实祁行止从小就不喜欢读诗，他习惯收敛自己，因此对于那些细腻而准确地洞察情感的诗句，总是本能地抗拒。

可后来他被迫明白了诗的好处。

那些汹涌而无处安放的情绪，最终只能落笔在诗句里了。

陆弥看着封皮上的字迹，它很潦草，还有两处地方洇开，晕出墨点。她无法想象祁行止在什么心境下落下这几笔，也不知道该对现在的他说些什么。

“为什么把这本捐给福利院呢？”她轻声问。

竹蜻蜓、诗集，祁行止那里和她有关的东西并没有多少，这两样他还全都捐给了福利院。而那时候她在国外，与所有人断了联系。

祁行止偏过头看她，笑了声说：“不知道。

“当时一冲动就都捐了。

“可能是觉得你总有一天会回来。”祁行止歪了歪脑袋，试图回到当时的情景，列举一些可能的理由，“也可能是觉得如果你永远不回来了，我留着这些东西也没用吧。

“也可能……那时候觉得这些东西都是你的，还是回到你的房间里比较好吧。”他很严谨地，又补充了一种可能性。

他是真的不记得了，现在想想，也确实有些不太合理。

然而过去即是异乡，他不可能回到那个时候去了解十几岁的祁行止到底是怎么想的了。

也没必要回去了，他想。除了未来，没有什么时候比现在更好了。

陆弥听他语气轻松，心中不禁泛酸。

祁行止总是把一切事情都说得轻描淡写，给人一种他无论做什么都从容妥帖的感觉。她依赖他的这种妥帖，有时候甚至忘了心疼他。

哪有人天生就沉稳可靠的呢。

陆弥看着他沉静的眸子，笑了笑，最终说：“我们好幸运哦。”

祁行止问：“怎么说？”

陆弥低头去看自己的脚尖，说：“很多事情都很幸运啊。我回国又不敢回南城，在重庆陪 Charlotte 玩，刚好就遇到你；大雨天开车上仙女山，碰到你跑山回来；一冲动去了北京，段采薏那么变态的面试我居然忍住没骂人，结果又碰到你……”

她嘟囔着，脚尖有一下没一下地蹭着地面。

祁行止声音含笑："嗯，是挺幸运的。"

"这就够了，对不对？"陆弥偏过头来看她，目光里带了些较真。

祁行止知道她需要一个肯定的答案。

于是，他点头笑道："对。"

我们很幸运，这就够了。不要管以前怎么样。

陆弥立刻扬起一个灿烂的笑容，褐色的眼眸亮晶晶的。

祁行止伸手揉了揉她发顶。

他不会告诉她，这个世界上没有久别重逢，只有还在等待的人。

林立巧安静地睡了一下午，陆弥则坐在她床边，把这几天没回的各种消息和邮件都回复完了。

照顾林立巧吃完晚饭，陆弥归心似箭，想立刻就见到祁行止。

明明他才离开几个小时而已。

可惜，等到六点，祁行止打来电话，说祁方斌难得在家，又犯了腰疼的老毛病，他想在家里陪陪祁方斌。

陆弥愣了一下，她很久没想起祁方斌这个人了，听他说"三伯"，脑海里才浮现出一个专业而和蔼的医生形象。

当年，祁医生似乎也并不好过……

虽然蒋妈妈和夏羽湖把主要的怒气都撒到了陆弥身上，但作为主治医生，祁方斌也面对了不少的指责甚至舆论压力。

不知道他现在怎么样了……

陆弥回过神，应道："好。"

电话那边沉默了一会儿，而后是短暂的嘈杂，似乎是祁行止换了只手拿电话。

他沉静的声音传来："陆老师。"

"嗯？"

祁行止问："你是不是很想我？"

陆弥一时哑然。

明明也没人看着，她的脸却烧起来。

想当然是想的。

但承认是不可能承认的。

她说："……什么呀，才几个小时。"

电话那头祁行止沉吟了一声，然后说："我等三伯睡了就回去。"

陆弥下意识地说："不用，太晚了干吗还来回折腾……"她不想让祁行止总是为她打破计划。

祁行止低低地笑了声："五个小时，对我来说挺长的。"

电话挂断后，陆弥还独自怔了很久。

她脸上发热，吐了口气，用手扇了扇风，回过神来，发现手机上多了一条未读微信：我很想你。

短短四个字，却轻易地扰乱了陆弥的心跳。

按下电梯准备下楼的时候，陆弥居然像十几岁情窦初开的小姑娘似的，一边兀自笑起来，一边又忍不住去想，如果祁行止站在她面前，说起情话的时候，会是什么表情、什么语气。

说来奇怪，祁行止明明是寡言少语的高冷个性，绝非是把甜言蜜语挂在嘴边的男人。但陆弥就是能轻而易举地想象出他对她说情话的样子。

他会说得认真而虔诚，会专注地看着她的眼睛，会让她觉得，孱弱虚伪的言语有时候也值得被信任，因为它们都包含着沉甸甸的真心。

电梯"叮"的一声打开，陆弥走出去。

刚走到住院楼门口，远远地却看见一个熟悉的身影。

陆弥的心猛地往下一坠，她眯起眼睛看清楚来人，脚步霎时僵住了。

眼前女人的脚步也顿了一下，但她很快就反应过来，气势十足地加快脚步走向陆弥。

她蹬着高跟鞋，"哒哒哒哒"的，每一声仿佛都为她增添声势。

夏羽湖走近了，终于确定，这个人居然真的是陆弥。

她的眼神由不可置信的诧异变为愤怒，然后恶狠狠地瞪着陆弥，最后化成咬牙切齿的一道不屑嗤声。

"你还有脸进医院？"她盯着陆弥的眼睛，冷冷地说。

陆弥双脚被冻住了一般动弹不得，她看着夏羽湖一步步走近，下意识想后退，却又没有后退，只是木然地回看着对方。

"你在这儿。"愣了很久，陆弥淡淡地说了一句，不含任何情感。好像只是大脑应急机制启动，自动替她说了这么一句寒暄的话。

夏羽湖却并不在乎陆弥说什么，她又走近了一些，最后停在陆弥面前。

"你还敢来医院？"她又讥讽了一句，"你不怕遭报应？

"哦对，你这种没有良心的人，当然不怕报应。"夏羽湖又自问自答，笑了一声又迅速冷下脸，死死地盯着陆弥。

陆弥掀起眼帘看她，问："你怎么在这里？"

她记得蒋寒征的妈妈一直是在解放军医院治疗的。

想到这里，她垂下眼，又问："蒋妈妈怎么样了，情况还好吗？"

夏羽湖久久地不出声。

陆弥抬头看她时，她才冷冰冰地吐出一句："走了。"

陆弥的瞳孔一瞬间扩大。

"你很惊讶？"夏羽湖冷笑道，"你难道觉得她还能活很久？"

陆弥低头，嗫嚅着问："……什么时候？"

"上周。"夏羽湖说，"上个月转来这里，还是没救过来。上周人走了，前天被殡仪馆拉去下了葬。"

夏羽湖说这些话的时候，倒平静了很多。

她没想到会在这里碰到陆弥，也不知道陆弥早就回国了。她原本有一肚子冷嘲热讽的话用来羞辱陆弥，可刚刚一走近，看见陆弥仍然是这样一张淡淡的苦瓜脸，满腔的愤怒和恨意好像一瞬间就偃旗息鼓了。

她有多久没有见过陆弥了？

五年，还是六年？

这些年里，她像完成某种仪式一样坚持给陆弥发邮件，发蒋妈妈病中的照片，越是憔悴可怜的，她越是要发。

可除了定期转到蒋妈妈卡里的钱，陆弥一封邮件也没有回过。

夏羽湖几乎已经忘记了陆弥的长相、声音、性格，"陆弥"对她来说就是那个邮箱地址，是一个应该被钉在耻辱柱上永远受刑的靶子，而那些邮件，就是她朝靶子上射去的箭。

现在这个靶子忽然变成了活生生的人，站在她面前，她却好像不知道该说什么了。

她练习多年烂熟于心的斥责、挖苦和诘问，离开了邮件的载体，好像就成了泡了水的火药，不知该如何施展威力了。

两人对峙般沉默着。

不知过了多久，夏羽湖问："你什么时候回的国？在这里干什么？总不会是特地来看蒋妈妈。"她声音很冷，带着尖刻的嘲讽。

陆弥说："我来看长辈，她生病了。"

夏羽湖拧了下眉，她知道陆弥是在福利院长大的，陆弥说的"长辈"应该是福利院的老师之类的。

她当年只知道陆弥出国，和所有人断绝联系，但后续那个福利院的情况怎么样，她没有再关心了。

夏羽湖问："什么病？"

陆弥不解她为什么要问得这么细，但还是如实相告："胃癌。"没什么好隐瞒和遮掩的。

夏羽湖愣了一下，条件反射地冷笑道："这就是报应。"

陆弥略有些诧异地看了夏羽湖一眼。

她知道夏羽湖对她有极深的怨恨，但为什么要伤及其他人？

她拧起眉，露出不悦的表情。

这种表情在夏羽湖看来，无异于挑衅。

你陆弥有什么资格表达不满？你欠蒋寒征那么多，害蒋妈妈缠绵病榻，自己却在国外逍遥度日。这样的人，有什么资格表达不满？有什么资格开始新的生活？

于是她原本平静的情绪再次汹涌起来，控制不住地咬着牙咒骂道："你瞪我？你瞪我又能怎么样？我告诉你，这就是报应！

"你就是个灾星，谁关心你谁倒霉！蒋寒征是这样，你老师也是这样，你身边的人都会被你害死，你这种人就应该下地狱！"

夏羽湖歇斯底里起来，蹬着高跟鞋，居高临下地冲陆弥吼着。

住院部人来人往，大家纷纷侧目，有几个人还停住脚步，打算看一番热闹。

陆弥平静地接受她爆发的怒火，等她说完，看着她起伏的胸脯和怒目圆睁的眼睛，淡淡地说："那应该报应在我身上。"

夏羽湖怔了怔。

"夏羽湖，如果真的有报应，就报应在我身上。"陆弥迎着她的怒视，平静地说。

夏羽湖没有说话。

她打量着陆弥的模样。

陆弥好像没怎么变，还和记忆中一样，冷清寡淡的一张脸，白得过分，瞳孔是浅色的，眼睛里淡淡的没有情绪。

大概，也还是蒋寒征会喜欢的样子。

想到这里，夏羽湖心里止不住地发颤。

她从一开始就不明白，蒋寒征怎么会喜欢上陆弥。她一直以为，这个耀眼、热烈的学长会喜欢和他一样的，热情外放的、灿若玫瑰的女孩。

可某一天，大家好像都知道了，蒋寒征学长喜欢陆弥。蒋寒征是多坦荡的人，他喜欢谁，一定会让全世界都知道的。

可为什么是陆弥？

沉默的、平凡的、丢进人群里毫不起眼的陆弥。

从来没把他当一回事的陆弥。

那时候夏羽湖觉得自己是个神经病，明明很伤心，却要上赶着和陆弥去套近乎、讨笑脸。在那之前，作为班长，夏羽湖的成绩和人缘都很好，身边从来不缺朋友，可她偏偏想和那个没朋友的陆弥混个脸熟。

她想，如果能和陆弥成为好朋友，如果能成功撮合陆弥和蒋寒征的话，那至少，也会在蒋寒征那里留下一个好印象。

只要是朋友，就总有机会的。她保持着这样的信念。她可以等，反正陆弥配不上蒋寒征，反正他们总不可能永远在一起。

后来蒋寒征和陆弥真的在一起了，也如她所预料的那样，真的分手了。

夏羽湖仍然记得那一天，在夏夜里的露天酒吧，她化着在美容店花了两百块的精致妆容、穿着露肩的白色裙子、蹬着带跟的细带凉鞋，找到蒋寒征时的情景。

夏羽湖的父母都是普通的中学老师，她循规蹈矩地当了十几年的乖乖女，初中时带头剪短发、夏天也绝对不穿裙子、和男生单独说了几句话都生怕别人误会，却在那一天，努力把自己打扮成性感的女生——尽管那时候，“性感”在她的思维里还和“风骚”一样，是一个贬义词。

但她觉得蒋寒征会喜欢——“男人都喜欢”，她在网上搜索的结果是这样说的。

酒吧里放着震耳欲聋的音乐，穿着清凉的年轻男女在热浪中尽情地舞动。

嘈杂的环境里，夏羽湖喊了蒋寒征好几声，他都没听到。

最后，她只得用手指轻轻地戳了戳他。

蒋寒征终于回过头来，他脸颊两处淡淡的酡红，眼睛也迷蒙着，看起来醉得不轻。他盯着她看了很久，不知在想什么。

夏羽湖心如擂鼓，紧张地承受着他的目光。

他是没认出来吗？毕竟她的打扮和之前大相径庭。

还是在打量她的打扮？

他觉得好看吗？会喜欢吗？

她在心里不停地猜测着。

可蒋寒征看了半天，最后拧起眉问：“……你怎么在这儿？”他吐字清晰，说话并不含糊，听起来倒还清醒。

“我……”夏羽湖抬起头想要解释，却被他有些严肃的表情吓着了。

蒋寒征皱着眉，上下打量她。

“大晚上的，一个女孩子跑到这里来干吗？”他有些不满似的嘟囔了一句。

“走吧，我送你回家。”

夏羽湖还没反应过来，蒋寒征已经掏出钱夹付了酒钱，手往外一指冲她比了个离开的手势，径直先往走了。

蒋寒征的背影不像平时那么挺拔宽阔，他微微勾着背，左右晃了晃脑袋，脚步也有些虚。

她看着他的背影，欲言又止了好几次，最终还是小跑着跟了上去。

已是夜里十点多了，街上行人很少，离开酒吧一条街之后，更是一个人影也看不见了。

这两天夏羽湖的父母都被调去外地监考，不在家，不然平时这个点，她是不可能在外面的。

蒋寒征喝了酒，步伐不快，但腿长摆在那里，步幅本就有那么大，他似乎又没想起要等一等后面的女生，因此夏羽湖不得不小跑着才能跟得上他。

她穿的凉鞋有点打脚，走久了脚后跟生疼。

走了几分钟后，她终于忍不住“哎”了一声，叫住前面的人。

蒋寒征回头，这才发现她被落下好远。

他折回去，问：“怎么了？”

夏羽湖的右脚后跟火辣辣地疼，她猜应该是磨破皮了，但不好意思和蒋寒征说。她把重心换到左脚上，小声地请求道：“你能不能走慢点？”

蒋寒征愣了一下。

“我跟不上。”

蒋寒征点了点头。

他没立即转回身去继续走，而是看了夏羽湖一会儿。不知想到了什么，他脱下穿在短袖外面的薄衬衫，递给夏羽湖。

“你是不是冷？”

夏羽湖怔了怔，抬眼去看蒋寒征。

他目不斜视，表情淡淡的，语气也稀松平常，好像真的是怕她冷，顺手提供帮助。

盛夏夜晚，即使有风，无论如何也不至于冷的。

但她确实很需要一件衬衫。

穿着这条露肩的裙子在外面待了一下午，路人没什么反应，她自己却很不自在，时不时就要低头看看有没有走光、抹胸会不会歪。

夏羽湖拼命摁下自己悸动的心思，点点头，接过那件浅蓝色的衬衫，披在肩上。

男生温热的体温拢在肩头，她闻见肥皂的淡淡清香。

蒋寒征还在等她挪动步子。

夏羽湖抬头对他说了句“谢谢”，然后继续往前走，忍着疼，尽量加快了脚步。

“没事，我走慢点。”

蒋寒征插着兜，退后了一步，和夏羽湖并肩。

夏羽湖能感觉到宽大衬衫的袖子拂过他的肩膀，她有些紧张，蒋寒征却好像没有感觉，自在地走着，只是步子慢了很多。

如果在平时，她会努力跟上他的速度，尽量走得更快。

但现在，她的右脚仍然很疼，而且她也希望这段路能更长一点。

“你干吗去酒吧？”蒋寒征忽然问。

夏羽湖猝不及防，支吾了一下。

她本来想好了由头的，一紧张都忘了。

蒋寒征也没追根究底，只是说了句：“下次还是尽量别去，你是女的，又是一个人，挺危险的。”

夏羽湖忙不迭点头答应。

一路上，两个人再没有说话。

只有晚风轻轻吹拂，夏羽湖肩头的宽袖，不断地擦过蒋寒征的手臂。

在夏羽湖的指路下，蒋寒征一直送她到小区门口。他知道这个小区，安保很好，于是没有进去。

“好了，你回家吧。”蒋寒征停在小区门口。

夏羽湖从来没觉得回家的路这么短。

她愣了一下，点点头，说：“谢谢学长。”

蒋寒征摆摆手，没再说什么，转身走了。

蒋寒征走远了几步，他的背影在路灯下显得孤单极了。夏羽湖忽然头脑一热，冲着他喊了一声：“学长！”

蒋寒征回身，疑惑地看着她。

夏羽湖一鼓作气小跑到他面前，从小包里掏出两张电影票。

《青春派》。

她在手机上挑了好久，结合网上的那些“约会攻略”，还是觉得一部清新的片子最合适。

“我……我抽中了两张电影票，你感兴趣吗？”她的脸红扑扑的，声音微喘，明显有些紧张。

蒋寒征看她不自觉地把那两张票紧紧捏着，再迟钝，也意识到了什么。

吹了一路的风，他的酒也醒得差不多了。

他恍然明白过来夏羽湖为什么会忽然出现在酒吧。

小学妹羞怯又火热的心意就这么突然砸到他头顶，蒋寒征一时不知该作何反应，只有些头疼地拧了拧眉心。

微醺后又吹了风的不适感加上从天而降的青涩追求者，他是真的头疼，生理性的那种。

但这个拧眉的动作在夏羽湖眼里，就不只是生理性的头疼了。

她的心霎时凉了大半，捏着电影票的手指不自觉地有些发颤，脸颊也憋红了。

迟迟得不到回复，她都快哭出来了："学长要是没空，那就算了吧。"说着又勉强挤出一个笑容，找补道，"反正票是抽奖送的，这电影我也不是特别想看……"

她这表情看得蒋寒征莫名地生出一股愧疚感，下意识地抬起手来踌躇了两秒，脑袋一热就接了。

夏羽湖愣了下，有些惊喜又有些迷茫地看着他。

票已经到自己手上了，蒋寒征不再多想，看了眼时间，说："明天？明天我还在放假，有空。"

夏羽湖怔了半分钟才扬起笑来，笑着笑着又不好意思了，低头红着脸道："那……我们就说好了？"

蒋寒征愣了一下，他有点不习惯，只需要约个时间碰面而已，有必要用"我们就说好了"这么旖旎的用词吗？

他点点头："嗯，十点半的电影，十点二十分在商场门口见就可以。"

夏羽湖有些愕然地抬头看他。她默认，男女生一起看电影，男生应该来接女生的。

但蒋寒征好像没有意识到这一点，他用奇怪的眼神回看夏羽湖。

夏羽湖慌忙低头，没说什么，点头称好。

"那加个微信吧。"蒋寒征离开前，想起正事，"万一我们谁临时有事，或者迟到了，可以提前说一声。免得另一个人干等。"

他一向很有时间观念，做事情也喜欢提前规划好。

夏羽湖小声说："我们加过的。"

蒋寒征有点惊讶，掏出手机："你叫什么？"

夏羽湖诧异地看他一眼，难道他根本不记得她是谁？还是没认出来？这么一路上连她的名字都没想起来？

她紧紧掐着自己的手，近乎羞耻地报上自己的名字："……夏羽湖。"

蒋寒征笑了声："不是，我问你微信昵称。我没备注的。"

夏羽湖反应过来，恨不得找条地缝钻进去。

蒋寒征摇摇头又笑了声。她这反应，确实是够好笑的。

可他咧嘴笑起来的时候，真好看啊……那么漫不经心，又灿烂得像太阳一样的笑容。

夏羽湖低头说："Summer……夏天。"

蒋寒征搜到了："哦，还真加过。"他点点头把她的名字备注上，打着字又问，"你名字怎么写的？哪个 yu 哪个 hu ？"

"羽毛的羽，湖水的湖。"

蒋寒征点点头："行，那明天见。"

夏羽湖朝他挥挥手："学长再见。"

第二天十点，夏羽湖提前整整二十分钟到了商场门口。

她今天没化妆，也没有穿“性感”的裙子，但也用心打扮了一番。白色连衣裙，袖口有一小圈蕾丝花边，蝴蝶结发箍，还有平底细带的白色凉鞋，是她自己最喜欢也最舒服的打扮。

十点十五分，蒋寒征也提前五分钟到了。

他出现在马路对面的红绿灯下的时候，夏羽湖的心跳不受控制地加快。

蒋寒征迎着烈日走过来，说：“你到得好早。”

夏羽湖的声音细细柔柔的：“嗯，我习惯早到。”

蒋寒征很公正地表扬她：“这个习惯很好。”

虽然知道蒋寒征这句表扬没有其他意思，和夸奖他篮球队里的兄弟差别不大，但夏羽湖还是轻轻抿嘴，发自内心地笑了出来。

看电影前，蒋寒征给她买了冰可乐和焦糖爆米花。

夏羽湖问他为什么不吃，他说他不爱吃甜的。

爆米花已经抱在夏羽湖手里了，他才想起来问：“哦，你是不是不喜欢吃这个？想吃什么别的？”

说着，他又掏钱包打算再买点。

夏羽湖忙摇头：“不是，我挺喜欢的。”

蒋寒征这才作罢，点头嘟囔道：“你们女的不都喜欢吃甜的？”

夏羽湖没听清，也没追问他说了什么。

整场电影，蒋寒征看得特别认真，正襟危坐、目不转睛。

夏羽湖的心思当然是不在电影上的，可她偷瞄了蒋寒征好几次，没有得到任何回应，最终也不得不扭头专注看电影。

散场后，夏羽湖问他：“学长，你觉得……这个电影好看吗？”

“还行。”蒋寒征对文艺作品一向没有什么鉴赏力，让看就看，看到就算，他想了想给出了挑评价，“那男的有点㞞。”

夏羽湖见他说得一本正经的，不禁“扑哧”笑出声来。

蒋寒征摸不着头脑，问：“笑什么？”

夏羽湖抿着嘴摇头：“没什么。”

正好是饭点，蒋寒征又主动说要请她吃饭。

他这个个性，是不可能让女生大中午空着肚子回家的。

烤肉店里，夏羽湖绞尽脑汁抛话题，又是提问又是捧哏，勉强把气氛带起来，和蒋寒征聊得还算愉快。

她知道他还在学校受训，但已经开始参加一些模拟任务，毕业后就会被分配到单位上去。

蒋寒征也有来有往地问了她一些问题，比如在哪里上大学、什么时候开学之类的。

吃完饭，夏羽湖又试探性地提出要不要一起去游戏城玩，被蒋寒征拒绝了。她没表现得太失落，而是笑着说下次再约。

蒋寒征没答应，也没拒绝。

大白天的，商场离家里又近，蒋寒征没主动提要送她回家。

夏羽湖并不觉得失落，反而主动和蒋寒征道了别。

她知道这种事不能操之过急，而是要循序渐进。而且，看今天的状况，至少，蒋寒征不抗拒她。

剩下的，就是时间和机会的问题了。

可夏羽湖没等到机会，只等到蒋寒征牺牲的消息。

而最让她绝望的是，即使在牺牲的时刻，蒋寒征个人档案中的“遗书”收件人，也仍然是陆弥。

你看，陆弥有多可恨。

她怎么能不恨？

夏羽湖记得那几天的大雨，像倒黑豆一样泼洒在整座城市，噼里啪啦，噼里啪啦，昼夜不停。

她一直窝在家里，一边埋怨这作死的天气害她连把蒋寒征约出来的借口都找不到，一边又不停地刷手机，搜索各种南城攻略，策划着与蒋寒征的下一场约会。

她也会给蒋寒征发微信，但发得不多，无论是频率和用词上都很克制——“只需要不断刷刷存在感，让他时不时看到你就好了，不能太上赶着”，这也是她在网上搜到的。

对她的信息，蒋寒征有时会回，有时没动静，她也不在意。

又过了几天，蒋寒征回学校了。

雨势也渐渐变小，夏羽湖望着窗外灰蒙蒙的天，心里雀跃地想，等下次蒋寒征放假，她就可以约他去玩 CS 了。那天她给他发了一条游玩攻略，他回了一句“看起来挺不错的”。

CS 基地的套票需要提前预订，她和蒋寒征说了，放假日期如果定下来了，记得告诉她，她好订票。

第三天，蒋寒征发微信给她：我后天就有假，但可能没空跟你去 CS 了。

夏羽湖心里一凉，下意识打出“为什么”三个字，又删掉，转而问：你提前放假了吗？假期有几天呢？换一天去也可以的。

蒋寒征过了很久才回复：假期只有一天，没时间去 CS 了，抱歉。

夏羽湖心中不可能不失望，但她还是发过去一个笑嘻嘻的可爱表情包：没关系，那我们下次再约吧。

蒋寒征没再回复。

后来夏羽湖才知道，蒋寒征突然挤出一天假期，是因为那一天，陆弥回南城找街道办开证明。

她要出国做交换生，听说是拿了奖学金。

蒋寒征是为了见她，才会在那一天回家，才会碰到那个持刀伤人的男人，才会为了救人而牺牲自己。

那一天，暴雨折返，浇透整座城市。

夏羽湖看见跌坐在地悲痛欲绝的蒋妈妈、低着头道歉的医生，和默默站在一旁满脸苍白的陆弥。

陆弥是最早被叫到医院的。

因为蒋寒征秀恩爱从来都很高调，认识他的人都知道“征哥就是个老婆奴”，所以一出事就通知了陆弥，比蒋妈妈还早。

夏羽湖没有看见蒋寒征，怎么都不肯相信这一切。

太荒唐了。

怎么可能呢？

明明前几天还健康、强壮的人，还好好地和她看电影请她吃饭的人，怎么可能就这么“牺牲”了呢？

怎么可能。

直到她看见那个戴着氧气面罩被推出手术室的人。

他手上还锁着手铐。

后来那几年医生题材的电视剧很火，夏羽湖在电视里看过很多遍那个桥段——主角和反派被一同送进医院，医生却只能先救一个。

电视剧为了骗观众的眼泪，总是会让医生先救反派，因为“有手术指征”。

可电视剧也总是会有大团圆的结局，即使医生先救的是反派，命悬一线的主角也总是能安然无恙。

可蒋寒征没有。

那一天，蒋寒征因为见义勇为，牺牲在大雨滂沱的南城。

多狗血的桥段。

凭什么医生就只能先救一个？那么大的医院像个摆设。

凭什么坏人总是运气那么好？

凭什么牺牲的总是正直善良的人？

希波克拉底誓言在电视剧里被诵读了一遍又一遍——“生命从受胎时起，即为至高无上的尊严；即使面临威胁，我的医学知识也不与人道相违。”

可夏羽湖还是想问——凭什么？

凭什么死的是蒋寒征……

如果不是为了见陆弥，蒋寒征就不会和同学换任务，他也不会路过案发现场，不会中刀，不会牺牲……

凭什么？死的是蒋寒征，而始作俑者却安然无恙地出国念书，好像什么都没有发生过。

夏羽湖永远不会忘记，在所有人无法接受事实，连几个铁骨铮铮的汉子都忍不住掩面痛哭时，陆弥居然那么平静地，上前拉住了揪着医生领子的蒋妈妈。

她甚至面无表情地向医生道了个歉：“对不起。”

连祁方斌都歉疚得红了眼眶的时候，陆弥仍然一滴眼泪都没有。

那天陆弥挨了蒋妈妈狠狠的一巴掌，脸颊上的手指印清晰可见，还有数不清的辱骂和诅咒。那是夏羽湖第一次知道，一个人可以说出这么多脏话。

可陆弥还是那副没有表情的样子，一句话不说，一滴泪也不流。好像蒋寒征死了就死了，和她没有任何关系。

遗体火化那天，雨仍然没停。南城每年都要经历一遭的夏季暴雨，那一年好像格外漫长，没有尽头。

陆弥来了，被蒋妈妈狠狠推了一把，摔在雨里。她还是不说话，自己爬起来后，就那么站在门外。

夏羽湖从窗户看见，祁医生和另外一个男孩子不知什么时候也来了，站在她身后。男生穿着黑色衬衣，个子很高，在她身后撑起一把伞。

夏羽湖看着那把倾向陆弥的伞，和男生湿透的肩头，最后一点恻隐之心也蒸发殆尽。

你看，这种时候，还有人给她撑伞。

你看，陆弥有多可恨。

…………

夏羽湖扬长而去，围成一圈看热闹的人留下几个或同情或奚落的眼神，也渐渐散了。

陆弥缓缓松开了紧攥着的手，沉沉地松下一口气。

她呆站在住院部门口，忽然记不起自己原本该干什么。

哦……祁行止。

陆弥僵了好一会儿，想起来，祁行止说他今晚会回来。

她搓了搓冰凉的手指，裹紧大衣向外走去。

酒店房间的窗户还大开着，早上她贪阳光暖和，就没舍得关，现在“呼呼”灌进北风，把门“砰”的一声关上了。

陆弥上前把窗户关上，将厚厚的窗帘也拉上，室内一片漆黑。

她懒得开灯，蜷缩在沙发里，脑袋搁在膝盖上，往亮起的手机那儿看了眼时间，七点二十分。

不知道祁行止什么时候回来，她打算等他。她漫无目的地刷了会儿手机，眼睛干涩，揉了揉，落下两行泪来。

夜里，雪飘起来。

祁行止披着一身霜雪回来。

房间里一片黑，他还以为陆弥还在医院。听见呼吸声，才发现沙发上缩着的小小的人。

他没敢开灯，怕惊醒她，走近了，却发现她呼吸并不安稳，反而有些乱；明明睡着了，却紧紧蜷着身体，明显处于高度紧张的状态。

他犹豫了一下，轻轻地握住陆弥蜷在胸前的手。

她的手紧紧握成一个拳头，祁行止就把它全部包住。

陆弥一下就醒了，还没睁开眼便呢喃着：“回来了？”

也不等祁行止说话，她张开手就抱住他的腰。

祁行止轻轻推她：“我身上凉。”

陆弥不撒手，闷闷地说：“抱一会儿就暖和了。”

她声音齉齉的，不知道是睡在这里着了凉，还是因为哭过。

祁行止知道一定出了什么事，握住她的肩膀，轻声问：“怎么了？”

陆弥睁开眼。

漆黑的房间里，她的眸子很亮，盈着水光。

她不回答他的问题，只是直起身，跪在沙发上，仰头去亲他的嘴唇。

男生的身体暖得很快，刚刚还一身寒气，这么一会儿，就已经变得那么火热、那么温暖，让她忍不住想靠得更近。

祁行止微微撇开头，尽量笑得轻松，问：“跟我说，怎么了？”

陆弥仰面，拧眉盯着他，似乎很不满：“我想亲你。不行吗？”

祁行止怜惜地抚着她的脸颊，低头吻了吻她的唇角。

陆弥像是得到鼓励，更热情地勾住他的脖子，深深地吻住他。

祁行止回应她的一切热情，手上却很安分。他在她背上摩挲了几下，便捞起她的膝弯，稳稳地将人打横抱起。

回到床上，陆弥紧紧地搂着祁行止的脖子，亲吻从他的嘴唇慢慢下移到他的脖子。

祁行止一面任她亲吻，一面分出手来扯开被子。

陆弥的手触到他衣摆的时候，被他捉住了，然后他用另一只手将被子一拉，盖在陆弥身上。他坐在床边，把捉住的手也放回被子里。

陆弥已经完全清醒过来，十分不满地瞪着他。

“你着凉了，再折腾会感冒。”祁行止说，又指了指她身上，“把毛衣也脱了吧，这样睡明天早上还是会感冒。”

陆弥还是瞪他。

祁行止也不说什么，轻声叹了口气，自己动手了。

陆弥不可置信地看着他替她把毛衣裙脱了，然后面不改色地略过了她只剩紧身保暖衣的身体，把衣服叠好放到一边，掖紧被子，继续叮嘱：“睡吧。”

“祁行止，你是不是有病？”陆弥忍不住了。

“没有。”祁行止回答得一本正经，还伸手探了一下她的额温，“还好，没发烧。但再不安分一点就要烧了。”

“祁行止！”陆弥有些恼了，祁行止明明就是故意忽略她的意思。

“现在不是个好时候，陆弥。”祁行止静静地望着她说，“或者，你明白地告诉我，发生了什么。”

陆弥看着他漆黑的瞳仁，一下就噤声了。

她原本想要赖撒娇蒙混过关的，却差点忘了，祁行止是个多聪明而坚毅的人。和他打太极，什么时候有过好结果……

祁行止微微颔首，不知在想什么。

“你现在不想说，那就不说。好好睡一觉，明天才有精神。”

祁行止知道一定发生了什么事情。

他原本以为现在他和陆弥可以坦诚相对、无话不说，所以他问得很直接。可陆弥似乎，仍然不愿意告诉他。

说失落当然是有的，他甚至还有点生气。但他也不愿意逼得太紧，所以只能先哄她睡个安稳的觉。

他微微笑了下，摸了摸陆弥的脸颊，说：“你先睡，我去洗澡。”

他起身要走，手却被拉得很紧。

“祁行止……你喜欢我啊。”

尾音很轻，听不出她是在疑问，还是在陈述。

祁行止回头，气笑了："真发烧了？"

他说着要去摸她的额头。

他这动作却在看到她眼神的刹那滞住了——陆弥仰头看着他，漆黑的眼里尽是迷茫和仓皇。

这样的眼神，在五年前的那个大雨天，祁行止也见过。

"干吗要喜欢我啊……"

淡淡的一句话，让两人都沉默了。

陆弥好像并不期待他的答案，她眼神空空的，看了他一会儿，又垂落下去。

而祁行止的沉默是因为，他从来没有想过这个问题。

他自认是个很有自知之明的人，浑身上下也就这一点还算有些用处——那就是他从来都清楚自己的心。从小到大，他很清楚地知道自己要什么、不要什么，喜欢什么、厌恶什么。

就像那年夏天陆弥走进他的小阁楼，他就知道，这个女生已经在他心上。

但他不会问为什么——为什么喜欢陆弥？

这样问自己，也太傻了。

但也许，现在的陆弥很需要这个答案。

祁行止又坐回床边，轻轻握住陆弥的手。

她的手不小，手指修长，比一般女生的手都要长点，但是手掌很窄，握在他的大手里，还有很多富余。

"陆弥，你还记得我们第一次见面吗？"他轻轻笑了一声，问。

陆弥抬头看他，有些懵懂。

"你来给我补课，那一次。"他不等她的回答，低声说着，"那天，我刚过完第十个没人记得的生日。"

其实不是没人记得，最开始三伯和奶奶都记得的，只是他自己不愿意过，后来也就没人提了。

陆弥倏地睁大了眼睛。

她早就不记得和祁行止第一次见面的具体日期，现在一想，的确是六月，祁行止生日的时候。

她的眼睛有神了些，等着祁行止继续说。

"还有，你戳穿我，问我为什么要找家教，我说因为我不想出去旅游。"祁行止说，"当时我特别怕你继续问，比如干吗不想旅游之类的，因为我没法解释……但你没有。

“那时候我觉得，你真的很好。”祁行止说着，有些羞赧地低头笑了一下，“我不喜欢和人说话的，可那天我好像和你说了很多。”

陆弥听着他的声音回忆往事，也轻轻地笑了笑。

祁行止被这淡淡的笑鼓励，捏了捏她的手，说：“如果没有你，我可能会话越来越少吧。也可能不会交到老肖和雷哥那些朋友，不会去学摩托和踢足球，不会去梦启当志愿者……如果没有你，我生活中很多事情都不会发生。”

即使后来的很多年你不在，我生活中大部分的色彩，也都是因你而来。

为什么喜欢陆弥？

也许是因为第一次见面那天她太好看，褐色的瞳孔轻盈明亮；也许是因为她挺有趣的，伪造了两张证书还承认得那么爽快；也许是因为那天的蜂蜜柠檬水香甜清凉，他的心情也因此前所未有的舒畅……

其实祁行止心里仍然没有答案。

非要让他说一句真心话的话，他觉得，就是碰上了。

就是那一天，他碰上了陆弥。

可他必须说出两件具体的事情来向陆弥证明——你值得被喜欢。你给我带来很多快乐和幸运，你改变了我的生活。

他知道，他必须要让陆弥相信。

陆弥凝望着他静了一会儿，“扑哧”笑出声来，低头道：“你骗我。”

祁行止把她扣紧怀里：“没骗你。”

陆弥齇齇地说：“你说得好夸张。”

祁行止说：“我不说谎。”

他的怀抱温暖，大手扣着她的后脑勺将人紧紧贴在自己身前，像是要把这么多年她心中的那个空洞彻底弥合。

不知过了多久，陆弥说：“我今天碰见夏羽湖了……”

夏羽湖。

祁行止知道这个女生，当年蒋寒征尸体火化那天，如果不是他拦着，她会对陆弥动手。

他轻轻摩挲陆弥的背：“嗯，没事的。”

陆弥：“蒋寒征的妈妈去世了，就在前几天。”

祁行止的动作僵了一下，几秒后，他问：“你想去看看她吗？我陪你。”

陆弥不说话。

祁行止忽然觉得自己也许说错了，陆弥有什么义务去看望蒋寒征的妈妈呢？一段短暂的少年恋情，一个素未谋面的老人……他不该再给她这样的压力。

他正要说什么，就忽然感觉到胸前一阵濡湿。

陆弥紧紧抓住了他的衣襟，开口带上了哭腔："……可是我哭不出来。"

祁行止一阵心疼。

陆弥压抑的情绪终于爆发，眼泪也再止不住，她哭号起来。

"那年蒋寒征……我，我也哭不出来……为什么……为什么，我那时候没有哭……"

为什么我是这样糟糕的一个人？

为什么我离开前没有对他说过一句"喜欢你"？

为什么在他牺牲之后，我连眼泪都流不出来？

这些年，陆弥耿耿于怀的，并不是当年提了分手，而是她从未与蒋寒征好好告别。

陆弥哭得厉害，号啕之后又变成抽泣，揪着祁行止的衣服，颤抖着。

祁行止不知该说什么安慰她，尽管他比谁都明白陆弥的感受。

那年父亲的葬礼，他穿着丧服跪在火盆前，也没有流一滴眼泪。奶奶叫他哭，甚至掐他的胳膊让他哭，可他哭不出来。

他看着那个巨大的黑色棺材，想知道里面装的究竟是不是他的爸爸——如果是的话，爸爸为什么在里面？为什么不在我身边？

他不想哭，他想知道爸爸为什么不在。

陆弥的抽泣声变小，情绪也渐渐平复下来。

祁行止说："明天，我们一起去一趟墓园，好不好？"

陆弥抓着他的衣襟，沉沉地点了点头。

"好。"

祁行止低头，轻轻地吻她的额角。

第二天早上，风雪寂静。

祁行止醒得早，扭头看见陆弥仍蜷在他怀里，呼吸均匀，但眉头还是轻轻地皱着。他低头，轻轻吻了她一下，蹑手蹑脚地下了床。

他要先去车站把回到南城的傅蓉蓉接来。昨天晚上傅蓉蓉临时发短信给陆弥，还好被祁行止偶然间看见。

临近年关，南城火车站人头攒动。

傅蓉蓉背着一只巨大的布包从人堆里挤出来，齐刘海被汗黏在脑门上，乱糟糟的。

她一眼就认出了多年没见的祁行止。

祁医生家的这个男孩子还是这么好看，在人群中最打眼。

祁行止没和她多说话，打了个招呼后，直接叫上车载她回了医院。

两人各从一边下车，祁行止交代了一句，径直往酒店去。

傅蓉蓉犹豫了一下，叫住他："哎……你等一下。"

祁行止回头。

傅蓉蓉问："陆弥姐……不来医院看看吗？"

祁行止说："她没有这个义务了。"

傅蓉蓉欲言又止。

祁行止没等她说话，转身走了。

回酒店的路上，祁行止给陆弥带了早餐。红豆粥、糖三角，陆弥是孩子的口味，一直爱吃甜的。

走进房间，才发现她已经醒了，脸颊有些异常的红，坐在床上发蒙。

祁行止有些紧张，快步走过去将手贴在她的额头上，怕她是真发烧了。

陆弥摇摇头："没事，就是太热了。"

昨天晚上祁行止把空调的温度开得很高，还拿被子将她裹得严严实实，蚕蛹似的，能不热嘛。

陆弥把被子推到腿上，不太舒服地扭了扭肩，抱怨道："你没给我脱内衣。"

怪不得她一晚上都睡得憋闷。

祁行止不自在地咳了一声。

昨晚能克制地替她脱掉毛衣已经是对他极大的考验了，还脱内衣？他又不是神仙。

他把毛衣递给她："快穿上衣服，别感冒了。"

陆弥仍然蒙着，眼睛半睁半闭地把衣服囫囵套上，头发乱成了鸡窝。祁行止伸手，替她抚了抚平。

她脸上红潮褪去，皮肤白皙，摸上去暖暖的，像刚剥了壳的鸡蛋。

祁行止喉咙滚动一下，收回手："你先洗漱，我去把早餐摆好。"

陆弥洗漱完出来，人就彻底醒了。

她安安静静地喝完粥，啃了一个糖三角，最后接过祁行止剥好的茶叶蛋，将蛋白吃了，蛋黄丢回他碗里。

祁行止失笑："这么大人了还挑食？"

陆弥："噎嗓子。"

祁行止不再说什么，两口把那个蛋黄吃干净。

两人一直安安静静的，没人提接下来要去的地方，也没商量要不要买花或者其他东西。

祁行止收好餐盒，叫了辆车，又从电视柜边拿出一束刚买的马蹄莲。

陆弥这才注意到房间里有束花。

洁白的花苞，绽放在挺秀翠绿的粗壮根茎上，一朵一朵小小地簇在一起。

她怔了一下："什么时候买的？"

"刚刚。"

医院附近，卖花的很多。

"只有菊花和马蹄莲，我选了这个。"祁行止说，"你要是觉得不合适，我们下去再买一束。"

陆弥摇摇头："不用了，挺好的。"

她上前接过花束，抱在怀里，右手仍旧挽着祁行止的臂弯。

永祥墓园离市区很远，开车也要一个多小时。

陆弥静静地坐在后座，窗外景色变换，她开了点窗，冬日的空气清冽，她隐约闻见马蹄莲的清香。

墓园门口的小亭子里有个管理员，裹着军大衣，揣着袖子在"小太阳"前烤火。

陆弥找他登记，报了蒋寒征的名字。

管理员狐疑地上下打量她一眼，嘟囔道："没见过你。"

陆弥抿抿唇，没说话。

"来看他的人好多。"管理员絮絮叨叨的。

"每年倒是也有个小姑娘，跟你一样捧束花。不过她那个好像是菊花，你这挺少见的，是什么花？她也总是一个人来。"

陆弥猜他说的是夏羽湖。

管理员登记好她的名字，抬起头，这才看见她身边还有个人，补了一句："哦，不是一个人啊。"

这管理员有点话多，而且他自己似乎不觉得尴尬。

陆弥抽了三支香，说了句"谢谢"，对他的那些嘟囔不作回应。

祁行止看了她一眼，冲墓园里面努努下巴："去吧，我在这里等你。"

来的路上，陆弥其实一直在想要不要和他一起。如果叫上他，似乎很奇怪；如果不叫，好像有点伤人，她自己都会觉得自己没良心。

没想到祁行止主动说他就在外面等。

陆弥点点头，转身进了墓园。

这是她第一次来这里，要在脑海里不断回放刚刚在登记簿上看到的号码才能准确找准位置。

当年在医院，她就连他的遗体都没敢看。

火化的时候，她也只是在殡仪馆外面守着，没有跟到墓园来——也许是因为蒋妈妈不让，也许是因为她不敢。

现在，蒋寒征的笑容定格在一张黑白照片上，这是她和他时隔五年的再见。

他还和以前一样，笑起来爽朗开怀，露出一排整齐的大白牙。

陆弥盯着那照片看了一会儿，也被感染了似的，轻轻笑出来。

和蒋寒征在一起的时候，虽然心里装着许多无法释怀的事，可她经常笑，蒋寒征总是在逗她笑。

她蹲下身，拿手拂了拂他碑上的灰尘，把那束花平放在碑前。

“给你买了马蹄莲，希望你不要觉得矫情。”她轻笑着说，想起蒋寒征的大男子作风，他觉得一切花儿草儿都“娘们儿唧唧”，可要是她喜欢，他也会给她买，也会别扭地在行人的注目礼下捧着大束花朵走一路。

洁白的花朵静静地躺在他的笑容下，风一吹，花瓣便向一个方向舒展，像马蹄奔腾，像他的铁马金戈。

这花很适合他，陆弥忽然觉得轻松了一点。

她站起身，仍看着那照片。

“我回来了。

“当了老师，还有几个学生挺喜欢我……你以前还说我这种脾气肯定不招小孩喜欢……

她说着说着，发觉自己竟然有些翻旧账的意思，苦笑了一声，不说了。

她只是想和蒋寒征分享一些近况，像以前蒋寒征习惯的那样，可在脑海里想来想去，能和蒋寒征说的，也就这么几件事。当年他们在一起，满打满算不到四个月，对对方生活的参与度，其实并不高。

陆弥和蒋寒征分享过的，也不过就是大学里的课业和当老师的梦想，这么几件小事。

笑容凝滞在眼角，陆弥顿了顿。

“对不起。”她还是只能说这一句。

照片上的人还是笑着。

“我以后……会来看你。”她低头又说。

冬风又吹起来，衬得墓园里更加寂寥。

陆弥好像没有更多的话可以对他说了。

她又看了他一会儿，笑起来，轻声道：“我走啦，以后都会来的。”

往后挪了两步，她忽然又停住了。

“蒋寒征。”她嗫嚅着开口，叫他的名字。

“我喜欢过你，全心全意。”

风把马蹄莲的清香吹向远方。

那个正直的少年像从前一样，笑得爽朗灿烂，温暖如阳。

从墓园出来，陆弥看见祁行止站在路边。

他挺拔地站着，目视前方，一动不动，除了鼻尖被冻出一点通红，几乎像个雕塑。

那个话多的管理员眼神在他们俩之间睃了好几遭，也没猜到这两人是什么关系。一个进去祭拜，一个在外面一动不动地等着？这情况可少见。

陆弥登记完离开时间，他忍不住问：“哎，那是你家司机啊？”他朝祁行止努努下巴。

这都什么跟什么？

陆弥没搭理他，脚步匆匆地走向祁行止。

祁行止这才回过神似的，语气里似乎有点惊讶：“怎么就出来了？”

陆弥看他通红的鼻子，心里有点发酸，紧紧挽着他的手臂：“说完了。”

“那现在回去？”

陆弥将脑袋靠着他的肩膀，点了点头。

祁行止伸出另一只手来，揉了揉她发顶。

他的手很凉。

“祁行止。”陆弥又叫他。

“嗯？”

“后天是不是就过年了啊？”她想到刚刚在那个小亭子里看到的日历。这几天日子过得糊里糊涂，居然就快到除夕了。

祁行止点头：“是。”

“我们……陪三伯过年好不好？”她尝试跟着他喊祁方斌“三伯”，开口时脸上还是有点发烫。

祁行止僵了一秒，好像在反应她说的“三伯”是谁。

但他有点反应不过来。

“嗯？”陆弥轻轻摇一下他的手臂，“三伯有没有空？他要去医院忙吗？”

“不忙。”祁行止好久才找到自己的声音，低声说，“他今年应该在家。”

“好，那我们回家。”

第十五章 南城事

酒店还剩一天，两人趁机休息了会儿。第二天，收拾了行李，又一同去和林立巧告了个别。

陆弥之前说过，她会负担林立巧之后的医疗费，但傅蓉蓉回来后，她不会再来见林立巧。

并非难以释怀，只是有些人只适合留在回忆里。强行圆满，去处理一段交杂着好感和芥蒂的关系，太为难她了。

林立巧坐在病床上朝她笑，说："好小弥，你过你自己的日子去，不要再记挂我。"

傅蓉蓉似乎有些愤愤，欲言又止了半天，在祁行止过冷的目光下，只小声说了一句："你要是有空，也可以来看看的……"

"我不来了。"陆弥回答得很干脆，"钱我会打到你卡上。"

林立巧仍然讷讷地摇头："不用，不用。"

陆弥不和她多说，又道："福利院如果一直还在，我也会尽量帮衬一点。但也只能尽力而为，我没有很有钱。"

林立巧不摇头了，红着眼眶忍住泪。

"我走了，你好好养病。"

陆弥最后说。

没有怨愤，没有不舍，她淡淡地同林立巧告了别。

这世上，大部分人之间的关系都是这样的。曾经或依赖，或信任，或怨恨的人，也能变成过客。时间会稀释所有浓烈的情感，最后能好好地告个别，就已经算圆满了。

回到老巷子，经过福利院的时候，门口玩闹的小萝卜头都换了一拨，她几乎一个都不认识了。

没看见熟悉的面孔，陆弥也没有停留，挽着祁行止的手往巷尾走。

拖着行李箱，还拎着包，居然有种“夫妻双双把家还”的感觉。

想到这儿，陆弥不禁笑了声。

祁行止听见，也不说什么，扭头看她一眼，也淡淡地笑。

“你笑什么？”陆弥问。

祁行止不再看她：“也许跟你一样。”

进了家门，祁方斌在午睡。

陆弥不想打扰他，先去祁行止的房间里坐着。

祁行止的房门像是个任意门，一推开，时光就倒回六年前。

房间里的一切陈设都没变，门边的篮筐、篮筐下的垃圾桶，大排壁橱里一定放着许多模型，就连那台老电风扇，都还兢兢业业地立在墙角——尽管现在是大冬天。

祁行止下楼去做饭，让陆弥自己休息会儿。他上楼前瞥了眼餐桌，就知道祁方斌一个人在家什么也没吃，老头总觉得自己年纪大了，吊口仙气就能活。

祁行止书桌前有两把椅子，一把是和桌子配套的靠背椅，另一把是从楼下拿上来的餐桌椅。后者，是当年陆弥给他补课时坐的。

没想到还放在这儿。

陆弥坐上去，好像又看见当年的小祁同学认认真真地坐在这里听听力、写作文，大夏天热得耳郭通红——不过现在想起来，也不知道这红究竟是因为什么了。

这里摸摸那里看看，又欣赏了一会儿祁行止的模型，她拿出手机打开银行账户。

在梦启度过了消费极低的半年，工资加上刚发的年终奖，还有这些年的积蓄，将将好十二万。

陆弥想到之前问医生，林立巧的病后续治疗大约需要多少钱。

医生说得并不委婉，大意是“看她能活多久”。

如果一直坚持着，仪器、化疗，还有各种杂七杂八的费用，肯定不便宜，毕竟是癌。

陆弥咬咬牙，转了十万到林立巧账上。

可怜她二十五岁的人了，国内国外打工经验何其丰富，然而出走半生，归来存款刚破万。

祁行止简单炒了两个菜上楼，就听见陆弥一声长长的叹息。

祁行止在另一张椅子上坐下，把她转到自己面前，好笑地问道：“怎么了这是？”

陆弥愁眉苦脸："小祁，我破产了。"

祁行止忍着笑："哦。"

陆弥对他随意的态度很不满："哦？"

祁行止起身，从自己包里抽出一张银行卡递给她："没关系，我可以养你。"

陆弥不屑地弹了弹那张卡片，祁行止还是个学生，能有多少钱？估计还不如她呢。

虽然态度端正值得褒奖，陆弥还是不以为意地问了句："几个零啊？"

"五个。"

陆弥漫不经心地笑了声，才反应过来，五个零——那就是六位数？

祁行止笑道："三十二万。"

陆弥惊了："你哪儿来这么多钱？"

祁行止如实交代："从小到大的奖学金和压岁钱，还有版权费、项目奖金这些。"

陆弥一时没说出话来。

好家伙，深藏不漏啊。

"都给我？"她明知故问。

"嗯，都给你。"祁行止点头。

陆弥玩笑："不怕我卷钱跑了？"

祁行止不搭理她。

陆弥脚一蹬椅子又转回去，幽幽道："拿钱跑路，随便去哪儿，找不到我你哭都没处——"

她的话被掐灭在喉咙里。

祁行止腾地站起身，掐住她的下巴俯身亲她。没有章法，没有技巧，舌头长驱直入搅乱她的呼吸，直到他自己也喘不过气了才放开。

"不能开这种玩笑。"他盯着她的眼睛说。

陆弥被他突然而猛烈的吻搅得头晕，舌根疼下巴也疼，本来有点想发火的，但看见他的眼睛，心又软下去了。

她扬眉一笑，勾住他的脖子仰脸亲回去。

"放心，我目光很长远的。这才三十二万，谁跑谁傻。"

祁行止对她这个回答似乎也不太满意，狠狠地亲回去，手还在她腰上掐了一把。

陆弥被他掐得一颤，坐不住了，情不自禁地起身贴紧他。

祁行止却很克制地和她隔开了距离，看着她，目光表示不满。

陆弥有时候觉得他的耐心和自制力过分好了一点，怎么什么时候都能忍？昨晚是，现在也是。

她还就不信邪了，又没羞没臊地上前缠他。

祁行止却抓着她手臂又让人站好，认真地说：“重新说。”

这可真是个祖宗。

没办法，她只好说：“好好好，不跑不跑。”

祁行止这才脸色缓和。

陆弥却多了坏心，又不亲他了，两手抱臂站着，慢悠悠地上下扫他一眼，故意说：“祁行止，我有时候觉得你可能有点问题。”

祁行止无语地掀起眼帘看她一眼。

陆弥上前一步，贴近他，却不动作，只是贴在他耳边轻声说：“年纪轻轻就这么能忍，这还没问题？”

话音刚落，她的手腕就被抓住，祁行止掐着她的腰往上一提，她便被抱到书桌上坐着。

他劲瘦而坚硬的身体将她的两腿分开，以强势的姿态往她腿心挤。

陆弥本能地用双腿缠住他的腰身，抱着他的后颈回应他绵长的吻。

潮热急促的喘息中，她分出一些理智：“……三伯还在。”

祁行止的手已经摩挲到她腰腹以下，在小腹和大腿之间来来回回。有过一次经验后他突飞猛进，顺利地剥掉了她的大衣，灼热的手掌已经探进贴身毛衫里去。

他的抚摸轻重有度，引起阵阵电流般的酥麻，从腿间直达脚心。

陆弥情抓着他的肩膀往外推距了一下：“三伯……就在楼下。”

祁行止这才分出神来回答她：“已经走了。”

“走了？”陆弥很惊讶。

“嗯，我刚做菜的时候。”祁行止亲吻她的嘴唇，手下动作也不停，“说是医院急 call，有手术。”

陆弥：“……你怎么不拦着？”

“拦不住。”祁行止目前的心思并不在这个问题上。

他似乎对陆弥的顾左右而言他不太满意，一边吮咬着她颈侧的嫩白肌肤，一边手指找到了最后的目标。

他故意用很小的力气，似有若无地拂过，折磨得陆弥几乎喘不上来气，全身都在颤抖。

“等等……”陆弥最后一丝理智提醒她这还是在书桌上，“换个地方。”

“就在这里。”祁行止的声音是哑的，却很坚定。

他用另一只手掌住她的后脑勺，眼睛通红，涌动着不加掩饰的情欲和侵略欲。

他就要在这里。

如果她知道他曾在这里做过多少令他懊恼羞耻却又意犹未尽的梦，她就

会知道，为什么他一定要在这里。

这一刻，祁行止甘心向自己的恶劣和卑鄙臣服。

“陆弥，就在这里。”祁行止声音越发低哑。

陆弥脸红得要滴血，可推拒的话再也说不出口了。

她心里很清楚，她对他的渴望，一点不比他对她的少。

她没有说话，但是静静地望着他，望着那对细长好看的眼睛，然后轻轻地吻上去。

陆弥不知道自己为什么这么喜欢这里，只是每一次意志沉沦的时候，她都不由自主地去找那双眼睛。

沸腾的血液在全身乱跑，冲破祁行止最后的理智。

2018 年的除夕夜，陆弥到晚上六点多才清醒过来。

她睁开眼的时候天都黑了，看见熟悉的阁楼和书桌，想到刚刚和祁行止在这里做的事，还是没能战胜自己的羞耻心，“唰”地烧红了脸。

祁行止耐心好得过分，他们不断地变换地点，不断地回馈给彼此全新的反应……

他对她充满永无止境的好奇心。

最后结束，陆弥几乎已经睡过去了。祁行止小心地打了水替她擦洗好，看着她身上的处处红痕，也后知后觉地红了脸。

他预感陆弥会有些生气，于是未雨绸缪，觉也没顾上睡，下楼打算多炒两个菜。

虽然有些道貌岸然，但赔礼道歉，没什么比食物更熨帖的了。

好在前两天来照顾祁方斌的时候补充了些食材，不然这大过年的，他上哪儿去做无米之炊？祁行止翻出面粉和芝麻，上网查了查食谱，勉强捏出了一笼像样的糖三角。

陆弥下楼的时候，扑鼻而来的就是面的清香，还有甜甜的糖味。

再一看餐桌上已经摆好的四个菜，三菜一汤，中间还有个小干锅“咕嘟咕嘟”煮着。她心里那点别扭，还没来得及到祁行止面前耀武扬威一圈，就已经烟消云散了。

陆弥就着祁行止的手咬了一口刚出笼的糖三角，被烫得龇牙咧嘴，但舍不得嘴里的甜味，“呼呼”两声全吞了。

陆弥竖起大拇指，表示对他这位面点师傅十分满意。

祁行止继续观察她神色，看她似乎不气了，才放心地笑了笑。

陆弥问：“三伯不回来吃饭？”

她发现人还是要厚脸皮比较快乐，比如现在，她大大方方地喊祁方斌“三伯”，心里居然有些甜丝丝的。

祁行止摇头：“他每年都在医院跟病人过。”说着，他拿起微波炉上的红包，递给陆弥，“他给你包了红包。”

陆弥握着红包，感受到那个厚度，愣了一下。

这是她人生中第一次收红包。

小时候在福利院，林立巧也会象征性地给每个小孩发几块钱，但晚上等他们睡了，又都会收回去。

“谢谢三伯……”她傻愣愣地说了句。

祁行止笑了：“等他来了你当面谢他，别谢我。”

陆弥撇撇嘴，有些脸红。

“所以你每年也不回家过年？我还以为你是有什么心理阴影呢……”陆弥揪着桌布一角。

“怎么会。”祁行止轻轻笑了。

“那今年就是我们两个过年？”陆弥眨眨眼，忽然有点兴奋。她很久没有过过年了，今年一回来，居然就是和他一起。

这种圆满，她以前想都不敢想。

“嗯，谢谢你赏光。”祁行止点点头，看着她的眼睛认真地说。

“那我……也谢谢小祁同学捧场！”陆弥笑着应他。

窗外大雪不知什么时候又飘起来，一片一片，羽毛似的。

餐桌上的小火锅发出“咕嘟咕嘟”的声音，祁行止从热气氤氲中看见陆弥有模有样地点评他做的每一道菜，笑得眉眼弯弯。

他忍住想起身吻掉她嘴角那枚芝麻的冲动，笑着给她剥好一只红虾。

大年初一一大早，祁行止被一通视频电话吵醒。

陆弥和他一起挤在他的小床上，手脚并用扒着他，睡得很沉。祁行止费了些时间才坐起身，把她安顿好。

视频被自动挂断一次，又锲而不舍地打进来。

一接通，一颗硕大的脑袋，肖大少爷气得毛都奓了。

“你快给我回来！”肖晋将镜头一晃，祁行止看见他身旁还有向小园和雷帆。

祁行止问：“他们俩怎么没回家？”

一说这个，肖晋就气不打一处来，本来过年期间见不到林晚来他就够难受的了，还莫名其妙替祁行止接下了送学生回家的任务。

结果好嘛，一个到了机场都敢溜回来，另一个很有主见地表示自己不用回家，拖得他也不得不留在梦启，一大二小订了一桌外卖，大眼瞪小眼地过

了个没滋没味的年。

祁行止听着也觉得头疼，眼神向他表示了同情。

雷帆不肯回重庆这个他还能理解，毕竟这小子跟雷哥是真不对付；向小园不肯回爷爷家是为什么？

肖晋看了眼身侧的向小园，走出了房间，在走廊里小声和祁行止解释："她怕她爷爷把她送回那家去，碰到她继父。"

祁行止绞着眉，情况似乎比他之前想的还复杂一些。

"你别隔着网线担心了！赶紧！打飞的给老子回来！我顶不住了！"肖晋在视频里咆哮。

祁行止不满地瞥他一眼："你小点声，陆弥还在睡。"

肖晋火更大了："你什么意思？就你有老婆？"

祁行止懒得和他进行这种年龄不到三岁的对话，应了声："我尽快回去。"利落地挂了电话。

春运机票紧张，好在他们是从小城市逆流回北京，祁行止顺利地订到了晚上的机票，头等舱。

他不确定陆弥需要休息多久，但条件好点总没错的。

陆弥睡到天光大亮，起床找不到人，听到"叮叮咣咣"的声音，猜祁行止又是在楼下做饭。

她越发觉得自己是捡到宝了，好像每过一段时间，碰到一个生活场景，祁行止就解锁一样新技能。从赛车到拆蚊香到做饭，他好像什么都会。

哪里找这么好的"田螺姑娘"哟。

陆弥美滋滋地下楼，刚踩到最后一级阶梯，听见门锁"咔嗒"一声，祁方斌捶着腰走了进来。

陆弥脚步一下子就顿住了。

隔着个大客厅，一老一少尴尬对望，唯一的连接人祁行止先生还在厨房忙得头也没抬。

陆弥先回过神来，笑着冲长辈低了低头，叫道："三伯。"

一开口，她又有点后悔了，第一面就叫"三伯"，会不会让老人家觉得她太不矜持？

谁知祁方斌笑得很和蔼，点点头道："哎，小陆。"甚至看她这副刚睡醒的模样，还非常亲切地关心了一下，"睡得怎么样，习惯不？"

虽然知道长辈只是单纯地关心她的睡眠质量，但心虚的陆弥还是想歪了……

她咳了一声才道："挺好的。"

然后她非常狗腿地跑上前接了祁方斌的公文包，在钩子上挂好。

祁行止端着一锅粥出来，看见的就是笑得一脸慈祥的祁方斌，还有局促脸红的陆弥。

他倒是很淡定，一抬眼淡淡说了句："刚好一起吃早饭。"

"嚯，这就洗手做羹汤了？"祁方斌像个老顽童似的，斜眼笑道。

祁行止面不改色："挺愉快的。您下次可以尝试一下，动手又动脑，预防老年痴呆。"

祁方斌"嗬"一声，不再和他打嘴仗，转身摆手招呼陆弥赶紧来吃饭，自己先坐下，沿着碗沿嘬了一口热乎的白粥。

祁方斌竖起大拇指："不错！有潜力！"

祁行止无语。

等吃得差不多了，他和祁方斌交代："我们今晚就回北京去了。"

祁方斌还没反应，陆弥先惊了："今晚就回？"祁方斌还在家呢，难道要老人家自己过大年初一？

祁行止点头："嗯，向小园和雷帆没回家。"

祁方斌"呵呵"一笑："去吧去吧，不用担心我，我吃完饭眯一会儿就回医院去了。"

意料之中，祁行止点点头："您自己注意腰上的伤。"

"早就没事了，别担心。"祁方斌说，"医院里那么多医生护士，哪个不比你专业？擦个药都笨手笨脚的。"

陆弥"扑哧"一声，轻笑出来。

祁方斌时间排得紧，吃完饭打了不到一个小时的盹，又急匆匆地出门了。

祁行止在巷口送他上车，还是叮嘱他注意腰上，被他嫌弃谈了恋爱的人就是啰唆。

陆弥看着远去的出租车，不禁感叹："三伯真的是个好医生……"

祁行止苦笑："他大概觉得只要自己不停，就谁都能救。"

话音落下，他沉默了一阵，看了看陆弥，低声说："他一直遗憾……当年没能救回蒋寒征。"

其实祁行止后来了解过，当年蒋寒征的伤就在胸口，即使先行手术的是他，救回来的可能也微乎其微。

陆弥轻叹："怎么能怪他。"

祁行止没说话，他没法告诉陆弥，祁方斌遗憾的不只是一个年轻大学生的生命，还有不告而别的她。

在祁方斌看来，如果他救回了蒋寒征，陆弥就不会离开，不会和所有人断绝联系。

但现在一切都过去了，他不想再提。

陆弥紧了紧握着的手，小声说："祁行止，我们以后多回来看看三伯吧。"

祁行止笑了："好。"

房间的门被一把推开，"哗"的一声，窗帘也被拉开。夏羽湖被日光刺着眼睛，不耐烦地哼唧了几声，蒙上被子。

母亲把她的被子掀开，大声道："这都几点了你还不起床！说了今天要去拜年的，人家小李医生好忙的，你赶紧！"

夏羽湖身上一凉，抱着手臂缩成个虾米继续睡，声音倒很清晰："我不去。"

大三那年开始，父母就不断张罗着给夏羽湖介绍对象。其实以他们的传统程度，本不会这么着急要她恋爱的，可看着她三天两头从学校跑回南城，就为了去照顾医院里那个和她八竿子打不着的老太太，他们也坐不住了。

父母的想法很简单——谈恋爱了，就没心思管闲事了。他们很了解自己的女儿，她就是轴，从小当好学生当惯了，不能接受"冷漠薄情不负责任"的自己，所以连照顾前男友妈妈的责任也要扛到自己肩上来。

他们甚至还不知道，蒋寒征并不是她的前男友。

可夏羽湖完全没有这个心情。从大三一直到现在，她毕业两年了，托家里的关系在县教育局找了个闲差，父母安排的相亲对象，不是放鸽子不去，就是拿"我男朋友死了"的话吓唬对方。

这次这个，是解放军医院的医生，年轻有为，父母早亡，没什么家底，但胜在自己有出息能挣钱——对于夏羽湖这种长相不错、学历不错、家境不错还守着铁饭碗的小城女生来说，几乎是最佳选择。

小李医生对夏羽湖的条件也挺满意，因此大年初一就说要来拜访。

父母怕夏羽湖在家更肆无忌惮口无遮拦，所以老早就下了命令，要她打扮得体，大年初一去跟小李医生吃个饭。

"你敢不去！"母亲一枕头拍在夏羽湖脑袋上，"这次这个，你要是还敢跟我糊弄，你就别回家了！"说着，把提前挑好的衣服往女儿身上一撂，枕头被子全给她收走，"砰"的一声关上了门。

夏羽湖蜷在床上，冷得瑟瑟发抖，麻木地躺了半天，终于坐起身来。

看了眼母亲给她配好的衣服，藏蓝色针织裙，米白色伞字大衣，一条厚度适中的紧身黑色连裤袜。

瞧，多端庄，多适合娶回家。

母亲仍在外头扯着嗓子催："你给我赶紧的！不准磨叽！今天这个不去也得去，多难得的缘分，你不要太天真，身在福中不知福！"

尖锐的声音一下下刺激着耳膜，夏羽湖难受地闭了闭眼。好像从那个暴雨的夏天起，一切都变了。连她一向温和高雅的母亲，也渐渐变成了声音尖厉的泼妇。

夏羽湖慢腾腾地起身，去卫生间梳洗完毕，听话地穿上了母亲准备的衣服。

去就去，去了她也有办法让那人吓得跑都来不及。

可当夏羽湖拎着保温壶到医院，眼睛懒散无神地搜寻着照片里看过的那位小李医生时，先看见的，却是祁方斌喜气洋洋地给年轻的医生护士们派红包的场景。

她很久没见过祁方斌了。

除了知道他是当年做决定先救那个坏人的医生外，便是蒋妈妈刚确诊时，她收到过一笔来自他的转账，数额不小，解了燃眉之急。

夏羽湖对祁方斌没什么特别的印象，她后面来医院闹过，医院给出的报告很明确——根据手术指征决定手术顺序，符合规定。而且，即使先手术的是蒋寒征，生还希望也微乎其微。

就是个只知道拿手术刀的死板医生而已。

可现在，那边的热闹对话传进她耳朵里——

“哇，祁医生今年这么大方哦，有什么喜事说出来我们也开心开心呀。”

“没什么大事！我侄子谈恋爱了，我高兴！”

“小祁谈恋爱啦？哪个女孩子这么好命哟，小祁长得又帅又有本事的……”

“就是他以前的学姐，还给他补过课的嘞。两个孩子不晓得有多合适，结婚了我再包更大的！”

…………

小祁，学姐，补过课……

夏羽湖的眉毛绞起来。

她知道当年在殡仪馆外给陆弥撑伞的人是祁医生的侄子，而现在直觉告诉她，那个“女朋友”，就是陆弥……

陆弥居然谈恋爱了？

还是跟当年那个男生？

他们……

她没有办法不往龌龊的方向想。

在她看来，没有谁比陆弥更薄情。

“哎，夏小姐！”小李医生拿了大红包笑嘻嘻的，左顾右盼，惊喜地看见她来了。

他笑着朝她招手，小跑过来。

“夏小姐，来了怎么不打我电话……”

看到夏羽湖的表情后，他自动住了嘴，有些不安地喊她：“……夏小姐，怎么了？”

原本甜美的脸庞上结了一层冰，夏羽湖冷冷地盯着那边喜气洋洋笑声不断的场面。

她看也没看小李医生一眼，黑着脸转身走了。

第十六章 故今我

祁行止和陆弥牵着手出现在梦启的教室里，看见的是三张表情迥异但各自精彩的脸——

肖大少爷带娃带得头都油了，瞪着一双原本英气十足但现在连人气也没有几分的死鱼眼，脸上飘过一行弹幕——“老子这辈子没这么无语过”。

雷帆照例笑得贱兮兮，眼珠子在他们俩之间来回转悠，意思很明显——“我就知道小祁哥心怀不轨”。

向小园则是一如既往的平和淡定，只冲着陆弥轻轻勾了勾嘴唇——“春风得意马蹄疾呀”。

祁行止先收拾雷帆，上前径直问：“为什么不回家？”

雷帆耸耸肩躲避他的眼神：“回家也是跟我爹吵架。反正今年你不在，我替你守着咯。”

肖晋闻言咆哮：“是我！是我替他守着！你除了惹祸还干什么了！”

雷帆缩缩脖子：“那昨天的外卖不就是我下去拿的……”

肖晋气不打一处来，扛上包拖着行李箱就走了。

“哎，大过年的你去哪儿啊？”祁行止问了句。

“找我老婆！”肖晋留下愤怒的宣言。

祁行止笑了声，随他去了。

向小园和陆弥对视一眼，也忍不住笑了。林晚来不在身边的时候，平时人模人样的肖大少爷就像只暴躁二哈似的。

祁行止瞧见，同样严肃地看了向小园一眼：“你还笑？”

向小园一秒噤声，嘴巴闭得牢牢的。

“为什么不回爷爷家？”

向小园一言不发。她不想说的，谁也问不出来。

“不要不说话。说好的，碰到任何麻烦，都可以跟老师讲，不记得吗？”

一大一小僵持着，气氛有些不对劲。

陆弥出来打圆场，上前搂着向小园的肩对祁行止说："这么晚了，明天再说。年都还没过完呢。"

祁行止沉了一口气，他知道这么僵持着什么也问不出来，于是点点头，下楼放行李去了。

祁行止在梦启没有宿舍，陆弥又不好把他留在自己房间，毕竟是学校，于是打发他去和雷帆挤一挤。

祁行止幽幽看了她两眼，委屈巴巴地走了。

陆弥好笑地望着祁行止孤单的背影消失在走廊尽头，想了想，又去操场上找向小园。

果然如她所料，小姑娘一如既往的勤奋刻苦，哪怕是大年初一，也裹着大棉袄在冷风里背英语。

陆弥走过去，都感觉到她一身的寒气。

"不怕冷？"

向小园被陆弥一嗓子吓了一跳："你干吗突然出声？"

"是你自己太专注。"

向小园不说话了，继续小声地念着课文。她读的还是中秋时陆弥送给她的那套书虫，《爱丽丝漫游仙境记》那一篇。

小姑娘声音细细柔柔的，发音标准、吐字流畅，听起来是种享受——如果不是这大冬天夜里实在太冷的话。

陆弥看了眼她嘴里不断呼出的白气，说："太冷了，回屋去读吧。"

向小园："冷才好，太舒服了精力不集中。"

可真是个狠人。

陆弥欲言又止，还是忍不住问："过年为什么不回爷爷家？"

回北京的飞机上，祁行止已经和她简单解释过，向小园九岁的时候跟着再嫁的母亲住进继父家，但因为与继父继兄不和，常常偷跑到爷爷家去。后来她被爷爷送来梦启，通过考试之后，这两年一直在梦启住，爷爷偶尔会来看她。

去年过年，祁行止亲自送向小园回爷爷家。可刚过初二，向小园就回来了，诹了个十分站不住脚的理由，说爷爷做饭不好吃。

涉及小姑娘的隐私，祁行止并没有明说任何细节，但陆弥心里已经明白了大概——

那时才九岁的小姑娘，又那么聪明懂事，会怎么和家人"不和"呢？而且"不和"的对象，还是两个大她许多的男人。

陆弥不想做太多肮脏的猜测，然而亲身经验和听过见过的太多现实都告诉她，向小园经历的，大概是和她曾经经历过的一样的事情。

她唯一觉得庆幸的是，看祁行止的意思，向小园也和她当年一样，没有受到最终的伤害。

可这些仍然无法解释向小园为什么不肯回爷爷家过年，毕竟她爷爷和她母亲、继父早就没有联系了。

陆弥等了一会儿，见向小园不说话，心中默默叹了口气。

她有点后悔自己嘴快，也不想再问了。

她知道被人盘问是什么滋味。

“我爷爷也没那么喜欢我。”

向小园的读书声不知什么时候停了，陆弥正想扯开话题，她忽然淡淡地说了这么一句。

陆弥顿了一下，一时没反应过来她是什么意思。

“他会保护我，会把我送到这里来，但他也不想带着我这个拖油瓶。”向小园的声音很冷静，不悲不喜，“我都知道，也能理解。

“如果我是个男孩，可能会不一样；或者我更乖一点，听他的话读完初中就去打工、早点嫁人。”她冷静地剖析着自己爷爷的想法，摆事实、做假设，条理明晰得像在说别人的事，“但我不是男孩，我也不想不读书。”

陆弥听着听着绞起眉，大脑窒息般一片空白，不知该说些什么。

向小园足够冷静和淡然，好像不需要任何人的回应和安慰，可陆弥知道，怎么会有人不需要安慰呢？

既然说出来了，就是希望能被安慰啊。

陆弥想了想，有些心疼地说：“有很多人喜欢你的。”

向小园笑出声：“你的安慰好烂。”

陆弥顿了一下，笑得有些心虚，她安慰人的技术，还是一如既往的烂。

她决定垂死挣扎一下：“我是说真的！”

她眨眨眼睛，竭力展示自己的真诚。

看着向小园皮笑肉不笑的表情，她忽然福至心灵，说：“你从名字开始就很讨人喜欢啊！”

向小园静静地看着她。

“你知道你的名字是什么意思吗？”

向小园轻嗤一声：“能有什么意思，我爸妈瞎起的。”

陆弥煞有介事地摇摇头：“知不知道林逋的《山园小梅》？”

向小园皱眉，她对诗词什么的从来都兴趣不大，凭微弱的记忆吐出一句：

“……疏影横斜水清浅那个？”

“对！”陆弥好像在哄幼儿园的小孩子，表情和语气都夸张极了，“这是那首诗最出名的一句，很多人用这个起名字！但我觉得写得最好的是上一句，‘仲芳摇落独暄妍，占尽风情向小园’。正好是你的名字！”

向小园愣了一下，从她活泼的动作和语言里细细拆出了自己的名字——

仲芳摇落独暄妍，占尽风情向小园。

读起来好像，很押韵，很有韵味。

她忍不住勾起唇角，但很快又刻意压回去，嗤笑一声道：“你还挺能扯。”

“本来就是！”陆弥很认真地说，“我刚认识你就觉得了，这小姑娘名字好好听，很有感觉。

“占尽风情向小园，怎么会不招人喜欢？”陆弥觉得自己论证充分，很得意地总结陈词。

平素高冷的小姑娘终于有些脸红了，僵硬地忍下笑意，淡淡道：“哦，名字好听就招人喜欢啊？”

“当然！”陆弥不惜把自己拖下水，“总比我这种好吧，瞎起个单字，还是个没什么人用的字。”

向小园笑一声，不说话了。

然而她心里仍然忍不住默念那句诗——仲芳摇落独暄妍，占尽风情向小园。

她想到自己的爸爸，他是个乡村教师。虽然他很早就离开了，还来不及告诉她，她名字的意义。但现在向小园忍不住想，爸爸给她起名的时候，会不会真的是想着这首诗起的？

应该是吧，他可是个语文老师。

而且，这个名字这么好听。

向小园，向小园。

她在心里重复了两遍，嘴角一弯，轻轻冲陆弥笑了。

夏羽湖在大年初二的早上抵达北京，她只买到最后一张红眼机票。

调查陆弥在哪里并不难，虽然她已经和所有老同学都断了联系，但这个年代人和人之间在社交网络上存在千丝万缕的联系，加上祁方斌在医院里高高兴兴地说起自己侄媳妇是个老师，所以她没费什么力气就找到了梦启。

下了地铁，沿着空旷的街道往前走，她心里不断回放着新得知的种种——祁行止在梦启做了多年的志愿者、陆弥就是走他的后门得到了工作、他们俩六年前就关系亲密……

六年前，那是陆弥还和蒋寒征在一起的时候。

夏羽湖心头碾过阵阵寒意。

蒋寒征对陆弥那么好。

陆弥却早就忘记了他，背叛了他。

还顺带着毁了她原有的希望。

很快，夏羽湖看见梦启的足球场和教学楼，虽然不算气派，但是整洁、安静。

陆弥有什么资格在这里教书？有什么资格过平静的生活？

夏羽湖停下脚步。

她需要冷静。昨天她和父母大吵一架，到现在她也没办法相信，“倒贴”“不值钱”之类的字眼会从她那知书达理的母亲嘴里说出来，而且是对自己的亲生女儿。

夏羽湖定定心神，她要把对父母的怨气和对陆弥的讨伐分开来。

一码归一码，她想。

她对陆弥没有恨。

她只是要替蒋寒征讨回公道、帮那个被蒙蔽的祁行止认清陆弥的真面目。她和陆弥不一样，她笃定，她和陆弥不一样。

夏羽湖盯着手机里存好的电话号码，一遍又一遍地告诉自己。

而在她身后，一高一矮两个男人躲在大片废弃的共享单车后，已经偷窥多时。

大冬天冷风直往裤腿里钻，毛小川看着忽然出现在梦启门口的女人，躲在毛亮身后小声问：“爸，这是谁啊？”

毛亮驼着背，身上的棉袄散发出浓浓的霉味，他吸了吸鼻子说：“不晓得，不就是这里的老师。”

他又探头往梦启门里看了看，还是一点动静也没有。

“姓向的死老头子不是说那小婊子没回家嘛，他敢诓老子？”毛亮不耐烦地骂了句。

“应该不会吧……”毛小川回想着除夕那晚向老头被他老爸打得连连求饶的模样，吓得缩了缩脖子，“他都被打成那样了。”

毛亮哼一声：“老子谅他也不敢！”

毛小川又左顾右盼了几下，扒着他爸爸的背说：“爸，我害怕，要不……”

“算了个屁！被发现了怎么了？我在大街上走路也有人管？”毛亮一甩膀子，凶道，“再说了，我接自己女儿回家过年，有什么问题？”

毛小川唯唯诺诺地点头。

毛亮看他这副㞞样就生气，骂道：“还不都是你不给老子争气？上次多好的机会，一个小丫头片子你都怕，你㞞成什么样了？”

“剪刀……她剪刀都抵脖子上了……”

“㞞货！她还真的敢死？”毛亮一巴掌呼在他脖子上。

毛小川连连喊疼，缩脖子时余光却瞥见刚刚那个女人回头，奇怪地看了他们一眼。他连忙心虚地撇开眼神。

夏羽湖回身，拿起手机拨号，看见街边两个衣着破旧的男人，没有多想，径直走开了。

电话接通，她先出声叫道："祁行止。"

祁行止？

毛亮耳朵一动，目光追着那女人看。

毛小川好像听见熟悉的名字，也后知后觉地反应过来，小声道："爸，祁行止！祁行止！"

毛亮没说话，目光紧紧跟着夏羽湖。

"爸！"毛小川紧张地拉他的衣袖。

毛亮盯着那女人大衣腰带勾勒出的姣好曲线，忽然想到什么，自言自语般问道："川儿，你说这大过年的，除了那姓祁的，一个老师都不在……这女的，干吗来了？"

毛小川没反应过来。

"她跟姓祁的……是什么关系？"毛亮阴笑着说。

毛小川恍然大悟："哦！"

毛亮想起中秋那晚他跟踪向小园，被祁行止坏了好事，看见祁行止和一个女的聊了好久的天。

姓祁的应该是有马子的……

八成就是这女的。

就算这女的不是他马子，最少也是这里的老师，跟他总有点关系。

毛亮吸吸鼻子，心里有了主意。

毛亮不无得意地嘬着嘴舔舔后槽牙，姓祁的多管闲事，总要让他吃点苦头。

毛小川听了他爸的主意，吓得连连摇头，"这不行！爸，这真不行！万一他报警了呢，警察会来抓我们！"

毛亮瞪了毛小川一眼："没用的东西！那婆娘还指着老子活命呢，她女儿怎么可能敢报老子的警！"他左右观察了几眼，"再说了，谁让你在这儿动手，待会儿咱们就跟着她，这是郊区，总有监控拍不到的地方！"

毛小川心里仍害怕，但他不敢忤逆毛亮的意思，只好点点头。

电话里突然传来陌生的女声，然后是突兀的自我介绍"我是夏羽湖"，祁行止愣了几秒没接上话。

对方倒很有耐心，似乎享受他的沉默。

回过神来，祁行止说：“嗯，你有事？”

“有事。”夏羽湖语气笃定，“有空见面说吗？”

“没空。”

夏羽湖不急也不怒，反而轻笑一声道：“女朋友管得严？”

“没什么事我就挂了。”祁行止把手机从耳边拿开。

“关于陆弥的事！”夏羽湖忙说。

祁行止动作滞了一秒，还是重新拿起手机，说：“关于陆弥的事我不需要别人告诉我。夏小姐，你还是过好自己的生活吧。”

“你别被——”

没说几个字，电话已经被挂断。

祁行止挂了电话，有些疲惫地沉了口气，把手机放回大衣口袋里。他抬起头，陆弥和向小园在操场那一头堆雪人。

雪是昨晚下下来的积雪，好在没人踩踏，都还洁白无瑕，同新雪一般。

他看得入迷，冷不防从背后被偷袭，雪球砸中他，雪屑子溅到他脖子里去。

一回头，雷帆得意扬扬地团起另一个雪球。

祁行止眼疾手快，蹲下身捞了一大把雪，迅速团成了个结实的雪球，抢在雷帆之前出手了。

“小祁哥欺负人！”雷帆“嗷嗷”乱叫，手上动作却加快。

一场滑稽的雪仗就这么开始了。

四个人疯玩半个多小时回屋里，每个人的手指都开始发红发痒。祁行止拿毛巾浸在热盐水里，拧干了拿出来，给向小园和雷帆一人分了一条，又自己给陆弥擦手。

口袋里手机又响动起来，祁行止没工夫搭理。

夏羽湖迷迷糊糊地转醒，只觉得脑袋里天旋地转的，想吐，但吐不出来，好一会儿才反应过来自己嘴上被贴了宽胶带，手脚也都被绑住了。

视线里有个邋遢的瘦子，个子很高，长条形筷子似的，怯生生地看她。见她醒了，他忙冲门外喊：“爸，她醒了！”

他声音压得很低，好像很害怕。

夏羽湖艰难地把头抬高了点，看见一个矮胖的驼背男人叼着烟走进来，手里拿着她的手机，骂骂咧咧的。

“给你一个钟头，带着那小丫头和十万块钱来，不然我就打死这个女的！”他冲手机里吼一声，又顿了几秒，似乎是在听电话那头的回复。

“你敢！我告诉你，反正我现在没钱没工作，活了这么大岁数了也没别的指望。”毛亮看向夏羽湖，阴恻恻地一笑，“就算我把她弄死了，去蹲局

子又能怎样？小川还好好的，我们家不会放过那个小丫头！”

电话那头没有声音，半秒后便挂了。

毛亮放下电话，朝夏羽湖走来。

夏羽湖剧烈地惊叫起来，胶带封着她的嘴，她只能发出“嗯嗯啊啊”的声音。

毛亮走上前去“刺啦”一声撕开她嘴上的胶带。

夏羽湖疼得大叫，看着面前邋遢丑陋的中年男人叫道：“你们是谁！想干什么！”

“啧啧，这小脸儿，都憋红了。”毛亮伸手摸了把夏羽湖的脸蛋，感受到手下女孩止不住的颤抖，好整以暇地收回了手，“你放心，我不会把你怎么样。等我拿到想要的东西，自然会放你走。”

毛小川仍然害怕，试探着问：“爸，警察很厉害的……万一、万一他报警怎么办？”

毛亮眉一皱，啐声骂道：“没种的东西！我是那个小丫头的爹，手里还有这个女的，他们敢报警？”

毛小川没有被说服，忐忑道：“万一报警了，警察一来……”

“滚滚滚！”毛亮踹了他一脚，“警察来了，我就拉这个女的垫背，一起死！没你的事！你就记着，一定给我把那个小婊子收了，老子养她那么多年，她说跑就跑？我们老毛家不能绝后！”

毛小川嗫嚅着，再不敢说话了。他一听他爸说什么“一起死”就害怕。

两个学生在教室里写作业，十分专注。

走廊上，陆弥看着眼前的祁行止，语气坚定：“不能去。直接报警。”

祁行止说：“当然要报警，但也要考虑到一些风险。”

陆弥抬头问：“能有什么风险？手机一定位就知道他们在哪里，让警察去，该抓的抓该救的救，有什么问题？”

祁行止看出她眼里的恐惧和故作镇定，伸手握住她的肩膀，说：“我们都不知道毛亮究竟是什么性格，他忽然绑架夏羽湖，到底是激情犯罪，还是蓄谋已久。如果他真的有撕票的胆量……”

陆弥打断他：“不会的。再说了，这些是警察该考虑的事情，不是我们。”

祁行止苦笑，劝她道：“陆弥……”

陆弥不听他说的，径直道：“难道你真要带小园去？”

祁行止：“当然不能带她。我一个人去就行了。“

陆弥倒吸一口凉气：“祁行止！”

祁行止摇摇头安慰她，故作平静道：“现在报警，我不会比警察早到很久。我只是稳住他，放松他的警惕，保证大家都没事。”

陆弥冷笑一声：“你保证谁没事？夏羽湖跟我们有什么关系？”

“她跟我们没有关系，但是陆弥……”说到这里，祁行止顿了一下，似乎在犹豫，两秒之后，他沉声挑明，“陆弥，如果夏羽湖真的在这里出了什么事……你心里能放下吗？”

陆弥怔住，无言以对。

她不知道夏羽湖为什么忽然出现在北京，又为什么被向小园的继父毛亮绑架了。她原本以为早丢在脑后的人再次出现在她的生活里，还和这里的人扯上乱麻般的关系。

她讨厌极了这种感觉。

就像祁行止说的，如果……仅仅只是如果，哪怕只有万分之一的可能，夏羽湖在这里出了什么事……那她又会背上怎样的罪名？

你明明什么都没做，事情却变得一塌糊涂。

这种滋味，她不想再经历一次了。

祁行止轻声说：“陆弥，我不要你有心结。”

我要你心情愉悦、坦荡阔达，永远不必背上任何不该你承担的包袱。

我要你永远身段轻盈，自由飞行。

陆弥木木地看着他说：“我也不想你有危险。”

祁行止笑出声：“怎么会？加起来也就毛亮和他儿子两个人，你要对我有信心。”

“万一还有同伙呢？万一他有武器呢？”陆弥反驳他，“你自己都说了，我们谁都对毛亮不够了解。”

“不会的。”祁行止摇摇头，“不过，以防万一……我需要你的帮助。”

祁行止拿出手机，打开录音功能。

破旧的烂尾楼里“呼呼”灌风，毛亮把手揣在袖子里，瘫在旧沙发上，指挥毛小川捡旧报纸和木头来生火。

夏羽湖的嘴巴又被封上了，但她仍然不停地挣扎着。

毛亮剜她一眼：“别鬼叫了！人来了我就会放你走！”

话音刚落，空荡荡的烂尾楼楼下传来脚步声。

毛亮得意一笑：“你看，人这不就来了。”

他迅速从沙发上跃起，示意毛小川把刀子横到夏羽湖的脖子上，自己挡在夏羽湖身前，等待着楼下的脚步声慢慢往上走。

祁行止拎着一个公文包出现在楼梯口。

毛亮脸色一变：“那个丫头呢？”

祁行止很配合地把双手一摊：“小孩子不敢上来，我让她在楼下等。”

毛亮骂道：“你别给老子耍花样！”

他话音刚落，楼下传来小姑娘的声音："小祁哥哥！"

毛小川听见，喜上眉梢，激动道："爸，是小园！是小园！"

祁行止看着毛小川的表情，眸光一暗，好像明白了什么。

毛小川乍一看是个又高又瘦的男孩子，不缺胳膊不少腿，甚至还很健康。但现在，他张着嘴，发出"嘿嘿"的声音，目光呆滞。

大概是个有点问题的。

毛亮回头凶他一声："闭嘴！把人看好！"

毛小川被毛亮一吓，一哆嗦，手又抖着握紧了小刀。

"你把包打开给我看看，然后放地上！"毛亮又对祁行止说。

祁行止毫不反抗，依言照做。

毛亮看见钱，放心了点，一边牢牢盯着祁行止，一边后退，直到抓住夏羽湖的肩膀。

"你下去接那个小丫头。"他吩咐毛小川。

毛小川神色大喜："好！"

"不成。"祁行止沉声阻止。

毛亮眯起眼："你想干什么！"

祁行止笑了笑，有商有量道："钱你也拿了，人你也带走，我怎么保证你会放了她？"

毛亮盯着祁行止，不说话。

"你不要耍花招！"他警告道。

祁行止耸耸肩，姿态轻松："同时吧。你们下楼，我过去，很公平。"

楼下又传来向小园的声音："小祁哥哥？"

听起来小姑娘是一个人待久了害怕了。

毛小川一听见，便"嘿嘿"笑起来。

毛亮沉思几秒："好！"

毛亮："老子数口令，一二三，我们走到你那个位置，你才能动！"

祁行止："没问题。"

"一！

"二！

"三！"

毛亮抓着毛小川，走到楼梯口，眼疾手快地拿起公文包，迅速往楼下跑。

祁行止同时大步向前，三下五除二解开夏羽湖手上的绳子。

毛亮飞奔到楼下，看见水泥地上那部手机，才反应过来上了当。

与此同时，警笛响起。

“你报警了？”毛亮浑身一僵，破口大骂起来。

警笛和毛亮的怒吼把毛小川吓得惊叫起来，他抓着自己的头发，发出连续大声的尖叫，眼睛失焦，却不受控制地四处扭头乱看。

“小川！小川！”毛亮试图控制住他，“快跑！跟爸跑！”

不知毛小川听到了什么，他没有跟着毛亮从烂尾楼后面逃跑，反而大力地甩掉了他的手，沿着楼梯又跑上二楼去。

祁行止看见警察迅速下车包围烂尾楼，放心了大半。现在只需要等待毛亮和毛小川被抓，他们收到信号再下楼去。

好在毛亮果真只带了毛小川一人。

其实陆弥问他的时候，他是没有多大把握的。他只能根据之前了解到的向小园的家境，以及和毛亮的几次见面，推断这是一个既没有经济能力，也没有人缘和人脉去组织一次缜密的联合犯罪的社会边缘人。

绑架夏羽湖，大概率只是凑巧、不过脑子的激情犯罪。

但他毕竟只知道那么一点片面的消息——万一呢，万一毛亮比他想的更厉害些呢。

他没敢想，只能装作笃定地向陆弥保证。

还好，他赌赢了。

可祁行止一口气还没松完，就看见毛小川大叫着，几乎是“手舞足蹈”地跑上楼来。他表情十分怪异，手指也蜷曲着，用一种难以说清是跑还是跳还是拐的姿势上了楼。

夏羽湖惊呼一声，想要跑。

祁行止镇定地抓住她的手腕：“他不会伤人。”

怕的是毛亮为了追儿子也跑回来。

祁行止攥紧了拳头，转身迅速地在房间里看了一眼，抄起角落废弃木材里的一根木棍。

毛小川像是没看到这里还有两个人似的，又疯又叫地踢翻了刚刚生好的火盆，然后，他像看不见路似的，疯疯癫癫地往没封墙的楼边走，一踩空，整个人掉了下去。

祁行止甚至没来得及上前抓住他。

“啪！”

干脆利落的一声巨响。

“啊！”

夏羽湖惊叫一声，捂紧了嘴巴。

一个人，一个活生生的人，居然就这么掉下去了。

祁行止背上也起了一身冷汗，拳头仍然紧紧攥着，然而他没有心思去管毛小川的情况——眼前已经燃起火光。

毛小川刚刚踢倒的火盆溅出火星，沿着一地的木屑、废纸箱，还有那只破旧的布沙发，迅速蔓延起来。

眼看着楼梯口就要被火线拦住，祁行止当机立断，抓起夏羽湖的手腕向前冲去。

陆弥和警车一同到达，跳下车的那一刻，她看见破旧烂尾楼的二层，火舌探出没封墙的窗口。

眼泪是在一瞬间逼上眼眶的，像某种生理反应。

她用模糊的视线慌张地搜寻，却怎么也找到那个想见的身影。

…………

市医院。

晨光很好，透着暖黄色的窗帘照进房间里。祁行止躺在病床上，享受难得的安宁。

——如果床边的女朋友能给个好脸色就更完美了。

陆弥坐在 VIP 单人病房的床边，面无表情地削着一个苹果。祁行止醒来快一个小时了，她正眼也没看他一眼。

她削苹果的技术不太熟练，断断续续的，最长的那条苹果皮也不过手指长，都掉进她放在膝盖上的那个小盘子里。

祁行止默默看了半天，脑子里也不知道怎么想的，说出句：“我其实不饿。”

陆弥动作一顿，凉凉地看他一眼。

“你想吃？”祁行止试图找补，一开口发现自己又说错话了。

这脑震荡虽然轻，对他的智商似乎有着极大的威胁。

“我来削吧。”祁行止又说，撑着手掌想坐起来。

刚动一下，陆弥剜他一眼，语气微凉：“老实躺着。”

祁行止一泄气，又躺回去了。

祁行止有些无奈，盯着天花板默默叹了口气。

说起来实在是滑稽，他不过是有些皮外伤和轻微脑震荡，还有手臂上那么小小一块的烧伤而已，怎么就享受上 VIP 单人病房的待遇了呢？

这要是被肖晋知道了，指不定要笑多久。

一个苹果出现在他眼前，祁行止笑着接了，目光看过去，陆弥还是那张冷冰冰的脸。

“咳……”憋不住了，祁行止开口道，“你和她聊什么了？”

刚醒来的时候，他看见夏羽湖穿着病号服走进病房，把陆弥叫了出去。

陆弥冷冷地瞥他一眼，不说话。

“起冲突了？”祁行止问。

陆弥：“没有。”

祁行止略微放心：“她……没说什么吧？”

陆弥又看他一眼：“你闭嘴。”

祁行止垂下眼眸，有些无力，他发现他还是不太会哄女朋友。

比如现在，陆弥生气了，原因很明显，他不知道是该和她讲讲道理，还是撒娇蒙混过关？

他在两者之间权衡着的时候，一张苍白的脸上仍然没有多少血色，看起来有点委屈。

陆弥轻咳了声：“说点别的。”

“嗯？”祁行止有点没听明白。

陆弥凝视着他：“你应该对我，说点别的。”

双目对视，祁行止明白过来。

他苦笑一声，揪着被子：“对不起。”

半晌，陆弥轻笑一声：“祁行止，我第一次觉得你也不是很聪明。”

祁行止一噎。

“这感觉挺新鲜的，所以可以原谅。”陆弥说，“但下不为例。”

祁行止乖乖躺着，“哦”了声。

“下不为例。”陆弥又说了一遍。

祁行止这次看着她，很认真地答应：“嗯，下不为例。”

这次苹果被切下一小块，送到他嘴边。

“祁行止。”陆弥一边把苹果切小块，一边又叫他。

“嗯？”

“我们什么时候去重庆吧。”她说。

“好啊。”祁行止闻言展颜，“你想什么时候去都可以，我陪你。”

“过段时间。”陆弥轻描淡写地说，“你现在脸上有伤，好丑，拿不出手。”

祁行止再次一噎。

“马上也要开学了，暑假去吧。”陆弥说。

祁行止点头："好。"

门外传来急促的脚步声和女人的惊呼："你这个孩子！怎么这么不听话！"

祁行止看见夏羽湖和一对中年夫妻的身影一晃而过。

他下意识地去看陆弥，却发现她仿佛没听见这动静似的，仍旧专注地切着苹果。

她专注的时候，脸颊微微鼓起来，可爱得像动漫里的小孩。

"喂，陆老师。"祁行止没忍住，笑着叫她。

"嗯？"陆弥抬头，又给他塞了一块苹果。

"其实……这苹果有点酸。"祁行止吃下第六块，终于忍不住，酸得龇牙咧嘴。

陆弥一惊，连忙把小盘子放回床头柜上："那你还吃？"

祁行止笑了："看你削得太辛苦，不吃可惜。"

陆弥瞪他一眼，心里暗骂，在医院旁边果然买不到什么好水果！

门外那阵嘈杂的声音渐渐远去，再听不见了。

陆弥自己生着吃了亏的闷气，祁行止倚在床边，似笑非笑地看着她。

窗外，阳光正好。

半个小时前。

夏羽湖把陆弥叫出来，在阳光和煦的走廊上，她看着陆弥一贯没有表情的脸上出现了不耐烦和怒意，居然有点不习惯。

"……他怎么样？"夏羽湖问。

陆弥掀起眼帘，毫不掩饰眼里的厌恶："关你什么事？"

夏羽湖自知理亏，但这个言辞厉害的陆弥更让她不习惯。她下意识地想站回自己的制高点，深吸一口气，冷笑一声说："他救了我，我会记得，会感谢他。但一码归一码，你别以为我欠了他的，就跟你也扯平了，你做过……"

"夏羽湖。"陆弥冷冷地打断了她，"能不能麻烦你，有多远滚多远？"

夏羽湖神色一怔。

"你跟谁演独角戏呢？"陆弥难掩厌烦，"演了几年还不够，以为自己能感动谁？

"以前我不拆穿你，是因为我不想随便谈论蒋寒征的感情。"陆弥不屑地嗤笑一声，"你非要人明白地告诉你，即使没有我，蒋寒征也不会喜欢你？"

夏羽湖瞳孔紧缩，脸上彻底没了血色。

"我和蒋寒征在一起的时候全心全意，蒋寒征他妈妈生病我也尽了情分，而且这些是我和他之间的事，要怪也该他和他妈妈来怪我，轮得到你打抱不平？"

这话陆弥是第一次说，她说得很平静，但语气带着少见的冰冷和狠厉。

“我在国外打工你举报我，回国你去我学校闹事，还不够？你还要发多久的疯？”陆弥克制着自己的怒意，“我不知道你为什么要到北京来，但你最好赶紧离开，不要再打什么主意。

“祁行止受伤的账，我不会忘的。

“你要是再敢来骚扰我们，我会直接报警。”

陆弥说完最后一句话，头也不回地转身离开了。

夏羽湖怔在原地，似乎不敢相信一向沉默的陆弥居然一口气说了这么多话。

她想起烂尾楼里着火她失手把祁行止推下去的那一刻，听见陆弥惊恐的叫声，看见陆弥几乎夺眶而出的眼泪。

那一瞬间她忽然明白了，她这几年所做的种种有多无力。

她居然想替蒋寒征讨回公道……可是爱哪有公道可言。

她以为自己和陆弥不一样，可说到底，她也是为了自己那一点未被掐灭的幻想而偏执到现在。

有些事情没有道理可讲，就像她过去六年里变得不像她自己……

她早该明白的。

2019 年夏，重庆。

工作日的晚上，洪崖洞照旧人满为患。陆弥看着马路对面那片黑压压的人头，脑袋一阵发麻，心道这地方难道就没有一天是清净的……

祁行止买了红豆冰棍，远远地朝她走过来。

看出了她的无奈，他笑道：“我们来晚了。”

陆弥剜了他一眼，脸颊微烫。还好意思说呢，因为谁才晚了……

也不知道他哪儿来那么足的精力，坐了两个多小时的飞机，又等了半个小时延误的行李，居然一回酒店就……

不能想，一想这个她脑子里就只有那荒唐的画面……

陆弥也不知道自己是失了智还是怎的，刚进门就被他抵在墙上，还没说出两句完整的话便已经被揉得腿软，站不住，只能任他动作了。

大理石的桌面原本微凉，被他们折腾得发热。皮肤黏在石面上，她扭动腰肢时，甚至能听见皮肤离开石面的黏腻声音。

更要命的是，那餐厅的天花板是面镜子，祁行止伏在她身上，她从他起伏的肩头便能看见自己的手是如何在他劲瘦的腰和宽阔的肩之间放肆流连，还有她自己沉溺其中时绯红的脸颊。

当下的体验当然妙不可言，可事后回想……谁能不脸红。

想到这儿，陆弥便忍不住又白他一眼。

祁行止笑了，这半年来在实践中精进的可不只是技术，还有脸皮。不过他的“恶劣”只停留在床上，他不会拿这种事反复逗人脸红。他不提这茬，指了指身后问：“要不要进去？”

陆弥摇头：“太挤了。”

“那就在江边吹吹风？”

陆弥点点头。

江水同晚风一样不急不缓，徐徐吹过，陆弥啃着香甜的红豆冰棍，看见眼前的洪崖洞灯光闪烁。

和一年前一模一样。

陆弥不免感叹，好像有些东西永远都在那里，永远都不会变。

她看见马路牙子上仍旧隔几步就站着个摄影师，有的生意火爆，被游客围住，快门按个不停；有的拿着 iPad，卖力地推销着，满脑门子都是汗。

而一年前最受欢迎的那个，现在正在她身旁啃冰棍呢。

陆弥拿肩膀撞了撞他，下巴往那边努，调侃道：“哎，你不去拍两张？把我们的火锅钱给挣回来。”

祁行止垂眸看她，笑了笑，不接茬。

“干吗？挺好的主意！”陆弥来劲了，“去年我看你可受欢迎了，拍一晚上，怎么也能挣小一千吧！”

祁行止失笑：“缺这个钱了？”

“多多益善嘛。”陆弥撇嘴。

“陆弥。”祁行止想了几秒，轻轻开口道。

“嗯？”陆弥冰棍啃完了，习惯性地抱住他的胳膊。

“其实去年，我不是凑巧在这里的。”他低头，说起这事有点不好意思似的。

“嗯？”陆弥呼吸乱了半拍。她好像猜到祁行止要说什么，又觉得这猜测有些不切实际。

怎么可能呢？

祁行止看着她，笑得有些赧然：“我知道你要回国。”

“然后呢？”她有工作、有同事，也有社交媒体，连夏羽湖都能找到她的邮箱，祁行止知道她要回国，并不太让她意外。

“可我不知道你会回哪里……北京还是南城，或者是别的城市。”祁行止声音低沉，“但我看到你点赞了重庆的旅游和美食攻略，就想试一试。”

祁行止在洪崖洞外做了半个多月的街头摄影师，拍了无数张灯楼前的人像，她们有的姿态娴熟，对着他的镜头摆出各种效果绝佳的姿势；也有的害羞，不好意思做表情动作，却忍不住地对着镜头后的他暗送秋波。

可他相机里的最后一张，是一个女生坐在路边栏杆上，眼神空空，像迷途的鹿。

那也是他最后留在相机里的唯一一张。

陆弥惊讶得瞪圆了眼："就因为我点赞了重庆旅游攻略？"

现在想起来，祁行止也觉得自己行事真是马虎，有些赧然地点点头："嗯。"

"那要是我没来呢？或者就算来了，就算到洪崖洞了，这么多人，没看到你呢？"陆弥觉得不可思议。

"那就……等够一个月，打道回府？"祁行止笑道。

陆弥心里说不清是什么滋味，是惊还是喜？总之说不出话来。

祁行止揉揉她的脑袋："就算在这里没遇到，之后也会遇到的。"

"为什么？"陆弥不信，"我最擅长装鸵鸟了，如果不是巧合，也许我永远也不会去找你呢？"

这话虽然是千帆过境后的玩笑，祁行止听了，还是有一瞬的心疼。

他怎么会不知道？

以陆弥从前的状态，她就算被心理负担拖死了，也不会去找任何人求救。

他展颜笑开，把她被风吹乱的头发捋到脑后。

"所以我努力创造了很多巧合。"他说。

陆弥眯眼审视他："难道第二天在南山碰到你画画也是你的巧合？还有我租车去仙女山的路上，碰到你和肖晋，那也是你的巧合？"

祁行止失笑："那倒不是，我又不是神仙。"

陆弥皱眉："那是什么？"

祁行止卖关子："你猜。"

陆弥撇嘴："故弄玄虚。"

祁行止笑了，不再说话。

在重庆重逢，送她去北京，她通过了梦启的面试并接受了offer……这些到底算不算是他创造的巧合呢？

祁行止说不清楚。

平行世界里还有很多种可能，比如她回国但没有去重庆，比如她看到梦启的招聘邮件但没有投简历，又比如她找到了比梦启更好的工作，任何一个可能发生，他都不能像现在这样抱着她。

可如果没有他最开始向她走的第一步，这些可能，就连可能都不是了。

所以，到底是巧合还是人为呢？祁行止不知道。

爱是巧合还是人为呢？也没人说得清楚。

然而祁行止始终是个温柔的实干派，他知道有些事情无法预料、无法计算，它们的发生可能只是因为人心里有念想。

而这么多年，他的念想始终只有一个。

他要和她在一起。

他们逆着千厮门大桥的人流走回家。

陆弥的心情尤其好，牵着他的手一晃一晃的。

“喂，小祁同学。”陆弥喊他。

“嗯？”

“我一直想问，你干吗总是连名带姓地叫我呀？”陆弥问出口，好像又觉得自己的问题幼稚，笑了声才继续说，“人家情侣之间不都是有昵称的吗？哪有你这样每次都叫大名的啊。”

这问题陆弥的确想问很久了，不过总是忘。在一起之后，祁行止偶尔还是叫她“陆老师”，但大部分时候都连名带姓地喊她——“陆弥”。

这和她的认知不太一样，她还以为亲密的人都会喊小名呢。比如以前林立巧叫她“小弥”，和蒋寒征在一起的时候，他叫她“小陆”“小弥”，甚至“弥弥”，什么都有。

“你不喜欢？”祁行止问。

“也不是，”陆弥摇摇头，其实她还挺喜欢的，主要是祁行止声音好听，喊什么她大概都会喜欢吧，“就是觉得有点奇怪，太正经了点。”

祁行止：“你的名字好听。”

“好听？”陆弥皱皱眉，不太理解。

她的名字没什么特殊的含意，是林立巧瞎起的。

姓“陆”是因为她是马路上捡来的，那时候林立巧不知道马路的“路”本身就能作姓用，于是给她起了“陆”这个字；“弥”则是林立巧闭着眼睛翻字典，看到的第一个字。

就这么凑成了她的名字。

“嗯，好听。”祁行止捏了捏她的手，笑道。

“弥是满的意思，圆满。”他认真地说，“古体字里的‘弥’和‘弭’一样，就是右边小耳的那个字，是平息的意思。不论哪种，都是很好的寓意。”

一切不幸、错误和悲伤都会平息。

你不是孤儿、不是弃子，对于这世界上的某个人来说，你是唯一的圆满。

陆弥听着他沉静的声音，眼里渐渐蓄起了泪。

从来没有人告诉她她的名字有这样的寓意，也没有人说过她的名字好听。

祁行止见她眼眶发红，少见地调笑道："感动了？"

陆弥低头不答话。

祁行止叹息一声，扣着她的后颈把她揽进怀里。

"你不要这么容易感动。"

"嗯？"

"你感动的门槛高了，才可以督促我做得更好。"祁行止笑说。

陆弥闷了很久，应声道："没感动。"

虽然声音齉齉的，沾得他胸口也一片濡湿，但她还是要嘴硬说，没感动。

祁行止笑着点头，不拆穿她。

"知道了一个冷知识比较激动而已，毕竟我是这么好学的一个人。"一到他怀里，她就像个小孩子似的了，满嘴跑火车也丝毫不觉得心虚，说得有鼻子有眼的。

"嗯，有道理。"祁行止表示赞同。

"祁行止，我也告诉你一个冷知识吧。"陆弥埋在他胸口一阵乱蹭，鼻子眼泪都蹭干净了，抬起头来水汪汪的一双眼睛看着他。

"好，请陆老师指教。"祁行止配合极了。

"据说……人身体里的细胞每七年会完全更换一次。"她眨巴眨巴眼睛，说得认真极了，"也就是说，每过七年，你就是一个新的自己。"

祁行止听得也很认真，还煞有介事地点点头："哦，是这样。"

陆弥静静凝望着他，好像还有话没说完。

人的细胞每七年完全更换一次。

过去七年里，我新陈代谢成一个全新的自己。

这个我不再怯弱，不再冷漠，也不再拖着往事生活。

这个我很爱你，以从未有过的勇气和坦诚爱你。

陆弥搂着他的腰，抬头盯着他："你知道我要说什么的吧？"

祁行止会心地点点头："当然。"

陆弥莞尔一笑，从他怀里挣出来，继续牵着他的手，一晃一晃的，向前方走去。

番外 好意外

研究生毕业之后，祁行止收到几份工作 offer，HR 各显神通地开五花八门的条件抢人，祁行止一边应付着，一边很有耐心地等陆弥决定要去哪个城市生活。

这几年他们俩一直在北京、重庆两边跑，前年祁方斌退休，被重庆那边的医科大学请去做荣誉教授，送了一套房。可祁方斌自己闲不住，又不是喜欢开讲座当吉祥物的性格，于是去年又被医院返聘，回南城之前把房子送给了陆弥。

经赵婉牵线，陆弥这两年一直在和重庆一家出版社合作翻译童书，每年总有那么三四个月是在重庆度过的。

陆弥喜欢重庆，也喜欢翻译童话和绘本，更喜欢工作完后出门就有山有水、牵着祁行止的手在蜿蜒的山城步道上散步的日子。

可北京也有她舍不得的。

梦启这几年经营状况不佳，已经有两年没有招募新生了。按赵婉的意思，也许等最后一个孩子考上大学，她就会解散团队。

她说这话时像是已经打定主意，语气很洒脱，只是眼底的笑容有些凝滞。

这是祁行止和陆弥已经做好心理准备的结果。梦启的性质太特殊，又完全不盈利，这些年坚持下来，全靠赵婉一个人，没有新的资本支持或政策扶持，告别只是早晚的事。

陆弥熟悉的那一批孩子也大多已经离开，龙宇新去了体育大学，向小园今年高考，雷帆年纪小些，但后年也要参加高考了。

祁行止每天被几个 HR 礼貌地催促，薪资 package 一加再加。陆弥还是纠结，做不下决定。

她着急，是怕耽误祁行止的 offer。祁行止倒气定神闲，让她不必纠结，甚至放一放也行。他是不愁工作，应付 HR 烦了的时候，索性坦白讲一句“还在选”，也没有公司真的舍得放弃他。

北京城的柳絮飘完了，炎夏接踵而至。接向小园出考场，陆弥终于下定决心，去重庆。

雷帆一听：“那我也回去！”

陆弥瞪他：“你给我在这儿站好最后一班岗！”

向小园眼睛也红了好几天，但小姑娘分数出来报志愿的时候，清北复交排得满满当当，哪个都离重庆十万八千里。

陆弥特别高兴，买了新电脑送给她，叫她寒暑假来重庆玩。

向小园闷闷地来一句：“就不能是你的书火了，来北京开签售会看我吗？”

陆弥哈哈大笑：“好嘛，我努力。”

回重庆第一件事，是请雷哥吃火锅。

就在雷哥车行前的大树下支个木桌，架上电磁炉，各种肉往里丢。雷哥“刺啦”拉开两罐啤酒往桌上搁，舔一口泡沫和祁行止碰杯。陆弥面前摆一份凉虾，小祁秘制，是她最喜欢的甜口。

雷哥一个人侃大山，一张嘴闲不下来，热热闹闹比牛油火锅还沸腾。就是东拉西扯的，从陆弥翻译的书到祁行止什么时候能真正建起个房子，什么都问一遍，又好像什么都问得囫囵吞枣。

陆弥看不下去了，挑明道：“雷哥，你想问什么就直说嘛。”

雷哥一下子熄了气焰，不说话。

陆弥叹气：“雷帆挺好的，后年高考肯定稳，你就别担心了。”

雷哥的表情跟便秘似的。

祁行止在她身边低声一笑。

陆弥疑惑地看他。

祁行止冲雷哥那边抬了抬下巴，微微挑眉示意。

陆弥恍然大悟。

哦，原来想问的不是雷帆。

“Jennifer 呀！”

“我们也不知道她是怎么打算的。”陆弥这几年跟祁行止学得蔫坏，“听说她也是重庆人，你说梦启解散之后，她会去哪儿呀？

“会回重庆吗？不知道欸。”

雷哥闷闷灌一口酒，怨念地看着祁行止：“好好一姑娘跟你在一块儿都变成什么德行了。”

祁行止当这是夸奖，欣然颔首。

“你要真想见人家，就去北京见。”

“别说人家不回重庆了，就算回了，难道就是为你回的？难道就要为你留下来？雷哥，一场梦二十年，还不醒？”

他声音一如既往的平稳淡然，说的都是戳人心窝子的话。

陆弥知道祁行止这毛病——他自己是最坦荡通透的个性，因此也不喜欢别人打太极。他是野心家，是行动派，不喜欢自欺欺人的等待，也不屈服于阴错阳差的蹉跎。

但他一向只对自己如此，不爱管别人的闲事，也就对象是雷哥，今天才会多说这两句。

雷哥也不知是被他这话伤着了还是怎的，沉默好久，将剩下的大半听啤酒一口气“咕嘟”完了，然后看着陆弥问：“你什么时候把这小子甩了玩玩？”

祁行止脸黑了一瞬，陆弥抿着嘴憋笑。

“看他到时候还给爷得意得起来！”雷哥恨恨地道，“天天给老子讲这个道理那个道理，要是人人都像他一样人类明天就能登火星，后天就要跟外星人打架！”

雷哥讲话太有趣，陆弥笑得肩膀发抖。

祁行止给她夹一勺烫好的香菜，也不见怪地笑了。

后来雷哥还是去了北京，修车行没关，钥匙给了祁行止一把备用，正好让他过了一把试车的瘾。

祁行止有时跑山会邀请陆弥，陆弥也不跟着冒险，就早早坐在终点边喝饮料边看。巨大的轰鸣声在山中环绕，疾驰的身影穿过一重重山影最终来到她面前。

那些时候，陆弥会觉得祁行止在她心里的模样更深刻了一点。

爱人之间，互相了解是终身的课题。她很庆幸，她跟祁行止之间始终开放着对彼此的来路，永远愿意让彼此更加了解对方。

陆弥继续译稿写稿，窗外的黄葛树渐渐落叶，嘉陵江一日比一日静，家里餐桌上的汤从各种各样的萝卜和山药变成各种各样的红枣和排骨，冬至那天，陆弥签了第一份原创作品的合同。

是一本双语的儿童绘本，创意策划是她和向小园，文字的部分她出，最后绘画的部分则交给向小园大学里认识的好朋友，一个美院的姑娘。

最终的作品三人共同署名，版权费也三人平分。但陆弥的那份，已经存进向小园的学校账户里。

合同最终在陆弥手上，签完字，寄出去，她拿出好久不用的小锅，打算给自己热一杯牛奶。

祁行止出差了，她独自一人在家，也不愿浪费这个值得庆祝的时刻。

虽然热牛奶比起热桂花圆子酒酿凉虾等等，规格确实差得有点远。

但陆弥这几年当惯了甩手掌柜，厨艺退步得厉害，这时候也就只有热牛奶算是得心应手。

牛奶喝完，困意上涌，窗外好像又静静地飘起雪子，带着冬天独有的一点儿不叫人反感的灰调。

陆弥这两天书看了太多，字也写了太多，大脑有点儿超负荷了，这会儿又还不想睡，想着看点不用动脑的。

她拿着 iPad，轻车熟路地点开自己藏在加密文件夹里的那些文章。

看了几篇，兴奋劲儿过去了，大同小异的部位描写滑过眼前，陆弥兴味渐无，在不知谁家飘出来的饺子味中陷入梦乡。

醒也是被饺子的香味馋醒的。

她迷蒙着睁开眼，才下午五点半，窗外天已经全黑。谁家又在煮饺子了，陆弥登时生出一股子惘然。

网上不都说嘛，冬天下午独自一人醒来的话，那会是人生最 emo 的时刻。

以至于陆弥反应了一会儿才发现自己身上多盖了一层毛毯，回想了两秒才听见厨房有声音。

她眼睛一亮，忙掀开毯子跑出去。

祁行止果然在厨房，穿一件白色毛衣，黑色工装羽绒服还搭在餐桌边的椅背上。刚刚的饺子味儿就是从这儿散出来的，她最喜欢的茴香馅。

比风雪天归来的爱人更叫人欢喜的是什么呢?

是在她惘然醒来的这个冬日下午归来的，她的爱人。

陆弥这几年越发像小孩，一盘茴香馅的饺子她吃得手舞足蹈，吃完又拍脑袋说忘记拍照发朋友圈，然后眼巴巴盯着灶台上那一屉原本留着下回吃的饺子。

祁行止叹气："吃得完？"

"冬至嘛，不拍照多可惜啊。"陆弥避而不答，中心思想是——管他吃不吃得完，我要拍照!

祁行止知道，那一屉饺子最终会被她塞进他的肚子里。但没办法，他还是起身去下饺子。

果然，最后陆弥高高兴兴拍了照发了朋友圈，祁行止"高高兴兴"又吃了二十五个饺子。明天要在健身房多待两小时了。

洗完碗出来，祁行止看见陆弥跷着脚欣赏自己的朋友圈。

那个 iPad 就放在她身边，还没合上，只是熄了屏。

他挑了挑眉，先去卫生间刷了牙，才不紧不慢地回到客厅，淡定地坐在陆弥身边。

陆弥凑过来给他分享：“看，我拍你帅不帅？”

祁行止看了一眼，捧场说：“嗯。”就一个背影，哪看得出帅不帅。

陆弥倒又睨他：“啧，你挺自恋啊？”

祁行止沉默了一会儿，忽然说：“陆老师。”

“啊？”

“文学造诣很深。”

“哈？”陆弥终于抬头，目露不解。

祁行止轻轻勾出一抹笑：“涉猎很广。”

见他的眼神扫到那个 iPad，陆弥登时了然，大惊道：“你看我的 iPad？”

祁行止：“你又不设密码。”他们俩所有的电子产品都没密码，反正除了对方也没有别人会拿自己的手机。

陆弥震惊了，这人什么时候变得这么厚脸皮？

“那你也不能看我隐私！”她搬出正义的控诉。

祁行止终于认真解释：“给你披毯子的时候，不小心碰亮了屏幕，就看了一眼。”

陆弥不说话了。

那种文章嘛，一眼确实能看到不少关键词……

见她有点沉默，也不知是愤怒于被发现了小秘密，还是觉得不好意思，祁行止轻咳一声：“怎么了，看这个又不犯法。”

陆弥瞪他。

“我觉得挺好的。”祁行止继续陈情。

陆弥脸上写四个字：你不要脸。

最后祁行止说：“我也看。”

陆弥立马一骨碌站起来，居高临下冲他摊开手掌：“给我看看！”

最后当然也没怎么认真看，理论嘛，还是得靠实践去验证。

可激烈纠缠十五分钟，几天没见的两人都急于进入主题，最后关头祁行止一拉抽屉却发现里头空空如也。

这才想起来，这趟出差之前那晚，本来剩最后一个，祁行止一想要离家好多天，最后那孤苦伶仃的一只在他眼里就怎么看怎么不和谐，索性一翻身，直接用完了。

祁行止青筋暴起的额头上坠下一滴汗。

他今天提前回来，行程匆忙，一直想着的也是冬至该买饺子，在超市结账的时候，压根什么都没想起来！

什么叫自作孽。

陆弥原本潮红一张脸，跟祁行止大眼瞪小眼僵了两分钟，脸上的红是褪了，心里却疯长起另一片野草。

她伸手，勾住祁行止的脖子。

祁行止立刻反应过来她要干吗，换作以往，可能会立刻生出理智，可今天他也有点倦怠。

“想好了？”他问。

陆弥脑海里突然划过她今天签的那本绘本。

最开始为什么会去做儿童读物呢？好像是机缘巧合。

可后来她也就一直在翻译儿童读物了，第一本原创作品，创意也是围绕小女孩展开，精力和兴趣都没空分给其他的类型。

大概算是一个美丽的意外。

“我们会有意外吗？”她贴在他耳边问。

祁行止撑在床面上的两只手肌肉紧绷，线条流畅而柔美。

“可能会。”理智渐渐回笼，他轻抚陆弥的额头，准备撤下来。

陆弥却又扣紧他。

“那就请你，和我一起创造一场美丽的意外吧。”

高智商的小祁同学偏偏对这句话，愣了半分钟也没有理解。

只好用陆弥的吻替他做阅读理解。

可等他后来反应过来，陆弥已累得要散架。她不过一句邀请，他就好卖力，誓要把“意外”变成“必然”。

陆弥在天旋地转的眩晕感里唯一能想到的是，怎么就忘了，这个人从来都不太喜欢什么意外。

哪怕她把话说得那么漂亮——“美丽的意外”欸。

后来这个说不清是“意外”还是“必然”的小家伙果然很美丽。

行吧，两头多少占了一头，陆弥想。

雷帆高考完的那个暑假，雷哥终于拖家带口回了重庆——这里的“家”和“口”包括雷帆、龙宇新、向小园，以及 Jennifer，如果她愿意承认的话。

一群人在仙女山上包了个民宿，好热闹地过端午。

刚满半岁的陆晴光小朋友被向小园抱在怀里，各种叠词哄着，感叹怎么会有这么标致的美人坯子。

一直不太关注自己容貌的陆弥也是在女儿的身上发现了自己颜值的优越

性——怪不得，难怪小祁对自己一见钟情。

她偶尔会突然控诉：“你是不是就看脸？”

然后不等回答，她又说：“没想到你是这样的人！”

祁行止直接无语。

“怎么跟着弟妹姓‘陆’啊？”雷哥报仇似的，挑事儿问，“祁行止，你该不会嫌女儿不好，才让她跟妈姓，以后生了儿子又要跟你姓吧！”

祁行止剜他：“以后不生了。”

陆弥生产那天不让他进手术室，说他只会添乱不能帮忙。他在外面听着，决定以后再也不搞什么“意外”了——再美丽也不搞！

雷哥又输一阵，悻悻地不说话，趁酒意往赵婉身上靠，被她嫌弃地搡开。

“不过‘晴光’的名字好听，姓‘陆’也好听。”龙宇新笑说。

祁行止目光温柔，点点头：“是。姓‘陆’就是我三伯的主意，他说姓‘祁’太拗口，不如姓‘陆’好听。”

当时两个人果断听了祁方斌的，连名字也让他来取。

要是让他们俩来取，纠结到该上小学了这孩子都未必有户口。

一顿饭吃得热闹和谐，晴光也很配合，一直“咯咯咯”地笑，把众人逗得前仰后合。

唯一的插曲发生在快散席时，喝多了的雷哥忽然攥着赵婉的手腕，低声吼：“我说给你就给你！给你了咱再领证，不然不结！”

众人不知道他这发什么疯，正面面相觑，忽听赵婉怒道——

“不结拉倒！老娘求你？”

说着赵婉起身就要走。

雷帆忙蹿过去抱大腿喊“妈”，一屁股坐地上之前还不忘踹雷哥一脚把亲爹踹醒：“你老婆要跑了！”

雷哥忽然惊醒，什么都没反应过来，只看见赵婉生气了，立刻把人抱住：“我错了！”

众人都有点急，除了祁行止和陆弥优哉看戏。

他俩知道内情，一点不多操心。

雷哥和赵婉是高中同学，一上大学就在一块儿了，感情特别好。大学那会儿一起去西南的山区支教，赵婉到期要走，雷哥却被一个捡来的孩子绊住了。

这孩子就是雷帆，当年其实是赵婉和雷哥一起捡的。可赵婉的意思，他们俩都是大学生，都有各自的前程要奔，养小孩根本不现实，交给当地村支部和福利机构就好了。雷哥却狠不下心，一年支教，他知道那个地方的状况，也知道这孩子留下来，最好的结局只是不会饿死。

两人吵了半年，雷哥还是下不了决心，既不想分手，也不想离开。

最后赵婉快刀斩乱麻，一走了之。雷哥没读完大学，开了修车行，独自一人养大了孩子。

而赵婉在北京，帮助了很多很多孩子。

现在雷哥终于不窝囊了，去北京追了两年终于把人追回来，要领证了，却突然又说要把名下所有财产先转给赵婉。

赵婉不答应，一来她不缺钱，没必要多一道这手续；二来雷帆还要读大学，所有财产给她，终究不像话。

雷帆倒自觉，嬉皮笑脸说自己不是亲生的，不用给他留钱，而且他能拿奖学金，以后也瞧不上雷哥那点身家。

赵婉还是不同意。

这事儿就这么不尴不尬地卡着。

餐桌上雷帆哭天抢地喊妈，雷哥一个劲儿地认错，赵婉都快被这两活宝逗笑了，最终还是辛苦忍住，摆了个黑脸走出房间。

活宝父子俩又操着双口相声追出去。

向小园和龙宇新目光里都有担忧，回头看陆弥满脸轻松，不禁问："陆老师，你不担心？"

陆弥笑了笑，把问题抛给祁行止："小祁哥哥，你不担心？"

祁行止陪她玩情景剧，配合地问："担心什么？"

陆弥替两个小孩问："万一这两人又出什么意外呢，再闹二十年？"

祁行止想了想，好潇洒地道："那也没办法。"

向小园和龙宇新双双无语。

祁行止给陆弥夹了一块排骨，继续说："他们俩现在，都身体状况健康、人际关系和谐、精神状态良好，而且有钱，具备承担意外的一切能力。唯一的变数是寿命——但真那么倒霉不能寿终正寝的话，也没什么好说的了。

"所以，我们没什么可担心的。"

他说完，抬头看了向小园和龙宇新一眼，像上完课的老师，意思是——听懂了吗？

向小园和龙宇新略显懵懂，但又都若有所思地点点头——好像懂了。

陆弥倒尤其捧场，甚至放下筷子"啪啪啪"鼓了下掌："小祁哥哥说得真好。"

祁行止看她玩心大发的样子，不禁低头在她耳边轻声补充了一句："但我没有承受意外的能力了，所以……"

所以这趟来之前他把行李箱隔层塞得满满当当。

当着她的面塞的。

陆弥秒懂，又用控诉的眼神看他——

“没想到你是这样的人！”

你好，陆砾